꿀

책임 편집 백지은

고려대학교 국어국문학과를 졸업하고 같은 대학원에서 박사학위를 받았다. 2007년 세계의 문학 신인상을 받으며 비평 활동을 시작했다. 평론집으로『독자 시점』이 있다.

문지작가선 3 | 중단편선
귤

펴낸날 2019년 9월 20일
지은이 서정인
책임 편집 백지은
펴낸이 이광호
주간 이근혜
편집 김필균 이민희 조은혜 박선우
펴낸곳 ㈜문학과지성사
등록번호 제1993-000098호
주소 04034 서울 마포구 잔다리로7길 18 (서교동 377-20)
전화 02)338-7224
팩스 02)323-4180(편집) 02)338-7221(영업)
전자우편 moonji@moonji.com
홈페이지 www.moonji.com

ⓒ 서정인, 2019. Printed in Seoul, Korea

ISBN 978-89-320-3569-7 03810

이 도서의 국립중앙도서관 출판예정도서목록(CIP)은 서지정보유통지원시스템 홈페이지
(http://seoji.nl.go.kr)와 국가자료공동목록시스템(http://www.nl.go.kr/kolisnet)에서
이용하실 수 있습니다. (CIP제어번호: CIP2019035112)

문지작가선3

귤

서정인 중단편선

문학과지성사

차
례

후송

1

"성 중위님, 참모장님이 부르십니다."

잘 닦아 번쩍이는 계급장을 단 상병이 삐걱거리는 판자 바닥 위로 몇 걸음 걸어오면서 말했다. 콧날이 뾰족하게 야윈 장교는 아무런 반응이 없이 그대로 앉아 있었다. 사병은 자기의 말소리가 분명히 상대방에게 들릴 만큼 컸었다는 사실을 상기하면서 장교의 눈 간 곳을 쳐다보았다. 거기에는 퀸셋의 열려진 녹색의 창문이 있었고, 그 너머로는 텅 빈 높게 갠 가을 하늘뿐이었다. 사병이 다시 성 중위에게 시선을 돌렸을 때, 그는 천천히 업무 일지와 만년필을 집어 들면서 일어서고 있었다. 전갈 온 상병은 자기의 말이 전달되었음을 알아채고 덧붙였다. "약간 저기 압인 거 같아요." 그러고는 엄지손가락으로 뿔을 만들어 보이며 하얀 이를 드러내면서 씩 웃어 보였다. 성 중위는 노여운 듯 상병의 호의에 별로 주의를 주지 않고 퀸셋을 빠져나갔다. 이해할수 있지…. 성 중위는 하얗게 빛나는 지휘부 석축 막사로 다가

가면서 생각하였다. 비번 참모들은 서울 외박을 나갔겠다, 업무량은 평상 근무 때보다 더 밀리겠다, 화나게도 됐지…. 그는 지난해 추석 때 그가 어디 있었는가를 생각하면서 참모장실로 들어갔다.

"알았어."

대령은 수화기를 막 입에서 떼고 있었다. 참모 협조의 장소로서 시장처럼 붐비는 그 방은 비어 있었다. 참모장은 담배를 피워 물었다.

"성 중위, 포병 테스트장에 나가게."

"지금 후송 수속을 밟고 있습니다."

"뭐? 어디가 아파서?"

"귀… 귀가 고장입니다."

"귀가 어쨌단 말야. 괜찮아, 아무렇지도 않은 걸 가지고…."

"수도육군병원에서 진찰을 받았습니다."

"그래서?"

"곧 후송 입원하라는 진단을 내렸습니다."

"왜 하필 바쁠 때 아프냔 말야."

한가할 때도 안 아픈 것이 좋을 텐데…. 성 중위는 그러나 그것이 그의 책임인 듯 잠자코 서 있었다. 참모장은 잠시 담배만 빨고 있다가 말을 이었다.

"좋아. 우선 나가 있어. 곧 교대시켜줄 테니까."

그날 오후 포사에서 떠난 주부식 보급차 2톤 반 차량에 편승하여 성 중위는 사단 사령부에서 45마일 떨어진 포 사격장으로 나갔다. 낮이면 더웠고 밤이면 추웠다. 마른풀을 깔고 천막 속에서 자기에는 밤공기가 싸늘하였다. 진지는 매일 이동되었다. 포들은 밤낮으로 불을 뿜으며 둔중한 폭음으로 빈 벌판을 울렸다.

성 중위가 후송을 마음먹은 것은 몇 달 전부터였다. 그러나 군의관은 매번 후송 불요라고 판정을 내렸다. 그때 그는 연대 관측소 수색 소대장으로 있었다.

"후송 보내주십시오."

성 중위는 이마에 땀을 씻으며 말했다.

"어디가 아프시지요?"

군의관은 사무적인 말투로 물었다.

"귀가 이상입니다."

"봅시다." 군의관은 확대 투시경으로 성 중위가 내미는 왼쪽 귀를 들여다보았다. 그러곤 말했다. "고막 중앙에 조그마한 구멍이 뚫려 있을 뿐, 별 이상은 없습니다."

"……."

성 중위는 조용히 다음 말을 기다렸다.

"고막 천공으로는 후송이 안 됩니다. 머큐로크롬을 발라서 간단히 치료할 수 있으니까요."

"문제는," 성 중위는 답답하다는 듯 이마를 좁히며 조급히 말했다. "그게 아닙니다. 그건 치료돼도 좋고 안 돼도 좋아요. 그것으로 해서 아프거나 청력에 장애가 있는 건 아니니까요."

"그래서요?"

군의관은 성 중위의 다음 말을 예측할 수 있다는 듯이 눈가에

미소를 약간 지어 보이며 재촉했다.

"귀에서 소리가 나요."

"그렇지요. 소리가 난다는 건 드물지만 반대로 안 들린다는 경우는 많아요. 특히 사병들의 경우가 그렇습니다만. 그러나 성공한 예는 드물지요."

이 자식은…, 성 중위는 생각하였다. 선입관을 갖고 진찰하고 있구나… 환자의 호소를 귀담아들으려 하지 않는다…. 성 중위는 군의관을 똑바로 쳐다보았다.

"물론," 군의관은 성 중위의 시선을 피하며 부드럽게 그러나 자신 있게 말했다. "소리가 날는지도 모르지요. 그러나 그건 자각 증상입니다. 자각 증상이 진단에 많은 도움을 주는 건 사실입니다만, 단을 내리는 것은 항상 의사 쪽입니다."

"그렇다면," 성 중위는 참으면서 말하였다. "귓구멍이 뒤집히기 전에는 안 되겠군요."

"그건 그때 진찰해봐야지요."

성 중위가 파견 나간 지 일주일째 되는 날, 셋째 번 포대가 시험을 마치고 최종 집결지에 집합했고 넷째 번 포대가 시험을 받기 위해서 싱싱하게 하늘로 뻗친 긴 포신들을 꽁무니에 끌고 사격장에 도착하였다. 그러나 성 중위를 교대해줄 사람은 나타나지 않았고, 나타나리라는 소식도 들려오지 않았다. 넓은 벌판 서쪽 가녘은 엷은 낙조로 물들었고 해는 크고 둥글어갔다. 하루 중 태양이 가장 의식되는 시각이었다. 말라가는 옥수수의 키 큰 그림자가 이랑을 가로질러 길게 굽이쳤다. 사흘 동안의 야영 훈련에 그을리고 지친 포병들이 부대로 돌아간다는 생각에 이른 저녁밥을 대강 해치우고 장비 점검을 하고 있었다. 성 중위는 초조했다. 그리고 망설였다. 부대 이동 아이피 통과 시간이 다가오고 있었다. 성 중위는 결심하고 포 사령관 앞으로 다가갔다.

"사령관님, 부대에 좀 들어가겠습니다."

"왜? 파견 근무가 고달픈가?"

"그런 건 아닙니다만… 들어가서 교대하든가 다시 제가 나오든가 하겠습니다."

"응, 그렇게 해."

포 사령관은 순순히 응낙했다.

잠시 후 선도차가 고동을 울렸다. 모든 차량은 발동을 걸었고 성급한 운전병은 경적을 울렸다. 성 중위는 반쯤 닫힌 차창에 머리를 기대고 밖을 내다보았다. 시야를 막는 산은 없는데 시야는 어디쯤에선가 제한을 당했다. 어둠이 깔려오고 있었다. 크고 넓게, 그리고 조용하게 어둠은 벌판의 계곡으로 기어오고 있었다. 죽음의 손길처럼 천천히 그러나 정확하게 밤의 장막은 다가오고 있었다. 밤, 밤이. 그것은 죽음과 삶의 차이를 없애버린다. 보라, 저 허물어져가는 퇴색한 묘비도 사라져가고 새로이 진지를 편성하는 구릿빛 포병의 영구히 약동할 듯한 육신도 사라져가지 않는가…. 삶이 영원한 죽음 속으로 사라져가고 있지 않은가….

군의관의 말은 그러나 그가 지휘하는 675고지 관측소에 와보면, 이상한 효력을 발생하였다. 적어도 의사가 건강하다고 보장을 했으니까 말이다. 나는 건강하다… 의사가 그렇다고 말하였다… 이런 식의 묘한 자신 속에서 얼마 동안은 실질적으로 편히 지낼 수가 있었다. 시효가 다해감에 따라서 약효도 떨어지면 그는 다시 멀리 의무중대를 찾아갔다. 그러고는 번번이 언어상의 처방만으로 헛되이 되돌아오곤 하였다. 그러다가 그가 사단 군수처로 전속이 되었다. 군수처에 있게 되자 기술참모인 의무참모와 접촉이 잦아지게 되었다. 개인적으로 얼마쯤 친숙하게 된 어느 날 오후, 정례 브리핑이 끝난 다음, 퇴근하던 성 중위는 커다란 느티나무 아래 앉아 있는 의무참모를 발견하였다. 의무참모는 담배를 피우고 있었다.

"왜 안 가고 계세요?"

"차가 달아나버렸어."

"전화를," 성 중위는 의무참모 곁으로 다가가며 말했다. "걸어보시지그래요, 중대로."

"방금 출발시켰대."

의무참모는 줄이지 않은 품 넓은 작업복 상의의 커다란 호주머니에서 담배를 꺼내 권했다.

"킹사이즈군요."

성 중위는 담배에 불을 붙여 물고 풀 위에 주저앉았다.

"오피 하나 주세요, 참모님."

"뭐? 이 사람이… 수상하다? 큰일 나요. 조심해야지, 괜히."

"아이 참모님, 오버센습니다."

"아니야, 조심해야 돼요. 특히 총각 장교들."

"어련하려구요. 장화 신고 들어가는데."

"장화? 하하하, 그렇지, 그게 제일 안전해. 하하하."

"그건 그렇구요, 정말 부탁이 하나 있어요."

"또 무슨 부탁야?"

"후송해야 되겠어요."

"후송? 건 또 왜?"

"뭐라고 할까요, 꼭 죽을 거 같은 예감이 들어요."

"하하하, 난 또 무슨 얘기라고."

"어느 구석엔가," 성 중위는 웃지 않고 계속했다. "죽음이 도사리고 앉아서 내 방비가 약한 틈을 타서 내게 달려들 것만 같아요. 그러니 나는 항상 주의를 게을리 할 수가 없지요. 무심히 지나다가도 문득 긴장합니다. 까닭 모를 긴장을요."

"노이로제군."

"무엇인가가 나를 노리고 있다는 육감에 첫째 잠을 이룰 수가 없어요. 어쩌면 잠을 못 이루기 때문에 더 그런 생각이 드는지도 모르지요. 땅을… 일정한 면적의 땅을 매일 파보라고 그러더군요. 땅은 안 파봤습니다만 아무리 피곤해도 잠이 안 와요. 이를테면 서울 외출 나가서 종일 돌아다니고 두어 시간 버스에 시달리면서 돌아와 자리에 누워도, 피곤하긴 솜처럼 피곤한데, 눈은 점점 더 말똥말똥해져요."

"혼자지요?"

"혼자 있습니다."

"성곽을 가지시오. 그래서 그 성주가 되어보시오."

"결혼 말씀이지요?"

"그렇지요. 월등히 나아질 수가 있어요. 달콤한 육체적 피곤을 줄 뿐만 아니라 정신적으로 관심을 집중케 할 테니까."

"그것도 생각을 해보았습니다. 그러나… 도움도 있겠지만 부담도… 더 복잡해질 것 같아요, 문제만. 왠지 자꾸 최악의 경우가 떠올라서요."

"그게 병이오. 너무 심각해지는 것이 탈이란 말요."

"남 보기에는 우스울는지 모르겠습니다만, 이를테면 편지에 우표를 붙이지 않습니까? 딱지에 침을 발라서 붙이면 잘 안 붙는 것 같아요. 사실은 잘 붙었는지도 모릅니다만. 그래서 풀을 칠해서 붙입니다. 그런데도 우체통에 넣고 돌아서서 몇 걸음 가면 우표가 붙지 않았을지도 모른다는 생각이 문득 떠오르며 가슴이 철렁해집니다. 어떤 때는 담배꽁초를 내팽개치고도 귀중한 물건을 버린 듯한 착각에 후딱 놀라기도 합니다."

"좀 쉬어야 되겠소."

"산꼭대기에 있을 때는 좀 나았습니다. 거기선 제가 왕 아닙니까. 자고 싶을 때 자고, 일어나고 싶을 때 일어나고, 먹고 싶을 때 먹었지요. 애들 얼마 안 되는 거 말 잘 듣습니다. 봉급 때 월급 조금 떼어서 술 사면 참 잘 놉니다. 아무리 떠들어도 떠드는 사람 외에는 들을 사람 있습니까? 이튿날 일어나보면 손바닥이 부어 있어요. 박수 장단 치느라고요. 신경도 덜 쓰이고 긴장도 완화되는 거 같았어요. 무섭기야 산꼭대기가 더 무서울 거 아니겠어요? 간첩 남하 통로가 바로 그 산줄기 아닙니까? 처음엔 밤에 보초도 안 세웠어요. 이걸 연대 정보주임이 알고는 된통 쿠사리였지요. 무장 간첩이 능선을 지나다가 수류탄을 던져 막사 안의 우리들을 전멸시켜버린다—는 이야기였습니다만 그렇게 실감이 나지 않았어요. 이치를 따지자면야 사단 사령부 부근에 있으면서 죽음의 손길을 느낀다는 것보다 거기서 불안해한다는 것이 훨씬 더 있을 법하지 않습니까? 그러나 이치는 이치고 기분은 기분인데 어떡합니까?"

"그렇지, 그건. 어디 아픈 데는 없소?"

"아픈 데… 는 없습니다만 신체상 이상은 있습니다." 성 중위는 담뱃불을 비벼 껐다. 그리고 계속하였다. "귀에서 소리가 납니다."

"귀에서?"

"귀에서… 발성 기관도 아닌 귀에서 소리가 납니다."

"티나이투스 증상인데…."

의무참모는 성 중위를 쳐다보았다. 성 중위는 시선을 돌렸다. 사단 사령부 측문으로 4분의 1톤 차 한 대가 이쪽으로 다가오고 있었다.

"차가 옵니다."

성 중위가 말했다.

"심하오, 그게?"

의무참모는 차 오는 쪽을 한번 쳐다보고 물었다.

"여럿이 있을 때는 종종 잊혀져요. 의식된다 하더라도 참을 만합니다. 문제는 혼자 있을 땝니다. 그때도 못 참는 바는 아니지만 자꾸 신경이 그리로 쏠려요. 라디오를 조그맣게 틀어놓고 책을 읽는 습관을 가지고 있습니다, 저는."

차가 장교 식당 앞을 맴돌아 방향을 바꾸어 느티나무 앞에서 멎었다. 운전병이 차에서 내려 차 사용자의 얼굴을 조심스레 살피면서 말했다.

"7호차로 들어가신 줄 알고 그냥…."

의무참모는 일어서서 그의 운전병에게 고개를 까딱해 보이고 성 중위에게 말했다.

"후송하시오. 후방 병원에 가서 좀 쉬어요."

성 중위도 일어섰다. 의무참모는 차에 올랐다. 운전병은 발동을 걸었다.

"잠깐." 의무참모는 뒤돌아보며 말했다. "내일 오피 한 병 갖다줄게."

"감사합니다."

성 중위는 경례를 했다. 참모는 답례를 하고 몸을 의자 등에 기댔다. 차가 미끄러져 갔다. 향기로운 휘발유 냄새가 성 중위의 코로 스며들었다. 차는 점점 더 빨리 작아져갔다.

자동차의 전조등은 상당히 밝아져 있었다. 어둠이 짙어가는데 반비례해서 앞길을 비추는 불빛은 밝아갔다. 차의 행렬은 산길로 접어들고 있었다. 산골의 밤은 빨랐다. 굽이도는 산길 위로 시커먼 괴물들이 일정한 간격을 두고 불빛의 긴 깔때기를 밀며 나아갔다. 불빛은 촉수처럼 길을 더듬었다. 뒤차의 불빛에 쫓겨서 앞차에 끌려가는 포는 포신을 흔들며 달아났다. 성 중위는 자세를 바꾸어 의자에 몸을 기댔다. 피곤했다. 높고 낮은 검은 나무들이 천천히 다가와서 빨리 사라져갔다. 그는 어디론가 먼 여행을 떠나고 있다고 느껴졌다. 앞은 어둠으로 가득 차 있었다. 그는 어둠 속을 달리고 있었다. 전조등의 제한된 조명으로 길을 찾아 나가고 있었다.

성 중위는 의무참모와 이야기가 된 후 얼마쯤 지나서 틈을 내어 의무중대로 군의관을 찾아갔다.

"그렇다면," 그에게서 대강 이야기를 듣고 난 군의관은 무표정하게 말했다. "후송 수속을 밟으십시오."

후송 수속을 밟기 위해서 성 중위는 그가 소속해 있는 사단 본부중대 의무지대로 지대장을 찾아갔다. 지대장은 성 중위의 얘기를 듣고, 그리고 성 중위의 왼쪽 귀를 진찰하고 나서 말했다.

"참모님이 그렇게 말씀하셨다면 후송 상신은 해드립니다." 군의관은 야전 의무표를 꺼내 책상 위에 펼쳐놓고 펜에 잉크를 묻힌 다음 잠시 망설이다가 말을 계속하였다. "그러나 안 하시는 게 좋을 겁니다. 물론 사단 의무중대는 벗어나실 겁니다만 야전병원을 빠져나가기는 어렵습니다. 설사 그곳을 빠져나간다 하더라도 후송병원은 더 까다롭습니다. 거기는 야전군 경계를 벗어나는 거니까요." 군의관은 잠시 성 중위의 표정을 살피다가 계속했다. "여기서 후송은 많이 갑니다. 그러나 보통 군단 병원에서 한 1주 묵다가 돌아와요. 그런 헛수고를 뭣 하러 합니까?"

"헛수고를 할 수는 없지요."

성 중위는 가라앉은 목소리로 말했다. 잠시 침묵이 흘렀다. 퀸

셋 칸막이 저쪽에서 위생병들이 장기 두는 소리가 들려왔다.

"어폐 있는 말씀 같습니다만," 군의관이 침묵을 깨뜨리고 부드러워진 목소리로 말했다. "정 귀에서 그런 증상이 있으시다면 시설이 좋은 육군병원에 가서 진단서를 끊어 오시는 게 좋지 않을까요? 야전병원에나 후송병원에는 시설이나 설비가 불충분해서 군의관이 드러난 증상 이외에는 인정할 수가 없습니다."

"그게 좋겠습니다."

"가시겠다면 제가 편지를 적어드리지요. 수도육군병원에 동기생이 있습니다."

수도육군병원에 있는 지대장의 동기생은 안과 군의관이었다. 쪽지에 의하면 성 중위와 지대장은 절친한 사이로 되어 있었다. 그래서 그런지는 몰라도 계집애처럼 예쁘장하게 생긴 그 안과 군의관은 치과의처럼 친절하였다.

"눈은 혹시 아프지 않으세요?"

"눈은…" 성 중위는 웃어 보이며 대답했다. "아직 쓸 만합니다."

"그럼 이비인후과로 가보실까요? 진찰권 안 끊으셨죠? 아래층 입퇴원과에 가시면 외래 진찰권이 있습니다."

이비인후과는, 조용하고 한가한 안과와는 반대로 한창 붐비고 있었다. 입원 환자는 보이지 않았으나 외래 환자 서너 명이 좁은 치료실에 통로를 피하여 여기저기 우두커니 서서 차례를 기다리고 있었다. 치료대 위에는 나이 어린 소녀가 앉아서 두려움과 아픔을 얼굴로 표현하고 있었다. 아버지인 듯한 고급 장교가 옆에 서서 소녀의 어깨를 붙들고 있었다. 커다란 반사경을 머리에 둘러멘 군의관은 혼자 바빠, 치료하다가도 하얀 가운 자락을 펄럭이면서 방 안을 오락가락하였다. 의사가 치료대를 떠날 때마다 소녀의 얼굴에는 집행이 연기되었다는 표정이 떠올랐다. 안과 군의관이 틈을 붙잡아 이비인후과 군의관에게 몇 마디 말을 건넸다. 이비인후과 군의관은 잠시 한쪽에 서 있는 성 중위를 바라보더니 그들을 데리고 옆방으로 들어갔다. 거기에는 군의관 소령이 앉아 있었다.

"과장님, 히어링 테스트 케이습니다."

소령은 성 중위를 관찰하였다.

"오디오미터로 안내하시오."

성 중위를 향해서, 그러나 자기 과 군의관에게 소령이 말했다. 성 중위는 조그마한 방으로 안내되었다. 트럭의 운전대 절반쯤 되는 크기의 방이었다. 군의관은 밖에 남아 있었다. 방 안은 온통 구멍 뚫린 흡음벽으로 둘러싸여 있었다. 작고 두꺼운 유리창을 통해서 환자와 의사는 연결되고 있었다. 성 중위의 귀에는 리시버가 씌워졌다. 손에는 체크 스위치가 쥐어졌다. 성 중위는 그때까지 가스실을 상상해본 적이 없었다. 방음 장치된 좁은 밀실은 답답하였다. 군의관들이 유리 저편에서 이쪽을 노려보고 있었다.

성 중위는 좁은 운전대에서 뛰어내렸다. 다리가 휘청거렸다. 차량 이동이 알피에 도착했을 때는 밤이 적이 짙어 있었다. 그는 사단 사령부로 가는 4분의 1톤 차에 다시 편승하여 그의 숙소로 돌아왔다. 그의 방은, 물론 텅 비어 있었다. 일주일 전 아침에 그가 나가면서 한쪽으로 밀어 치워놓았던 이불이 그대로 그를 기다리고 있었다. 그는 갑자기 피곤해졌다. 그는 아무렇게나 이불 위에 쓰러졌다. 추석 지난 달이 늦게 돋아 올라 창문을 위로부터 비춰왔다.

이튿날, 임무 교대를 마친 성 중위는 의무대로 지대장을 찾아갔다.

"들어오셨군요, 외박 나가셨다더니."

"아, 예. 며칠 됐습니다. 그 애한테 들러봤어요, 수도병원에 말입니다."

"그러셨어요? 도움을 많이 받았습니다."

"청력 검사를 받으셨다구요?"

"예, 그런데 지원부대가 아니라서 진단서는 발행할 수 없다고 하더군요. 그 대신 이 의견서를….''

성 중위는 호주머니에서 16절지 종이쪽을 꺼내 지대장에게 주었다.

"예, 들었습니다. 이거면 될 겁니다." 지대장은 종이를 펼쳤다. "청력표군요."

"청력 검사를 하고 나서 그걸 사본해 주더군요."

"여기 나타나 있습니다. 4천 사이클에서 청력이 저하되는군요. 여기 와서 곡선이 갑자기 급강하했지 않았어요? 그러니까 결국 뒤집어 말하면 4케이시의 소리가 귀에서 난다는 거지요."

"예, 수도병원에서도 대강 그렇게 얘기해주더군요."

"입실하세요. 의무중대에서 한 1주 누워 계시면 특명이 날 겁니다. 이건 잘 간수하세요. 도움이 될 겁니다."

군의관은 종이쪽을 성 중위에게 돌려주었다. 영어로 등사된 용지 위에 볼펜으로 도표가 그려졌고, 하단에 역시 영어로 비고란을 군의관의 날인된 의견이 메우고 있는 그 서류를 성 중위는 다시 호주머니에 집어넣었다. 군의관은 야전 의무표를 작성하였다. 성 중위는 군의관이 묻는 대로 그의 불평을 털어놓았다.

"그 외에 또," 군의관이 말했다. "아픈 데는 없으세요? 에, 고막 천공이 있었지요⋯. 이를테면 귀를 심히 앓았다거나? 어렸을 때밖에는 없었다구요? 한 10년 전이라 해둘까요. 있을 만한 것은 죄다 끌어다 붙여놓읍시다."

군의관은 길고 폭이 좁은 용지를 거의 영어로 메웠다. 영국에서는⋯, 성 중위는 생각하였다. 의사들이 무슨 말로 쓸까⋯ 나전어로 쓴다던가?

2

성 중위가 사단 의무중대에 입실한 지 닷새째 되는 날 후송 특명이 났다. 입실하자 그는 갑자기 한가해졌다. 채광 안 된 헛간에서 퀴퀴한 냄새를 참아가며 필요한 물건을 찾다가 집어치우고 활짝 열린 햇볕 속으로 뛰쳐나왔을 때처럼 허전하도록 시원하였다. 우선 얽매여야 할 책임이 없어졌다. 참모의 턱이 움직이는 데 따라 종종걸음을 쳐야 할 필요가 없어졌다. 브리핑 시간의 임박도 없었고 우발적이며 불시에 들이닥치는 호출도 없었다. 아침밥을 먹고 나면 삐걱거리는 퀀셋 속으로 기어드는 대신에 거기서 빠져나와 천천히 늦가을의 다사로운 햇볕을 온몸에 받으며 중대 주변을 거닐었다. 중대는 산기슭에 자리 잡고 있었다. 풀 위에 앉아 있으면 솜 같은 먼지를 일으키며 국도를 달리는 차들이 보였다. 달리는 차들은, 군용차는 군용차대로 버스는 버스대로, 성 중위에게 향수를 느끼게 했다. 그것들은 그에게 멀고 가까운 여러 가지 장면들을 가져다주었다.

거닐다 지치면 퀀셋으로 돌아갔다. 칸을 막지 않은 넓은 병실에서 침대 위에 누워 그는 책을 읽었다. 방랑 끝에 짐차에 편승하여 '앨'이 고향으로 돌아가고 있었다. 그러다 보면 점심시간이 되었고 다시 철조망 근처를 서성거리고 나면 짧아가는 해는 서쪽으로 비꼈다. 황혼이 오면 허전해졌다. 포기하고 돌아섰을 때 정작 포기한 것의 가능성이 등 뒤에서 손짓하는 듯한 느낌이, 후회 비슷한 느낌이… 마음을 스쳤다. 사람은 패배를 인정하기를 좋아하지 않는 모양이었다. 변명은 항상 마련되어 있으니까. 변명이 고갈될 때 사람은 무너진다. 이 편리한 방패가 깨어지는 일은 드물지만.

위생병이 후송 특명 사본을 가져왔을 때 성 중위는 병실에 누워 있었다. '앨'은 짐차 운전사와 헤어져서 오래 떠나 있었던 집을 향하여 다가가고 있었다. 후송 특명을 받은 성 중위는 의무참모를 찾아갔다. 의무참모는 숙소에서 그 지방의 조류 분포도를 만들고 있었다. 널따란 탁자 위에는 반쯤 채색된 모조지가 전지로 펼쳐 있었고 구석에는 물감과 붓들이 흩어져 있었다. 그는 그의 출신 대학 동창회가 주최한 발표회에서 그의 동 보고가 관심을 끌었다는 점을 기쁘게 생각하고 있었다. 성 중위도 단과대학은 다르나 같은 대학교라는 사실을 발견한 참모는 환호성을 올렸다. 참모는 유쾌했다. 자기의 세계를 가지고 있다는 것은 행복한 일이라고 성 중위는 느꼈다.

체구가 좋은 사람에게 흔히 있는 막히지 않은 웃음을 한바탕 웃고 난 다음 참모는 담배를 빼어 물었다.

"그런데," 담배에 불을 붙여서 한 모금 빨고는 연기를 위아래로 내뿜으면서 그가 말했다. "특명은 났소? 결재는 어제… 그제 났는데."

"예, 조금 전에 받았습니다. 그래서 인사를 드리려고 왔습니다. 배려해주신 덕분에….“

"아, 그랬어요? 출발은… 언제지요?"

"일변일이 오늘로 되어 있습니다."

"아하 그래요? 바쁘시겠군요. 그런데… 저기 가면 일이 좀 더 딜 거야. 가만있자, 내가 편지를 하나 써드리지요, 에프에이치 원장에게."

그는 담배를 잇새에 물고 연기를 피하기 위하여 한 눈을 가늘게 뜨고서 간단한 편지를 썼다. 쓰고 나서 그는 담배를 손가락 사이로 옮겨 쥔 다음 두어 번 눈으로 읽어보고는 서명하여 성 중위에게 주었다. 성 중위는 그것을 받아 넣었다. 그러나 그 편지는 수취인에게 전해지지는 않았다.

성 중위가 위생병과 함께 제50야전병원에 도착했을 때는 일과 끝 30분 전이었다. 무슨 행사가 있었던 모양, 군의관들과 간호장교들이 기념 촬영을 끝내고 해산하고 있었다. 수다스러운 작별이 이루어지고 딴 데서 온 사람들은 4분의 3톤 차들에 분승하여 병원을 떠났고, 그 병원 사람들은 둘씩 셋씩 짝을 지어 단층의 퀀셋 병동으로 사라져갔다. 성 중위는 병원에 와 있다는 인상을 강렬하게 받았다. 하얀 모자와 하얀 제복을 과시하면서 나이 어린 아가씨들이 명랑하게 지껄이며 지나갔다. 녹색의 작업복들로 가득 찼었던 그의 눈에는 그들이 돋보였다. 하이힐 위로 쪽 곧은 두 다리들이 하얀 옷자락 아래서 생동하고 있다는 것은 놀라운 새 사실이었다. "한국에는," 외국에서 오랜 음악 활동을 하다 귀국한 어떤 지휘자의 말이 생각났다. "미인이 많소. 종로 네거리에 가서 10분만 서 있으면 틀림없이 한 사람은 지나갈 것이오."

같은 간격에 같은 모양으로 늘어선 같은 크기의 둥근 퀀셋 병실 주위에는 푸른 옷을 입은 환자들이 흩어져 있었다. 창문으로 내다보는 사람도 있었다. 그들도 역시 구경하고 있었다. 더러는 손잡이가 긴 깡통 식기를 들고 식당으로 가기도 했다. 야전삽이라 불리는 강철제의 커다란 수저로 식기를 꽹과리로 만드는 사람도 있었다.

성 중위는 그의 출현이 필요한 간단한 입원 수속을 마친 후 나머지는 사단 위생병에게 맡기고 장교 병실이라 일러주는 곳을 찾아갔다. 퀀셋의 3분의 1이 칸막이로 막아져서 장교 병실을 만들었다. 저쪽은 치과 병실이라고 했다. 침대가… 병상이 일곱 개 말끔히 정돈되어 있었다. 야전침대와 포단과 담요 그리고 하얀 홑이불이, 남은 일은 들어가 눕는 것밖에 없는 훌륭한 병상을 제공했다. 위생병이 그의 모자와 작업복과 군화와…를 빼앗아 조그마한 옷장에 넣고, 푸른 셔츠와 하얀 바지, 그리고 적십자가 박힌 하얀 고무신을 내주었다. 그는 갑자기 환자가 되었다.

"환자 장교님은 이제 세 분이 되었습니다."

위생병이 말했다. 위생병은 둘이었다. 성 중위는 침대들을 두루 살폈다. 침상은 모두 새로운 파괴를 기다리고 있었다.

"외출 나가셨어요, 두 분 다. 오늘쯤 들어오실 것 같습니다만."

성 중위는 아무 데나 걸터앉았다. 사단 위생병이 손수건으로 이마를 닦으며 들어왔다.

"큰일 났는데요." 그가 들어오며 말했다. "피복 표를 안 받아 줄려고 그래요. 지난번에 돈을 좀 빌린 것이 있는데… 지금 꼭 갚으라고 그러누만요. 3백 환인데."

그는 성 중위를 살피면서 주전자에 물을 따라 목을 축였다. 이 녀석이… 그러나 성 중위는 아무 말 없이 듣고 있었다.

"말은 잘해놨습니다만."

그는 잠시 머뭇거리다가 나가버렸다. 성 중위는 담배를 피워 물었다. 몇 모금 빨고 있을 때 위생병이 다시 들어왔다.

"다 되었습니다." 그는 시원하다는 듯이 말했다. "그럼 전 가 보겠습니다."

"그래?"

성 중위는 호실 위생병에게 그의 작업복 윗주머니에서 5백 환짜리를 꺼내오게 했다. 그러곤 그것을 사단 위생병에게 주었다.

"버스비나 해."

"아닙니다. 공용 완장이면 돼요."

그는 까만 완장을 바지 뒷주머니에서 비죽이 내보이며 씩 웃었다.

"지금 중대에 들어가면 저녁밥이 없지 않을까?"

위생병은 머리를 두어 번 긁고 모자를 반듯이 고쳐 썼다. 그러고는 경례를 했다. 성 중위는 답례를 했다. 그는 사단으로 돌아가는 위생병의 등을 향하여 나지막이 중얼거렸다. "잘 가라."

위생병은 어두워오는 밖으로 퀀셋을 빠져나갔다. 성 중위는 고개를 숙이고 자기의 위아래를 살폈다. 푸른 상의에 하얀 바지, 실감이 나지 않았지만 그것은 자기 자신이었다.

병원의 첫날은 저물어갔다. 그는 그의 가방에서 빨간 데에 하얀 띠가 둘려 있는 표지를 한 책 한 권과 트랜지스터라디오를 꺼내 머리맡에 놓고 침대 위에 키대로 누워버렸다. 철물 퀀셋 안에서는 잡음이 많았다. 안테나를 길게 뽑았지만 효과가 별로 없었다. 그는 스위치를 꺼버렸다. 애들은…, 그는 관측소 시절을 생각하고 있었다. 라디오를 굉장히 좋아했었지…. 특히 장 병장은. 장 병장은 그의 연락병이었다. 누쑤를 말씀드리겠습니다. 뉴욕에서 에이피… 그는 흉내도 곧잘 내었어…. '다음'을 '돔'이라고 입술을 동글게 하여 흉내 내고는 웃었지…. "성 중위님이 군수처로 내려가신 다음 전에 있던 윤 중위님이 올라오셨어요. 연락병을 김 일병으로 바꾸어놓았더니 저를 부르셔서 그동안에 마음이 변했나? 하시던데요." 케이비에스. 여기는….

그는 다시 스위치를 켰다. 그러나 그의 마음은 들려오는 라디오 소리로 쏠리지 않았다.

외출 나갔던 환자 중의 한 사람이 들어온 것은 밤이 깊어서였다. 위생병들은 잠자고 있었다. 익숙하게 자기 자리로 찾아가서 환자는 옷을 갈아입고 삐걱 소리를 내면서 담요 사이로 기어 들어가더니 이윽고 잠이 들어버렸다. 성 중위는 돌아누웠다. 침대에서 삐걱 소리가 났다. 누워 있는 사람의 조그마한 움직임도 침대는 놓치지 않았다. 밤이 깊어갈수록 낡은 야전침대는 민감해져갔다.

이튿날 날이 밝자 제50야전병원에 대한 성 중위의 첫인상은 수정되었다. 그것은 그가 보았던 것과는 다른 딴것으로 나타났다. 무거운 쇠줄을 늘어뜨리고 정문을 지키고 있는 집총한 위병과 그들의 위병소, 부대를 둘러싸고 있는 높은 철조망, 그 철조망 밖으로는 아스팔트 깔린 국도가 연변의 점점 작아지는 가로수들과 함께 멀리까지 뻗쳐 있었고, 안으로는 쓰레기 무덤과 푸른 옷을 입은 창백한… 창백한, 머리 깎은 사나이들, 그리고 단조로운 단층의 암갈색 막사들이 떠오르는 태양광선 속에서 깨어나고 있었다. 성 중위의 머리에는 그것에 대한 잔인한 그러나 적절한 표현이 떠올랐으나 그는 굳이 그것을 소리 내어 입 밖으로 발설하려 하지 않았다. 그 자신도 푸른 옷을 입고 있었으니까. 푸른 옷들 틈에 섞인 녹색의 작업복은 그 단정하게 죄어 맨 목 높은 군화와 더불어 우선 씩씩하게 보였다. 그것은 다시 말해서 독선적이기도 하였다. 복장의 분류는 사람의 분류를, 따라서 사람의 통솔을, 도와주었다. 그가 그의 병실로 돌아왔을 때, 양동이로 날라 온 아침밥이 분배되었다. 늦게 들어온 환자는 아직 자고 있었다. 위생병들이 그를 깨웠다. 그는 대위였다. 대위가 늦게 시작한 그의 아침밥을 끝낸 다음 담배를 피워 물고 침대 위에 비스듬히 누워 있을 때 호실 담당 간호장교가 들어왔다. 성 중위는 시계를 보았다. 여덟 시 10분이었다. 참모 조회를 하고 있겠구나…. 벌써 끝났을까? 이이-8 전화기는 열을 올리기 시작하겠지….

"간수장님, 돌아왔습니다, 약속대로 어젯밤에."

대위가 말했다. 간수장이라 불린 간호장교는 노여워하지 않고 웃어 보였다. 소매 짧은 하얀 제복을 입은 그녀는 가을날 아침 공기가 몸에 차가운 듯 어깨를 움츠렸다. 역시 하얀 모자가 나비처럼 뒤통수에 붙어 있었다. 그녀는 중위였다.

"어마, 새로 오셨군요. 어디서 오셨죠?"

중위가 중위에게 물었다.

성 중위는 그의 전 소속과 군번 계급 성명을 대었다. 총명하게 생긴 삼각형의 얼굴을 한 문 중위는 간호 일지를 작성하였다.

그날은 침대 위에 누워서 성 중위는 책을 보며 지냈다. 집에 돌아온 '앨'이 두들겨 맞춘 커다란 짐차 위에 가구와 가족을 싣고 캘리포니아로 먼 여행을 떠나고 있었다. 그가 초진을 받은 것은 그 이튿날, 그러니까 그가 입원한 지 사흘째 되는 날이었다. 야전병원에는 이비인후과가 없었다. 그는 외과부장 군의관 대위 앞에 불려 갔다.

"10년 전에 중이염을 앓으셨군요." 그는 야전 의무표를 보면서 말했다. "지금까지 어떻게 근무하셨지요?"

"중이염인지 뭔지 모르나 하여튼 옛날에 앓은 적이 있었지요. 그러나 그건 그때 다 치료됐었습니다."

"그럼 어디가 아프세요? 어디 봅시다."

그는 성 중위의 왼쪽 귀를 들여다보았다.

"이쪽은 이상이 없고… 저쪽을 봅시다."

"오른쪽은 더 이상이 없을 겁니다."

"그래요? 그런데 귀에서 소리가 난다는 말씀이죠?"

"그렇습니다."

"후송하라고 소리가 납니까?"

"농담할 기분이 아닌데요."

"그러시겠지요. 농담은 그만둡시다. 진찰도 끝났습니다. 이상 없습니다. 퇴원하십시오."

"퇴원은," 성 중위는 군의관을 똑바로 쳐다보면서 말했다. "다 나은 사람이 하는 거겠지요."

"나을 것이 없어요, 장교님은."

"그럼 제가 여기까지 놀러 왔단 말씀입니까? 그리고 나을지 안 나을지를 치료도 안 해보고 단언할 수 있습니까?"

"치료할 것이 없다는 말씀입니다. 적어도 내가 보기에는요."

"그 단서가 중요합니다. 여기서 발견되지 않았다고 해서 반드시 병이 없다는 것 아니겠지요? 혹시 도움이 될지 모르겠습니다만, 여기…"성 중위는 호주머니에서 청력표를 꺼냈다. "전문의의 진단 결과가 있습니다."

"군의관이 괜찮다고 하는데 왜 자꾸 그러시지요?"

그는 청력표를 받아서 펴 보며 말했다.

"그러나 아픈 것은 군의관이 아니니까요."

성 중위는 군의관을 주시했다. 군의관은 청력 도표를 대강 훑어보았다. 그의 시선은 그 아래에 있는 영문으로 날인된 군의관의 의견란에서 멎었다. 잠시 침묵이 흘렀다. 성 중위는 눈을 돌려 창밖을 내다보았다. 백양나무의 잎들이 하얗게 펄럭이면서 떨어지고 있었다.

"알았습니다."군의관이 고개를 들면서 말했다. "가 계세요. 그리고 이건 병상 일지에 첨부하는 것이 좋겠습니다."

성 중위는 의자에서 일어섰다. 군의관은 성 중위를 데리고 온 호실 위생병을 불렀다.

"김 상병, 문 중위더러 이 장교님 후송 상신하라고 그래."

성 중위가 제17후송병원으로 후송되어 떠난 것은 그로부터 나흘 뒤 오후였다. 장교 병실에서는 그와 그 대위에게 후송 특명이 났다. 특명 사본을 받아 들자 대위는 즉시 행동을 개시하였다.

"여보 성 중위, 지금 떠납시다."

성 중위는 팔깍지를 해서 베고 침대 위에 누워 있었다.

"네 시가 다 되었는데요? 내일 갑시다. 날짜도 있는데…."

"세 시 40… 7분인데 뭘 그루? 여기 나가서 버스 타면 30분밖에 안 걸려요." 그는 벌써 군화 끈을 매고 있었다. "아이, 난 진 저리가 나서… 당신은 참 빨리 난 셈이오. 일주일밖에 안 됐지요? 나는 2주일 이상을 썩었더니… 저긴 참 좋습니다."

"좋긴 뭐가 좋다고 그러세요?" 성 중위 대신 위생병이 받았다. "새로 짓는 중이어서 엉성합니다. 기간 사병들은 매일 사역이래요, 일과만 끝나면요."

"새로 지었으니 좋지이? 이 콘세또에 비해? 야야, 그건 그래 봬도 영구 건물이다. 장교 병실두요, 부록크 막사 한 채를 다 차지하고 있어요. 침대 수는 많은데 내가 갔을 땐, 그젠가 갔는데, 있는 장교는 10여 명밖에 안 돼요. 갑시다. 여기 있음 뭘 해요?"

"사람이 많아서요, 물건만 잘 없어진대요. 여기서 간 이 중위님 가던 날로 시계 잃어버리지 않았어요?"

"어머 그랬대요?"

책상에 엎드려 글을 쓰고 있던 간호장교가 참견했다.

"그야 자기가 부주의한 탓이지 뭐."

대위는 구두끈을 다 매고 일어서서 바지를 털었다.

"미리 가면 뭘 합니까? 천천히 갑시다."

누운 채 성 중위가 말했다.

"혼자 어떻게 가요? 같이 갑시다. 아직 시간은 충분해요."

"어…, 그럼 그럭합시다."

성 중위는 일어나 침대에 걸터앉았다.

"성 중위님은 여기에 정이 드셨나 봐, 그동안."

위생병이 말했다.

"그래?"

성 중위는 자기 소지품을 가방에 챙겨 넣었다. 그랬는지도 모르지⋯ 그는 담배를 피워 물었다.

"내 작업복과 군화를 다오."

이윽고 출발 준비가 다 되었다.

"간수장님, 그동안 폐 많이 끼쳤습니다."

대위가 말했다.

"그동안 규칙을 잘 지켜주셔서 감사합니다."

간호장교는 웃어 보였다.

"자, 그럼 안녕히들 계세요."

성 중위는 대위를 따라 밖으로 나갔다.

"라디오를," 남아 있는 사람이 가는 사람을 떠나보냈다. "잘 간수하세요."

3

제17후송병원이라 쓴 부대 간판은 국도에서 2백 미터쯤 떨어져 있었다. 정문을 들어서자 소꿉장난 같은 자그마한 동산이 꾸며져 있었고 그 한쪽에는 각 부서를 가리키는 화살표들이 초행자를 돕고 있었다. 성 중위는 입퇴원과를 찾아갔다. 대위는 수속은 내일 밟는다면서 병실 쪽으로 사라졌다.

"이비인후과시군요." 성 중위가 내준 병상 일지를 한 장씩 넘기면서 입퇴원과장이 말했다. 그러고는 귀를 보자고 했다. 보고 나서 그는 계속했다. "입원이 안 될 것 같은데요."

또 절벽이구나… 성 중위는 생각하였다. 이 녀석에겐 어떻게 귀를 뚫어준다?

"이비과 군의관에게 가봅시다."

입퇴원과장은 성 중위를 데리고 옆방으로 갔다. 후송병원에는 안과와 이비인후과가 합쳐져 있었다. 안 이비인후과장은 성 중위의 귀를 진찰했다.

"디스차지? 어드밋숑?" 입퇴원과장이 이비과 군의관에게 속삭였다.

"디스차지!" 이비인후과장이 대답했다.

입퇴원과장은 성 중위를 돌아보았다.

"입원이 안 되겠답니다."

"50야전에서 여기까지 오는 사이에 병이 다 나은 모양이군요."

성 중위는 놀라지 않고 대답했다.

"거기에는 이비인후과 없어요."

이비인후과장이 말했다.

"50야전에서 여기까진," 성 중위는 이비인후과장의 참견에는 관계없이 입퇴원과장에게 계속했다. "30분밖에 안 걸리는데 말입니다. 그렇다면 다행입니다만."

"거기에는 이비인후과 전공 군의관이 없단 말씀예요."

이비인후과장이 소리를 질렀다.

"거기서 작성된 병상 일지를 보셨습니까?"

성 중위가 드디어 이비인후과장을 정면으로 바라보고 말했다.

"보나 마나예요."

"경솔하시군요." 성 중위가 말했다. "거기에는 특수 시설을 사용한 전문의의 진단 결과가 첨부되어 있는데."

"특수 시설요?"

이비인후과장은 입퇴원과장에게 눈짓을 했다. 입퇴원과장은 밖으로 나갔다.

"방음 장치된 조그마한 밀실입니다. 수도육군병원에서…."

"오디오미터군. 알고 있어요."

이비인후과장은 성 중위의 말이 끝나기도 전에 말했다.

"아시겠지만, 거기서 수신기를 둘러쓰고 청력 검사를 받았습니다. 군의관은 밖에서…."

"글쎄 알고 있대두요."

이비인후과장은 다시 성 중위의 말을 방해했다. 입퇴원과장이 성 중위의 병상 일지를 가지고 왔다. 이비인후과장은 단번에 청력표를 찾아서 펼쳤다.

"4천 사이클에서 청력이… 잘 아시겠지만."

성 중위가 말했다. 이비인후과장은 성 중위를 노려보았다.

"나는 전공이 달라서," 입퇴원과장이 막연히 말했다. "보았자 눈이 발바닥이야."

그리고는 성 중위를 향해서 설명하였다.

"이분은 수도병원에서 일루 오신 지 얼마 안 됩니다. 거기 이 비인후과에 오래 계셨지요."

"이 중위가 테스트했군."

이비인후과장이 병상 일지를 덮으면서 말했다. 그는 그것을 입퇴원과장에게 돌려주었다. 그리고 결론을 내렸다.

"어드밋숑."

입원 수속을 마친 성 중위는 장교 병실로 향했다. 병원은 시설을 확장 중에 있었다. 새로 지은 블록 독립 건물들 중 하나가 장교 병실이었다. 새 건물들은 모두 같은 크기에 같은 모양이었고 서로의 간격도 일정하였다. 한편에는 기초 공사가 진행 중에 있었다. 파헤쳐진 구덩이의 크기는 같은 건물이 세워질 것을 예상케 했다. 난민 정착용 집단 주택들 중 임의의 하나에 들어가는 듯한 기분으로 성 중위는 장교 병실에 들어섰다. 건물 한 채가 방 하나를 만들었다. 들어선 문 저쪽 끝에는 같은 모양의 문이 또 있었고 양쪽에는 낮고 큰 창문이 대칭을 이루면서 나 있었다. 그 아래 야전침대의 병상들이 두 줄로 가운데에 복도를 만들면서 배열되어 있었다. 우선 그를 당혹케 한 것은 많은 사람들이었다. 조용히 누워 있는 대신에 군데군데 바둑과 장기판을 벌이고 거기에 요란한 훈수까지 곁들여 있었다. 더욱 요란하게 보인 것은 사람들이 일정한 환자복을 입지 않고 각기 제멋대로의 가지각색 잠옷을 입고 있었기 때문이었는지도 몰랐다. 성 중위는 피로를 느꼈다. 위생병은 보이지 않았다. 그는 방 안을 살폈다. 한쪽 끝에서 같이 온 대위가 그를 손짓해 불렀다. 그는 성 중위를 위해서 자리를 잡아놓고 기다리고 있었다.

"입원은 되었수?"

"예, 수속 다 마쳤습니다."

성 중위는 대강 자리를 정리한 다음 구두도 벗지 않고 침대 위에 누워버렸다. 그의 40여 일간의 후송병원 생활이 시작된 것이었다.

입원한 지 며칠 후 그는 초진을 받기 위해서 다시 이비인후과 장 앞에 섰다. 군의관 옆에는 책상을 나란히 하여 가냘프게 생긴 간호장교가 앉아서 백지에 싼 소설을 책상 서랍에 감추어 읽고 있었다. 군의관은 병상 일지를 기록했다.

"그런 증상이 언제부터 시작되었지요?"

"한 2년 되는 거 같습니다."

"좀더 정확히 말할 수 없소?"

"그때가 중동부전선에 있었을 때니까… 20개월쯤 됩니다."

"20개월. 어떻게 시작되었지요?"

"총을 쏜 다음부터 시작되었습니다. 구경 .45권총 말입니다. 세 상자를, 그러니까 150발을 선 자리에서 다 쏘아 없앴지요. 총열의 과열도 생각지 않고 그냥 쏘아댔습니다. 무엇이 있었냐구요? 아무것도 없었습니다. 먹고 버린 빈 깡통이 하나 뒹굴고 있었지요. 그리고 주위에는 아무도 없었습니다, 나밖에는."

빈 깡통을 본 순간, 그는 그것을 없애버리고 싶었다. 버려져서 뒹구는 빈 깡통이었다. 그는 그것을 향해서 연방 탄창을 갈아 끼우며 방아쇠를 당겼었다. 탄환이 떨어지고 어깨가 무거워지며 피로가 온몸을 습격해왔었다. 그러나 그의 마음은 후련해져 있었다.

"그때부터 계속해서 소리가 났습니까?"

격발 반동은 쾌감을 주었다. 충격이 어깨에 전해질 때마다 쾌감이 전신으로 퍼져나갔다. 상쾌한 고통이 폭음과 더불어 짜릿하게 전신을 파고들었다. 격발할 때마다 총구와 깡통은 동시에 튀어 올랐다. 격발은 반복되었다. 쾌감도 따라 올랐다. 탄환이 떨어지자 격발은 그쳤다. 갑자기 피로해졌다. 빈 깡통은 보기 흉하게 이지러져 있었다.

"그때부터 소리가 계속해서 났느냔 말이에요."

군의관이 소리를 높여 재차 물었다.

"그렇습니다." 성 중위는 자기의 시선이 상대방에게가 아니라 그 너머 약장 위에 있었음을 깨달았다. 그러나 그는 약장 위의 약병들을 보고 있었던 것도 아니었다. "그때부터 죽… 처음에 귀가 먹먹하도록 소리가 났습니다만 사격 뒤에 으레 있는 것으로 생각하여 대수롭잖게 여겼습니다. 그러나 소리는 2, 3일 사이에 훨씬 작아졌지만 그치지는 않았어요. 그것이 지금까지 계속되고 있습니다."

"일종의 신경외상입니다. 포병장교에게 많지요." 군의관은 병상 일지를 덮었다. 그리고 계속하였다. "적당한 치료법이 없어요. 약물도 별로 없고… 오디날이란 약이 시장에 나와 있긴 한데 별루 신통하질 못해요."

"수도병원에서 진찰이 끝난 다음, 간단한 치료를 받았습니다만."

"어떻게 해줍디까?"

"귀로 바람을 넣어서 코로 빼는⋯."

"통풍 치료요? 그것도 자신 있는 방법이 아닙니다."

"별도리가 없으면 그거라도 받아보는 것이 좋지 않겠어요? 한 2, 3개월 계속하면 나아질는지도 모른다고 말씀하시던데, 거기서."

"그야 그렇지요. 안 받는 거보다 받는 게 낫지요. 뿐만 아니라 수도병원이 시설이 젤 나아요. 청력기도 부속병원과 수도병원에밖에 없습니다."

"그리로 후송 보내주셨으면 감사하겠습니다."

"글쎄, 이 청력표 의견란에도," 군의관은 병상 일지에 첨부된 청력 도표를 펼쳤다. "특별 치료를 위해서 수도육군병원에 후송 입원하라고 되어 있는데⋯ 이 의견과 여기서의 후송 방향과는 별문젭니다."

"수도병원으로 입원해서 특별 치료를 꼭 받아보라고 말씀하시던데."

"여기서 수도로 못 갑니다. 응급 환자 외에는. 위궤양으로 위가 터진 환자 같으면 야전병원에서도 수도로 헬리콥터 후송을 합니다만."

"그럼 어느 병원이 그담으로 시설이 좋습니까?"

"그 외엔 다 비슷비슷하지요. 대구가 좀 낫다고 그러지만."

"그러면… 어느 병원으로 가야 수도로 후송이 될 수 있습니까?"

"여기를 벗어나면 수도로 가기는 더욱 어렵지요. 수도가 이비인후과 시설이 좋다는 이야기지, 일반적으로 보면 명칭은 육군병원이지만 후송병원 비슷해요. 거기서도 후방 육군병원으로 많이 후송 보내고 있습니다. 거기는 병상 수가 적어서 항상 환자가 넘치니까요. 그런데 후방 육군병원에서 그리로 후송이 되겠어요?"

"가려면 여기서 가야 되겠군요."

"그렇지요. 그런데 여기선 그리로 보내드릴 수 없다 그 말씀이에요."

"……."

"그리고 어디로 후송 가느냐 하는 문제보다 후송이 되느냐 하는 것부터 생각해봐야죠."

"후송이 되느냐,라뇨? 입원 환자에게 적당한 치료 방책이 없으면 후송시키는 거 아닙니까?"

"입원은 내가 시켰지만 후송은 내가 안 시켜요. 후송심사위원회라는 것이 있어요. 군사령부 의무참모부에서도 나오지요. 그리고 개인 후송도 없어요. 다 집단 후송입니다."

"그렇지만 담당 군의관의 의견이 중요하지 않겠어요? 거의 결정적일 텐데요?"

"물론 그렇지요. 그러나 보장은 못 한다 그 말씀예요." 군의관은 성 중위의 병상 일지를 서랍 속에 집어넣었다. 그리고 딴 환자들의 것을 한 묶음 책상 위에 내놓으며 덧붙였다. "자, 이걸 언제 다 본다!"

성 중위는 병실로 돌아갔다. 병실은 이미 낯설지 않았다. 빈 벌판에 천막을 치고 풀을 깔아 그 위에서 지내는 야영도 며칠 밤을 자고 나면 아늑한 곳이 되지 않았던가. 아무리 허술해도 성곽은 성곽이었다. 대위는 작업복을 입은 채 침대 위에 비스듬하게 누워서 라디오를 틀어놓고 야구 중계를 듣고 있었다. 그는 성 중위의 노여운 낯빛을 살피면서 초진 결과를 물었다. 성 중위는 대강 이야기해주었다. 듣고 나서 대위는 충고했다.

"약을 써요, 약을. 나도 50야전에서 일로 넘어올 때 바이스로 이 한 보루 썼지 않았수?"

"그래요? 환자가 되레 의사에게 약을 쓴단 말씀이지요?"

성 중위는 생각했다. 그럴 수도 있겠지… 의사라고 다 건강한 건 아닐 테니까….

"써봐요. 생각했던 것보다 빠를 테니까, 효과가."

"그럴 기분이 안 나요. 까짓거 내버려두면 어때요. 지 알아서 하겠지요."

성 중위는 내뱉듯 말하고 침대 위에 길게 누워버렸다.

대위는—50에서 성 중위와 같이 온 장 대위는 곧잘 서울에 나갔다. 밤에 나가서 며칠씩 묵고 오곤 했다. 성 중위는 라디오를 자꾸 틀었다. 기대를 가지고, 그러나 실망을 거의 예감하면서 스위치를 켜곤 했다. 그의 예감은 대개 들어맞았다. 아나운서는 말을 좋아했다. 뒤늦은 유행가 하나를 들려주고는 문학소녀

같은 넋두리를 늘어놓곤 했다. 가슴에 맺힌 것을 풀어헤치면서 육박해오는 놀라운 관현악이 들려오면, 반드시 그에 값하는 군소리가 뒤따랐다. 대화가 번거로워지고 말마저 귀찮아져서 생각조차 하기 싫어질 때 돌부처가 되지 않는 방법은 음악에 있었다. 음악은 강요함이 없이 언어 이상의 것을 말해주었다. 직관은, 불완전하고 오해의 가능성이 많았으나 그만큼 신경의 소모가 적었고 편리했다. 음악을 들으면서 제멋대로의 상상을 하고 있을 때, 한정된 영상을 강요하며 참섭해오는 언어는 질색이었다. 그럴 때면 그는 라디오를 발길로 차버리고 싶은 충동을 억누르면서 스위치를 꺼버리곤 했다. 차라리 침묵을 택하자는 것이었다. 침묵은 금은 아니었으나 언어보다 즐겼다. 그는 침대 위에 번듯이 누워서 천장에 배열된 합판을 헤아렸다. 왼쪽에서 오른쪽으로, 오른쪽에서 왼쪽으로, 또는 하나씩 또는 둘씩, 가능한 여러 가지 방법으로 합판의 수를 헤아렸다. 헤아리다 지치면 책을 읽었다. '앨'은 그의 가족과 함께 '오키'가 되어 캘리포니아의 거리를 헤매고 있었다.

한국의 유명한 가을 하늘이 높고 맑게 갠 어느 날 오후, 드디어 '앨'은 죽었다. 성 중위는 책을 덮어 가방 속에 집어넣고 침대에 걸터앉아 창밖을 내다보았다. 마주 서 있는 저쪽 병실도, 어슬렁거리는 푸른 옷의 환자도, 경쾌한 하얀 옷의 간호부도, 그의 눈에는 들어오지 않았다. 그는 먼산을 바라보았다. 그날도 백운대는 멀리서 빨갛게 타올랐다. 활엽수 넓은 잎에 고착된 태양광선이 찬란하게 작렬했다. 얼마 동안을 그렇게 앉아 있었을까.

그는 '앨'만을 생각하고 있는 것은 아니었다. 그저 그렇게 앉아 있었다. 마음이 무거웠다. 무엇인가가 그를 눌러왔다. 그는 일어섰다. 새삼스럽게 생각이 난 듯 담배를 피워 물었다. 그리고 군화 끈을 매었다. 한 칸씩 한 칸씩 정확하게 매어나갔다.

국도 건너편 멀지 않은 곳에 도봉산으로 들어가는 길이 있었다. 성 중위는 거기를 향해서 걸었다. 지프차가 달려오고 그 뒤에 숨어서 새까맣고 납작한 고급 승용차가 소리 없이 다가왔다. 군용 트럭은 소리를 내면서 질주해 갔다. 선명한 색채로 채색된 버스가 머리를 내밀면서 나타나서 거대한 차체를 끌고 둔중하게 달렸다. 성 중위는 도봉산 입구께로 접어들었다. 차량은 계속해서 달려오고 달려갔다. 그중에서 그의 주의를 끈 것은 버스를 앞질러서 전속력으로 달려오는 4분의 3톤 한 대였다. 그것은 역학적 균형이 잘 잡힌 중심이 낮은 신형 미군 4분의 3톤 차였다. 성 중위 옆을 지날 때 운전대 옆에 앉은 흑인 병사가 손을 창밖으로 내어 흔들면서 하얀 이를 드러내놓고 웃었다. 차는 빨리 작아져갔다. 성 중위는 움직이지 않고 자리에 서서 사라져가는 차의 꽁무니를 바라보았다. 차는 마침내 나지막한 언덕 너머로 자지러져 갔다.

성 중위는 17번 도로의 험한 내리막길을 내려오고 있었다. 풀이 무성하게 자라나는 첫여름이었다. 등 뒤에서 내리막을 달리는 가벼운 엔진 소리가 멀리서 들려왔다. 그는 길가에 비켜서서 차를 기다렸다. 편승해 가자는 심산에서였다. 차가 산모퉁이를 돌자 엔진 소리는 갑자기 커졌다. 차는 4분의 3톤이었다. 그것은 속력껏 달려왔다. 성 중위는 손을 들었다. 그러나 차는 속력을 조금도 늦추지 않았다. 운전대 옆에 앉은 중위가 손을 가로 저어 거절했다. 차는 바람 소리를 내며 성 중위를 지나쳤다. 그때 성 중위는 무엇을 생각했을까. 그때부터 내리막이 끝나고 급굽이가 있는 산모퉁이로 차가 자취를 감출 때까지는 기껏 10초 이내였다. 그동안 성 중위가 마음속으로 무엇이라 말하였을까. 그것은 성 중위 자신도 정확히 알 수 없었다. 차가 굽이를 돌아서 사라진 것과 거의 동시에 하얀 먼지가 둥글게 푹 솟아올랐을 때 성 중위는 10초와 10분의 구별도 할 수 없었다. 전신에 긴장을 느끼면서 그는 모퉁이를 돌아섰다. 그리고 보았다, 그 속력에 그 정지를. 차는 네 다리를 하늘로 뻗고 있었다. 자동차의 네 바퀴가 허공에 떠 있는 것은 충격적인 풍경이었다. 어디선가 신음 소리가 났다. 우거진 풀숲 속에서였다. 부상한 사병이 신음하는 중위를 업고 기어 나왔다. 누워 있는 차가 가리키는 방향에서 미군의 4분의 3톤이 달려왔다. 성 중위는 그 살아 있는 차를 세웠다. 미군은 사태를 간파하고 즉시 차를 돌렸다. 그러고는 그들을 싣고 오던 길로 되돌아갔다. 맨 처음 적십자가 눈에 띈 집 속으로 그들은 운반되었다. 운전대 옆에 앉아 있었던 중위가 제일 중태였다. 민간인 의사는 중위의 작업복 소맷자락을 어깨에까지 가위로 베었다. 중위는 소리쳐 아픔을 호소했다. 성 중위는 그것을 보고, 아니 듣고 있었다. "아아 아 아."

그 소리는 성 중위가 연대본부에 가는 도중에도 그치지 않았다. 성 중위는 그것을 강력히 부인했다. 그는 소리 없이 외쳤다.

그때 나는 그것을 생각하지 않았다…. 더구나 그것을 바라지는 더욱 아니하였다…. 절대, 절대 바라지는 않았다…. 다만 내리막에서 저렇게 속력을 내다간 위험하지 않을까,라고만 생각했었다…. 다만 위험하다고 생각했을 뿐이다… 위험하다고만… 사실 위험했었으니까 말이다…. 그렇게 달리고서 사고가 안 날 수 있었겠는가…. 사고가… 사고가 말이다…. 그는 열심히 주장하였다. 주장하고 보니 설복된 듯도 하였다. 그러나 마음 한구석에 자리 잡은 허전함은 어쩔 수 없었다. 그 허전함이 정통으로 찔렸다. 연대 작전과에 돌아와서 그가 그 사고 얘기를 대강 했을 때, 옆에서 듣고 있던 사병이 무심코 지껄인 한마디는 그의 아픈 데를 바로 때렸다.

"성 중위님을 안 태워줘서 그랬어요, 그 새끼들."

사병은 웃으며 말했다.

그러나 성 중위는 웃지 않았다. 그는 많은 사고의 현장을 목격해왔었다. 폭발 사고는 교통사고보다 더 참혹했었다. 그러나 그가 보아온 어떤 사고도 이번 것만큼 충격적인 것은 없었다. 그는 그 이유를 어렴풋이 느낄 수 있었다. 그중에는 속도와 정지의 결정적 대조도 있었고, 그 차에 편승했을 경우를 상상하는 데서 오는 사고자들과의 동일시 의식도 있었다. 마치 죽음이 그를 스치고 지나간 듯한 느낌이었다. 그러나 이례적인 충격의 원인이 그뿐이었을까? 그는 그들을 저주했었는지도 몰랐다. '자식들, 꼬라박아버려라!' 그렇다면 그의 저주는 너무 빨리, 너무 선명히, 그리고 너무 비참히 실현된 셈이었다. 그는 어렸을 때

살쾡이를 돌로 맞혀 죽인 일이 있었다. 돌을 던진 것은 맞히기 위해서였지만 그의 돌에 날쌘 살쾡이가 맞아서 더구나 죽으리라고는 거의 기대하지 않았다. 그러나 살쾡이는 거짓말처럼 픽 쓰러졌다. 그리고 네 다리를 뻗었다. 어린 그는 놀랐다. 두 손을 가슴 위에 웅크리고 선 자리에서 무서움에 떨었다. 그는 그곳을 도망쳐 엄마에게로 달려갔다. 엄마는 그를 꾸짖었다. 그는 울었다. 엄마는 그의 등을 쓰다듬어주었다. 꾸지람을 듣고 나자 그의 무서움은 적이 풀렸다. 그러나 이번 경우에는 그를 꾸짖어줄 사람이 없었다. 그는 그와 그 사고 사이에 더 밀접한 관계가 있는 것처럼 느껴졌다. 그것은 그러나 분명치 않았다. 분명한 것은 다만 귀에 박힌, 소리치는 신음 소리뿐이었다. "아아 아 아—" 죽음이 그를 스쳐 갔다… 스쳐서 어디로 갔단 말인가… 그를 향해서 쏜 화살이 엉뚱하게도 무고한 사람의 가슴… 가슴 위에… 아아 아 아—

도봉산 산보에서 돌아왔을 때 성 중위는 술에 젖어 있었다. 날은 이미 저문 다음이었다. 그는 웃고 있었다. "넌 어떻게 마실수록 얼굴이 창백해져? 얼굴빛 가지고는 네가 취했는지 안 취했는지 알 수가 없단 말야. 그러나 난 금방 알아낼 수가 있지. 취하기만 하면 넌 곧잘 히죽히죽 웃으니까 말야"

'코페르니쿠스'는 지금 뭘 하고 있을까… 녀석은 첫잔에 얼굴이 빨개졌지… 코부터 말야…. 정말 그 녀석은 코페르니쿠스였어…. 그는 웃었다. 병원은 어둠에 싸여 있었다. 어두운 밤하늘을 배경으로 시커먼 건물들의 윤곽이 뚜렷이 드러났다. 모든 풍경은 새로워 보였다. 거울을 통해서 거꾸로 볼 때처럼 같은 세계가 또 하나의 다른 세계로 나타났다. 그의 수정체는 채색되어 있었다. 그것은 편리한 채색이었다. 각도를 달리해서 볼 때완 또 다른 무엇이 있었다. 보이는 대로 보는 대신에 보고 싶은 대로 볼 수 있었다. 보았던 것을 안 볼 수도 있었고, 안 보았던 것을 볼 수도 있었다. 그러나 어느 풍경화가 더 진실에 가까웠는지 말하기 어려웠다. 이쪽 수정체가 술에 젖어 있다면 저쪽 수정체는 습관에 물들어 있었으니까. 하나의 풍경에 두 개의 풍경화… 성 중위는 드문 풍경화를 보고 있었다. 하늘이 기울고 지평선도 따라서 기울었다. 확실히 지구는 움직이고 있었다. …네 나이 몇 살이냐, 대답해요, 사알짝 대답해요. …아이 답답해 답답해 저 엉말 답답해…. 도라 도라지, 도라 도라지, 도라도라 도라지 산 도라지가… 나는 나는 조오아요오. …그는 흥얼거리며 병실로 들어갔다. 병실에는 불이 저쪽 끝에 하나만 켜져 있었다. 긴 병실, 불빛이 희미해진 곳에 그는 서서 병실 안을 관망하였다. 그것은 선실이었다. 하루의 긴 항해가 끝나고 피곤한 선원들이 그들의 그물 침대 속에 혹은 엎드려 고향에 편지를 쓰고, 혹은 누워 아내의 사진을 꺼내 보고 있었다. 성 중위는 그의 병상 위에 걸쳐 앉았다. 반은 밝았고 반은 어두웠다. '앨'이 들어 있는 그의 가방이 침대와 침대 사이에서 희끄무레하게 빛나고 있었다. 가방에 붙은 하얀 쇠붙이는 차갑게 반짝였다. 그것은 관 모서리에 달린 백동 장식이었다. 그리고 그 관 속에는 '앨'이 잠들어 있었다. 그는 여전히 웃고 있었다.

4

성 중위가 후송된 것은 그로부터 2주일 후였다. 후송되기 전 날까지도 그는 그것을 모르고 있었다. 장 대위에게서 후송 심사가 있다는 귀띔을 받고 그는 그의 담당 군의관을 찾아갔다. 이비인후과장은 모른다고 잡아떼었다.

"언제쯤 있을지도 모르시겠어요?"

"글쎄 잘 모르겠단 말씀예요."

"당분간 없다면 휴가나 좀 갔다 왔으면 합니다만."

성 중위는 유도 작전을 썼다.

"휴가요? 건 알아서 하세요. 그러나 난 책임 못 져요. 언제 후송 심사가 있을지 모르니까요."

성 중위는 더 할 말을 찾지 못하고 물러나와버렸다. 후송 심사는 그때 진행되고 있었다. 성 중위는 불려 가지 않았다. 그러나 후송자 명단이 발표되었을 때 거기에는 그의 이름도 끼어 있었다. 그는 서류 심사로 통과된 모양이었다. 포화 상태에 이른 환자들은 후방 각지의 육군병원으로 분산되어 특명이 났다. 성 중위는 부산으로 났다.

환자들은 17시 이전에 저녁을 먹어치우고 각자의 소지품을 가지각색으로 꾸렸다. 지구 적십자 지사에서 나와 크고 맛없는 빵이 셋씩 들어 있는 봉지를 일일이 나누어 주었다. 4분의 3톤 구급차들과 2톤 반 짐차들이 연병장에 집결하였다. 열 대 미만의 차량들은 환자들로 채워졌다. 그들은 18시에 병원을 출발하였다. 낙엽이 소리를 내며 떨어지고 있었다. 성 중위는 비좁은 구급차에 쭈그리고 앉아서 뒤로 사라져가는 계절의 잔해들을 바라보고 있었다. 저물어가는 계절의 저물어가는 날이 포도 위로 깔려오고 있었다.

차량 이동 10분에 그들은 기차역까지 이르렀다. 기차는 20시에 도착 예정이었다. 그러나 그것은 정기 열차가 아니었다. 각 후송병원을 거치면서 열차 후송 환자들을 주워 싣고 후방 육군병원을 순방하는 후송 열차였다. 17병원은 그 기차가 방문하는 마지막 후송병원이었다. 한적한 시골의 간이역은 때아닌 인구 증가로 붐볐다. 환자들은 삼삼오오 떼를 지어 양지를 찾아서 기차를 기다렸다. 그들을 싣고 왔던 차량들의 마지막 차가 먼지를 뒤로 남기고 사라져갔다. 해는 서산에 떨어지고 있었다. 허술한 역사 안에서 전화통이 울었다. 기차가 ××역을 방금 출발했다는 전달이 왔다. 그리고 도착이 예정보다 늦으리라는 결론도 나왔다. 성 중위는 딴 보행 환자들과 함께 역 앞 대폿집으로 갔다.

날은 어두워갔고 또 쌀쌀해져갔다. 탁한 술기운이 배 속을 뜨뜻이 하면서 얼굴로 퍼져 올랐다. 성 중위는 자신의 뺨을 의식할 수 있었다. 마치 뺨의 피부가 자기와는 분리되어 있는 것처럼 느껴졌다. 얼굴을 스치는 찬 공기가 상쾌했다. 그는 낮은 판자 울타리에 비스듬히 기대 서서 올 것을 기다리고 있었다. 그는 웃고 있었다.

길고 긴 병원 열차가 도착한 것은 21시 20분이었다. 옆구리에 적십자를 단 하얀 열차였다. 그러나 성 중위는 타고 나서 실망했다. 침대칸은 만원이었고 남은 것은 딱딱한 의자 칸뿐이었다. 환자들은 쌀쌀한 밤공기에 난방 장치를 아쉬워했다. 그러나 그들은 한 의자에 같이 앉으려 하지 않았다. 대개가 의자 하나에 한 사람씩 앉아서 어두운 창밖을 내다보았다. 차 칸은 텅 빈 듯하였다. 위생병과 수송 하사관이 오락가락할 뿐, 차 안은 조용했다. 조용히 그들은 차가 떠나기를 기다렸다.

22시가 되자 기차는 출발했다. 서로 다른 많은 환자들을 싣고 기차는 새로운, 그러나 단순한 또 하나의 다른 세계를 향하여 감감한 간이역을 떠나 어둠 속을 달렸다.

(1962)

나주댁

애국을 전문으로 하는 사람들은 서울에만 몰려 있는 것이 아니라, 종종 벼랑에 핀 꽃처럼 대단한 벽지에서도 산견되는 수가 있다. 그들은 그 희소가치로 인해서 더욱 빛이 찬연하고 기세가 대단하다. 아무도 그들의 우국충정을 폄할 수 없다. 그들은 갈수록 창궐하는 매국적 부정부패와 민족정기의 망국적 타락에 대한 끊임없는 경고이고 제동 장치이다. 비록 모든 사회악과 도덕적 타락이 불치의 암처럼 뿌리 깊은 고질이 되어버렸지만 그들은 그들의 제동 능력의 효율에 대해서는 전혀 관심이 없다. 그들은 그들이 자임하고 나선 임무가 엄청나게도 중대하다는 사실만으로 만족한다. 그들은 없으면 별것이 아니지만, 있으면 없어서는 안 되겠다는 생각이 들게 되는 그런 종류의 사람들이다. 그들은 대개 다음과 같은 세 가지에 의해서 특징지어진다. 첫째, 정열적이고, 둘째, 배타적이며, 셋째, 비생산적이다. 그들을 만나보기가 점점 더 어려워져가고 있지만 그렇다고 아직 절망적인 단계는 아니다.

대단한 벽지라고 말했지만, 사실은 그렇지도 않다. 인구 3만이면 전라남도에서 10대 도시에 든다. 사방이 산으로 둘러싸여 봄이 늦는 이 분지 도시에는 여섯 개의 교육 기관과 한 개의 극장, 다섯 개의 약방, 세 개의 병원이 있다. 지금 이 지방 최고급 교육기관인 종합고등학교의 교무실에서 이례적으로 직원 종례가 열리고 있다. 교장은 격앙된 목소리로 말한다.

"생각해보시오. 나로서는 도저히 이해할 수가 없소. 읍사무소의 사환 아이까지 동원되어 나무를 심고 있는데, 바로 그 시각에, 대낮부터, 옴팡집에 들어박혀 술타령을 하다니, 이게 도대체 용인될 수 있는 일이오? 길을 막고 물어보시오. 학생들이 동원되면 당연히 교사가 따라가야 한다는 교육자적 양심은 잠시 차치하고라도, 국가적 대행사에 불참하는 것이 우선 국민 된 도리로서 되었소? 그러고도 당신들은 이 지방의 최고 지성인을 자처할 작정이오? 그래, 지성인의 눈과 귀에는 매년 비가 오면 홍수요, 안 오면 한해가 되는, 이 민족적인 비극적 현실이 안 들어온단 말이오? 지성인들에게 국가적 대사업에 앞장설 의무는 있어도 그것을 뒤에서 우롱할 권리는 없을 것이오. 국가 없는 지성인이 무슨 소용이 있으며 민족 없는 교육자가 무슨 필요가 있겠소. 통탄할 일이오."

교장의 비분강개에 감동하는 사람은 아무도 없다. 아무도 얼굴 표정을 바꾸지 않는다. 그들은 교장이 가령 청소년 축구대회가 국민 체위에 미치는 영향에 대해서 얘기했더라도 역시 같은 표정들을 했을 것이다. 교감은 교장의 연설이 자기의 영향력에 끼칠 득실을 따져보면서 탁상용 달력의 지난날 치 이면에다가 이따금 비망록을 적어 넣는 척했고, 서울사대를 나온 영어 선생은 창문으로 들어오는 광선에다가 안경알을 하얗게 번득이면서 논리의 일방통행이 갖는 횡포성에 관해서 생각했고, ㅈ대학을 나온 국어 선생은 혹시 거기서 어떤 시적 영감이 나오지 않을까해서 책상 위에 묻은 잉크 얼룩을 열심히 바라보았다. 눈을 깜박이는 사람, 코를 후비는 사람, 천장을 쳐다보면서 바지 호주머니에 들어 있어야 할 10원짜리 행방을 찾는 사람, 모두가 직원회의 때마다의 습관 그대로였다. 교장은 그것이 원망스럽다. 그가 파놓은 감정의 웅덩이에 아무도 빠져주지 않는다. 빠지기는커녕 오히려 파놓은 사람 자신이 그 속으로 빠져 들어가는 것을 재미있게 지켜보고 있다. 항상 말하는 바이지만, 정서적 정의감의 고갈이다. 그러나 교장은 더 말하지 않고 거기서 그치기로 한다. 조금 짧았지만 그 대신 내용이 중후했으므로, 그가 한 이야기는 그날 치 애국의 하루 몫으로 충분하다고 생각되기 때문이다. 그는 얼굴이 상기되어 밖으로 나간다. 그의 연설에 가장 감동한 사람은 바로 교장 자신이다. 그는 오랜만의 시원스러운 배설로 가슴이 후련하다.

서무실을 거쳐 교장실로 돌아온 그는 조금 울적한 기분이 된다. 언제나 한바탕의 애국을 하고 나면 그는 그런 기분이 된다. 고군분투라고나 할까. 그는 적적하다. 그럴 때면 그는 얼마나 지기가 아쉬워지는지 모른다. 그는 담배를 피워 물고 창밖을 내다본다. 밖은 완연히 봄이다. 불과 며칠 전까지만 해도 비봉에는 철 늦게 질척질척 내린 눈이 하얗게 덮여 있었고 학교 뒤 개천에는, 물 위에는 살얼음이 깔렸었고 양쪽 기슭에는 얼음 기둥들이 들고 일어서 있었고 밟고 지나가자 바삭바삭 무너지는 소리들을 냈었는데, 어느새 봄은 그 입김을 살며시 불어서 언 것들을 녹여버렸다. 먼산에 눈이 녹자 개천 물은 부쩍 늘어나서 겨우내 앙상하게 드러나 있었던 징검돌들 위로 소리를 내며 흘렀고, 얼음 기둥들이 있었던 양쪽 기슭으로 넘쳐서 버실버실 무너지는 논둑의 흙벼랑 속으로 촉촉이 번져갔다. 대지의 표면에까지 번져간 물기는 이탈리아 포플러와 수양버들과 오리나무의 뿌리를 통해 줄기를 타고 가장 가는 가지의 끝에까지 기어 올라갔다.

교장은 어제 비선암 골짜기에다 다섯 그루의 리기다소나무를 심었다. 그러고는 한 시가 되자 학생들을 해산시키고 버슬버슬한 흙을 밟으며 암자로 올라가서 술을 마셨다. 술은 읍사무소에서 마련한 막걸리였는데, 두 개의 커다란 술통 속에 들어 있었다. 읍장은 나오지 않았다. 커다란 동이에 부어놓은 술을 기관장들이 시음 삼아, 말하자면 테이프를 끊는 셈으로 한 사발씩 들이켜고 났을 때, 부읍장이 넌지시 그를 끌고 한쪽으로 가더니 읍장은 지난번에 터진 비료 대금 사건 관계로 급히 광주에 올라갔다고 심각한 표정으로 귀띔해주었다. 그는 머리를 끄덕거리면서 역시 심각한 표정을 해 보였다. 그러나 그들 중의 누구도 불행한 것 같지는 않았다. 더러 남의 불행은 우리들을 기쁘게 해주는 수가 있다.

교장은 권에 못 이겨 두 사발의 술을 더 마셨다. 시장하던 터였으므로 술기운이 즉시 온몸으로 퍼졌다. 그는 알맞게 취한 기분으로 교감과 함께 네 명의 교사들에 의해서 옹위되어 산을 내려갔다. 깨끗하게 비질되어 있는 흙 계단 밑에서부터 달구지 하나는 좋이 지나갈 수 있는 등외 도로가 파란 보리밭 사이로 길게 나 있었다. 그들은 그 자리에 없는 사람들의 흉을 보면서 싱그러운 4월의 들판 한가운데를 걸어갔다. 1킬로미터쯤 가자 그들이 올 때 걸어왔던 큰길이 나타났고 다시 1킬로미터를 더 가자 읍내가 되었다.

시간은 두 시가 겨워 있었다. 술기운으로 잠시 잊혔던 배고픔이 되살아왔다. 그들은 동일옥으로 갔다. 그러나 교사들 중 두 사람은 머리가 아프다고 비단결보다 더 부드러운 4월의 태양을 불평하면서 각자 마누라들한테로 돌아갔다. 사실 햇볕에 쬐인 것을 이겨내지 못한 것은 나이에 의해서 저항력이 약해진 교장의 머리였다. 그는 방으로 들어가서 자리를 잡고 앉자, 먼저 심부름하는 애를 불러서 뇌신을 사 오게 했다.

"제일약방으로 가거라. 어딘지 알지야?"

제일약방은 한 갑에 15원씩 하는 뇌신을 백 원에 열 갑씩이나 주는 인심 좋은 약방이다. 교장은 뇌신을 잘 먹는다. 거의 규칙적으로 일주일에 한 갑씩 먹을 정도이다.

약을 기다리고 있는데 그 집 주인이 들어왔다. 그 읍에서 일급으로 꼽히는 요릿집 동일옥의 주인은 그들 학교의 기성회 부회장이었다.

"교장 선생님 오셨습니꺄! 교감 선생님도 오시고! 두루 평안
들 허셨습니꺄!"

키가 작고 살이 찐 주인은 크고 둥글고 불그스레한 얼굴에 웃
음을 가득 띠고 네 사람의 교육자들에게 일일이 인사를 했다.
그는 그들보다 훨씬 더 신수가 훤해 보였지만, 대단히 친절했기
때문에 그들 중의 누구도 기분을 상할 필요는 없었다. 그런데
그는 그날이 4월 5일이라는 것은 알고 있었지만, 4월 5일이 식
목일이라는 것은 깜빡 모르고 있었다. 그래서 그들은 입을 모아
그의 무지를 깨우쳐주었다. 그들은 그들끼리만 있었을 때는 교
대로 10분에 한 번씩 정도밖에 할 말이 없었는데, 그가 뛰어 들
어오자, 아연 활기를 띠었다. 그는 그들에게 말할 재료들을 한없
이 많이 만들어주었다. 무엇이든지 그가 끄집어내는 이야기는
재미있는 화제가 되었다. 심부름하는 애가 약을 사 왔을 때, 그
는 그 소년을 자세히 쳐다보지도 않고 손을 내저으면서, "뭐이
냐. 니는 나가 있거라"라고 말함으로써 교장에게 "이왕 사 온 약
이니 그냥 먹어둡시다"라고 말하여 좌중에 폭소를 일으킬 기회
를 만들어주었다. 그 약이 교장의 습관성 두통을 치료하기 위한
것임이 분명해지자, 그는 돼지의 골을 열 마리만 빼어 먹으면
절대로 두통이 나지 않는다고 말했다. 그래서 나머지 네 사람은
한 5분 동안 그들의 돼지에 관한 지식을 총동원하지 않을 수 없
었다. 교장은 팔의 굽힘 하나에까지 중대한 의미를 부여하면서
약 한 봉지를 입안에 털어 넣고 물을 마셔서 꿀꺽 삼켰다.

"교장 선생님은 어쩔라고 갈수록 더 이뻐지십니꺄?" 동일옥 주인이 불쑥 말했다. "젊으셨을 적엔 각시들헌티 인기가 좋으셨 겄습니다."

그러자 나머지 세 사람들은 일제히 돼지 같은 건 까맣게 잊어 버렸다. 그들은 열심히 교장의 얼굴을 바라보았다. 허연 살갗, 얄팍하지만 붉은 입술, 날카로운 콧날, 짙은 눈썹, 늙어서 주름이 잡혀 쌍꺼풀이 된 눈, 단아한 이마, 숱이 적지만 기름을 발라 곱게 양쪽으로 빗어 넘긴 머리, 그들은 교장이 미남이라고 항상 생각해왔다. 그러나 교장 앞에서 그런 말을 한 적은 한번도 없다. 그리고 들은 적도 없다. 교장은 소년처럼 얼굴을 붉혔다. 과히 기분 나쁜 표정은 아니었다. 그러나 밥상이 들어오자, 다소 구원을 받은 듯한 눈치였다.

밥은 비빔밥이었다. 교감은 그의 항문의 늘옴치근이 싫어한다고 고추장을 젓가락으로 상 위에 덜어놓았다. 주인도 합석을 했다. 그에게는 조금 이른 점심인 모양이었다. 그러나 네 사람의 교육자들에게는 "찬은 없지만…"이라는 말을 거의 할 필요가 없었다. 식목은 식욕을 돋우어주었다. 우아한 옥색 한복으로 차려입은 배구 선수같이 몸집이 좋은 짧은 머리의 작부가 '스텡' 쟁반에 술 주전자와 잔들을 받쳐 들고 들어왔을 때는 이미 두서너번째의 숟가락들이 그들의 입속으로 들어가고 있는 중이었다.

"자, 교장 선생님, 반주로 한잔 드십시오."

채 밥도 다 비비지 못하고 있던 주인이 작부에게 교장 곁에 앉도록 눈짓하면서 말했다.

"아까 산에서 막걸리를 마셨는데, 섞어서 괜찮을랑가 모르겠소?"

교장이 작부에게서 건네받은 유리 술잔을 들여다보면서 말했다.

"막걸리를 자셨습니꺄? 하하! 그래서 머리가 아프시그만이라. 요새 도게 탁배기가 뒷이 안 좋습넨다. 그게 보나 마나 종만이 짐샌네 신월도게에게서 나왔을 텐디, 요새 그 집 술, 말이 많습넨다."

"정말, 큰일이올시다." 교감이 주인의 말을 받았다. "막걸리라면 농준데, 정말이지 농민들의 위생에 커다란 적신호가 아닐 수 없어요."

교감은 그 학교에서 가장 표준말을 잘 쓰는 사람으로 꼽히고 있다. 중학교를 동란 전에 서울서 나온 그는 전라남도 '교육계에 투신'하기 전에 서울에서 잠시 교편을 잡은 적이 있고 그것을 굉장히 자랑으로 알고 있다.

"그렁께 촌에 가면 집집마다 밀주 없는 집이 없심다."

젊은 교사가 숟가락질을 잠시 멈추고 얼른 한마디 했다. 그러자 옆에 앉아 있던 나이 좀 든 그의 동료가 아마도 그 이야기가 그들 둘 사이에 공통되는 지식이었던지, 이렇게 받았다.

"양조장에서는 아예 단속해서 고발할 생각을 안 헙니다. 그대신 각 부락에다가 매달 한 통이면 한 통, 두 통이면 두 통을 강제로 떠맡깁니다. 그러면 부락에서는 못 이기는 체하고 그것을 받습니다. 그 대신, 인자 책임량을 소모했응께 그다음부터는 얼마든지 밀주를 마셔도 상관허지 말라는 그런 툽니다."

"하, 그래요?"

"그렁께, 술도가에서 농민들허고 협상을 허는 셈이그만. 한 달에 도가 술 얼만을 마셔라, 그러고 나서는 밀주를 얼마든지 마셔도 좋다, 이거로구만."

교장은 그 이야기가 초면이 아닌 모양이었다. 작부가 따라준 정종을 옆에서 보기에도 시원스럽게 쩍 들이켠 다음에 입맛을 쩝쩝 다시면서 그 이야기의 진수를 듣는 사람들이 행여 놓쳐서야 되겠냐는 듯이 부연했다.

"양조장에서 배당을 많이 하면 어떻게 해요?"

교감은 걱정이 되는 모양이었다. 교장이 건네주는 술잔을 냉큼 받아 들면서 그가 말했다.

"하하하, 그러면 그만큼 더 마시면 되겠지라우. 하하."

주인이 웃자 나머지 사람들도 따라 웃었다. 교감도. 그러나 그는 조금 무안했던지 얼굴을 살짝 붉히고 여자가 따라주는 술을 홀짝 마셨다. 그러고는 머리를 한번 털고 술맛을 감상하는 척했다.

"나주떡은 어디 갔소?"

교장이 말했다.

"아, 나주떡 말입니까?"

주인은 입맛을 쩝쩝 다셨다. 나주댁이라면 아마 할 말이 조금 있는 모양이었다. 그는 나이 든 교사를 통해서 그에게 건너온 술잔을 받아 들고, 그러나 그것을 여자에게 내밀 생각은 하지 않고, 머리를 끄덕거리면서 말을 계속했다. 화술이란 별것이 아니었다. 천천히 말하는 것이 비결이었다. 느리게. 될 수 있는 대로 느리게. 단 발언권을 뺏기지 않을 범위 안에서. 지금 주인이 그 좋은 본보기였다.

"이놈의 장시도 옴팍집 때문에 못 해묵겄십니다. 생겼다 허면 옴팍집이지 뭡니까? 그런디, 어떻게 된 놈의 세상이, 이놈의 옴팍집은 간판도 없이, 옴팍허니 들어앙거서, 알 국물만 쪽, 쪽 빨아묵고 있음시룽도, 세금 한 푼 안 내니, 어디 해보겄십니까. 말이 좋아서 옴팍집이제 각시가 셋 있으면 작은 축에 든다니, 요정 뺨치고도 남지 않겄십니까. 그런디 술 먹는 사람들은 여기와서 쪼끔 비싸면, 바가지 썼다고 생각험시룽, 그놈의 옴팍집에서는 아무리 포옥 뒤집어써도 본전 생각이 안 나는 모양이니, 사람 환장헐 노릇 아닙니까."

작부는 술을 따르고 싶어서 견딜 수 없는 모양이었다. 잔을 든 손이 움직일 때마다 주전자가 들먹거렸다. 그녀는 틀림없이 신참이었다. 남자들의 이야기에는 전혀 관심이 없이 오직 술을 부을 기회만을 노리고 있었다. 그는 잔을 내밂으로써 그녀에게 은혜를 베풀었다.

"요 앞에 네거리 말씀입니다, 교장 선생님." 그는 오래 비어 있었던 잔에 술이 채워지자 단숨에 홀짝 마시고 나서 옆에 앉은 젊은 교사에게 두 손으로 공손히 잔을 돌린 다음, 말을 계속했다. 젊은 선생은 작부를 오래 기다리게 하지 않았다. "요 앞에 네거리에 가면 새로 옴팍집 하나 생긴 것이 있습니다. 칠성이가 문방구 허던 자린디, 곗돈 백만 원 띠묵고 야반도주 안 했십니까. 그 집에 가면 나주떡이 있을 거이그만이라. 왜, 저, 며칠 전에 쑈가 안 들어왔십니까. 그걸 보고 오길래, 한 자리 뭐라고 했더니, 가타부타 말 한마디 없이 보따리를 쌈시롱, 나도 순정이 있어요, 이러지 않습니까. 하도 얼척이 없어서, 어, 잘헌다, 잘해, 허고 보고만 있었십니다."

주인은 말을 마치자 웃지도 않고 밥을 한 숟갈 가득히 퍼서 입안에 집어넣었다. 아마 위 안에 밥알을 받아들이기에 충분할 만큼 소화액이 분비된 모양이었다.

"나도 순정이 있어요, 그래요? 하하하."

교감이 말했다. 그의 콧등에는 땀방울이 송울송울 맺혀 있었다. 그는 그가 조금 전에 처했던 웃음의 대상 자리에 딴사람을 앉힐 최초의 기회를 놓칠 수 없었다. 그는 소리 높여 웃었다. 그래서 옆 사람들은 할 수 없이 조금씩 부조를 했다.

"장 사장이 순정을 못 갖게 헌 것 아니오?"

"아이고, 교장 선생님도, 원. 허허허."

"하하하."

모두들 잠시 숟가락질할 것을 잊고 머리들을 뒤로 젖히면서 크게 웃었다. 다만 작부만이 남자들의 밥그릇들 옆, 손 가까운 곳에 놓여 있는 술잔들 중에 혹시 빈 것이 있지나 않은가 두루 살펴보느라고 미처 웃을 기회를 가지지 못했을 뿐이었다

교장은 의자에서 벌떡 일어선다. 담뱃불을 왕관 맥주 재떨이에다 비벼 끄고, 열두 개의 우승컵과 우승패가 진열되어 있는 소나무 책장 앞을 지나 교기가 받침대에 꽂혀 축 늘어져 있는 창가로 가서 밖을 내다본다. 봄, 애국, 여자… 군데군데 웅덩이

가 팬 운동장과 가위질은 잘되어 있지만 한쪽 구석에 구멍이 뚫린 탱자나무 가시 울타리의 일직선 위로 먼 산이 한눈에 들어온다. 식목, 순정, 막걸리… 그의 머릿속에서는 그의 눈이 보는 것과는 별로 관계없는 낱말들이 춤을 춘다. 그러다가 '쑈'라는 낱말이, 맹렬히 발 운동을 하면서 나팔을 휘두르는 악사들과 흔들며 악을 쓰는 가수, 그리고 조명을 받아 온통 극장 안에 빛의 조각들을 뿌리는 가구가락 깡통에서 오려낸 양철 조각과 함께 나타나자, 일제히 그 속으로 그 낱말들은 빨려 들어가버리고, 한순간 그의 머릿속은 찡— 하는 소리가 나도록 텅 빈다.

그때, 문에서 두드리는 소리가 난다. 그리고 이쪽 승낙도 없이 그것이 열린다. 머리가 훌렁 벗어진 서무주사가 결재판을 들고 들어와서 빈 교장 의자 곁으로 간다. 그러고는 마치 교장이 거기 앉아 있기라도 한 것처럼 결재판을 펼쳐서 그 앞에 놓고 공손히 서서 두 손을 마주 잡는다.

교장이 가서 안경을 코 위에 걸치고 들여다보니, 학생 입퇴학에 관한 학교장의 전권을 행사하라는 이야기다. 매년 이맘때면 그런 건이 서너 건씩은 생긴다. 그것은 다시 말하면, 그 지방 '유지'의 아들로서 서울 또는 광주에 있는 고등학교 입학시험에 세 번쯤 떨어진 애들이 서넛 된다는 뜻이기도 하다. 교장은 두말없이 도장을 찍는다. 대머리 씨는 보기보단 민첩하게 서류를 넘기면서 도장이 찍혀야 할 자리를 손가락들을 가지런히 해서 가리킨다. 일이 끝나자 결재판을 덮으면서 그가 말한다.

"아까 장 사장헌티서 저녁에 교장 선생님 틈 있으시면 놀러

나오시라고 전화 왔었습니다."

교장은 우선 "흠!" 하고 헛기침을 하면서 머리를 끄덕거려둔다. 그러나 속으로는 조금 놀란다. 그는 전날 그와 헤어졌을 때를 생각해본다. 대머리 주사는 거의 교장의 생각을 방해함이 없이 방을 빠져나간다.

그들이 그 전날 동일옥에서 헤어진 것은 거의 네 시가 돼서였다. 비빔밥과 정종으로 배를 불린 네 명의 교육자들은 유쾌하게 주인과 작별을 했다. 주인은 특히 틈을 붙잡아 교장에게 살짝 "미처 몰랐습니다. 며칠 사이에 조용히 한번 모실랍니다"라고 말했다. 그는 그 말이 정확히 무엇을 뜻하는 것인지 얼른 알아차릴 수 없었다. 물론 마음에 언뜻 짚이는 것이 있긴 했지만, 그것이 그것이라고 대뜸 단정을 내리기에는 아무래도 조금 부끄러웠다. 그러나 그는 한층 더 기분이 우쭐해졌기 때문에 교감과 단둘이 되어 네거리에 이르렀을 때는 문득 생각난 것처럼 "우리 여기 들어가서 한잔 더 하고 갈까요?"라고 말할 준비가 다 되어 있었다. 그런데, 교감은 서울말을 잘하는 데 비하면 이런 데에는 너무 쑥이었다. 이쪽에서 뭐라고 하기 전에 먼저 "아, 저게 바로 그 옴팍집이그만요. 교장 선생님, 한번 들어가보시죠?"라고 말해주면 오죽 좋으랴만, 그는 도통 이쪽 기분과는 거리가 멀다.

"아, 포식했더니 졸린데요. 교장 선생님은 피곤하지 않으세요?"

그들은 네거리를 지나가고 있었다. 과연, 공책과 시험지를 잔뜩 쌓아놓고, 목이 없이 바로 어깨에 머리가 붙은 사내가 쭈그리고 앉아서 문방구점을 보고 있던 자리에, '대중식사'라고 유리창 한 칸에 한 자씩 써 붙인 음식집이 나 있었다. 교장은 창문 안으로 벌겋게 익은 낙지가 통째로 걸려 있는 것을 보았다.

결국 그들은 나주댁 집을 그대로 지나쳤다. 교감은 피곤하다면서도 의무감에선지 여러 가지 학교 일들을 의논해왔다. 그는 배수로를 확장하기 전에 봄장마가 찾아올까 봐서 걱정이었고, 체육 선생이 체육 시간에 애들을 시켜서 운동장 팬 곳을 메우지 않는 것이 불만이었다. 고급 학년으로 갈수록 학년 초부터 장결생이 생기는 것이 큰일이었고, 그 대신 저학년으로 가면 교과서를 갖추지 않은 학생들이 많은 것이 탈이었다. 교장은 연방 머리만 끄덕거렸다. 그러면서 이따금 좌우를 살피는 척하며 뒤를 돌아보았다.

세번짼가 뒤를 돌아보았을 때, 나주댁 집에서 한 패의 술꾼들이 나오는 것이 보였다. 교장은 대수롭지 않게 생각하고 고개를 다시 앞으로 돌리려다 말고 발걸음을 멈추었다. 그의 학교 선생들이었는데 모두 해서 세 사람이었다. 교감도 두어 걸음 중얼거리며 혼자 더 나아가다가 멈춰 서서 뒤를 돌아보았다.

"아니, 저게 김 선생 아니에요? 어이구, 박 선생두. 어? 윤 선생두 나왔네, 산에는 안 나온 냥반이."

그 외에 또 한 사람, 나주댁도 나와 있었다. 김, 박 두 교사는 두어 걸음 떨어져 있었고, 윤 선생과 나주댁이 조금 전의 교장과 동일옥 주인처럼 한쪽으로 비켜서서 소곤거리고 있었다. "미처 몰랐어요. 며칠 새에 조용히 한번 모시겠어요." 교장은 그런 소리를 듣는 듯했다.

그때까지 교장은 부하 직원에게 열등감을 느껴본 적이 없었다. 그리고 솔직히 말하자면, 자기 밑에 있는 직원들을 제대로 존경해준 적이 별로 없었다. 부임해 오는 교사가 '삼류' 출신이면 "여기도 과분하지"였고, 반대로 '일류' 출신이면 "오죽이나 못났길래…"였다. 아무리 탁월한 학벌과 훌륭한 경력을 가졌어도, 아니, 바로 그렇기 때문에, 그 산골에까지 밀려오는 사람은 일종의 낙오자였다. 그는 교장이니까 그곳에 있었지, 젊었을 적, 교사 때에는 도내 일급지의 유수한 고등학교에 안 있어본 데가 없었다.

윤 교사는 그해 봄 학년 초 대이동 때 전강에서 교사로 승진되어 그곳으로 부임해 온 순수한 풋내기였다. 교육 경력 1년 2개월에 출신 학교는 서울에 있는, 그 이름을 들은 적은 많지만, 어떤 한 사람과 관련지어 오래 기억하기에는 아무래도 힘이 드는, 이 학교가 저 학교 같고 저 학교가 이 학교 같은, 그런 어느 사립대학이었다.

교장은 그날 밤 윤 교사의 얼굴이 자꾸 떠올라서 잠을 이룰 수 없었다. 온 지 보름도 안 되는 햇병아리의 얼굴은 문득 생각하면 윤곽이 잡혔지만, 곰곰이 뜯어보면 잡힐 듯하면서도 가물가물 손가락들 사이로 빠져나가버렸다. 남자의 매력이란 무엇인가? 무엇이 여자들로 하여금 얼굴을 붉히게 하는가? 그리고 퇴화해버린 꼬리뼈를 좌우로 흔들게 하는가? 모르면 아무것도 아니지만, 일단 알아버리면 학벌도 직위도 장래성도 심지어는 재산조차도 그 앞에서는 초라해져버리는 어떤 신비스러운 힘, 빛 또는 냄새, 그는 그런 것을 윤 선생의 얼굴의 부분품들 이것 저것에다 연결시켜보았다. 이상한 일이었지만, 그 전날까지만 해도, 정확히 말해서 그날 오후 네거리에서 그를 보기 전까지만 해도 생각조차 못 했던 연결이, 그의 얼굴 부분품들 어디에서나 척척 손쉽게 이루어졌다. 윤 선생의 코는 뭉툭하게 큰 것이 첫 보매 매우 희극적이었었지만, 이제는 그것이 거의 비극적이기까지 한 심각성을 가지고, 그로 하여금, 그때까지 딴 코들에 대한 그 우위성을 의심해본 적이 없는 자기의 날카롭지만 쭉 곧아서 오똑한 콧날을 거울에 비춰보게 했다. 사람이란 여럿 속에 끼어 있을 때는 보잘것없는 것으로 보이기 쉽지만 많은 사람들 중에서 아무라도 한 사람 딱 꼬집어내서 보면, 그는 아무리 정선된 사람에게라도 적수가 될 수 있다. 그것은 그 사람이 잘나서가 아니라, 그 정선된 사람이 어떠한 가벼운 의미에서도 완전할 수 없기 때문이다.

교장은 화가 났다. 생각을 한번 빨딱 뒤엎어보면, 윤 교사는 그를 밤늦게까지 전전반측하게 할 아무런 자격도 권한도 없었다. 그는 날이 밝으면 출근해서 우선 입안에서만 뱅뱅 도는 어물쩡한 그의 출신 학교의 이름을 한번 찾아본 다음, 그를 포함한 모든 교직원에 대한 학교장의 탁락한 우월성을 여지없이 증명해주어야겠다고 자신을 달래어 간신히 잠을 재웠다. 역시 나이가 나이인지라, 낮에 산을 탔던 것이 조금은 피곤했던 모양이었다.

교장은 후딱 서무주사가 사라진 문 쪽을 바라본다. 그리고 자리에서 일어선다. 어쨌든 그는 기분이 좋다. 사람이 항상 애국만 하고 있을 수는 없다. 때로는 전환이라는 것도 해야 되는데, 술과 여자보다 더 효과적인 전환이 있을 리 없다. 그는 그 전날 장 사장과 헤어질 때의 언약이 이렇게 빨리 이루어질 줄은 몰랐다. 그는 조금 전의 적적함, 허전함, 고고한 외로움, 지기지우의 아쉬움… 등으로부터 말끔히 빠져나와 경쾌한 기분으로 퇴근을 서두른다.

교무실에서는 교장이 나가버리자 직원회의에 김이 빠졌다. 교감이 탁상용 일력을 들여다보면서 무슨 말을 하고 있지만 듣고 있는 사람은 아무도 없다. 안경을 낀 영어과 김 선생은 교장이 역시 미남이라고 생각하고 있고, 국어과 박 선생은 책상 위의 잉크 얼룩을 손톱 끝으로 긁적거리면서 자기도 한번 교장이 되어보면 괜찮겠다고 생각하고 있다. 자기가 교장이라면 맨 끝에 이러이러한 말을 덧붙여 멋을 부렸을 텐데라고 생각하는 사람도 있다. 신참 윤 교사는 교장이 되고 싶은 생각이 별로 없다. 그와 함께 부임한 교사가 그 말고도 넷이나 되지만 그들은 모두 교육 경력이 많고 딴 학교에서 같이 근무했던 사람들이 그 학교에 많이 있어서 사람들은 유독 그만을 신참으로 취급했다. 그는 교훈 '부지런한 사람'이 써 붙여져 있는 하얀 벽을 멀끔히 쳐다보면서 부지런히 두 눈을 껌벅이고 있다. 그는 기분이 나쁘다. 그는 교장이 말한 대로 그가 반국가적인 사이비 지성인이라고는 결코 생각한 적이 없다. 반국가적이라니, 그는 지금 눈물겹도록 애국을 하고 있다고 믿고 있다.

그의 담당 과목은 일반사회다. 그는 대학을 졸업한 후 곧 군대에 갔지만 다행히도 기관지가 확장되어 있었으므로 6개월 만에 제대를 했다. 그 뒤로 약 2년 남짓 동안, 서울의 옛 하숙에서 뒹굴며 대학원에 다닌다는 핑계로 집으로부터 돈을 타다 쓰며 놀았다. 집에서는 취직을 하라고 성화였지만, 서울서는 선뜻 오라는 데가 없었고, 그렇다고 아버지의 양조장이 있는 전라남도 ㄱ시는 가끔 방학 때 일주일만 있어보아도 갑갑해서 숨이 막힐 듯했다. 그는 더 이상 핑계를 댈 수가 없게 되자 고향으로 내려왔다. 내려와서 조금 있어보니 그렇게 답답한 것만도 아니었다. 그전에 갑갑하게 느꼈던 것은 일주일밖에 있어보지 않았기 때문이었다는 것이 드러났다. 그는 손쉬운 대로 우선 교편을 잡았다. 광주 시내의 한 고등학교의 전임강사로 부임했다. 그것만 해도 그에게는 커다란 양보였다. 그랬는데 1년이 지나자 교사 승진이라는 미명 아래, 인구 40만의 '대도시'에서 3만의 벽지로 전보 명령이 났다. 그는 48시간 동안 심사숙고했다. 장학사는 "1년 동안만…"이라고 토를 달았지만, 그런 말은 귓가에도 오지 않았다. 결국 부임하기로 결심했지만, 장학사의 말엔 상관없이 1년만 '봉사'하기로 했다. 그것은 순수한 의미의 봉사였다. 그랬는데!

교감의 발언은 끝나고 말하기 좋아하는 사람들이 두 사람째 발언하고 있다. 청소 구역이 바뀌었다는 뭐 그런 얘기다. 선생들은 흥미가 없다. 다음은 도서계 차례다. 교과서 구입 이윤금 분

배의 건이라면 몰라도 그 외에는 역시 흥미가 없다. 말하는 사람도 그것을 알고 있다. 그래서 가끔 "이건 꼭 좀 학생들헌티 주지시켜주셔야겠습니다"라고 제법 교감 같은 소리를 섞는다.

검은 소나무 틀에 끼인 좀상맞게도 잔 창유리를 너머로 교장이 대머리와 함께 퇴근하는 것이 보인다. 교감은 종례를 끝마쳐야 할 때가 왔음을 안다. 교장과 교사들은 3분간의 사이를 두고 교문을 나간다.

윤 선생이 그 학교에 와서 맨 먼저 사귄 것은 박 교사였다. 그는 나이가 그보다 열 살이나 위였지만, 알고 보니 대학 동창이었다. 그의 집에서 신세를 지고 있다가 이제사 그의 주선으로 하숙을 구해 이사를 했다. 이사라야 갈아입을 속옷 나부랭이와 책 몇 권이 든 조금 큰 여행용 가방과 이불 짐뿐이었지만, 그래도 기분이 안 그래서 마침 식목일이라 수업이 없었으므로 그만 학교를 쉬어버렸다. 그러고는 도배지를 사다가 말끔히 방 치장을 하고 그 집 귀퉁이 달아난 앉은뱅이책상을 빌려다 놓고 그 위에 종이를 깔아 책들과 일용품들을 진열한 다음, 낮잠을 잤다, 나른한 4월의 봄 낮잠을. 얼마를 잤는지 모르지만 눈썹이 없고 코가 작아 볼품이 없는 중년의 주인아주머니가 깨워서 일어난 그는 점심을 먹으라는 소리인 줄 알았는데, 방문을 열어보니 밖에 박 선생이 와 있었다. 그는 눈을 씩씩 비비면서 밖으로 나갔다. 돼지 막 곁에 김 선생도 서 있었다. 그들은 가까운 음식점에 가서 점심을 먹었다. 거기서 반주로 술을 한잔씩 했는데도 박 선생이 굳이 우기는 바람에 그들은 다시 네거리에 있는 대폿집으로 들어갔다. 그 집은 밥알이 동동 뜨는 동동주로 유명하다고 박 선생이 말했다. 그러나 들어가보니, 그보다는 술을 따르는 여자가 더 일품이었다. 사람들은 그녀를 나주댁이라고 불렀다. 그래서 그는 그녀의 집이 나주일 것이라고 짐작하고, 나주라면 광주에서 합승이 다닌다는 것밖에는 모르면서도, 마치 거기에서 몇 년을 살아본 것처럼 너스레를 떨었다. 나주댁은 고향 친구를 만나서 기쁘다기보다, 자기의 환심을 사려는 노골적인 아첨에 기분이 좋은 모양이었다. 그녀는 그의 나주 실력을 더 캐물어보지 않고, 곧, 우리가 낯선 사람을 만났을 때 펴는 경계와 배척으로 짜인 그물을 거둬들여버렸다. 그러고는 그가 말을 꺼내기만 하면 웃음을 터뜨렸다. 그래서 박 선생은 짐짓 화난 시늉을 하며 "나주떡은 어찌 그리 총각 냄새를 잘 맡소"라고 말하여 좌중에 폭소를 일으켰다.

"박 선생님, 우리가 대폿집에 들어앉아 있었을 때는 식목이 끝나고 좋이 두 시간은 지났을 때 아닙니까?" 윤 선생은 교문을 나서면서 박 선생에게 불평한다. "그런데 바로 그 시각이라니, 그게 무슨 말입니까? 식목일 행사에 빠진 사람은 하루 종일 무릎 꿇고 엎드려서 전전긍긍하고 있어야 한다 그 말입니까? 온, 세상에! 아전인수도 유만부동이고 논리의 비약에도 분수가 있지, 그런 전체주의적인 사고방식이 어디 있어요, 네?"

"아, 윤 선생, 뭘 그걸 가지고 그러시오? 아무것도 아니오. 잊어뿌시오, 잊어뿌러. 아, 그런 말 허는 재미도 없다면 무슨 재미로 교장 노릇 허겠소?"

"아니, 재미로 남을 병신 만들어요?"

"어허이. 그거이 아니랑께 자꼬 그네. 그런 말은 하나하나 새겨들을 필요가 없단 말이오. 아, 지금 애국에 관한 이야기를 허고 있는갑다, 그렇게 얼렁 대의만 파악해버리면 더 들을 것이 없단 말이오. 생각해보시오. 내용이야 들을 것이 하나도 없다고 해도, 학교 교장이 그런 말을 안 허면 누가 헐 거이오? 그래도 인구가 몇만이 되는디, 그런 말 허는 사람이 하나도 없다면 말이 되겠소? 아니, 그래, 아무리 부패하고 타락했다 해도, 부패했다, 타락했다 허는 말도 없이 부패허고 타락해서야 되겠소? 이건 부패허구 타락한 것이 나쁘다는 얘기는 아니오, 잉. 그건 오해허지 마시오."

"그래요!"

"가령, 10만 원을 써서 교감이 된 사람과 안 써서 안 된 사람이 있다고 헙시다. 사람들이 그 두 사람을 놓고 뭐라고 말허겄소? 써서 된 사람은 재주꾼이라 허고, 안 써서 안 된 사람은 병신이라 허요. 만일 안 쓰고도 될라고 허는 사람이 있다면 사람들은 그를 멍청이라고 헐 것이오. 멍청이가 아니면 아마 지독한 구두쇠겠지요. 나는 뭐, 써서 된 사람과 안 써서 안 된 사람의 어느 쪽이 옳고 그르다고 말할 자신이 없소. 그러나 비록 아침 눈떠서 저녁 잠자리에 들 때까지 돈만 벌라고 눈들이 비래가지고 돌아다닌다 헐지라도, 가다가 한 번씩은 비개인적인, 비현금적인, 비현실적인 이야기를 들어야 허지 않겠소? 그 말에 어떤 실용적인 의미가 있다는 이야기는 결코 아니오. 말하는 사람 자신도 그것이 얼마나 공허한가 하는 것을 잘 알고 있소. 그러나 그 것을 일단 들어서 정서적 만족을 얻은 다음에 다시 철저히 개인적, 현금적, 현실적이 될 수 있지 않겠소! 만일 말이오, 교장이 교직원들을 모아놓고 직원회의를 하면서, 국기에 대한 경례를 하고 나서 하는 말이, 우리 선생님들 다 생활들이 곤란하실 텐데, 각자 재주껏 요령을 부려서 수입을 올리십시오. 과외 수업을 해서 부수입을 올리고 싶거나, 자녀의 교육을 좀더 잘 시키기 위해서 꼭 도시로 나가셔야 할 분들은 각자 3만 원씩만 가지고 오십시오. 이곳에다가 생활 터전을 웬만큼 잡으셨거나, 여기의 실험 실습비 정도로도 만족을 하실 분들은 면 소재지로 미끄러지지 않기 위해서 각자 2만 원씩만 가지고 오십시오. 교감이 되시고 싶은 분들은 곗돈 탄 것이거나 달리 모아놓은 돈 10만 원 하나는 쓸 각오를 하십시오. 물론 자격이 있는 분들 이야기입니다. 자격을 아직 못 따신 분들은 우선 교감 강습 지명을 받아야 하므로 3만 원씩만 준비해두십시오. 이건 교감 선생님한테만 해당되는 이야기입니다만, 혹시 교장이 되시고 싶은 생각은 없으십니까? 다행히도 이번에 무능 교장들을 대폭 좌천시킬 방침이 섰다고 합니다. 기회가 대단히 좋습니다. 30만 원만 쾌척하십시오. 돈 아까운 줄을 누가 모르겠습니까? 받는 사람은 반드시 생각하는 바가 있을 것입니다…. 대개 이렇다고 한번 상상해봅시다. 이런 일은 도대체 있을 수가 없소. 왜냐면, 만일 그렇다면 요릿집이나 이슥한 시간에 찾아간 상사의 집 응접실에서 은밀하게 낮춘 목소리로 귀에다 대고 무슨 말을 할 것이오? 아, 장학사님, 또는 아, 교장 선생님, 우리들도 이젠 조금 애국을 해야 되겠습니다,라고 말할 것이오? 그러면서 기미독립선언문이나, 순국선열 추념문이 들어 있는 봉투를 은밀히 술상 밑으로 건네거나, 그 봉투가 든 케이크 상자를 슬쩍 내려놓고, 아이들이나…라고 말할 것이오?"

"아, 아, 박 선생님은 참 이상한 말씀만 하십니다. 하신 말씀은 다 알아듣겠어요. 그런데 제가 화난다고 하는 것은 딴 게 아니고, 왜 교장은 자신이나 교직원의 정서적인 만족을 위해서, 왜 애매한, 애매하다고까지야 할 수는 없지만, 억울한 나를 도마 위에 얹어놓고 요리를 하느냐 그 말씀입니다. 마치 술 마시면서 안주 한 점 집어 먹는 식이 아닙니까? 나는 누구의 안주도 되고 싶지 않다, 그 말씀입니다."

"아, 그, 그건 또 이렇지요. 윤 선생이 아직 오신 지 얼마 안 되어서 그러신디, 앞으로 몇 개월만 있으시면 자연히 그런 문제는 해결됩니다. 여기 직원이 약 30명밖에 안 됨께, 어차피 한 달에 평균 한 번쯤은 교장 구설에 오를 각오를 해야지요. 그러나 그걸 괘념하는 사람은 하나도 없습니다. 아무도 교장 이야기의 장본인이 누구인가에 대해서 관심이 없습니다. 그것은 그 장본인이 자기 자신일 때도 마찬가지지요. 자, 그럼. 아, 이따 저녁밥 묵고 놀로 가지요. 술이나 한잔씩 허로 나갑시다. 지내고 보면 우리 교장 선생만큼 좋은 분도 드뭅니다. 그동안 한 열 분 모셔봤지만, 이 교장만큼 건망증이 심한 분도 드물어요. 그 밑에서 일하는 사람들헌텐 그게 어딘디요!"

그들은 헤어진다.

그날 밤 저녁을 먹고 나자 윤 선생은 박 선생이 기다려진다. 그러나 박 선생은 여덟 시가 지나도록 나타나지 않는다. 윤 선생은 옷을 걸치고 산보 삼아 거리로 나온다. 박 선생 집에 거의 도착했을 때 집에서 막 나오는 그와 부딪친다.

"아, 윤 선생이오? 그러지 않애도 지금 들릴라든 참인디, 기다리실까 봐서. 나는 처남이 장흥서 온다고 해서 자동차 정류소에 좀 나가봐야겠소."

"아, 그러세요? 다녀오십시오."

"윤 선생은 당구나 한 큐 치실라요?"

"네, 뭐, 산보 삼아 한 바퀴 돌아서 집에 들어가지요."

아, 마누라가 있는 사람은 할 일도 많구나! 그는 그렇게 탄식하면서 박 선생과 헤어진다.

그는 당구장에 들어갈 생각은 없었지만, 문득, 큐를 잡은 사람들의 그림자들이 불 켜진 2층 유리창에 비친 것이 보이자, 갑자기 들어가고 싶어진다. 20쯤만 내려서 놓으면 설마 읍민들에게라도 바가지야 쓰지 않겠지. 그는 좁고 컴컴한 나무 층계를 올라간다.

당구대는 셋인데 빈 것은 하나도 없다. 제일 안쪽에 있는 대에서 치고 있는 사람들을 보니 세 사람인데 모두 그의 학교 동료 교사들이다. 그는 그들의 성을 생각해낼 수 없다. 그들은 그를 반갑게 맞아준다. 그는 한 판을 구경한 다음, 80을 놓고 게임에 끼어든다. 20을 낮추었지만, 한 시간 뒤 네 판 중에서 한 판은 그가 지불한다. 밖으로 나온 그들은 그를 끌고 당구장 건너편에 있는 대폿집으로 간다. 그는 그들의 권에 못 이겨 막걸리 두 사발을 마시고 그들과 헤어진다. 나중에 안 일이지만, 그들 중의 한 사람은 서무 직원이다.

그의 배 속에 들어간 두 잔의 술은 그의 발걸음을 네거리로 돌리게 한다. 단둘이 앉아서 술을 마시자. 밤이 조금 늦어도 좋다. 그런 생각을 하자 그의 발걸음은 갑자기 활기를 띤다. 그리고 나주댁 집의 문 유리에서 인적이 드문 한길 위로 불빛이 새어 나오는 것을 보자 가슴이 조금 뛴다. 그는 백치처럼 거침없이 웃을 그녀의 얼굴을 그려보면서 걸음을 빨리한다. 바로 그때 불빛이 새어 나오던 문이 열리고 길 건너편에까지 확 뻗친 빛의 홍수 속에 그녀가 나타난다. 그는 걸음을 멈춘다. 문이 뒤에서 닫히자 그녀는 어둠 속에 묻힌다. 그는 전신주 뒤에 얼른 몸을 감추고 그녀 뒤에 누가 나타나기를 기다린다. 그녀는 고양이처럼 소리 없이 이쪽으로 다가온다. 그녀가 지나감에 따라서 그는 전신주 뒤로 반원을 그린다. 동행은 없다. 그는 다시 길 복판으로 나와서 그녀의 뒷모습을 지켜본다. 그녀는 오른쪽으로 꺾어서 골목 속으로 자취를 감춘다. 그는 그 골목 입구께로 뛰어간다. 입구에서 열 걸음 남짓 되는 곳에 철사로 그물을 만들어 씌운 30촉짜리 백열전구가 희끄무레하게 비추고 있는 대문이 있는데, 그 속으로 그녀가 막 들어가고 있다. 그 집은 그도 알고 있는 집이다. 대문 기둥에는 골목 입구에서도 잘 보이게 '강남여관'이라는 간판이 붙어 있다. 그는 거기에서 부임 첫 사흘을 묵었다. 그는 골목 입구 반대편 길가로 물러서서 조금 생각에 잠긴다.

그는 자기 주위가 너무 밝아서 옆을 살펴본다. 꽤 깨끗한 대문에 반투명 유리로 뚜껑까지 해 단 외등이 바로 '동일옥' 간판을 비추고 있다. 그는 담배를 피워 물고 활짝 열린 대문 앞으로 가서 한글로 쓴 그 간판을 들여다본다. 집 안에는 방방이 불이 켜져 있고 더러 여자들의 웃음소리가 들려오기도 한다. 처마 밑에도 외등이 있다. 막 물러 나오려고 할 때, 한 방문이 열리고 사람이 나오는데 얼른 보기에도 틀림없는 교장이다. 그는 흠칫 놀라서 열 걸음도 더 물러나 야음 속에 몸을 숨긴다. 교장은 그보다 키가 작고 머리통이 큰 사람과 함께 대문의 외등 밑으로 짧은 그림자를 만들며 나타나더니, 성큼성큼 걸어서 건너편 골목 속으로 자취를 감춘다. 머리통이 큰 사내는 외등 밑에 그대로 잠시 섰다가 마치 천기라도 살피려는 것처럼 고개를 뒤로 발딱 젖히고 하늘을 한번 휘둘러본 다음에 집 안으로 들어가버린다. 4월의 밤바람이 네거리로부터 불어와서, 부지런히 눈을 껌벅이며 어둠 속을 바라보고 있는 윤 선생의 뺨을 스친다.

(1968)

가을비

날이 흐렸다. 오후.

조그마한 한 여자가 현대극장 모퉁이를 돌아서, 포장된 좁은 골목길 위를 또똑 소리를 내면서 걸어갔다. 길 양쪽으로는 더러운 건물들이 이마들을 맞대고 늘어서 있었다. 그녀는 왼편을 살폈다. 바둑, 모밀국수, 헌책, 당구, 복사, 다와 음악, 별표 식품… 건물의 전면들은 온통 낡고 커다란 글씨들투성이였다. 여관이 나타났다. 더러운 목조의 2층 건물이었다. 반투명 유리 위에 맵시 있게 글씨를 쓴 간판이 녹슨 철사로 얽매여 있었다. 그 철사의 한 가닥이 희뿌옇게 구름 낀 하늘로 뻗쳤다. 그녀는 옥호를 확인했다. 그리고 머뭇거렸다. 그러나 그녀는 무슨 커다란 손에 의해서 이끌리기라도 한 것처럼, 좌우를 살피고는 문을 밀고 안으로 쑥 들어갔다.

안은 거리보다 더 음산했다. 채광은 물론, 통풍조차 잘되어 있지 않았다. 눅진한 냄새가 코를 찔렀다. 중년 여자가 열린 유리창으로 살찐 얼굴을 내밀었다. 그녀는 말을 조금 더듬으면서 그 여관에 혹시 서울서 온 어떤 남자가 묵지 않았느냐고 묻고, 그리고 저쪽에서 채 대답을 하기도 전에, 이번에는 조금 더 더듬으면서, 만일 그렇다면 그가 묵고 있는 방이 몇 호실이냐고 물었다.

"2층 8호실로 가보소."

중년 여자가 말했다. 그러고는 자기의 비만한 체구의 반도 될 성싶지 않은 그녀의 작고 가냘픈 몸뚱이를, 눈을 크게 뜨고, 위아래로 훑어보더니, 흥미없다는 듯이 머리를 창문 안으로 거두어들여버렸다. 그녀는 얼핏 중년의 젖가슴이 속셔츠 안에서 밑으로 축 처져 있는 것을 보았다. 앉은뱅이책상 위에 전화기가 조그마한 상자 속에 야무지게 갇혀서 수화기만을 드러내놓고 있었다.

그녀는 구두를 벗고 마루 위로 올라섰다. 슬리퍼가 여러 짝 뒹굴었다. 그녀는 아무거나 두 짝을 찾아서 신었다. 2층으로 가는 층계는 좁고 경사가 급했다. 그녀는 기듯이 엉금엉금 계단을 올라갔다. 머리가 겨우 2층 마룻바닥 위로 솟자마자 찌릿한 냄새가 콧구멍을 벌름거리게 했다. 2층은 복도가 ㄱ자로 나 있었다. 한쪽 끝에 변소가 있었고, 그 반대편으로 굽은 곳에 8호실이 있었다. 그녀는 숨을 한번 들이마시고 문을 두드렸다.

사내는 두 홉들이 소주병을 기울이고 있었다. 그녀가 들어가자 그는 침대 위에 벌떡 일어나 앉아서 그녀를 반겨주었다. 그러나 그녀가 차분하고 조금 냉정했으므로, 그의 눈에 나타났던

기쁨과 생기는 곧 사라져버렸다. 몇 마디 수인사가 끝나자 그들 사이에는 말이 끊어졌다. 그는 눈을 뒤룩거리면서 멍청하게 등을 벽에 기댄 채 침대 위에 걸터앉아 있었다. 눈알이 붉고 이마에 실핏줄이 드러났다. 그의 혈관에 알코올 농도가 짙어져가고 있음이 분명했다. 그녀는 딱딱하고 작은 나무 의자에 앉아서 그를 훔쳐보았다.

그는 그 전날 병원으로 왔을 때보다, 6년 만에 느닷없이 그녀 앞으로 불쑥 나타났을 때보다, 더 지치고 늙어 보였다. 그런데 그는, 가만있자, 스물여덟이었다. 벽에는 노란 회칠이 되어 있었다. 오래되어서 거무스름하게 변색되었고, 곳곳에 때가 묻었다. 저만치 낙서를 칼끝으로 긁어서 지운 흔적 옆에 '구포다리 그립구나'라고 볼펜으로 갈겨쓴 것이 보였다. 몸의 어느 한 부분을 강조한 것도 있었다. 천장과 닿는 곳에는 게으른 아주머니의 빗자루 끝을 피한 거미줄들이 구석구석에 조금씩 남았다. 천장은 합판으로 되어 있었다. 여기저기 하얗게 색이 바랜 비 샌 흔적들이 나 있었다. 울퉁불퉁했다. 그것은 눅눅하게 습기 차고 군데군데 검은 불구멍이 난 비닐 장판의 방바닥과 짝을 이루었다. 이 모든 것들로부터 6년의 시간을 빼버리면 무엇이 될까?

사내가 몸을 옆으로 누이더니, 침대의 한 무서리에서 피우다 꺼놓은 담배 토막을 찾아 물고 성냥불을 켜댔다. 그러고는 침대 한복판에 벌렁 나자빠져서 하얀 연기를 천장에다 뿜어댔다. 그 사내가 스물둘, 그녀는 스무 살이었다. 그녀는 내과 간호장교였고, 그는 방사선과 위생병이었다. 그는 잘나지도 못나지도 않은, 그리고 약간은 수심에 싸인, 아직 세파에 시달리지는 않았지만 머지않아 시달리게 될 것을 예감하고 그것이 도대체 어떤 형태로 다가올 것인지를 근심하는, 이제 막 뼈가 굳어지기 시작한 애기 어른이었다. 그리고 그녀는 철없고 작은 소녀였다.

그가 벌떡 일어났다. 담뱃불을 비벼 껐다. 재떨이는 두어 뼘 되는 탁자 위에 있었는데, 찌그러진 양은이었다.

"이따 밤차루 올라가겠어. 더 있어봤자 폐만 되겠구."

그가 말했다. 그리고 새 담배를 피워 물었다. 그것은 그의 선언에 위엄을 주었다. 그는 담배 연기를 이번에는 방바닥 위로 길게 내뿜었다. 그것은 보는 사람에게 한숨을 쉬는 듯한 인상을 주었다. 그는 고개를 숙인 채 여전히 두 눈을 뛰룩거렸다.

"지금 뭘 해?"

그녀가 물었다.

"사업해."

그가 대답했다. 담배 연기가 방바닥 위에서 부서졌다. 그의 남방셔츠는 땀과 먼지에 절었다. 후줄근하고 철 지난 것이었다. 그녀가 다시 물었다.

"잘돼, 사업?"

"사업?" 그는 시선을 여전히 방바닥 위에 떨친 채 피식 웃었다. "부지런히 돌아다니면 신발 값은 나오지. 사업이래니깐 크게 생각하는 모양인데…, 사실은 외무 사원이야. 보증금 맡겨놓구, 전기다리미를 떼어다가 월부나 일부로 파는 거지. 현금은 3할 할인해주구 말야."

아, 월부 다리미 장수! 그녀는 맥이 빠졌다. 그녀는 자기가 빠져나오려고 애써 바둥대는 어떤 수렁 속으로 자꾸만 자기를 끌고 들어가려는 보이지 않는 손을 느꼈다. 그녀는 가느다랗게 몸을 떨었다. 운명이란 알 수 없는 것이었다. 그래서 사람들은 기적을 기다리면서 살아갔다. 그녀의 환자 중에는 그녀가 병실을 들어갈 때마다 "나 편지 안 왔어? 윤 간호님, 나 편지 올 텐데, 응? 편지 말야, 나한테 편지, 응?"하고 칭얼대는 사람이 있었다. 바로 그것이었다. 누구나 정도의 차이는 있었지만 무엇인가를 기다리면서 살아갔다. 설마 고등학교를 중퇴하고 군대에 들어와서 위생병으로 40개월을 근무하다가 나간 사람이 느닷없이 외과 의사가 되어 나타나리라고는 기대하지 않았겠지만, 그래도 무엇인가가 될 것이라고 기대했었음이 분명했다. 외과 의사야 역시 6년 동안 대학을 다니고, 다시 5년을 더 고생해서 실습과 견습 과정을 마친 다음, 마지막으로 전문의 자격을 딴 사람이 되었다. 박 의사의 하숙집에 가보면, 그동안 조금씩 주워 모아온 의료 기구가 골방에 가득 차 있었다. 그는 전문의 자격을 따자 곧 개업을 준비했다. 그는 지금 서면에 적당한 장소를 물색 중이었다. 운명이란, 결국, 부모의 재산과 자기 자신의 많은 땀과 그리고 다소의 시간이 합쳐져서 되는 것인지도 몰랐다. 그렇다면 운명이란 알 수 없는 것이긴 해도, 지극히 정확한 것임에 틀림없었다.

"네 개쯤을 띠로 묶어서 등에다 짊어지고, 하나를 별도로 상자에서 꺼내어 견본 삼아 한 손에다 들지. 그러구선 비루먹은 똥개 새끼가 쓰레기통에 주둥이를 처박고 있는 한적한 주택가의 골목길을 뚜벅뚜벅 걸어가면서 좋은 전기 아이롱 하나 써보라고 고함을 지르는 거야."

그녀는 박 의사가 그녀더러 이번 밤번이 끝난 다음에 해운대로 놀러 가자고 했다고 고함을 지르고 싶었다. 그리고 자기가 지금쯤 그곳을 빠져나가서 아까 들어올 때 음침하다고 느꼈던 포장된 좁은 골목길을 똑똑 걸어가고 있기를 바랐다. 그렇다면 얼마나 좋을까. 그녀는 자기혐오를 느꼈다.

"그래도 이게 팔리기만 하면 수입이 괜찮어. 하나에 2, 3백 원은 먹거든. 하루에 세 개 팔기가 힘들어서 그렇지."

그는 턱을 괴고 있던 무릎을 내리고 재떨이에 담뱃불을 비벼서 껐다. 어깨뼈가 남방셔츠 밑에서 앙상하게 드러났다. 나무토막 같았다. 그녀는 그에게서 극심한 피로를 발견하고 지아민 주사를 놓아야 할 필요를 느꼈다.

"내가 이렇게 거기를 불러낸 건 무슨 별다른 뜻이 있어서가 아냐. 그저 여기까지 온 김에 한번 만나보고 싶었을 뿐이지. 진소위라고 있었지? 용인 여자 말야. 수원서 살고 있더군. 나는 모르구 불쑥 들어갔는데, 먼저 알아보구 깜짝 반겨주잖어. 맥주를 한 병 내와서 권하길래 마셔줬지. 그러면서두 다리미는 있다고 안 사더군. 임자 여기 있다는 거, 거기서 들었지."

그는 눈을 껌벅거리면서 혼잣말처럼 또박또박 말을 해나갔다. 그녀는 그의 눈 밑에서 거무스레한 반점을 보았다.

그녀는 앉은 채 의자 위에서 엉덩이를 비비적거렸다. 그리고 손가방을 열어서 그 속으로 손을 집어넣었다. 거기에는 5백 원짜리가 여섯 장—, 미리 준비해서 접어둔 3천 원이 들어 있었다. 6년 전 그들이 헤어졌을 때, 그녀는 그에게 5천 원을 주었다. 그것은 경주 역전에 있는 한 무허가 하숙옥에서였고 그때, 그는 전방 부대로 전출되기 위해서 밤 열한 시에 기차를 탔었다.

"수위, 참 친절하던데? 처음엔 되게 우거지상을 짓더니, 인천서 온 사촌 오빠래니깐, 자식, 금방 얼굴에 화색이 돌잖어. 조금 모자란 것 같기두 하구 말야. 저녁 번 근무면 이제 슬슬 들어가 봐야 되겠군?"

그녀는 이때라고 생각했다. 돈을 만지작거리고 있던 손가락 끝에 엷은 긴장이 왔다. 그 돈을 침대의 더러운 화학 섬유 이불 위에 내놓기만 하면 되었다. 방문은 두 발자국 저쪽에 있었다. 그다음부터는 두 다리만 부지런히 움직이면 되었다. 1분 이내에 포장된 좁은 골목. 10분 후에는 병원의 정문….

그녀는 돈을 꺼내 들고 엉덩이가 무거운 듯 비실비실 일어섰다. 손은 넓은 침대가 아니라 좁은 탁자 위로 갔다. 조심이 지나쳐서 새끼손가락이 재떨이의 가녘을 건드렸다. 그러자 쭈그러진 양은 재떨이는 기다렸다는 듯이 소리를 지르면서 방바닥으로 떨어졌다. 꽁초와 타다 남은 성냥개비는 튀고, 재는 날고, 뱉어놓은 껌은 뒹굴었다.

그녀는 화가 났다. 좀더 자신을 가지고 냉정하게 움직이고 있기를 바랐지만, 어쩐지 자꾸 바보처럼 행동하고 있다는 느낌을 떨쳐버릴 수 없었다. 왜 나는 완전하지 못할까. 적어도 빙긋이 웃으면서 '그럼 잘 있어'라고 말하고 우아하게 그곳을 빠져나갈 수 있을 만큼조차 완전하지 못할까! 그녀는 말을 뱉어내기 위해서 입을 우물거렸다. 사내가 침대에서 엉덩이를 떼고 그녀 앞에 우뚝 섰다. 그녀는 그럴 생각이 전혀 없었는데도, 흩어진 담배꽁초를 주워 모으기 위해서 허리를 굽혔다. 그때 느닷없이 사내가 그녀에게 달려들었다.

극심한 피로와 영양실조를 염려했던 것은 그녀의 잘못이었다. 그에게는 아직 충분한 힘이 남아 있었다. 그는 그녀를 떠밀어서 침대 위에 넘어뜨렸다. 그녀는 반항하지 않았다. 그러나 이상하게도 그녀는 점점 더 차분해지고 냉정해졌다. 어떤 알지 못할 자신 같은 것이 되살아났다. 그녀는 두 눈을 감아버렸다.

그녀는 가난한 농부의 셋째 딸로 태어났다. 그녀가 간호고등학교까지 졸업한 것은 거의 입지전적인 의지와 투쟁의 결과였고, 여성다운 집념의 소산이었다. 그녀는 이제 겨우 여름이 쌀 한 톨 없는 보리밥과 강냉이와 설사만을 의미하지는 않는다는 것을 알게 되었다. 그녀는 차츰 도시의 편리와 사치에 익숙해져 갔다. 2백 미터나 떨어진 옹달샘에서 동이로 물을 길어야 했던 것은 각 층마다, 방마다 나와 있는 수도꼭지의 편리함을 그만큼 더 느끼게 해주었다. 병원이라는 말조차 비현실적인 것으로 들릴 만큼 사치스러웠던 그녀에게 이제 그것의 주인인 의사 선생이 같이 극장에 가기를 원하게 되었다. 삶은 고통이 아니라 기쁨이었다. 그녀는 이 기쁨을 놓치고 싶지 않았다. 그러나 이 모든 것들이 원래는 그녀의 손이 미치지 못하는 곳에 있었다는 불행한 암시가 끊임없이 그녀를 괴롭혔다. 한 뙈기의 땅에 여섯 식구의 목숨을 부쳐왔던 사람들은 역시 다리미 월부 장수가 제격인가! 그녀는 빌려 입은 남의 새 옷을 벗어버리고 몸에 맞는 제 헌 옷을 입은 듯, 온몸에서 힘을 빼버렸다.

밖에는 빗방울이 뚝뚝 떨어지고 있었다. 그녀는 외투 깃을 세우고 포도 위를 총총히 걸어갔다. 바람이 불어와서 먼지를 뿌렸다. 가로수의 바짝 마른 커다란 잎들이 길가의 하수구 위를 데굴데굴 굴러갔다. 구겨지고 더럽혀진 신문지 조각이 그녀 앞을 홱 지나갔다. 그녀는 문득 '피부과'를 생각했다. 어제 그를 4층 처치실에까지 끌고 올라와서, 근무 중인 그녀를 그의 코앞에 불러내어, "오빠가 면회 왔는데요, 윤 간호님"이라고 말했던 것은 바로 피부과였다. 언젠가 진짜 사촌 오빠가 들렀을 때였다. 그녀는 비번으로 기숙사에서 낮잠을 자고 있었다. 그랬는데도 바로 그 자식은 근무 시간 중에는 면회 금지라고 우겨댔었다. 오빠는 밖에서 두 시간이나 기다려야 했고, 막상 구내 다방에서 만났을 때는 기차 시간에 쫓겨서 변변히 차 한잔 들지 못하고 헤어져야 했다. 병동 수위는 얼굴이 붉고, 코가 납작하고, 눈썹이 없었다. 그래서 간호원들은 그를 '피부과'라고 불렀다. 그 피부과가 그녀에게는 대단히 친절했다. 그녀는 그것이 별로 탐탁스럽지 않았지만, 그런 기분을 그에게 전달하는 일은 조금 힘이 들었다. 아마 곰이 그보다 눈치가 더 빨랐다.

병원의 정문이 나타났다. 빗발 섞인 음울한 10월의 바닷바람이 건물의 모퉁이로부터 불어왔다. 흩어져 내려온 그녀의 머리칼이 한쪽으로 휘몰아쳤다. 그녀는 고개를 뒤로 발딱 젖혔다. 포석 위에서 구두 발자국 소리가 딱딱딱 났다. 그녀는 희뿌연 오후의 공기 속에 묻혀 있는 병원 안으로 사라졌다. 빗발이 조금씩 굵어져갔다.

간호원 기숙사는 암갈색의 단층 목조 건물이었다. 그것은 6층의 거대한 본관 건물 옆에서 딴 부속 건물들과 함께 초라한 모습으로 서 있었다. 그녀는 침침한 복도로 들어섰다. 바닥에 칠해진 경유 냄새가 코를 찔렀다. 그것은 언제나 그러했다. 그녀는 지난 2년 동안 그 냄새를 맡아왔다. 그것은 이미 구급차의 경적 소리나 수술실의 소독약 냄새와도 같이 그녀 생활의 한 부분이 되어버렸다.

그러나 9월의 어느 날 오후에 귤 빛깔의 커다란 여행용 가방을 들고 처음으로 들어섰을 때, 그것은 얼마나 낯설었던가! 그리고 가령, 서문시장에서 소매치기를 당하고(화려한 꽃무늬의 잠옷을 골라놓고 손가방을 열었을 때 그녀는 대단히 당혹했었다) 일행보다 한 걸음 앞서 혼자 돌아왔을 때나, 성탄절을 며칠 지난 어느 날 밤 유치원 꼬마들의 환자 위문 공연을 구경하고 나서 그 꼬마들이 만들어준 작은 비현실로부터 빠져나왔을 때, 첫눈이 몰래 내렸을 때, 그리고 20년 동안 보호자 노릇을 해준 외삼촌의 별세 소식이 그가 땅속에 묻힌 지 열흘 만에 날아왔을 때, 반복 속으로 묻혀 들어가서 보통이 되어버렸던 그 냄새가 어떻게 생활의 한 부분으로 확산되기를 그만두고, 맨 처음 병원에 대한 첫인상의 일부로서 작용해왔던 그 강렬함을 되찾았던

가. 그녀는 그 냄새가 새삼스럽게 새로워진 것을 깨달았다. 그리고 그 냄새의 강도 속에서 지난날 그만한 강도의 강렬함을 가지고 그 냄새를 그녀의 의식 속으로 밀어 넣었던 여러 가지 순간들을 한꺼번에 기억했다. 어두컴컴한 한쪽 구석에서 헌 옷을 포개 입은 뚱뚱한 노파가 마른걸레질을 하고 있었다. 그녀는 그리로 걸어갔다.

방문은 잠겨 있었다. 같이 방을 쓰는 명옥이는 아직 안 들어온 모양이었다. 그녀는 손가방에서 방문 열쇠를 꺼냈다.

"남해 아 오늘 저녁에 저물겠다 카드라. 니보고 대신 좀 나가돌라 안 카나."

노파가 말했다. 그녀는 문을 열다 말고 돌아서서 노파를 보았다. 노파는 그녀를 거들떠보지도 않고 긴 손잡이가 달린 걸레로 마룻바닥에 난 흙 발자국을 지우고 있었다. 그 노파는 말을 할 때에 상대방을 쳐다봐주는 법이 없었다. 그 노파는 그 병원에 아무도 확실히 알 수 없을 만큼 오래 있어왔다. 그래서 그 병원 안의 일이라면, 사건이든 사람이든 그 노파는 똑바로 얼굴을 돌려서 쳐다볼 필요가 없었다. 그저 몰래 한번 슬쩍 쳐다보기만 하면 되었다. 그녀는 한마디 무슨 말을 물어볼까 하다가 그만두고 방 안으로 들어갔다. 노파에게 말을 걸어서 이득을 본 적은 한 번도 없었다. 그녀는 노파의 시선이 뒤꼭지에 와 닿는 것을 느끼면서 방문을 닫았다.

대신 나가달라고! 그녀는 옷을 벗을 생각도 하지 않고 침대 위에 걸터앉았다. 두꺼운 요 밑에서 커다란 철 침대가 소리 내어 삐걱거렸다. 뻔뻔스런 계집애! 그녀는 시계를 보았다. 미색의 외투 호주머니에서 손을 뽑고 소맷자락을 밀쳐서 손목 위에 얹힌 작은 시계를 들여다보자 문득 남의 방에 들어와 있는 듯한 기분이 들었다. 네 시 근무 교대 시간까지 20분이 남아 있었다.

여관에서 저녁 번 근무라고 말했던 것은 거짓말이었다. 사실은 밤 열두 시부터 시작되는 밤 번 근무였다. 그런데 이렇게 총총히 돌아왔던 것이 결국 남의 저녁 번 근무를 때맞추어 해주기 위해서였단 말인가. 그녀는 옷을 입은 채 침대 위에 벌렁 드러누웠다. 그리고 발뒤꿈치를 서로 비벼서 구두를 벗어가지고 다리를 대롱거리면서 저만치 차 던져버렸다. 모르고 여덟 시에 들어왔더라면 얼마나 좋았을까. 지금 다시 나가버릴까? 그렇게 해버린다면 얼마나 통쾌하랴. 이럴 경우엔, 사실, 배반이 양심이었다. 그러나 이따금 곁눈질을 흘금흘금 해가면서 열심히 청소를 하는 척하고 있는 저 절구통 같은 노파는 어찌할 것이냐. 바람벽처럼 움쩍도 하지 않는 그 노파로 하여금 그녀가 들어왔던 것을 못 보아버렸게 할 수는 없는 노릇. 그런데 그녀는 몰래 배반할 자신은 있었지만, 알게 배반할 용기는 없었다.

용기가 없다는 것은 커다란 손해였다. 세상을 소화불량증에 걸리지 않고 살아가기 위해서는 적당한 양의 뻔뻔스러움과 무례함, 때로는 무지함이 있어야 했다. 모든 것을 너무 쉽게 받아들여버리는 것은 몸에 아주 해로운 일이었다. 현실이라는 것은 그것을 잘 받아들여주는 사람에게는 대단히 위압적이지만, 한번 그것을 거절해보면, 뜻밖에도 거절하는 방향으로 손쉽게 변모해주는 수도 있었다. 다시 말하면, 항상 고분고분할 것이 아니었다. 가다가 더러는 따귀도 갈겨주고, 침도 뱉고, 그리고 악다구니도 써야 했다. 남자의 손이 그녀의 허리께로 들어왔을 때, 그때가 바로 손바닥을 펴서 상대방의 뺨을 후려쳤어야 했을 때였다. 그랬더라면 혹시 냄새나는 여관방의 담뱃불 구멍이 검게 난 낡은 비닐 꽃 장판의 더러운 방바닥 위에 그녀의 손가방이 내동댕이쳐지지는 않았을 것이다. 떡 벌어진 아가리로부터 그 손가방이 연분홍 휴지 쪽과 입술연지를 비죽이 내밀고 있지도 않았을 것이다. 그리고 그것을 주섬주섬 챙겨서 집어 들기 위하여 기듯이 엉금엉금 허리를 굽혔던 처량한 일도 일어나지 않았을 것이다.

물론 전에 유행했던 어떤 유행가의 한 구절이 조금 큰 소리로 불린 것을 들은 노처녀 장 부장처럼, 수위의 정모를 벗겼다 씌웠다 하면서 호통을 칠 수야 없었다. 그러나 예쁘고 작은 처녀가 병동 수위의 낡은 책상 앞을 지나가면서 침을 한번 뱉어 보인다면, 아무리 비윗살 좋은 피부과라 할지라도 조금쯤은 반성할 것이 틀림없었다.

만일 부피가 큰 노파가 이쪽을 쳐다보지도 않고, 이쪽에는 아주 불쾌한 내용의 이야기를 아무렇지도 않다는 듯이 혼잣말처럼 고시랑거릴 수 있다면, 이쪽은 노파의 말이 채 끝나기도 전에 마구 고함을 질러버릴 수도 있었다. 고함 정도야 성대만 튼튼하다면 얼마든지 지를 수 있는 일이었다. 노파는 깜짝 놀라서 입을 떡 벌리고 비로소 이쪽을 똑바로 쳐다볼 테지만, 그때는 이미 이쪽이 방 안에 들어서서 문을 닫은 다음일 것이다. 아무리 노파가 병원에 오래 있었다 하지만, 설마 간호부장일 리야 없었다.

그랬더라면 지금쯤, 아마, 노파의 나이와 한국 여자의 평균 수명을 비교해보고 있지 않아도 되었을 것이다. 그를 빚어서 이 세상에 있게 해준 그의 부모가 들으면 결코 유쾌하지는 않을 천형 병의 속칭으로 수위를 부를 필요도 없었을 것이다. 그리고 어쨌든 한때는 좋아한 적도 있었던 한 사내에 대해서 이와 같이 착 가라앉은 원한 같은 것을 품지 않아도 되었을 것이다. 오히려 그들에게 미안한 생각이나, 한 가닥의 동정을 느끼고 있을지도 모를 일이었다. 미안이나 동정이라면 그렇게 건강에 해로운 것이 아니었다.

그녀는 얼핏 든 잠에서 깨어났다. 날은 완전히 어두워져 있었다. 그녀는 네 시 반이 되는 것까지 보고, 일어나야지, 일어나야지 하면서 잠이 들었다. 그날 그녀는 조금 피곤했던 모양이었다. 그녀는 일어섰다. 으스스 몸이 떨렸다. 불을 켰다. 일곱 시가 지나 있었다. 그녀는 머리를 긁적거렸다. 그리고 하품을 하고 옷을 갈아입었다. 배가 고프다. 그러나 밥 생각은 없었다. 담요 속에 포근히 묻혀서 한숨 더 자고 싶었다. 밖으로 나오자 가랑비가 땅을 적시고 있었다. 그녀는 어깨를 웅크렸다. 그리고 한 손으로 머리를 가리고 본관 현관으로 뛰어갔다. 외등이 희미하게 빗속에 걸려 있었다. 4층 처치실에는 동료 간호원이 환자복을 입은 남자와 마주 앉아서 사과를 깎아 먹고 있었다.

"어머, 언니유? 언니가 당했수? 난 명옥이 언니가 안 나오길래 이번엔 누가 걸렸을까 하고 궁금해했었다우. 근데 언니가 걸렸구려?"

"응." 그녀는 입술 위에 미소를 지어 보였다. 그리고 머리를 끄덕거렸다. "아마 바쁜 일이 있는 모양이지."

"그 언니 바쁜 일이 별거 있수? 어디서 또 정체불명의 가짜 오빠나 나타난 거지."

"가짜 오빠?"

그녀는 또 입술을 씰룩거리며 웃음을 흘렸다.

"사과 좀 잡숴보우. 이 씨 오늘 면회 왔었다우."

"그래?"

그녀는 사과를 한 쪽 집어 들었다. 까실까실한 입속으로 자극된 타액선이 침을 내보냈다. 한입 베어 물자 향내가 쓴 입맛 속으로 스며들었다. 그녀는 갈증을 느꼈다.

"백 간호 옆에는 항상 면회 왔다 간 사람이 있더라."

그녀가 말했다. 그리고 백 간호원이 무안해할까 봐 염려했다. 그러나 그녀는 "호호호, 언니두. 잡술 만허우? 난 벌써 세 알이나 먹었더니 이가 시큰하지 뭐유. 호호" 하고 호들갑을 떨 뿐, 개의하지 않았다.

그녀는 백 간호 곁에 앉았다. 맞은편의 이 씨는 어깨를 웅크리고 앉아서 열심히 사과를 깎아 먹고 있었다. 아무도 그를 보고 알코올 중독자라 할 수 없었다. 그는 두 눈을 내리깔고 있었다. 얼굴색이 창백했다. 속눈썹이 길고 숱이 많았다. 우수가 서려 있는 것처럼 보이기조차 했다. 나약하고 조그마한 몸집. 땅이 꺼질까 봐서 걸음도 제대로 못 걷고, 누가 뭐라고 할까 봐서 숨도 크게 못 쉬며 전전긍긍, 눈치만 살피고 사는 그런 인상이었다. 그러나 그가 한번 술에 취하기만 하면, 비록 몸뚱이는 조그마한 경량급이었지만, 그 병원 안에서 두 사람을 제외하고는 아무도 그를 말릴 수 없었다. 그 두 사람이란 그의 담당인 신경외과의 김 의사와, 방금 그의 사과를 세 개나 먹어버린 백 간호원이었다. 가련할 손, 젊음의 어리석은 섬세함이여. 그는 백 간호원 앞에서 말을 더듬기까지 했다. 그러한 그를 백 간호원은 자랑으로 생각했다. 재미가 있는 모양이었다. 전기 충격 요법의 김 의사가 그에게 무자비했다면, 미소 짓는 그녀 또한 그러하였다. 윤 간호원은 그날따라 그녀에게 미움을 느꼈다. 그녀는 사과 반쪽을 먹고 자리에서 일어섰다.

"나 한 바퀴 돌고 올게."

그녀는 허기지고 고단해서 눕고 싶었다. 그녀는 머리를 흔들고, 책상 위에 있는 손전등을 집어 들었다. 그리고 밖으로 나갔다. 이 씨가 꼼짝도 않고 앉아서 먹던 사과 쪽을 눈앞에다 대고 물끄러미 들여다보았다.

입원실은 커다란 홀이었다. 병상이 넉 줄로 늘어서 있었다. 그녀가 들어가자 맨 갓줄에서 한 사내가 벌떡 일어나 앉았다.

"윤 간호원님요, 아세피링 좀 주소."

"머리 아파요?"

"예, 마 골이 팍 깨질라 안 캅니꺼."

"어제는 배가 아파서 약을 먹었죠?"

"맞심더. 어제는 설사를 했지러. 막 줄줄 쌌심더."

"조금 참아보세요."

"아세피링이 없는 기요? 그라모 마 과니찡이라도 주소. 할 수 있는 기요. 형편대로 해야지러. 머리는 마 낼 아픕시더."

"배도 조금 참아보세요."

"보소, 보소. 둘 다 안 줄라 카는 기요? 보소, 그랄 수가 있는 기요? 둘 중에 하나는 줘야 될 기 아닌 기요. 보소, 보소, 예? 허허형."

그는 주먹으로 눈물을 닦으면서 울었다.

"조금 기다리세요."

그녀는 다음으로 갔다. 그다음 두 사람은 꼼짝도 않고 죽은 듯이 누워 있었다. 한 사람은 반듯이, 또 한 사람은 모로. 그들은 그녀가 지나가도 움직이지 않았다. 그녀는 다음 사람에게로 갔다. 다음 사람은 누운 채 머리만 꼿꼿이 세웠다. 앳된 목소리로 그가 말했다.

"간호원님, 세코날 좀 주세요. 잠이 안 와요. 잠이 안 와서 죽겠어요."

"그럼 지금이 몇 신데 벌써 잠이 와요? 조금 기다려보세요. 그럼 잠이 오겠지요."

"아, 그렇군요. 그럼 이따 열두 시에… 아시겠죠? 부탁합니다."

"그놈의 자석 세꼬날 주지 마소. 글마가 약 주모 묵는 줄 아요? 탁 빼각꼬 속에 든 히컨 가리는 땅바닥에 톡톡 털어뿔고 도로 빈 껍질만 딱 마쳐노요. 그래가 나중에 즈 애인 만나모 그놈 입에 탁 털어 넣고 죽는 체키 헐라 칸다요."

돌아보았더니, 한 집 건너 다음다음에서 그런 소리가 들려왔다. 그는 침대 끝에 걸터앉아서 두 다리를 대롱거리고 있었다. 그 사이에 있는 사람은 양쪽에서야 싸우건 말건 높다란 천장을 멀뚱멀뚱 쳐다보면서 열심히 혼잣말을 중얼거렸다. 그녀는 그들 셋을 그렇게 두고 다음으로 갔다.

"아, 오늘 밤에만 모으면 열 개가 된다, 열 개! 앞으로 열 개만 더 모아얘지. 휴."

등 뒤에서 그런 소리가 들려왔다. 그녀는 그가 진짜로 빈 껍질만 가지고 있기를 바랐다.

그때 저쪽 구석, 칸을 막아놓은 '특등실'에서 날카로운 고함 소리가 났다. 주로 모음들이, 그중에서도 특히 음성 모음들이 묘하게 모인 소리였다. 그것의 높낮이는 그곳에 내린 밤의 장막을 원시의 숲으로 만들기에 충분했다. 그것은 문명을 잊어버린 목소리, 짐승의 울부짖음이었다.

그 소리는 끊어졌다가 다시 간헐적으로 들려왔다. 그러나 그 방 안에서 그 소리에 주의를 주는 사람은 아무도 없었다. 아마 그들은 모두 자기들의 일에 태산같이 바쁜 모양이었다. 그녀는 그들이 그렇게 모두 제가끔의 일에 얽매여 있어서 아무런 '이상이 없음'을 하나씩 확인해나갔다.

제5공화국의 대통령은 여전히 만세를 삼창했다. 그 옆의 꼬마는 농림부장관에서 재무부장관으로 전임이 되어 있었다. 화가는 그림을 그렸고, 시인은 시를 썼다. 작곡가는 집에 두고 온 악기를 튕기면서 연방 고개를 갸웃거렸다. 아마 그날도 역시 음정이 잘 맞아들어가지 않는 모양이었다. 서예가는 길 영 자를 써서 들고 고개를 끄덕거리면서 감탄했다. 그런데 그 글씨의 왼쪽 획은 한 치, 오른쪽 획은 네 치쯤 되었다.

말을 잃어버린 남자는 누운 채 그녀가 걸어가는 데로 머리를 따라 돌렸다. 그리고 우는지, 웃는지 알 수 없는 표정으로 입을 벌리고 꺽 ― 꺽 ― 이상한 소리를 냈다. 돈이라도 세는 것처럼 한 손의 엄지손가락과 집게손가락을 눈 바짝 앞에서 열심히 비비고 있던 남자는 문득 그러기를 그만두고 손가락들이 얼마나 닮았는지 물끄러미 들여다보았다. 번듯이 누워서 까만 눈을 깜박거리는 사람. 사람이 지나가는데도 아랑곳없이 웃던 웃음을 계속해서 히이히이 하는 사람. 체머릿짓하면서 좌선하는 사람. 모로 누워서 손톱을 들여다보는 사람. 아예 관심의 문을 닫아버리고 바위처럼 요지부동인 사람.

그녀는 맨 끝에까지 왔다. 돌아서서 방 안을 한번 훑어보았다. 문득 이상한 생각이 들었다. 그녀가 만일 꼭지모를 벗어버린다면? 그래 가지고 그들 중의 한 사람이 되어 그곳에 한자리를 차지하고 누워버린다면? 말하고 싶으면 생각이 머릿속에 떠오르자마자 입 밖으로 내뱉어버리고, 하기 싫으면 1주일이고 2주일이고 손금만 들여다보고… 그래도 누구 하나 이상하게 생각하지 않고…. 그녀는 현기증을 느꼈다. 그래서 머리를 한번 털고 밖으로 나갔다. 입안이 까실까실하고 입맛이 썼다. 그녀는 복도의 맨 끝에 있는 화장실로 갔다. 그리고 일을 보고 나오면서 수도꼭지에다 입을 들이대고 네 모금의 물을 마셨다.

처치실은 비어 있었다. 그녀는 책상 앞에 앉아서 그 위에 뺨을 대고 옆으로 엎드렸다. 바로 눈앞에 하얀 회칠을 한 벽이 있었다. 그녀는 눈을 깜박거렸다. 백 간호원은 30분 후에 들어왔다.

"언니, 자우?"

"아, 아니. 어디 갔댔어?"

"2층에."

"그래?"

"사과 좀 갖다주고 오는 길이지 뭐유. 호호호."

"그래?"

"이 씨더러, 내 잘 아는 사람이 수술을 받고 회복실에 누워 있는데, 사과 좀 갖다줘도 괜찮을까 하고 물었더니, 입을 뾰로통해 가지고 머리를 끄덕거리지 뭐유, 글쎄. 호호호."

윤 간호원은 애매하게 얼굴을 벙긋해 보였다. 아, 너는 정말 뻔뻔하구나.

"언니, 이 씨가 그러면서 뭐라고 한 줄 아우? 그 누워 있는 사람이 남자요 여자요, 이러잖어. 그래서 남자라고 그랬더니, 그럼 조금만 갖다줘요, 이래요 글쎄, 언니. 호호호. 이 이야기를 2층에 가서 하고 배꼽 뺐다우."

"이 씨는 어디 갔어?"

"병실에 있겠죠."

"그래? 한번 가봐."

이 씨는 병실에 없었다. 백 간호원은 고개를 갸웃거리면서 들어왔다.

"어디 갔을까?"

"밖에 나갔나?"

"외출증이 없는데 어떻게 빠져나가우."

"돈은 다 뺏어놨어?"

"예, 3천5백 원 뺏어놨어요."

"매점엔 안 갔을 텐데. 한번 연락해봐."

"직접 갔다 오죠. 고것들 엉큼해요."

백 간호원은 구두 굽 소리를 내면서 밖으로 사라졌다. 윤 간호원은 멍하게 앉아 있었다. 흰 벽이 눈에 들어왔다. 뒤틀리고 이지러진 여러 개의 얼굴들이 하나가 되어 커다랗게 떠올랐다. 그것은 이 씨의 얼굴이었다. 그리고 병실에 있는 많은 사람들의 얼굴이었다. 이 세상의 공기의 무게가 얼마나 가혹했길래 저렇게도 형편없이 찌들어져버렸을까. 숨통을 졸리기라도 한 듯이 그 얼굴들 아래에서 버둥대며 버르적거리고 있을, 그러다가 머지않아 기운이 다하면 축 늘어져버릴 수많은 팔들과 다리들. 그녀는 소름이 끼쳤다. 그 얼굴은 해파리처럼 흐느적거리면서 위로 조금씩 솟아올랐다. 그녀는 문득 그 속에 그녀 자신의 얼굴도 포함되어 있음을 보았다.

백 간호원이 돌아왔다. 이 씨는 매점에도 없었다.

"언니, 이 씨가 매점에 맡겨놓은 돈 중에서 천 원을 방금 찾

아갔대요. 맹꽁이 같은 자식, 처음엔 이 씨 안 왔느냐니깐 모른
다구 머리를 절레절레 내젓더니, 이 씨가 돈 얼마 맡겨놨느냐
고 넘겨짚으니까 5천 원 맡겨됐다구 그러지 않우, 글쎄. 뭐 앞으
로 먹을 외상값을 미리 받아놓은 것뿐인데 뭘 그러느냐면서, 그
나마도 맡겨논 지 두 시간도 못 돼서 천 원을 빼갔다고 되레 투
덜대지 뭐유, 언니. 아이 속상해. 그 자식, 혼구멍 좀 내줘야겠어
요, 정말!"

그날 밤 열한 시에 전깃불이 꺼졌다. 이 씨는 그때까지 나타나
지 않았다. 윤 간호원은 손전등을 찾아 들고 복도로 나갔다. 4층
의 종합 스위치 판은 복도 끝 화장실 앞에 있었다. 전에도 잘못
조정된 사람들이 그 앞을 지나면서 스위치를 빼버리는 일이 종
종 있었다. 조그마한 철판 뚜껑은 벽 위에 얌전하게 닫혀 있었
다. 그녀는 그 뚜껑을 열고 안을 비춰보았다. 스위치들도 모두
제자리에 넣어져 있었다. 그녀는 이상하게 생각하면서 자세히
들여다보았다. 그러자 스위치 밑에 있어야 할 수십 개의 작은
유리관 퓨즈들이 하나도 보이지 않았다. 그때 아래층에서 숙직
의사가 올라왔다.

"어떻게 된 거야?"

그가 의사답게 소리쳤다. 그녀는 철판 뚜껑을 비춰 보였다.

"누가 퓨즈를 빼 갔어요."

"퓨즈를 빼 가? 아 그, 거기다 자물통 하나 해 달면 될 거 아
냐. 관리과 놈들은 도대체 뭘 하고 있는 거야?"

그는 철판 뚜껑 안을 들여다볼 생각은 없는 모양이었다. 그는

머리를 한번 털고 돌아서서 아래층으로 내려갔다. 그는 아마도 바둑을 중단당한 것에 화가 났었다.

그녀는 처치실 쪽으로 갔다. 그때 문득 어떤 생각이 났다. 그녀는 처치실 문을 열려다 말고 홱 돌아섰다. 그리고 잽싸게 층계로 갔다. 그녀는 아래층 쪽은 쳐다보지도 않고 위층으로 뛰어 올라갔다. 옥상에는 비가 내리고 있었다. 그녀는 숨이 찼다. 그녀는 옥상옥屋上屋의 처마 밑으로 얼굴을 내밀었다. 그리고 주위를 살폈다. 주위는 칠흑같이 어두웠다. 저만치 시커먼 물체가 보였다. 그것은 비를 맞으면서 옥상 화단의 바위를 끌어안고 끙끙거리면서 움직이고 있었다. 그녀는 그리로 손전등을 비췄다. 그때 옥상옥의 한쪽 모퉁이에서 또 하나의 시커먼 물체가 불쑥 나타났다.

"누고? 엉? 윤 간호요? 헤헤헤, 나요, 나."

그녀는 깜짝 놀랐다. 그러나 곧 차분해졌다. 그녀는 꽃밭 위에 엎드려 있는 사람을 향해서 빗속으로 걸어갔다. 차가운 빗방울들이 목덜미 위에 섬뜩섬뜩했다. 미처 두 발을 떼놓기 전에 수위의 손이 그녀의 팔을 낚아챘다. 독한 술냄새가 물큰 코를 찔렀다.

"놔둬. 저건 술 미치쟁이야. 헤헤헤. 제 딴에는 지금 죽구 싶어서 저러는 거야. 투신자살을 해야겠는데, 몸무게가 일흔닷 근이라, 떨어져봤자 종잇장처럼 소용이 없을 것 같아서, 바윗덩이를 안고 떨어지겠다고 저 지랄이야. 헤헤헤. 자식, 술을 처먹었으면 완월동 색시 생각이나 할 일이지, 뒈질 생각부터 먼저 하

니, 저놈의 새끼 인생도 볼 장 다 봤지. 헤헤헤. 그러나 걱정할
건 없어. 저런 놈의 새끼, 뒈지라고 찬물 떠놓고 빌어도 안 뒈지
지. 헤헤헤. 한번 바위를 뽑아다 난간 옆으로 갖다줘볼까, 안고
떨어지나 보게?"

그는 그녀를 놓고 비틀거리면서 앞으로 걸어갔다.

"이 새끼야, 술을 똥구멍으로 처먹었니? 엉? 이 새끼!"

그는 구둣발로 엎드려 있는 사람의 엉덩뼈를 여지없이 걷어
찼다. 엎드려 있던 사람은 끙 하면서 코를 흙탕물 속에 처박았
다. 그리고 네 다리를 버둥댔다.

"헤헤헤."

그녀는 손에 들고 있던 손전등을 어깨 위로 높이 쳐들었다.
수위가 돌아섰다. 그녀는 그것을 그의 머리 위로 힘껏 내리쳤다.
퍽 하고 둔한 소리가 났다. 그는 땅에 쓰러졌다. 그녀는 건전지
두 개가 빠져나가버린 텅 빈 손전등의 대롱을 꼭 쥔 채 제풀에
흔들흔들 비틀거렸다.

"헤, 요것 봐라. 너 사람 한번 본때 있게 쳤다."

그는 한 손으로 머리통을 움켜잡고 일어섰다. 비틀거리다가
쓰러졌다가 다시 일어섰다. 그녀는 그대로 서서 그를 지켜보았
다. 그는 일어섰지만 아직 몸을 가누지 못했다. 시계추처럼 흔들
거리면서 발을 앞뒤로 헛딛고 있었다.

"너무 도도하게 굴지 말어." 그가 몸을 앞으로 기울이면서 말
했다. "알고 보니 그렇고 그런 주제에." 이번에는 몸이 뒤로 기
우뚱했다. "오늘 어떤 사람이 오후에 영화를 보고 나오다가 누

가 어디로 들어가는 것을 보았다면, 짐작이 닿는 데가 있겠지."
그는 몸의 균형을 잡았다. 두 발을 떡 벌리고 서서, 상체만 앞뒤와 양옆으로 비틀거렸다. 이따금 장단이라도 맞추듯이 두 무릎이 교대로 갑자기 꺾였다. "박 의사, 오쟁이 한번 멋있게 썼지. 원래 의사 놈들이란 다 모자란 자식들이지만. 어때, 나하고 박가놈 오쟁이 한번 더 씌울 생각 없어? 그래주면 피차 좋지. 끄윽— 암, 좋고말고."

이 씨가 흙탕물에서 얼굴을 쳐들고 일어섰다. 옷자락마다에서 물이 줄줄 흘러내렸다. 그는 두 손을 허공에다 허우적대면서 춤을 추기 시작했다. 그의 한 손에는 조그마한 꾸러미가 움켜쥐어져 있었다. 비는 계속해서 내렸다. 어디선가 통금 고동 소리가 들려왔다. 아마도 또 하루가 끝나고, 새로운 하루가 어디선가 먼 곳으로부터 시작되고 있는 모양이었다.

(1970)

어느 날

"이봐, 미스타 김!" 전화를 받고 난 과장이 코끝으로 해동을 가리키면서 우렁찬 목소리로 말했다. "부장님이 부르셔. 빨리 가보게."

그러고는 해동이 자리에서 일어나 비척거리며 문께로 가는 것을 미심쩍게 쳐다보았다. 그는 방문을 닫고 복도로 나서면서, 등 뒤로 과장이, "저 친구 웬일이야? 무슨 재앙을 떤 게 아냐?"라고 말하는 소리를 거의 듣는 듯했다. 그는 과장 앞에서 너무 어깨를 웅크리고 조심해서 걸었던 것이 조금 화났으므로, 아무도 없는 복도에서 활개를 쭉 펴고 숨을 한번 깊이 들이마신 다음, 뚜벅뚜벅 걸어갔다. 그는 별로 잘못한 일을 기억해낼 수 없었다. 그러나 '부장실'이라 씌어진, 반투명 울퉁불퉁 유리 앞에 서자, 문득 "전셋돈 80만 원?"이라는 생각이 그의 머리를 스쳤다. 그는 즉시 머리를 흔들었다. 그것은 개인적인 문제였다. 아무리 부장이라 할지라도 사생활에 간섭할 권한은 없었다. 부장 아니라, 사장이라도 그런 일에 참견하면 박치기를 해야 될 것이 아닌가고 생각하면서 그는 문을 두드렸다.

방 안에는 예쁜 처녀가 짧은 치마를 입고 다리를 꼬고 앉아서 생글거리려다 말고 문득 정색을 하면서, "저기 앉아서 조금 기다리세요"라고 또렷이 말했다. 그는 '고것 참 똘똘하다'고 생각하면서, 깨끗하고 푹신한 안락의자에 깊숙이 몸을 묻었다. 그리고 탁자 위에 커다란 화보가 몇 권 있었으므로, 아무렇게나 한 권 집어 들고 대강 훑어보았다. 처음에는 무슨 기공식 나부랭이뿐이었는데, 나중에 홀랑 옷을 벗은 여자가 대담하게 서 있어서, 그는 깜짝 놀랐다. 그는 흘끗 비서를 쳐다보았다. 비서는 그를 쏘아보고 있었다. 그는 주위를 둘러보았다. 탁자 위에 잡지들이 조금 흐트러져 있을 뿐, 잘못된 것이 없었다.

그때 한 사내가 별나게도 허겁을 떨면서 허둥지둥 진짜 부장실에서 나오더니, 비서에게 한 눈을 찡긋해 보이며 씨익 웃다가 그를 발견하고 즉시 새침해져서 복도로 나가버렸다. 비서가 부장실에 들어갔다 나오더니, 그더러 들어가보라고 말했다. 그래서 그는 한쪽 눈을 감을까 말까 망설였는데, 어느새 부장실 문이 눈앞에 나타났다.

부장은 비대한 몸을 의자 뒤로 발딱 눕힌 채 하품을 하고 있다가 그가 들어가자 "아, 자네가 김 군인가"라고 운을 뗀 다음 저고리 밑으로 하얀 셔츠를 유난히도 많이 드러낸 채 말을 계속했다.

"에, 오는 8일, 본사 창립 30주년 기념행사 때 자네를 10년 근속 모범 사원으로 추천할까 하네. 이, 10년 근속 사원들 중에서 모범 사원을 뽑아, 그 일석에는 표창장과 함께 부상 일금 20만 원정을 주기로 돼 있단 말야. 어떤가!"

"아, 그렇습니까! 벌써 10년이 되었군요."

"그렇지. 10년 근속 사원 하나에 특별 상여금 20만 원이란 말야."

"참, 세월이 빠릅니다, 부장님."

"세월이 빠르다고!"

"네, 정말 빠릅니다. 바로 어제 같은데, 어느새 그렇게 긴 시간이 흘렀군요."

"그럴 테지. 10년을 하루같이 근속해줬으니, 고맙다는 말밖에 할 말이 없군."

"아닙니다! 고마워하실 것까진 없습니다. 저는 다만 제가 당연히 해야 할 일을 했을 뿐입니다. 이제, 만일 그 상금을 탄다면, 생활안정기금은 신청 안 해도 되겠군요?"

"생활안정기금이라니?"

"네, 부장님. 지금 제가 무슨 돈에서 꼭 20만 원이 부족해서 생활안정기금을 신청하고 있는 중입니다. 은행에서 신용 대출 해주는 그 돈의 한도액이 20만 원이랍니다."

"그래!"

"네, 솔직히 말씀드려서…."

"아, 아니. 더 솔직히 말씀드릴 필요가 없네. 그 안정기금인가 뭔가 하는 것은, 이왕 신청하려던 것이라니, 그대로 신청하는 것이 좋겠네."

"그렇지만, 부장님…."

"어차피 상금 결정은 간부회의에서 하게 된단 말야."

"아, 부장님은 저를 굉장히 혼란하게 만드십니다."

"그건 자네도 마찬가지야."

"네?"

"자네만큼 나를 혼란하게 만든 사람도 별로 없어."

"……."

"자, 어서 가서 일을 보게. 자네가 당연히 해야 할 그 일 말일세."

그가 부장실을 빠져나와 비서실을 지나갈 때, 예쁜 그 여비서가, 잘 재단된 양복을 입고, 비싼 넥타이를 매고, 머리를 잘 빗어 넘긴, 테 없는 안경을 쓴, 대단히 지성적으로 생긴 어떤 남자와 나란히 그가 조금 전에 앉아 있었던 자리에 앉아서, 웃으며 이야기를 하고 있었다. 그래서 그는 전 세계가 그를 배반하기로 모의를 했다고 생각했다. 그리고 더 기가 죽었다.

점심을 먹고 그는 총무과로 갔다.

등기우편이 와도 벌써 며칠 전에 왔어야 했다. 총무과 놈들은 편지 하나 제대로 전달하지 못한단 말이야…. 그는 제법 소리까지 내어 중얼거렸다. 그러나 그들은 밖에 나가서 점심을 먹는 데는 소질이 있는 모양이었다. 사환 소녀를 제외하고 그들의 방은 텅 비어 있었다. 교복을 입은 그 여학생은 막 도시락 뚜껑을 닫고 보리차를 마시는 중이었다.

"나한테 등기 온 거 없니?"

"어머, 김 선생님, 있어요."

사환은, 성능 좋은 기계처럼 재깍 보리차 잔을 내려놓고, 도시락 밑에 깔려 있던 서너 권의 서류철 중에서 민첩하게 '등기우편물대장'을 꺼냈다. 이것은 조금 의외였다. 등기요? 그래, 등기 말이다. 나한테 온 등기. 알았어요. 조금 기다리세요. 그러고서는 자기가 하던 일을 착실하게도 마저 다 한다. 그것은 물을 한 잔 마시는 일일 수도 있었고, 옆 사원과의 농담의 마무리일 때도 있었다. 그리고 나서는 정 할 일이 없어서 죽겠을 때야 비로소, 아이 참, 누군가 등기를 찾는 사람이 있었지 하는 식으로 코앞에 있는 대장을 꺼내서, 이게 아마 틀림없이 등기우편물대장이지 하고 확인이라도 하고 싶다는 듯이 물끄러미 쳐다본 다음에야, 편지가 왔는지 안 왔는지 알아보기 위해서 대장을 펼치는 것이 보통이었다.

"이거, 언제 온 거지?"

해동이 서류가 든 커다란 봉투를 받아 들고 말했다. 조잡한 먹물 도장과 소인이 난폭하게 찍혀 있었는데, 그것들이 그렇게도 듬직하게 보였다. 어쨌든 서류가 왔으니 다행이었다.

"지난 목요일에 왔나 봐요."

사환이 대장을 들여다보고 나서 말했다.

"뭐, 목요일?"

그날은 화요일이었다. 그가 서류를 해 보내라고 전보를 친 것은 지난주 화요일이었다. 닷새 동안이나 그 서류를 그가 일하는 곳에서 10미터도 안 되는 데에 처박아두고, 그는 그의 동생을 욕하다가, 체신부를 의심하다가, 심지어는 그 자신의 수 불길을 한탄하기까지 했었다.

"얘, 얘, 이거 이러지 말자, 응. 이거 정 사람을 미치게 만드누만. 미치게 만들어."

그때, 언제 들어왔는지 직원 하나가 이쑤시개를 입에 물고 배비작배비작 돌리면서 "뭘 그래?" 하고 사환에게 물었다. 사환이 사실을 말한 다음, 목요일은 전화를 했었지만 수신인이 자리에 없었고, 금요일은 사장님 순시 때문에 정신이 없었고, 토요일은 배구 시합이 있었고, 월요일은 다니는 야간 여자 고등학교에 중간고사가 시작되는 날인 데다가, 첫 시간에 영어 시험이 있었다고 말했다. 그 직원은 자기 의자로 가서 앉더니, 팽그르르 맴을 돌고서 해동을 향하여, "뭐 그럴 수도 있죠. 우리 과가 편지 나부랭이나 전하는 일만을 하고 있는 것은 아니니까요"라고 말했다. 그리고 해동이 미처 뭐라고 대꾸할 말을 찾지 못하고 있을 때 (이럴 경우 대꾸를 찾으려 하는 것은 어리석은 일이었다. 그저 감탄사만 연발하면 되는 일이었다) 그는 계속해서 "그리고 이왕 오셨으니 말씀인데, 지난번 거 융자 신청했더랬죠? 거 아무래도 안 되겠시다. 대출이 중지됐대요"라고 말했다.

"아니, 건 또 무슨 말씀이오?"

"이 몸인들 어찌 알겠습니까? 은행에서 그렇다고 하니까, 그러나 부다 할 뿐이지요."

"이건 지난번 이야기완 아주 다른데요."

"다르지요. 생각이 있으시면, 개인적으로 직접 한번 뛰어보세요."

그는 실지로 서류를 서랍에서 꺼내어 책상 위에다 펼쳤다. 다섯 장인가 여섯 장으로 된 그 서류는 열흘 전에 그가 제출한 그대로였다.

"내가 개인적으로 할 수 있으면 무엇 하러 애초에 여기까지 왔겠어요? 그리고 그동안에 내부 결재라도 받아둘 수 있는 것 아니오?"

"아, 은행에서 돈이 안 나온다는데 경리과장, 사장 도장 받아 놓으면 뭘 해요?"

"돈 안 나온다는 게 잠시 중단됐다는 얘기지, 영 안 나온다는 건 아니지 않소?"

"걸 누가 알아요? 그리고 댁의 태도가 마치 돈을 융자 받아서 갖다 바쳐야 하는 의무가 우리들에게 있는 것처럼 생각하시는 모양인데, 천만의 말씀이오. 같은 직원이라 편리를 봐드린다는 것뿐이지요. 그러니 편리를 안 봐드릴 수도 있는 것 아니오?"

"의무가 아니라고 합시다. 그럼, 어떻게 하겠다는 겁니까? 편의를 봐주겠다는 겁니까, 못 봐주겠다는 겁니까?"

"내 입에서 못 봐주겠다는 얘기가 나와야 시원하시겠습니까?"

"그럼 이 서류를 두고 갈까요, 가지고 갈까요?"

"그야 좋으실 대로 하세요. 두고 가시려면 두고 가시고. 그거 하나 서랍 속에 넣어놨다고 해서 힘들 거야 하나도 없을 테지요."

이땐 벌써 총무과 직원들이 거의 다 들어와 있었다. 그들은 개개이 이쑤시개들을 깨물고 있었다. 해동은 더 이야기할 것을 그만두고 그의 과로 돌아갔다.

무슨 급한 볼일이라도 있는 것처럼 제자리로 돌아온 해동은, 불쾌함과 울적함과 분노인지 혐오인지 알 수 없는 감정 때문에 숨이 막히는 것 같았다. 그러나 그러한 그를 개의하는 사람은 아무도 없었다. 그는 원래 그러한 사람이었고, 다만 때에 따라 정도가 조금씩 다를 뿐이었는데, 그때 조금 정도가 심했던 것뿐이었다.

그는 화가 나면 일을 더욱 열심히 하는 성질이 있었다. 원래는 등기가 오면 곧 동사무소로 뛰어갈 판이었었는데 어떻게나 화가 났던지, 동사무소 따위는 안중에 없었다. 그는, 빌어먹을, 퇴근 시간 후까지 남아서 일을 할까…라고도 생각했다. 그러나 시계의 짧은 바늘이 세 시와 네 시 사이를 기어가고 있게 되자, 우선 그의 화가 약간은 풀린 모양이었다. 그는 과장에게 개인적인 볼일로 조금 일찍, 관청 문 닫기 전에 나가봐야겠다고 말했다.

과장은 "자네가 어련히 알아서 할려구!"라고 말했다. 그는 가방을 챙겨 들고 밖으로 나와서 "염병헐 자식, 인심을 쓰려면 좋게 쓰지, 왜 토는 달어!"라고 중얼거리며 문짝을 노려보았다. 그러고는 뛰듯이 층계를 향하여 걸어갔다.

동사무소는 그가 살고 있는 곳에서 5백 미터쯤 떨어진 언덕배기에 있었다. 그의 동네는 경기도 땅에서 특별시 땅이 된 지

몇 년 안 된, '시청 앞까지 30분 거리'에 있는 그런 데였다. 물감 칠을 한 청색, 녹색, 적색의 번지르르한 지붕들이 일대를 메우고 있어서 독립된 작은 도시 같은 인상을 주었다. 그는, 가방은 집에 던져두고, 등기우편 봉투만 가지고 동사무소로 갔다. 네 시가 조금 지나 있었다. 20여 평 되는 사무소는 은행처럼, 단지 훨씬 더 초라하게, 시멘트로 칸막이가 되어 있어서 직원들이 드문드문 책상을 놓고 앉아서 사무 보는 데와, 동민들이 기다려야 하는 데가 갈라져 있었는데, 저쪽은 텅텅 비어 있어서 '동장 아무개'라고 쓴, 꽤 큰 팻말이 커다란 책상 하나를 지키고 있었고, 그 위에 자물쇠 달린 작은 상자 속에 전화기가 들어 있었다. 그리고 이쪽을 향하여 작은 책상 대여섯 개가 줄지어 있었는데, 예비군 중대장, 재산세, 수도세, 이런 데는 비어 있었고 맨 끝에 '주민등록'이라 씌어져 있는 팻말 앞에 직원 하나가 앉아서 열심히 뭘 쓰고 있었다. 그 직원 앞으로는 칸막이 이쪽에 대여섯 사람들이 우두커니들 기다리고 있었는데 모두 그 직원에게 일감을 가지고 온 듯했다. 딴은 해동이도 그 사람에게 볼일이 있었다. 한 10분 기다려보았지만 좀체 그 직원의 시선을 붙잡을 수 없었다. 그 직원은 기다리는 사람들의 뭇시선을 받으면서 일하는 데에 이력이 난 듯, 아주 침착하게 사무를 보았다. 어찌 보면 그것을 즐기고 있는 것처럼 보이기까지 했다. 그는 지금 백 장도 더 되어 보이는 종이 묶음을 한 장 한 장 넘기면서 일정한 난에다가 도장을 찍어 넣고 있었다. 잠바를 입은 키 큰 사내 하나가 접어서 쭈그러진, 볼펜으로 기입란을 메운 '주민등록증 재발급 신청서'를 그 직원에게 내밀었다. 그는 손바닥으로 그 서류를 쫙 펴면서 훑어보더니 신청자는 쳐다보지도 않고, 그것을 책상 한쪽에 놓았다. 거기에는 모두 똑같은 신청서가 다섯 장도 더 쌓여 있었다.

해동은 그렇게 기다리다가는 해 빠지겠다 싶어서, "전입신고 하나 합시다"라고 불쑥 말했다. 그랬더니 그 직원은 도장 찍어 넣기를 중지하고 손을 내밀었다. 그는 얼른 주민등록부를 그것이 들어 있는 봉투와 함께 내밀었다.

"아니, 이건 개봉이 되었잖어. 이러시면 안 되는데요. 이건, 원래는, 공문서로 직접 발송해야 되는 겁니다."

그는 그 서류를 자세히 살펴볼 생각도 하지 않고, 책상 위가 아니라, 분리대의 평퍼짐한 시멘트 위에다 도로 내밀었다. 그러고는 자연스럽게 도장 찍는 일로 되돌아갔다.

"제가 조금 급해서요. 사람이 저쪽 동회에 직접 가서 서류를 해달라고 사정을 해서 저에게 직접 부친 것을, 제가 겉봉을 딸 때, 모르고 동회에서 넣어준 봉투까지 뜯어버렸군요. 그건 제 잘못이니, 양해하시고 접수해주시면 감사하겠는데요."

직원은 들었는지 못 들었는지 무표정하게 앉아서 도장 찍는 일을 끝내고 두꺼운 주민등록증 발급대장을 끌어당겨서 펼쳤다.

"얘, 가서 풀 한 갑 사 와라."

그가 펼쳐진 대장을 들여다보면서 마치 거기에 씌어진 글씨들에게 말하기라도 하듯이 말했다. 그러자 그 옆 책상에 앉아서 무슨 증명서 위에다 열심히 이 도장 저 도장을 찍고 있던, '방

위'라고 앞가슴에 써 붙인 군복을 입은, 대단히 앳된 사내가 문득 일어나서 그의 옆으로 다가왔다.

"쥐어짜는 거 말고, 갑 속에 든 거 말야"라고 말하면서, 그는 '방위' 군복을 입은 사내가 코앞으로 내민 증명서에다가 동장 직인이라고 생각되는 네모난 도장을 찍어주고 서랍에서 10원짜리 두 개를 꺼내 주었다. 그는 아마 그 동에서 발행되는 모든 문서에 필요한 도장을 가지고 있는 모양이었다. 그리고 그는 미심쩍었던지 책상 한구석 서류 더미 속에 묻혀 있던 꺼멓게 곰팡이가 핀 말라비틀어진 빈 풀 갑을 기어코 찾아서 벌써 출입구께로 다가가고 있는 '방위' 군복의 사내에게 "이것 말야"라고 덧붙였다.

해동은 "허 ─" 하고 탄식했다. 벌써 네 시 30분이 지나 있었다. 결국, 그 직원은 바빠야 할 아무 이유가 없었다. 그는 다시 용기를 내어 "이거 좀 받아주실 수 없어요?" 하고 그의 옆얼굴에다 대고 말했다.

하도 오랫동안 생각을 머금고 말을 하지 않았으므로, 입안에서 혓바닥 움직이는 것이 느껴졌다. 이번에도 직원은 불쑥 손만 내밀어서 말없이 서류를 받아 들었다. 그러고는 늘어지게 기지개를 켜더니, 마치 공기를 붙잡고 철봉 턱걸이라도 하는 것처럼 자리에서 일어섰다. 옆 책상에 가서 '공문서 접수대장'을 가져오고 그리고 거기에다 그의 서류를 쳐다봐가면서 뭔가 적어 넣었다. 해동은 조금 안심이 되었다. 그는 직원이 그의 서류를 쭉 검토해나가는 것을 조심스럽게 지켜보았다. 그리고 그의 입술이 벙긋하기만 기다렸다. 그러나 그는 서류를 다 보고 나서 한

쪽으로 밀어 치워버렸다.

"오늘 중으로 주민등록초본 두어 통 빼낼 수 없을까요?"

해동이 웃으면서 말했다. 그의 웃음이란 게 원래 뺨을 두어 번 씰룩거리는 것에 지나지 않아서, 그렇게 상냥한 것이 못 된 데다가, 그나마 억지로 끌어냈으니, 해동이 자신도 오히려 역효과를 내지 않을까 걱정이 될 정도였다. 그리고 실지로 종종 그런 일이 있었다. 그러나 다행히도, 그 직원은 그를 쳐다봐주지 않았고, 따라서 그가 그의 애교를 조소로 받아들였을까를 걱정할 필요는 없었다.

"오늘 중으로요?" 그가 한참 있다가, 쓰던 난을 마저 다 기입하고 나서 그를 쳐다보았다. "한 일주일쯤 있다가 다시 한번 오슈."

"일, 일주일이요?"

"서류를 반려해야 되겠습니다. 미비가 돼서요."

"반려요? 뭐가 미빕니까?"

"우선, 인력 카드가 없구요. 그리고 여기에 날짜와 관계 담당자 도장이 빠졌어요."

"인력 카든가는 여기서 작성할 수 없어요? 그리고 그 도장은 꼭 있어야 되는 겁니까?"

"하, 물론이죠. 인력 카드는 여기서도 작성할 수 있지만, 거 있는 거 뭐 하러 또 새로 작성하겠어요? 그리고 이번 달이 주민등록부 정리 강조 월간이란 말씀예요. 이 기간 동안에 본적지조회를 해야 하는데, 안 해도 위법이고, 이중으로 해도 위법이에요. 이중으로 하게 되면 이중 등록으로 벌금을 물어요. 그런데 이거 보세요. 이게 본적지 조회필 도장인데, 날짜도 기입 안 되었고, 확인자 도장도 안 찍혔으니 조회를 한 건지 안 한 건지 어떻게 알아요?"

결국, 강조 월간 유죄였다. 해동은 맥이 빠지고, 입안에 침이 마르는 것을 느꼈다.

"그럼, 그건 천천히 확인하시고, 우선 초본 두 장 떼어주실 수 없어요?"

"여보세요, 갑자하고 을축이지 을축갑자 하겠어요? 부전지를 달아서, 내일 아침 일찍 등기로 반려하면, 모레는 들어가겠지요."

"들어가기야 빨리 들어가겠지만, 저쪽 동네 사람들이 또 며칠을 깔아뭉갤는지 누가 알아요?"

"그야 아무도 알 수 없지요. 저쪽 동네 사람들도 모르지요."

"그럼 할 수 없군요. 서류를 돌려주세요. 내가 밤차로라도 가서, 내일 다시 오리다."

"그렇게는 안 되겠는데요."

"예?"

"서류를 내드릴 수 없습니다."

"아니, 내가 방금 제출한 서류를 다시 내달란 말씀예요."

"글쎄, 그게 안 됩니다. 일단 접수가 됐으면, 공문서로 반려해야 합니다."

이때 해동이 폭발해버리지 않은 것은, 그 직원이 현명하게도 낮고 느린 말씨를 사용한 탓도 있었지만, 원래가 '불발'이 그의 장기 중의 하나였다. 폭발했더라면 불과 몇 분 안에 사그라져버렸을 것이 이제, 흐린 날 초가집 구들장에서 새어 나온 군불 연기처럼 온 집 안 구석구석에서, 일주일이고 열흘이고 모락모락 피어오를 판이었다. 직원은 "이제 아시겠어요?"라는 듯이 그를 잠깐 빤히 쳐다본 다음, 초벌 벽지로 사용해도 조금도 지나칠 것이 없는, 엽서 반쪽만 한 종이쪽지 하나를 서랍에서 꺼내어, 그 위에 두어 줄 뭐라고 써 넣고는 동장 직인을 찍었다. 아마 부전지인 모양이었다. 그는 그것을 서류 맨 위에다 덧붙이더니, 서류를 말쑥한 새 봉투 속에 집어넣었다. 그리고 수신인란은 펜으로 쓰고, 발신인란은 도장으로 꽝 눌렀다.

"정말 그 서류 돌려줄 수 없어요?"라고 해동이 말했을 때, 그것은 요청이 아니라 확인이었다.

"예, 정말 돌려드릴 수 없습니다"라고 그가 대답했는데, 그것은 마찬가지로 거절이 아니라 끝매김이었다. 그는 봉투에 풀칠을 해서 뚜껑을 봉했다.

해동은 동사무소를 나왔다. 오히려 마음이 후련해지는 것처럼 느껴졌다. 그리고 갑자기 세상이 너무 조용하다고 생각되었다. 그는 빗물에 파여서 울퉁불퉁한 포장 안 된 길을 한참 걷다가 문득 걸음을 멈추고 서서, 지는 해를 받아 노랗게 빛나는 집들을 죽 훑어보았다.

그때 누가 그의 등을 툭 쳤다.

"형씨, 그럴 거 없지 않소?"

그가 돌아볼 필요도 없이, 그 사내가 그의 앞으로 썩 걸어 나서면서, 금니 하나를 드러내 보이며 씨익 웃었다. 그는 주민등록증 재발급 신청을 내밀었던 키 큰 잠바 차림의 사내였다. 광대뼈가 불거지고, 눈은 작지만 눈꺼풀이 얍실얍실한 것이 농간깨나 부릴 만했다. 머리에 빗질을 얼마나 안 했는지, 머리카락 한 가닥이 꼿꼿이 하늘로 향해 서 있었다.

"뭐가 그럴 게 없단 말이오?"

"아하, 화는 내지 마시고! 나도 민원 사무 보러 왔던 사람이오."

"그래서요?"

"상당히 급하신 모양인데, 아니, 아니, 서류 말이오. 누구 초본이 필요하시우?"

"내 거가 필요하오."

"그래요? 이따 저녁에 봅시다."

"좋소. 난 말이오, 그런 거 아주 질색이오만 이왕 말을 낸 거니, 어디 해봅시다. 몇 푼이나 들겠소?"

"뭐가 몇 푼이 든단 말이오?"

"얼마나 집어 줘야 되겠느냔 말이에요."

"하, 그야 많을수록 좋지요. 하, 하, 이거 보세요, 형씨, 형씨는 날 모르시는 모양인데, 난 형씨를 형씨가 출근할 때, 꼭 두 번 보았시다. 형씨, 이 동네로 이사 온 지 한 달도 못 되지요? 난 바로 형씨 뒷집에 살고 있소. 그러니 몇 푼 집어 줘야 할까는 걱정하지 마시고, 이따 또 만납시다. 먼저 내려가세요. 하, 하, 하."

어느 날

뒷집에 산다? 해동은 고개를 갸우뚱했다. 그러는 사이에 키 큰 사내는 돌아서서 휘적휘적 동사무소를 향해 걸어갔다. 그리고 곧 건물 속으로 사라졌다.

해동은 집을 향해 천천히 걸음을 옮겼다. 그날은 이상한 날이었다. 조금 전에 느꼈던 세상의 조용함, 또는 세상의 새로움은 그 깊이를 더했다. 그는 눈에 보이는 모든 것을 면밀히 검토해야겠다는 듯이, 눈에 들어오는 물건 하나하나를 새삼스러운 애정을 가지고 물끄러미 쳐다보면서 걸었다. 그러자 그 물건들이 차례로 꿈틀거리기 시작하면서, 윤곽이 하나의 선이 아니라 여러 개의 선들로 변했는데, 그것들은 그가 보아온 조금씩 다른 많은 선들의 동시적인 출현이었다. 그것들이 녹아서 하나의 뚜렷한 선이 되더니, 그것이 옆 사물의 윤곽과 합쳐지면서 때로는 땅 위를 기어가고, 때로는 담을 타고, 또 때로는 하늘로 치솟기도 하며 점점 더 굵어지다가 마침내는 물건 그 자체를 집어삼켜 버렸다.

약속대로 키 큰 사내가 저녁때 집으로 찾아왔다. 그는 주민등록초본 두 통을 내놓았다. 경비가 얼마 들었느냐고 묻자, 수수료 60원이 들었을 뿐이라고 대답했다. 그들은 서로 자기 집으로 들어가자고 했으므로, 공평하게 파주쌀집 옆에 있는 대폿집으로 가기로 했다. 싸전이 저만치 보였을 때, 그들은 문득 생각이 났으므로, 골목 한복판에 멈춰 서서 수인사를 했다. 그는 이춘호였다. 그는 그 대폿집의 단골인 듯, 그들은 곧 안방으로 안내되었다. 그들은 곱창과 소주 30도짜리 두 병을 시켰다.

"김 형, 미국에 가본 일 있으쇼?"

"미국요? 바다 건너라면 제주도도 아직 못 가봤소."

"그건 나두 마찬가진데, 집에 동생놈 하나가 서독에 가서 팔자에 없는 광부 노릇을 하다가 얼마 전에 미국으로 갔어요. 실은, 오늘 개한테서 온 돈을 찾으러 청계천에 나갔다가, 외환은행 놈들이 한사코 주민등록증을 내놓으라고 해서 동사무소에 갔었어요. 그걸 잃어먹었지 뭐예요. 공무원증이면 되리라 했는데, 거 은행 놈들이 들어줘야죠. 근데, 거 동생 편지에…."

"그래, 주민등록증은 내셨소?"

"이게 아마 주민등록증이 틀림없지요? 이거 하나 내려고, 동사무소에 두 번씩이나 갔어요. 오전에 가서 발급 신청 용지 하나 달래니깐 없대요. 지금 떨어졌으니까 며칠 후에 오래요. 그러면서 바쁘면 대서소에 한번 가보라고 하기에 대서소로 갔더니 거 몇 줄 안 되는 걸 자기들이 꼭 써 넣어야겠다는 거예요. 그래 홧김에 구청으로 뛰었지요. 그랬더니, 그거 한 장 얻으려고 내가 거기까지 달려간 것이 미안하지도 않은지, 왜 동사무소 놔두고 구청에까지 와서 귀찮게 구는지 모르겠다고 투덜대면서 한 장 줘요. 그래, 이러다간 천덕꾸러기가 되고, 시간은 시간대로 허송하겠다 싶어서, 급행료 담배 두 갑을 별첨해서 동사무소에 냈지요."

"내 거 하는 데도 급행료 내셨소?"

"그건 덤이었어요. 나오다 동회 앞에서 막걸리 한 사발씩 했지요. 틈나는 대로 전입신고서에 반장 도장 받아가지고 제출해

달랍디다."

그때 술이 들어왔다. 춘호는 자기 몫이 된 술잔을 냉큼 비우고, 몽둥이 같은 대나무쪽 젓가락으로 안주 한 점을 집어 들었다.

"나는 곱창을 아주 좋아한다 말이야."

"몸에 좋지요."

해동이도 술을 목구멍에다 털어 넣고 안주를 한 점 했다.

"호랑이가," 춘호가 암소 창자 한 토막을 열심히 씹으면서 말했다. "멧돼지를 잡아먹을 때, 창자부터 먹는대요. 나는 이 곱창을 먹을 때마다, 창경궁에 있는 호랑이 생각이 난단 말예요. 아, 거 얼마나 날쌔요. 그 민첩한 근육, 그저 쉭 ― 하기만 하면, 그저 날지요, 날아. 하, 하, 하."

"하하하, 그러니 당신도 좋은 단백질을 많이 섭취하면, 호랑이처럼 날쌔고 기운이 세지겠지요."

"그러기 말예요. 나에게는 인생에 있어서 목적이 셋이 있에요. 일본 농부들은 3씨라고, 칼라 테레비, 마이 카, 마이 카티지라 합디다만, 거 칼라 테레비 있으면 뭘 해요. 나오지도 않는 거. 난 내 집, 내 차, 그리고 이거, 곱창이에요. 그저 사는 날까지 기운이나 쓰고 싶은 대로 쓰다 죽자, 이거지요. 첫번째 건 어떻게 그럭저럭 달성했고, 세번째 건 이렇게 수시로 수행 중에 있고, 남은 것은 두번짼데, 이것을 위해서 지금 맹렬히 준비 중에 있지요. 눈앞에 보일락 말락 합니다."

그들은 동시에 술을 목구멍 속으로 털어 넣었다.

"당신은 재주가 참 좋소. 무슨 사업을 하시는진 몰라도."

"사업이라뇨? 난 월급쟁입니다. 이래 봬도 난 대학을 못 나왔어요. 그래서 대학 나온 사람들을 아주 미워하죠. 실례, 실례! 김형이 대학을 나오셨다면, 아마 틀림없이 나오셨을 텐데, 예외로 해드리죠. 처음엔 안 그랬는데, 대학 나온 마누라를 데리고 살면서부터 조금씩 그렇게 됐죠. 우리 집에 방이 하나 비어 있어서 그걸 내놓았었는데, 돈이 급했던 건 아니어서 조건이 좀 까다로웠죠. 마누라는 몰랐지만, 대학을 나와서는 안 된다는 것이 조건 중의 하나였죠. 그런데 염병할, 셋방 얻으러 다니는 놈들은 모조리 대학을 나왔습디다. 이 핑계, 저 핑계 해서 모조리 거절을 했지요."

"아니, 대학 나온 사람들이 당신한테 무슨 원수라도 졌소?"

"지다마다요. 그놈들은 우선 건방져요. 쥐뿔, 가진 것도 없으면서 흰소리는 도맡아 한다니까요. 흰소릴 하는 것까지는 좋았어요. 그럼 끝까지 해얄 게 아녜요. 염병할, 처먹는 데는 똥파리보다 더 빠르고, 치사하기로는 국민학교도 못 나온 사람보다 더해요. 나는 도둑놈이에요. 그런데 대학 나온 놈들, 더 큰 도둑질합디다. 내가 대학을 나왔더라면, 코티나가 뭐예요? 포드 이십 엠을 굴려도 진즉 굴렸을 거예요."

"그래요? 대학 나온 놈들 모조리 전세방 얻으러 다닌다더니, 대학 나온 놈들이 또 포드를 굴려요?"

"거, 그렇다니까요. 그놈들이 그놈들이에요. 나는 도둑질을 하고, 그리고 나는 도둑놈이라고 생각을 해요. 만일 내가 그 짓을 안 한다면, 나는 그것이 아니라고만 생각을 해요. 그런데, 그놈들은 그것을 안 할 때에는, 그것 하지 말라고 막 나팔을 불지요. 그러다가 즈놈들이 그것을 하게 되면, 이건 뭐야? 끽끽 껙껙 이상한 소리를 질러가지고서는 그것 아닌 것처럼 보이게 해버린단 말씀예요. 그래가지고서는, 즈놈들 자신에게도 그것이 그것 아닌 것으로 생각돼버리는 모양이에요. 난 그것을 그것이라고 생각하고 하지만, 그놈들은 그것을 그것 아니라고 생각하고 하지요. 그놈들이 그것을 안 했던 것은 안 해서 안 한 것이 아니고, 못 해서 안 했던 거죠. 그리고 그것 하지 말라고 나팔을 불었던 것은, 남이 그것 다 해버리면, 즈들이 해먹을 그것이 없을까 봐서 그랬던 거죠. 그러니, 그것을 하는 놈이나 안 하는 놈이나, 그놈들은 모조리 도둑놈들이란 말예요."

"하, 이건 대단하신데요."

"대단하다마다요. 그놈들은 보통 도둑놈들이 아녜요. 창녀 같은 도둑놈들, 갈보, 똥갈보 같은 도둑놈들이에요."

"하, 그럼 당신은, 그것을 그것이라고 생각하고 하니까, 날도둑놈이로군요."

"예, 나는 날강도입니다. 나는 정직하게 훔치지요. 큰 놈은 큰 도둑질, 작은 놈은 작은 도둑질. 트인 놈은 갈보 도둑질, 막힌 놈은 날도둑질. 만일 이 각종 도둑질에 비협조적인 놈이 있다면, 그놈은 숨이 콱콱 막힐 겁니다."

"예, 숨이 콱콱 막히지요."

"숨이 콱콱 막히다뿐이오. 온몸의 피가 머리통으로 쏠려서, 명대로 못 살 겁니다. 그런 놈들만 없으면 이 세상은 참 잘 돌아가지요. 이보다 더 유쾌한 세상이 어디 있어요. 어떤 놈이 나한테 도둑질한다고 해서 화낼 거 하나도 없어요. 나도 딴 놈한테 하면 되거든요. 손발이 척척 맞아떨어지는 게, 시계 톱니바퀴보다 더 일사불란하지요.”

해동은 그때, 거대한 톱니바퀴들을 보았다. 가령 시계 배 속에 들어 있는 톱니바퀴들 중에서 제일 작은 부분의 직경이 사람 키만 한 그런 톱니바퀴들을. 그것들은 질서 정연하게 동작을 전달했다. 그것들 하나하나는 그 동작의 원인이자 결과였다. 그것들 하나하나는 전체에 완전히 종속되어 있었고, 동시에 그 전체에 결정적인 영향을 주었다. 가장 작은 톱니바퀴의 움직이는 방향을 바꾸는 일은 전체의 파괴 없이는 불가능했고, 전체의 파괴는 가장 작은 부분의 파괴로 가능했다.

“술이 떨어졌군요.”

“한 병 더 할까요?”

“글쎄, 그러고 싶지만, 난 또 조금 후에 약속이 있어요.”

“절도질하려는 약속이요?”

“물론이지요. 다만 우리는 그걸 생활이라고 부를 뿐이지요.”

“생활이요?”

“예, 나는 절도질이 생활이고, 생활이 절도질입니다. 숨 쉬는 것에서부터 걸음 걷는 것에 이르기까지 모든 것이 생활이고, 곧 도둑질이지요. 이 둘은 완전히 겹칩니다. 만일 조금이라도 안 겹치는 부분이 있으면, 이건 아주 불편한 일이에요. 그 조그마한 부분이, 나머지 커다란 부분이 도둑질이라는 사실을 끊임없이 깨우쳐주거든요. 이건 귀찮기 짝이 없는 일이에요. 완전히 겹치면 이런 일은 없지요. 잊어버리거든요. 우린 다만 그것을 생활이라고 부르기만 하면 돼요. 그러면 곧 최면에 걸려버리니까요."

"당신이 바로 당신 문자로, 갈보 도둑이구료."

"무슨 소리! 그놈들은 우리들보다 한술 더 뜬다니까요. 그놈들은 강도질을 하면서, 좋은 일을 하고 있다고 믿고 있고, 그리고 좋은 일을 하고 있다고 떠들어댄단 말예요. 그러면 그게 또 좋은 일이 돼요."

"그거 복잡하구료."

"그런데, 그게 또 그렇게 복잡하지도 않아요. 즈놈들이 아무리 떠들어댄대도, 척 보면, 똥인지 된장인지 모르겠어요? 난, 이런 일이 있어요. 옛날에 취직을 하려고 병적 확인서를 끊으러 갔었어요. 그런데, 이런 제기랄, 군번과 계급 성명은 틀림없이 내 건데, 나이가 마흔다섯으로 되어 있고 본적지는 포항으로 돼 있더란 말이에요. 포항이라면 지금도 나는 그게 경상북도인지 남도인지 잘 몰라요. 그리고 내 나이 그때 서른도 못 됐어요. 어이가 없었지만, 직원에게 그렇지 않다고 얘길 했어요. 그랬더니, 마치 그것들이 토론의 대상이 될 수 있는 것처럼 느껴진단 말이에요. 그래서 그 건방진 직원 놈이 앉아서, '이거 가짜 아냐?'라고 서 있는 나를 위아래로 훑어보면서 말하자, 나는 혹시 내가 가짜가 아닌가 하는 생각이 문득 들면서, 기가 팍 죽지 않겠어요. 웃으실지 모르지만, 그게 그렇게 됩디다. 정문과 안내실, 하얀 시멘트 3층 건물, 음침한 내부, 무슨 감독관실, 무슨 동원실,

줄지어 늘어선 철제 캐비닛들, 책상들을 맞대고 앉아 있는, 마치 백년 천년을 그렇게 앉아서 그 일들을 보아온 듯한 사무원들, 물을 뿌려서 비질을 한, 파여서 울퉁불퉁한 시멘트 바닥들… 이런 모든 것들이 갑자기 한 덩어리가 되어 덮쳐오는데, 바람 부는 날 구름 조각처럼 그곳에 언뜻 나타났다가, 또 그렇게 언뜻 그곳으로부터 사라져버릴 나의 말보다는, 그 모든 것들이 주장하는 말에 더 신빙성이 있습디다. 나는 겁이 나서 그 방을 빠져나와, 죄지은 사람처럼 슬금슬금 대기실인가 면회실인가 하는 데로 갔어요. 거기, 딱딱한 나무 의자에 앉아서, 어떤 창구 앞에 10여 명의 장정들이 몰려서 무슨 증명서 같은 것을 교부받고 있는 것을 보고 있노라니, 나는 이제 취직은 평생 다 했구나 하는 걱정이 들고, 또 군대 갔다 왔다고 술 받아준 동네 사람들과 친구들은 무슨 면목으로 대하나 하는 걱정도 들고 해서, 나는 고만 공포에 사로잡혀버렸지요. 그러나 말예요 김 형, 정문과 안내실과 건물이 백 개 있으면 뭘 해요? 감독관실, 시멘트 바닥, 철제 캐비닛, 사무원, 이런 거 백 개, 또는 2백 개가 있으면 뭘 해요? 내가 원통리와 백암산과 신산리에서 38개월의 젊은 날을 보낸 것을 즈놈들이 어떻게 하겠소? 승패는, 아니, 시비 진부는 내가 어이없어했을 때 결정이 난 거예요. 바로 그때 천지 현황을 뒤엎어버리지 않은 것이 잘못이라면 잘못이지요. 거짓말은 얼른 거짓말이라고 해버려야지, 만일 그게 진짜 거짓말인지 어쩐지 미적미적 따져보고 있으면 어느새, 참말로 둔갑을 하는 수가 있어요."

"당신 오늘 최면이 덜 된 모양이구료."

"예, 오늘 조금 덜 됐에요. 동생 하나가 미국에 가 있는데, 걔한테서 편지가 왔어요. 난 걔 편지만 오면 속이 안 좋아요. 우린 기집애들 없이 사내들만 3형젠데, 나는 대학을 못 나왔지만 걔들 둘은 대학을 가르쳤거든요. 그런데 둘째는 3학년 때 멀쩡하던 놈이 병신이 되어버렸고, 남은 건 지 하나뿐인데, 대학까지 나온 놈이 하라는 도둑질은 안 하고, 서독까지 가서 광부질을 해요. 일이라는 게 뼈다귀에 붙어야지, 아무나 하는 게 아니거든요. 고생 좀 했나 봐요. 그러다가 미국으로 건너갔는데, 처음에는 공부를 해야겠다고 하더니, 어떻게 잘 안 되는지 공부는 당분간 그만두고, 돈이나 벌어야겠다지 뭡니까."

춘호는 잠바 안주머니에서 반으로 접은 편지 봉투를 꺼냈다. 울긋불긋한 항공 봉투였다. 그는 아무리 보아도 역시 신기하다는 듯이, 겉봉을 펴가지고 잠시 들여다보다가 해동에게 건네주었다.

"둘째 동생은 어떻게 해서 갑자기 병신이 되었소?"

그가 편지를 받으면서 물었다.

"그 이야긴 별로 하고 싶지 않은데요. 못난 놈이 못난 척하고 있지 않고, 건방을 떨다가 그렇게 됐지요. 그 애 소리를 들으셨군요? 물론 들으셨겠지요. 동네가 미안하고 창피해서 못 살겠어요."

그는 말을 멈추고 잠시 침묵을 지켰다.

해동은 조금 미안했다. 그는 편지를 훑어보았다. 거기에 나오는 지명들은 그에게는 전혀 추상명사였다. 우선 안부 인사가 있었고, 최근에는 자리를 옮겼는데, 새로 일하게 된 데는 돈도 시간당 2불 30전으로 전보다 15전이 더 많고, 주인도 더 친절하다는 말과, 어렸을 때부터 많이 들어와서 여름에 얼음 먹으면 배 아프다고 믿어왔었는데, 냉장고에서 얼음 아무리 많이 내먹어도 배 안 아프고, 따라서 배가 아픈 것은 얼음 때문이 아니라 먹은 얼음 속에 대장균이 들어 있기 때문이라는 간단한 사실을 알게 되었다는 말, 그리고 잘 검열된 육류와 우유와 진짜 버터와 치즈 같은 영양가 높은 음식물을 정책적으로 미국 사람들만큼 많이 섭취하고 있으므로 건강 상태가 대단히 좋으니, 염려 놓으시고, 행여 라면 같은 것을 소포로 보낼 생각은 하지 말라는 말이 씌어져 있었다. 그리고 그곳의 기후와 두고 간 한국의 기후가 비교되어 있었고, 그 차이가 그의 몸과 마음에 미치는 영향이 조금 시적으로 언급되어 있었다. 낮에는 바쁘고 밤에는 피곤해서, 외로워할 시간이 없는 모양이었고, "말은 잘 안 통하지만, 말이 제대로 통해서" 좋은 모양이었다. 그는 편지를 돌려주었다.

그들은 술집을 나왔다. 헤어지기 전에 해동이 "뇌병원에 한 번 보내보는 것이 어떨까요?"라고 말했다. 춘호는 그를 물끄러미 쳐다보다가 "뇌병원에 1년 동안 있다가 나온 결과가 저거랍니다"라고 대답했다. 그러고는 무교동으로 가기 위하여 버스 정류소를 향해 어둠이 깔린 골목을 휘적휘적 걸어 나갔다. 해동은 그와 반대 방향으로 돌아서서 집을 향하여 걸음을 옮겼다. 그리고 무엇인가 중대한 것을 결정해야 할 때가 왔다고 느꼈다.

집에 가자, 아내가 그의 저고리를 받아 걸면서, 국민학교 5학년인 딸이 월말고사에서 학년 석차 2등을 차지했다고 말했다. 그가 멍하니 있자, 아내가 약속대로 시계를 사 줘야 될 게 아니냐고 말했다. 그래서 그는 "아, 시계!"라고 나지막하게 중얼거렸다. 저녁을 먹고 그는 석간을 마저 읽었다. 그리고 라디오를 틀어서 뉴스를 더 듣고, 광고가 나오자 껐다. 양치질을 하고 문단속을 한 다음, 자리를 깔고 드러누워서 눈을 말똥거리며 천장을 쳐다보았다. 그때, 뒷담 저편에서 짐승의 울부짖음과 같은 그 소리가 들려왔다. 그 소리는 숨이 내뱉어지면서는 물론이지만, 들이마셔지면서도 났다. 덫에 치인 맹수가 몸부림을 치다가 상처만 더 입고 지쳐서 지르는 울부짖음 같은 그 소리는 약 2분 동안 계속되었다. 그것은 혀나 입술 같은 것을 사용하지 않고, 순전히 성대만을 진동시키는 소리였다. 갑자기 사방이 더 조용해졌다.

"하루고 이틀이고 말 한마디 없이 창밖만 내다보고 있다가, 저렇게 느닷없이 고함을 지른대요. 옆 사람들이 얼마나 놀라겠어요."

아내가 말했다. 사람이 하루나 이틀 동안에 말을 해서 공기 중으로 내보내는 음파를 똘똘 뭉쳐서 한꺼번에 내보내면 저런 소리가 될까?

"말을 못 하니 얼마나 답답하겠어요? 미숙이 엄마가 그러는데, 인물은 3형제 중에서 제일 잘났대요."

사람이 말을 가지고 통신을 할 수 없으면, 고함을 지르는 수밖에 없겠지. 답답한 것은 고함을 지르는 쪽이 아니라, 그 고함

소리를 알아듣지 못하는 쪽이 아닌가!

아내는 그의 귀에다 대고 계속해서 무슨 말을 소곤댔다. 그러나 그는 그것을 알아듣지 못했다. 아내는 말을 그쳤다. 그는 두 눈을 말똥거리면서 거대한 언어의 탑이 무너진 폐허 위로 밤이 더욱 깊어가는 것을 지켜보았다.

(1974)

밤 이야기

저녁상을 물리고 앉은 자리에서 신문을 뒤적거리고 있는데 아내가 "당신은 참 신간도 편소" 하고 툭 쏘았으므로 민호는, 그녀가 화나 있다는 것을 알리기 위해서 벌써 20분 동안이나 그를 쏘아보고 있었다는 것을 문득 깨달았다. 그리고 그가 신문을 대강 훑어보고 나서 고개를 돌리다가 우연히 그녀를 쳐다봐주기를 얼마나 그녀가 기대했었는가를 짐작할 수 있었다. 그녀는 틀림없이 그가 자신을 돌아보기만 했더라면 '아니, 당신 무슨 언짢은 일이라도 있소?'라고 말하지 않을 수 없을 그런 표정을 하고 있었을 것이다. 그런데 그는 열심히 신문만 읽고 있었다. 그녀는 화가 나 있지 않았더라도 화를 낼 만하였다.

"뭐, 신간 안 편할 일이라도 있소?" 그는 여전히 신문을 들여다보고 있었다. "영칠이네 집에서 테레비라도 들여놨나?"

"옆집에서 테레비를 들이건 말건 우리한테 무슨 상관이오?"

"그게 바로 내 말이야."

"당신은 내가 무슨 테레비나 냉장고 같은 것으로 속을 썩이는 줄 아시는구려?"

"아니, 그럼 밥 굶을 일이라도 있소? 오늘 봉급 타 왔으니 내일이라도 쌀 팔면 될 것 아니야?"

"누가 안 된대요?"

"그럼 됐지 뭘."

"당신 그러고도 왜 살이 안 찌는지 모르겠소."

"당신한테 부대껴서 그래."

"뭐요? 당신 꼭 남의 빈장을 뒤집어놓을 작정이오?"

"아니."

"당신 집에 들여온 월급으로 쌀 한 가마 팔면 나머지로 한 달 살림 꾸리기가 빠듯해요. 무슨 놈의 외상값이 그리도 많아요. 남들은 쌀값 오른다고 몇 가마씩 사들여서 여름철 날 궁리들을 하고 있는데, 우린 뭐예요, 한 달 먹을 양식도 달랑달랑할 지경이니 말이에요."

"한 가마 가지고 우리 한 달 못 먹나?"

"누가 못 먹는댔어요? 한 달만 살고 그다음부터는 발바닥만 핥고 있을 작정이오?"

"그다음은 또 그다음 월급이 있지 않어."

"그다음 월급이요? 체! 다음 달엔 월급이 두 곱으로 오르기라도 한답디까? 다음 달에 우리 집 지출이 이번 달보다 얼마나 더 느는지 알고나 있어요?"

"아, 아니, 난 그냥 모르고 있겠어."

"당신은 외상이다 뭐다 해서 밖에서는 친구들과 어울려 술타령만 하고, 집에 와서는 신문만 들여다보고 있는 척하면 만사가 다 해결되는 줄 아세요?"

"그랬으면 오죽이나 좋겠어? 그렇게 안 되니까 내게도 고민이 있지. 난 내년과 10년 후의 일들을 걱정하고 있어. 그것들은 다음 달의 문제보다 훨씬 더 중요하면서도 부담은 훨씬 덜 되거든."

"아, 발등에 불이 떨어졌는데 내년이 뭐고, 10년 후가 뭐예요? 바람 잡을 생각 말고, 눈앞의 불이나 끌 궁리를 해요."

"당신은 불을 끌 궁리를 하고 있지만, 나는 그 불을 바로 끄고 있소. 오늘도 그놈의 발등에 떨어진 불을 끄느라고 하루 종일 허우적거리다가 삭신이 늘쩍지근해가지고 돌아온 거 아니오? 나 베개나 하나 줘요."

"삭신만 축 늘어지면 뭘 해요. 발등에 불이 꺼져야지요. 딴사람들은 손가락 끝 하나 늘쩍지근하지 않고도 제 앞을 잘도 닦습디다."

"물어봤소?"

"뭘 물어봐요?"

"손가락 끝이 늘쩍지근한지 안 한지."

"우리 월급 반밖에 안 되는 사람들도 개인 빚지고 사는 사람들 없습디다. 개인 빚이 뭐요? 남헌테 돈 빌려주며 삽디다. 안 그러면, 은행에다 가계 예금 터놓고 살아요. 그런 사람들헌테 손가락 끝이 늘쩍지근하냐 안 하냐를 물어봐야 손가락 끝이 늘쩍지근한지 안 한지 알 수 있단 말이오? 안 물어보면 몰라요?"

"그건 당신 생각이고. 사람이 세상 살아가기가 남 보기와 같지만은 않는 법이야."

"아이고, 그 도통한 척하는 소리 좀 작작해요. 사람 울화통 터져요."

그때, 옆집에서 와장창 유리창 깨지는 소리가 났다. 그리고 무슨 기물이 벽에 부딪히는 둔중한 소리가 나고 곧 사기그릇 박살나는 소리가 났다. "죽여, 죽여." "죽이라면 못 죽여?" "누가 장만한 살림인데 때려 부숴?" "내가 장만한 거다. 왜 못 부숴." 또 와장창.

"저 집 남자는 운동신경이 조금 발달한 모양이군."

"뭐요?"

"여자들이야 집에서 살림을 하자니까 불평 한둘이 없을 수야 없겠지. 결국 남자들이…."

"아니, 그럼 당신은 운동신경이 발달이 안 돼서 살림을 때려 부수지 못한단 말이오?"

"원래 내가 조금 굼뜬 편이지."

"체! 안 굼떴으면 때려 부술 살림이야 변변히 있고요? 때려 부술 때 때려 부수더라도 새로 장만만 많이 해줌사 누가 뭐래! 남자라는 게 가다가 한 번씩 접시 몇 장쯤 때려 부수면 또 어때요. 남자가 그만한 성깔도 없어요? 당신처럼 맺힌 데가 없이 이래도 흥 저래도 흥, 술에 술 탄 듯 물에 물 탄 듯. 아유, 지겨워. 남자가 급하면 접시 몇 장이 문제요? 도둑질은 못 해요?"

"허, 이제는 남의 관용까지를 악덕으로 몰아붙이는군. 조금 전에 저 집에서 깨진 것은 접시 몇 장 정도가 아닌 것 같아."

"접시 몇 장이면 어떻고, 사발 대접이면 또 어때요?"

"그런 것들 정도라면 다행이지. 고려 상감청자를 본떠서 만든 화병이 깨졌대도, 그것만이라면야 다행이라고 해야지. 색이 조금 더 짙고 훨씬 천박하게 번들번들 빛나는 건데, 장바닥에서 5천 원에 팔지. 나도 하나 살까 하다가 관뒀어."

"엉터리 고려자기만 쳐다보고 있으면 배가 저절로 불러온답디까? 5천 원이면 쌀이 반 가마예요."

민호의 아내는 고개를 외로 꼬고 한숨을 내쉬었다. 더 기승을 부리지 못해서 서운한 모양이었다. 말을 아무리 세게 던져봐야 튀어나오질 않으니, 도대체 말발이 설 수가 없었다. 그녀는 앙앙불락이었다. 속이 별로 좋지 않기로는 민호도 마찬가지였다. 말을 가리지 않고 넙죽넙죽 보기 좋게 받아먹기는 했지만, 그 말들이 그의 배 속에서 그녀가 생각했던 것처럼 그렇게 잘 녹아서 흡수되어버렸던 것은 아니었다. 그는 신문을 뒤척거렸다. 그러나 뒤척거린다고 해서 읽을거리가 무한정 나오는 것도 아니었다. 그는 신문을 내동댕이쳤다. 그리고 "베개를 좀 갖다줬으면 좋겠어"라고 말했다. 그의 아내는 두말 않고 베개를 가져왔다. 그는 그것을 허리에다 괴고 천장을 바라보면서 혼잣말처럼 중얼거렸다.

"당신은 선비의 괴로움을 영 몰라주는군."

"아이고, 그 알량한 선비! 딸깍발이 샌님이 좋겠소. 당신 접때

도둑맞은 것 정말 신고했소? 신고했다는 거 정말이우?"

"그럼 정말이지, 거짓말일까? 거 옛날얘기는 왜 꺼내?"

"꼭 두 달 됐어요. 살얼음을 밟는 것처럼 아슬아슬하게 꾸며나가는데, 그때 멍이 펑 들어버렸지 뭐예요. 쌀이 한 가마면 그때 돈으로도 만 원이 넘었어요. 돈이 만 원이면 구멍탄이 25원씩 쳐도 4백 장이에요, 4백 장. 구멍탄이 4백 장이면, 한 아궁이에 두 장씩 두 아궁이를 때도 석 달 열흘, 겨울 한 철을 난다는 얘기예요. 하루에 아궁이 하나에 둘씩 태우면, 방바닥이 뜨거워서 앉지도 못해요. 구멍탄 서너 시간 더 때려고 새벽 한 시 두 시에 단잠을 깨는데, 4백 장을 하루아침에, 아유!"

"아, 거 다 지난 얘기를 왜 또 꺼내서 야단이지?"

그들은 지난해 세밑에 쌀 한 가마를 도둑맞았다. 부엌에 있는 한 가마들이 쌀통에 한 달 양식을 팔아서 가득 채워놓고 이튿날 아침에 일어나보니, 바닥이 보이도록 누가 박박 긁어 가버렸었다. 그리고 그 옆에 그들의 플라스틱제 바가지가 쌀겨가 묻은 채 놓여 있었다. 그 뒤로부터 그들은 그 쌀통에다가 주먹만 한 자물통을 채웠다.

"애석하니까 그러죠. 파출소에만 갈 것이 아니라, 학부형이나 누구 아는 사람 염탐해서 본서에 부탁을 하는 건데 그랬어요. 순사들이 마음만 먹으면 꼭 찾아낸대요."

"당신 사촌, 버스 간에서 만년필 소매치기당하고 다시 찾은 이야기완 조금 다를걸."

"다르면 어때요, 물건만 찾으면 됐지. 당신은 어쩌면 그렇게 두 손발 꿈쩍하기가 싫소?"

"마음만 꼭 먹는다면야 순사 아니라고 못 찾아내겠어?"

"에그, 오기는 있어서."

"당신 짚이는 데가 있다면서, 당신이 찾아내지그래?"

"도둑을 앞으로 잡지 뒤로 잡아요? 당신, 비꼬시는 모양인데, 그날 밤 남자는 근무 중이라 집에 안 들어왔어요. 그리고 잠결에 무슨 소리를 들은 것 같아요. 틀림없어요."

그녀는 목소리를 낮춰서 말했다. 그들은 작은방을 세 내놓고 있었는데, 남자는 시외버스 운전사여서 일주일이면 사흘을 밖에서 잤다.

"아무리, 젊은 여자가 그랬을라구."

"젊은 여자 좋아하셔."

"나도 한 군데 짚이는 데가 없는 건 아닌데, 내가 한번 잡아볼까?"

"당신 물 건너 불구경하기우? 심심한데 한번 잡아보시구려."

"뭐, 심심할 것까진 없고. 연탄 4백 장이라니 정신이 조금 드는군. 그땐 마침 달 끄트머리에다 해 끄트머리여서 내 처지에 없는 사람들 노나 준다고는 할 수 없고, 저쪽에서 솔선하여 가져가는 데야 별수가 없지 않느냐, 이런 생각이 전혀 없었던 건 아니었지. 좋은 일이란 스스로 하지 않으면 억지로라도 하게 해야 될 거 아니겠어? 특히 우리 같은 어중간잡이들에게는 말이야."

"뭐요? 당신 파출소 갔었다는 거 말짱 헛거지요?"

"말짱 헛것인지는 몰라도 거짓말은 아니야. 내가 파출소에 안 갔을 정도라면, 나를 어중간잡이라고 하겠어? 갔었다니까. 그러나 도둑이 잡힐 것은 전혀 기대하지 않았었지."

"기대하지 않은 거요, 바라지 않은 거요?"

"바라지 않았었다고 말하고 싶지만, 아마 그렇게까지 되지는 않았었겠지, 내 처지에."

"당신은 도통 알 수가 없어요."

"내일 쌀을 한 가마 들여와요. 어차피 한 달 양식 팔아야 될 거 아니오? 중앙시장 닭전 옆 싸전에서 들여와요. 우리가 두 달 전에 잃어버린 쌀을 샀던 그 집 말이오. 배달을 해달래서, 바로 쌀통에까지 부어달라고 그래요."

"아니, 왜 또 갑자기 시장에 가서 쌀을 팔아오라고 그래요?"

그들은 도둑을 맞은 다음부터는 한 푼이라도 싸게 사기 위해서 시장이 아니라 버스 종점에 가서 농가에서 바로 나온 푸대 쌀을 샀다.

"되 밑 얻어먹는 것도 좋지만, 이번 달만은 내 하라는 대로 해요. 당신이 내가 시키는 대로 하느냐 않느냐에 구멍탄 4백 개가 왔다 갔다 한다는 것을 잊지 말어. 특히 쌀집을 바꿔서는 안 돼. 나는 당신에게 선비가 노하면 얼마나 무서운가를 보여주고 싶단 말이야."

민호의 아내는 남편이 시킨 대로 했다. 키가 작고 야무지게 생긴 닭전 옆 쌀가게 주인 남자는 젖먹이를 안은 아내에게 점포를 맡기고 두 개의 마대에 쌀 80킬로그램을 나누어 담아서 손수레 바퀴만 한 바퀴를 앞뒤로 단 자전거에 실어가지고 능숙하고 민첩하게 배달을 했다. 작은 체구 어디에서 저런 힘이 나올까 싶게 그는 반 가마택이 되는 푸대를 번쩍 들어서 시원시원하게 쌀통 속에다 부어 넣었다. 민호의 아내는 남편의 음모에 자기 몫을 다할 양으로 작은방 색시가 나와 보도록 수선을 피웠지만 그녀는 언제나처럼 월간 『여자생활』을 탐독하다가 그 위에 얼굴을 떨어뜨리고 잠이라도 들었는지 아무 기척이 없었다.

민호는 여섯 시가 되자 의자 뒤로 몸을 젖히고 길게 기지개를 켰다. 그리고 약속대로 두 사람의 동료 교사와 함께 학부형 집에 저녁을 먹으러 갔다. 부탁할 일이 있어서 내는 술만 아니라면 이렇게 학생 집에서 한잔씩 하는 일이야말로 유쾌한 일이 아닐 수 없었다. 그들은 아홉 시 반에 자리에서 일어섰다. 동료 교사들이 대단히 이상하게 생각했지만, 그는 2차에 불참하고 그들과 헤어져서 집으로 향했다. 버스를 타기 전에 10분쯤 걸려서 운동구점을 찾아 곤봉을 하나 샀다. 한 짝씩만도 파느냐고 묻자, 점원은 원래 한 쌍씩 팔지만, 더러 한 짝이 먼저 없어지는지 하나만 찾는 사람이 있어서 짝으로 판다고 대답했다. 그래서 그는 그의 집에는 일찍이 곤봉이라는 것이 한 짝이고 한 쌍이고 있어 본 적이 없지만, 어쩌다 우연히 한 짝만 필요하게 되었다고 말하고 한 개만 샀다. 그리고 그 옆에서 손전등을 하나 샀다. 버스에서 내리자 열 시 반이었다. 그는 쥐새끼처럼 사방을 살피면서 집으로 갔다. 그리고 소리 없이 담을 넘어 집 안으로 들어갔다.

그가 목욕탕 안에서 문을 닫고 기다린 지 한 시간쯤 되었을 때였다. 그는 열한 시 반부터 열두 시까지를 지목하고 있었으므로 눈과 귀에 온 신경을 곤두세우고 있었는데, 가볍게 툭 하는 소리가 났다. 그런데 조금 이상했던 것은, 그 소리가 길에 접해 있는 담 쪽에서가 아니라, 옆집과 경계를 이루는 담 쪽에서 났다는 점이었다. 그는 목욕탕 문 위에 있는 조그마한 창을 열어놓고 어둠 속을 노려보고 있었는데, 그 창문을 통해서는 옆집과의 담이 눈에 들어오지 않아서, 문을 열고 밖으로 나가볼까 말까 망설이고 있는데 희끄무레한 물체가 그의 시야 안으로 들어왔다. 그것은 허리를 구부리고 엉금엉금 기듯이 그의 집 마당을 지나서 작은방 모퉁이로 사라졌다. 그는 그것이 옆집 사내라는 것을 대뜸 알아차렸다. 그는 갑자기 그 자신이 도둑놈이라도 된 듯이 가슴이 두근거렸다. 그리고 이상한 흥분을 느꼈다. 그는 목욕탕 문을 열고 나와서 살금살금 집 모퉁이께로 다가갔다. 그리고 고개를 쑥 뽑고 모퉁이 저쪽을 돌아다보았다. 방문이 소리 없이 닫히는 중이었다. 그는 모퉁이를 돌아섰다.

방 안에서는 옷자락, 이부자락 스치는 소리와 성대를 진동시키지 않은 남녀의 목소리가 들려왔다. 그때 아마 길에 접한 담 쪽에서 꽤 큰 소리가 났었던 모양이었다. 그는 전혀 들은 기억이 없다. 다만 남의 방을 엿듣고 있는 그의 모습이 행여 딴사람에게 들킬세라 마른침을 삼키면서 본능적으로 좌우를 살피다가 우연히 담 쪽에서 시커먼 물체가 마당을 가로질러 오는 것을 보았을 뿐이었다. 그는 집의 벽에 몸을 찰싹 붙였다. 그 물체는 조금 전의 물체와는 달리 잽싸게 부엌 쪽으로 갔다. 충혈이 되어 침침했던 그의 눈은 즉시 날카로움을 되찾았고, 거북살스럽게 긴장되었던 그의 아랫배는 곧 수그러졌다. 그는 아까와는 반대 방향으로 모퉁이 저쪽을 살그머니 내다보았다. 물체는 부엌 쪽 모퉁이로 사라져버리고 보이지 않았다. 그는 곤봉을 쥔 주먹에 힘을 주고 잠시 기다렸다. 방에서 뭘 먹는 소리가 났다. 조금 전과는 달리 괘씸한 생각이 들었다. 그는 작은방 방문 쪽을 돌아보고 어둠 속에서 곤봉 쥔 팔을 한번 들어 보이고는 고양이처럼 소리 없이 모퉁이를 돌아섰다.

그가 저쪽 모퉁이를 향해서 마당을 반쯤 걸어갔을 때, 문득 그의 머릿속에 밖에서 망을 보고 있을 공범의 모습이 스쳐갔다. 그는 방향을 꺾어서 담장 밑으로 갔다. 그리고 정원석을 밟고 서서 밖을 살며시 내다보았다. 그의 짐작은 맞았다. 저만치 길가 전봇대 옆에 바퀴가 큰 운반 자전거 한 대가 세워져 있고 그 옆에 애기를 업은 여자 하나가 왜 이렇게 더디나 하고 걱정이라도 하는지 길 이쪽저쪽을 살피면서 천진난만하게 서 있는 것이 보였다. 그는 얼른 고개를 담장 밑으로 끌어들였다. 그리고 허리를 굽히고 다리 근육에 힘을 주어 발밑의 소리를 죽이면서 부엌 모퉁이로 갔다. 부엌 쪽은 괴괴했다. 그는 기둥에다 뺨을 대고 모퉁이 저쪽을 슬며시 넘어다보았다. 그러자 문득 쌀통에 채워져 있을 커다란 자물통 생각이 났다. 그는 그의 아내에게 그날 밤만 쌀통에 자물쇠를 채우지 말라고 말하려 했었는데, 그만 깜박 잊어버렸었다. 저 바보 같은 놈이 쌀가마나 자전거에 싣고 나르려면 잘 나를까, 자물통 앞에서는 전문이 아니어서, 기가 팍 죽어버린 것은 아닐까. 자물통이 또 작기나 한가. 그는 걱정이 되었다. 그는 손전등을 꺼내어 왼손에 들고 언제라도 상대방의 얼굴을 확 비출 준비를 했다. 그리고 곤봉을 어깨 뒤로 제쳐서 후려칠 준비를 하고 부엌으로 다가갔다. 부엌문은 반쯤 열려 있었다. 그는 몸을 벽에 찰싹 붙이고 고개를 쑥 뽑아 부엌 안을 들여다보았다. 별빛도, 조금 멀리서 비치는 가로등이나 보안등도 없었지만, 자세히 보자 그의 몸짓을 대강 짐작할 수 있었다. 그는 이제 막 자물통을 해결했는지, 쌀통에서 쌀을 퍼서 푸대에 담기 시작한 것 같았다. 틀림없이 그의 집 플라스틱 바가지로 쌀을 푸고 있을 것이고, 마대의 아가리는 입과 왼손과 왼손 팔꿈치에 의해서 삼각형으로 쩍 벌려져 있을 것이라고 그는 생각했다.

그는 기다렸다. 첫 푸대가 다 차고 두번째 푸대의 아랫배가 불러왔을 것이라고 생각되었을 때, 그는 그 시커먼 물체가 너무 놀라지 않도록 나지막한, 그러나 단호한 목소리로, 손전등을 그의 얼굴에 확 비치면서, "쉿 ─, 이 도둑놈아!" 하고 외쳤다.

"누, 누구여?"

"꼼짝 마. 움직이면 머리통이 박살난다. 허리띠를 풀어서 이리 던져."

도둑놈은 한 손으로 잡고 있던 푸대 자락을 놓았다. 푸대의 윗부분이 한쪽으로 쏠리면서 쌀이 엎질러졌다. 그는 또 한 손으로 쥐고 있던 플라스틱 바가지를 쌀통 속에다 던져 넣었다. 그리고 허리띠를 풀어서 민호 쪽으로 부엌 바닥 위에 던졌다.

"하자는 대로 할 테니까 소리만 제발 지르지 말어. 주인아줌마 깨면 피차 이로울 거 없잖아."

"그럼 고분고분 파출소로 갈 테냐?"

"파, 파출손 왜 가? 저거 한 덩이씩 짊어지고 집으로 가야지. 시간 없어."

"하하하, 두 달 전에 만났더라면 네놈 머리통이 온전치 못했을 텐데, 이렇게 딱 마주치니 웃음이 나오는구나."

"떠들지 말어…요. 아주머니 깨요. 다, 당신이 주인이오?"

"아줌마는 초저녁 잠이 많아서 앞으로 두어 시간은 고함을 질러도 괜찮아."

그는 뒷걸음질을 쳐서 부엌 전등을 켰다. 도둑은 두 손으로 허리춤을 붙잡고 서 있었는데, 체구도 작았거니와, 그의 마음속에 도둑놈의 외관에 대해서 어떤 정견이 있었던 건 아니었지만, 하도 풀죽은 모습이 처량해서 저 정도를 붙잡아봐야 선비의 분노고 뭐고 보여주기 힘들겠구나 하는 생각이 들었다.

"도둑을 맞으려면 개도 안 짖는다고, 재수가 없으려면 제범 짝 떨어지는 소리에도 사람이 깨는 수가 있어요. 또 더러는 구멍탄 갈려고 느닷없이 일어나는 수도 있고요."

"이 도둑놈 같으니. 자물통도 소용없구나. 난 은근히 걱정을 했었지."

"저거요? 아무거나 넣기만 하면 열려요."

"제 짝이 따로 있는데, 아무거 넣기만 하면 열려?"

"제 짝이 따로 있어요? 아무거 넣어서 열리면 제 짝이지."

"허, 그 도둑놈이 도둑놈 같은 소리만 하는구나. 네 이 도둑놈아, 이 곤봉으로 머리통을 한번 얻어맞아볼 테냐?"

"아이고, 딴 건 몰라도 그것만은 말아주시오."

"우리 집에 생전 처음으로 곤봉이 하나 생겼는데, 오늘 밤에 안 써먹으면 앞으로 언제 쓴다? 한쪽 가지고 운동을 할 수도 없고."

"그건 염려 마세요. 앞으로 쓰일 때가 종종 있을 테니까요. 제가 보장하지요. 아니, 제가 그렇게 해드린다는 얘기가 아니구요."

"그럼 파출소에나 같이 갈거나?"

"아, 아이고. 그건 더구나 안 돼요. 딴 건 다 좋지만, 그것만은 정말 안 돼요."

"하긴 나도 파출소에 가고 싶은 생각은 별로 없다만. 거기 가봐야 내게라고 때나게 이로울 것도 없지. 너에겐 어떤지 모르겠다만."

"나에게도 별로 이로울 게 없어요. 지금 당장 파출소에 끌려가지 않는다고 해서 앞으로 이 짓을 계속한다면, 파출소에 지금 가는 것이 혹 이로울지도 모르겠지만, 난 이젠 다시는 이런 짓 안 하기로 작정을 정했거든요."

"작정을 정했어? 거 작정 한번 잘 정했다. 그렇다면 파출소에 가봐야 내게 이로울 게 없지. 그러면 이왕 도둑놈을 한 놈 잡았으니, 고함이라도 한번 질러볼까? 도 —"

"아, 아이고, 고함을 지르면 어쩔 수 없이 저를 파출소로 끌고 가시게 됩니다. 그럴 바에야 차라리 조용조용 끌려가는 게 낫겠습니다."

"그러면 나더러 어떻게 하란 말이냐, 이 도둑놈아?"

"선생님 마음대로 하십시오. 제가 뭐라고 하겠습니까?"

"때려죽이든지 살리든지, 끌고 가든지 놔주든지, 고함을 지르든지 꾸중을 하든지, 마음대로 하십시오. 그러나 너무 언성을 높이시면 사모님이 깨십니다."

"우리 집사람이 깼다 하는 날이면 이 동네 잠은 다 잤지."

"차라리 선생님이 고함을 지르시는 것이 낫겠군요."

"차라리 네가 조용조용 파출소로 걸어가는 것이 낫지."

"그렇군요. 제가 조용조용 파출소로 걸어가는 것이 낫겠습니다."

"무엇보다 나아?"

"선생님이 고함을 지르는 것보다요. 선생님이 고함을 지르는 것은 사모님이 깨시는 것보다 낫고, 사모님이 깨시는 것은 선생님이 언성을 높이시는 것보다 낫습니다."

"그럼 언성도 못 높이고, 밤새도록 이렇게 쳐다만 보고 있으란 말이냐?"

"아닙니다. 우선 그 가지고 계시는 후라시 불을 끄시고, 그리고 저기 저 전깃불도 끄시고, 그리고 방으로 들어가셔서 주무셔야지요. 저하고야 내일이라도 얼마든지 얘기할 수 있지 않습니까? 제가 어디서 무얼 하시는지, 아니 무얼 하는 놈인지 선생님도 잘 아시지 않습니까?"

"그럼 넌 어떡헐 테냐?"

"저야… 우선 허리띠나 주워 매고… 그리고 캄캄한 남의 집 부엌에 멍하니 서 있을 수도 없으니, 그냥 집에나 가야지요."

"마누라가 애기를 업고 밖에 서 있으니, 더구나!"

"예, 예?"

"빈손으로 나가면 좋아하겠어?"

"아, 아닙니다. 빈손이 다 뭡니까? 아예 들어가지 말라는 것을 제가 우격다짐으로 끌고 왔었지요. 자전거나 지키고 있으라구요. 요즈음엔 가게 앞에 세워둔 자전거도 퍼뜩하면 없어지거든요."

"허리끈을 매."

도둑놈은 민호의 입에서 마지막 말이 마침내 떨어지자, 참으로 오랫동안 기다렸다는 듯이 냉큼 허리띠를 집어서 맸다. 그리고 민호의 뜻이 허리띠만 매라는 말인지 아니면 허리띠를 매고 뛰라는 말인지 속으로는 분명했지만 겉으로는 차마 그렇지 않았으므로, 그것을 자기 좋을 대로 해석을 해가지고 그대로 행동으로 옮겨버리면 민호의 뜻도, 처음에는 어찌 되었건, 그 방향으로 기울어지리라고 생각이 되었던지, 주춤주춤 뒤로 두어 걸음 물러서서 곧 뛸 채비를 했다. 그러나 홱 돌아서기에는 뒤통수가 조금 켕길 것 같았던 모양이었다. 그는 머뭇거리더니, "아무래도 제가 먼저 나가야 되겠지요? 방에 들어가시는 것을 보고 가도 좋습니다만"이라고 말하고 민호를 슬쩍 쳐다보았다. 민호는 부엌 불을 껐다. 그리고 다시 시커먼 물체가 된 쌀집 주인이 슬금슬금 부엌 밖으로 나가는 것을 우두커니 바라보았다. 곤봉을 쥔 그의 손에서 힘이 빠졌다. 그리고 아래로 미끄러져 내려 온 곤봉이 그의 손 두 손가락 사이에 대롱대롱 매달렸다. 그는 하릴없이 자기의 발끝을 손전등으로 두어 번 비추었다. 그때였 다. 마당에서 "도둑이야!" 하는 소리가 났다. 그는 하도 깜짝 놀 라서 들고 있던 손전등을 부엌 바닥 위에 떨어뜨렸다. 잡은 도 둑을 슬며시 놓아주었다는 사실을 반성할 틈도 없이 그는 순간 적으로 또 하나의 질서를 깨달았다. 그는 곤봉을 꼬나 쥐고 마 당으로 뛰어갔다. 그리고 맨 처음 눈에 들어온 물체를 힘껏 내 리쳤다. 곤봉이 머리에 맞았더라면 박살이 났을 텐데, 행인지 불 행인지 한쪽 어깨에 맞았다. 느닷없이 등 뒤로부터 일격을 받은 그 물체는 비틀거리면서 고통에 가득 찬 목소리로 "아, 이거 왜 이래? 나야, 나! 철이 아빠야. 도둑놈이 저 담을 넘잖어, 도둑놈 이. 빨리 가봐. 아이쿠"라고 부르짖고는 땅 위에 쓰러졌다.

"아니, 이건 김 형 아니오? 어쩐 일이오?"

"김 형이고 이 형이고 빨리 도둑이나 잡아요. 벌써 다리께는 갔을 거야. 아이쿠, 나 죽는다."

민호는 담으로 가서 밖을 내다보았다. 길은 텅 비어 있었다. 애기 업은 여인도, 바퀴가 굵은 자전거도, 도둑고양이처럼 날 쌔고 자그마한 사내도 간 곳이 없이 길은 시원하게 비어 있었 다. 그는 쓰러져 있는 사람에게로 돌아갔다. 이웃집들에서 방문 을 여닫는 소리들이 나고 더러 수군거리는 소리들도 들렸다. 옆 집 철이 엄마가 담을 넘어다보면서 자기 집 남편을 알아보고 어 찌 된 일이냐고 물었다. 그러자 쓰러져 있던 사람이 한 팔로 땅을 짚고 비실비실 일어서면서, "변소에 나왔다가 이상한 소리가 나길래 이쪽을 넘어다보았더니, 도둑놈이 막 담을 뛰어넘으려 하고 있잖어. 그래서 '도둑이야'라고 소리치면서 이 샛담을 넘어왔지. 그랬더니 저 냥반이 도망가는 도둑은 놔두고 내 어깨를 치지 않겠어. 아유, 남의 일에 내 어깻죽지가 다 부러졌다. 아유 아퍼"라고 말하고 자기 마누라가 넘어다보고 있는 자기 집 쪽 담 반대편으로 대문을 향해서 한쪽 어깨를 움켜잡고 성한 다리를 절룩이면서 걸어갔다. 민호는 "도둑이야 소리는 나고, 야음에, 내가 어떻게 도둑과 김 형을 구별하겠소? 많이 다치지나 않았으면 좋겠소만"이라고 말하면서 그 뒤를 따라가 대문을 열어주었다. 그는 "많이 다치지 않았으면 아프다는 말도 하지 않겠소. 어, 일진이 사나울 쾌니까 하필 그때 오줌이 마려워!"하고 투덜대면서 대문 밖으로 나갔다. 민호는 "군것질을 했나, 밤중에 오줌이 마렵게?"라고 그의 뒤통수에다 대고 중얼거리고는 대문을 걸었다. 철이 엄마는 남편의 머리꼭지가 옆집 대문 밖으로 사라지자 즉시 머리를 담 아래로 거둬들였다. 작은방은 도둑이야 소리를 들었을 텐데도 아무 기척이 없었다. 민호는 동네 사람들의 호기심에 찬 귀를 느낄 수 있었다. 옆집 담께로 옆집 방문 여닫히는 소리가 난 후 조용해졌다. 그의 집 부엌 쪽에서 무슨 소리가 나는 듯했으므로 모퉁이를 돌아가보았다. 부엌에 불이 켜져 있었다. 그는 선뜻 놀라면서 부엌으로 갔다. 아내라 바가지로 쌀통에다 쌀을 퍼붓고 있었다.

이튿날 민호가 학교에서 퇴근해 오자 아내가 신문을 가져다

주면서 "오늘 구멍탄 4백 장어치가 생겼어요"라고 말했다.

"그건 또 무슨 얘기야?"

"아까 두 시쯤 심부름하는 애가 쌀가마를 싣고 왔어요. 어디서 왔느냐니까 선생님이 아실 거라고만 하고 그냥 갔어요."

"그래? 당신도 아마 알겠지?"

"내가 어떻게 알아요? 난 초저녁잠이 많아서 고함을 질러도 모른다니까요."

"참, 그렇던가."

"그리고 그 소년이 부엌에 마대 두 개가 있을 거라고 달라기에 줘서 보냈어요."

"남의 집 부엌 속을 잘도 아는군."

"이제부터 쌀통은 비좁지만 방에다 들여놔야 되겠어요."

"아, 내 하나 잊은 게 있다. 퇴근길에 들르려 하였는데 깜빡 잊었어. 내 얼른 이 앞 복덕방에 갔다 오리다."

민호는 신문을 쥔 채 일어섰다. 그의 아내는 의아스럽다는 듯이 그를 쳐다보았다. 그는 셔츠 바람으로 방을 나와서 슬리퍼 짝을 꿰고 마당으로 내려섰다.

(1974)

남문통

지금은 아무 데에도 성이 있었던 흔적이 없고, 그 흔적이 없어져버린 지도 이미 몇십 년이 되었지만, 이곳 사람들은 아직도 '성안'이라는 말을 쓴다. 성안에서는 옛 동헌 자리에 군청이 있고, 그 옆에 도로 확장으로 뒤로 주춤 물러선 목조 건물의 우체국과, 오래전에 일류 극장 자리를 빼앗긴 가장 오래된 낡고 작은 극장과, 몇 개의 은행 지점들과, 경찰서와 저자와 상가가 있고, 그 사이사이에 차가 다닐 수 있을 만큼 넓은 모든 큰길가에는 너덧 개의 다방들과 많은 술집들과 음식점들, 상점들이 규모 있게 자리들을 잡고 있고, 더러 골목 안으로 들어가서 주택 지대에 스며들어 있기도 하다. 이 성안은 원으로 쳐서 직경이 1킬로미터도 못 될는지 모른다. 그러나 사람들은 널찍이 자리 잡은 시청이나, 현대식 6층 건물로 뽑아 올린 체신청과 저금 관리국이나, 신시가지 개발을 위하여 새로이 이전된 법원, 검찰의 쌍둥이 4층 청사들이 있는 곳들을 절대로 도심지라고 생각하지 않는다. 그것들은 성안에 있지 않기 때문이다. 그것들은 남밖(남문 밖)에 있거나, 섬밖(서문 밖)에 있거나, 동밖(동문 밖)에 있거나, 아니면 북정리에 있다. 그들은 성안의 범위를 넓히고 싶은 생각이 없다. 성안에 볼일이 있고 겹쳐서 시청에도 들를 일이 있으면, 그들은 성안에는 으레 들어가는 것으로 생각하지만, 시청까지는 또 언제 간담, 하고 걱정하기를 좋아한다. 그런데 그들이 그렇게 걱정하면서 서 있는 곳으로부터 시청까지는 때에 따라서는 5백 미터도 안 될 때가 있다. 다만 그 5백 미터가 지금은 멋있는 건물들과 부자들의 반한·반양의 주택들로 가득 차 있지만, 일찍이 한때는 파란 보리밭이었던 적도 있었다는 사실이 그들의 무의식에서 지워지지 않고 있을 뿐이다.

거리에 어둠이 내린다. 섣달의 음산한 어느 날 저녁이다. 경자가 종종걸음으로 성안으로 들어가고 있다. 그녀는 남밖의 어머니 집을 다녀오는 길이다. 거기서 권에 못 이겨 한잔 마신 매실주가 이제 뺨으로 더운 김을 내뿜으면서 퍼져 오르고 있다. 그녀 어머니는 늙어갈수록 그녀에게 친절해진다. 그녀는 그것이 싫다. 그래서 그러지 말라고 투정을 부리면 더 친절해져버린다. 어쩔 수 없는 일이다. 아마 나이 탓인 모양이다. 그날도 방 안에 들어섰을 때 아무래도 양주 간에 하고 앉아 있는 꼴이 낌새가 수상해서 무슨 일이 있었느냐고 묻자, 물으면 물을수록 더 처량해진 목소리로 아무 일도 없었다고 잡아뗐다. 언제나와 같이 그녀는 화를 내었고, 그녀 어머니는 눈물을 찔끔거리면서 코 먹은 소리를 했다. 그리고 저만치 모로 돌아앉아서 담배만 뻑뻑 빨고 있던 장작개비 같은 아버지가 길 가다가 돌멩이 하나 툭 차는 식으로 "구멍탄 광에 물 뿌린다고 한참 싸웠다"고 말했다. 일은 그것뿐이었다. 영감은 여름부터 사 모은 구멍탄이 너무 말라서 불길이 쉬 붙어 헤프다고 사흘거리로 물을 주려 했고, 할멈은 구멍탄이란 마를수록 좋은 것인데 공기구멍만 잘 틀어막으면 얼마든지 더디 타게 할 수 있는 것을 왜 꽃나무처럼 물을 주려고 하느냐고 반대였다. 그것은 그들 사이에서는 정기 행사였다. 다만 그때 딸이 나타난 것이 문제라면 문제였다. 눈물바람 할 것이 없어져버리자 어머니는 벽장에서 술병을 꺼냈다. 안 그런 척하면서 흘끗 쳐다보는 것으로 보아 한 모금 꼴깍 하고 싶은 생각이 간절한 것이 분명한데, 어머니는 영감 쪽은 거들떠도 안 보고 딸에게만 술 한잔을 따랐다. 경자는 아버지에게도 한잔 드리라고 말할까 하다가 늙어가면서 하찮은 일로 싸워쌓는 것이 밉기도 하고 해서 잠자코 있었다. 그리고 어머니가 몇 번 더 권하자 말없이 잔을 들어 홀짝 마시고, 잔을 내려놓으면서, 구멍탄 가지고 양주 간에 싸운 것을 딸이 알면 또 어떠냐고 툭 쏘았다. 아버지는 벽을 향해 입맛만 쩝쩝 다셨고, 어머니는 젊은것이 그러지 않아도 고생을 하는데…라고 말끝을 잘랐다. '젊은것'이라는 말이 그녀의 귓전을 때리자 문득 그녀는 양 어깻죽지가 들먹이도록 가슴이 콱 막히면서 숨통이 조여왔다. 그녀에게도 분명히 한때는 아랫배에 기름 덩이가 뒤룩거리지 않은 열몇 살의 젊은 날이 있었다. 그녀가 일어섰을 때 그녀 자신의 두 딸은 아랫목에 잠이 들어 있었다.

그녀는 당구장 모퉁이를 돌아 포장 안 된 골목으로 들어선다. 길이 갑자기 울퉁불퉁해진다. 골목의 열 곱절도 더 되는 넓은 아스팔트길을 버리고 들어왔으므로 기분이 아늑해진다. 고기 삶은 냄새, 낮은 처마, 구멍가게 여편네의 꽥꽥거리는 소리, 가로등이 없이 유리창을 새어 나온 희미한 조명, 비좁고 채광이 안 된 접객업소들의 더러운 화장실들에서 흘러나온, 쌓여서 삭은 사람들의 배설물 냄새, 길 위에 엎질러진 구정물, 거기서 피어오르는 김… 이 모든 것들에 그녀는 익숙하다. 그것들은 그녀의 삶의 부분들이다. 그녀는 이 골목으로 들어오면 마음이 가라앉고 자신이 생기고 그리고 삶으로 가득 차게 된다. 큰길에 나가면 겁이 나는 그녀도 여기서는 두려운 것이 아무것도 없다. 큰길에서 그녀를 협박하며 거드름 피우는 모든 것이 이 골목에 들어오면 말짱 허상이 되어버린다. 그녀는 행복하다. 그녀는 열 걸음쯤 걸어가서 왼편의 어느 집 속으로 쑥 들어간다.

"어머, 아줌마 벌써 오시네."

"수선 떨지 마라야."

"혜옥이, 혜자, 다 잘 있어요?"

"쪼깐헌 것들이 잘 안 있고 어떡헐 티여?"

"아이 아짐마, 말 잘해가지고 뺨 맞으셨나 베."

"요 방정맞은 거, 주둥아리 놀리지 말고 가서 갈빗살이나 다져. 손님 들었냐?"

이 양이 몇 호실에는 어느 곳 패, 몇 호실에는 어느 곳 패 하고 주워섬기는데, 경자는 코끝으로 듣는 둥 마는 둥 주방 안을 한번 들여다보고, 순전히 이 양이 수다 떤 말값으로 "술값 몇 달 있어야 나오겠구나. 느그 년들 꽃값이나 많이 뜯어내라"고 대꾸해주고는 안방으로 들어갔다. 그녀의 경대 앞에서 작부 하나가 화장을 하고 있다가 엉거주춤 일어나는 듯하더니 다시 하던 일을 계속한다. 그녀는 주리를 틀어주고 싶지만 참는다. 그리고 저고리를 벗어 던지고 밖으로 나와 세수를 하고 다시 들어가서 어린 작부와 나란히 앉아 화장을 시작한다. 거울 속에서 그들의 시선이 더러 서로 부딪친다. 부딪치면 튀는 것은 항상 어린 작부의 시선 쪽이다. 수다쟁이 이 양보다 훨씬 더 짜임새 있게 빠진 얼굴이지만 타고난 성깔이 새촘하고 고집스러워서 온 지 두 달밖에 안 된 이 양보다 더 짐스럽고 서먹서먹하다. 그녀는 온 지 반년이 되어간다.

"아저씨는 언제 나갔냐?"

"아줌마 나가고 조금 있다가 나갔어요."

경자가 부딪친 시선을 움직이지 않자 백 양의 얇은 입술이 거울 속에서 가느다랗게 떤다. 그녀는 이 양보다 두 살 위지만 더 앳되어 보인다. 즈그들은 경자를 늙었다고 흉볼는지 모르지만, 경자로서는 젖비린내도 가시지 않은 것들을 시앗이라고 새암을 하자니 서방이 한결 더 미워진다. 눈에 안 보일 때는 손톱으로 톡 까 죽이고 싶다가도 저렇게 저만치서 병든 새처럼 파르르 떨고 있는 것을 보면, 도대체 남자가 사람인가 싶어진다.

"오늘 저녁에 윤 사장이 영화 돌려달라고 헌 거, 안 잊어뿌렸는가 모르겄다."

"제가 어떻게 알아요?"

"나갈 때 아무 말 없더냐 말이다."

"없었어요."

말이 없고 무뚝뚝한 것이 흠이지만, 입을 여는 날이면 한술 더 뜬다. 도시 말수가 적은 것이 공연히 그러는 것이 아니라 다 그럴 수밖에 없어서 그러나 보다. 경자는 화가 난다. 그리고 화가 나면 그녀는 말이 적어진다. 그리고 욕도 안 나온다. 그래서 작부들은 그녀가 욕을 하면 기분이 썩 괜찮다는 것을 안다. 그런데 이 백 양은 그런 기미를 모른다. 아니, 알면서 알은체를 하고 싶어 하지 않는다. 그것이 병이다.

"엄머, 아줌마 오셨네요?"

손님방에 들어갔던 박 양이 방문을 열고 얼굴을 들이민다. 거울 속에서 경자와 눈이 마주친다. 그녀는 무슨 냄새라도 맡으려는 듯이 콧구멍을 벌름거린다. 경자가 아무 말도 하지 않고 콧등만 토닥거리고 있자 그녀는 백 양을 향해서 "얘, 너 빨리 들어와. 있잖아, 왜 저 키다리 싱겁이 말야"라고 말하고, 다시 경자를 향해서 애교를 부릴 셈인지 코를 찡긋해 보인다.

"술도 안 마시고 건주정부터 하는구나. 빨리 들어가봐라야."

백 양이 화사한 한복 갑사 저고리에 남치마 앞자락을 거머쥐고 박 양을 따라 손님방으로 간다. 경자는 방문을 열어놓고 화장을 끝낸다. 그리고 입던 저고리에 털실 옷을 걸쳐 입고 담배를 한 대 붙여 물고는 방문에 기대앉는다. 전화벨이 운다. 홀에서 심부름하는 아이가 달려오지만 경자가 수화기를 집어 든다.

나, 윤 사장인디, 김 형 좀 바꿔줘. 김 형 지금 없소? 아, 마담이오? 난디, 오늘 저녁 그거 말이여, 동광병원 옆에 청진여관, 알었제? 청진여관 말이여.

경자가 수화기를 내려놓자 그녀의 눈치를 보고 있던 심부름하는 아이가 대뜸 옆으로 다가온다.

"너 요 앞에 가서 광일이 찾아가꼬 빨리 저녁 먹으라고 해라."

그녀는 시계를 본다. 일곱 시까지는 아직 20분이 남았다.

"어이, 다찌노미는 손님 아니여?"

술청 한쪽에서 둘이 이마를 맞대고 홀짝거리고 있던 사람들 중의 하나가 아이가 밖으로 나가자 그녀에게 고함을 지른다. 육시랄 놈의 새끼들. 물 탄 약주 반 납떼기 마시고 트림허고 갈 것들이 다찌노미 찾고 손님 찾고. 경자는 그들 곁으로 가서 빈 유리잔에다 뿌연 술을 넘치게 따른다. 그들은 찌개 하나를 시켜놓고 저녁을 한 그릇씩 해치운 다음 반주랍시고 한잔 들고 있는 모양이다.

"아주머니는 볼 때마다 더 이뻐져. 오늘 처음 보지만 말이여."

두 사내는 마주 보고 씽긋 웃고는 맥주잔처럼 커다란 유리잔에다 입을 대고 쭉 빤다.

"아주머니, 내 술 한잔 받으시오."

사내 하나가 빈 술잔을 그녀에게 내민다. 그녀는 말없이 잔을 받고 주전자를 건네주는데 주전자가 가볍다.

"우리 반 되만 더 헐까?"

주전자를 받아 든 사내는 동료와 상의한다. 경자는 주전자를 다 턴 술 반 잔을 쭉 들이켜고 일어선다. 그때 광일이가 들어온다. 스물을 갓 넘은 소년인데 여드름이 여기저기 터졌는데도 대단히 어려 보인다. 그는 머리를 더부룩이 기르고 제 몸보다 큰 잠바를 입었다. 부지런히 크고 싶은 모양이다.

"너 얼렁 가서 밥 먹어라."

"왜 그래요?"

"왜 걸을 허든 조선 걸을 허든 빨랑 가서 먹으라먼 퍼먹어."

"나 밥 안 먹어요."

경자가 안방으로 들어가자 광일도 따라 들어간다.

"니 또 싸웠냐?"

눈치가 이 양이나 뉴구하고 또 다툰 모양이다. 젊은것들이란 알 수가 없다. 서러운 종자들끼리 서로 위하고 살아도 세상이 힘에 부칠 텐데, 툭하면 서로 상처. 광일이는 경대 서랍에서 열쇠 꾸러미를 꺼내가지고 벽장문의 미제 자물통을 딴다. 그리고 그 안에서 익숙하게 손잡이가 긴 쭈글쭈글한 검정 가방을 꺼낸다. 꽤 부피 있는 것이 들어 있고, 무거워 보인다.

"어디요?"

가방을 척 어깨에 걸쳐 멘 광일이가 조금 퉁명스럽게 말한다.

"청진여관이란다. 동광의원 옆에. 윤 사장 알지야?"

광일이는 가타부타 말없이 방을 나간다. 경자가 그의 등에다 대고 "밥 생각이 없으면 술이라도 한잔헐래, 어한이라도 되게?"라고 말하지만, 그는 별로 넓지 않은 어깨를 고집스럽게 버티고 그냥 문으로 간다. 그러나 문간에 손을 대자 문득 생각이 달라졌는지 홱 돌아서서 경자에게로 뚜벅뚜벅 다가오더니 "한잔 줘봐요"라고 땅바닥을 내려다보면서 잔정머리 없이 말한다. 경자는 족보에 웃다가 죽은 조상이라도 있냐, 염병헐 놈 같으니, 하고 욕이 나왔으나 돌아와준 것만도 대견해서 후딱 일어서서 주방으로 가려는데, 마침 그때 손님방에서 백 양이 빈 주전자를 들고 나온다. 경자는 그녀에게 큰 유리잔으로 정종 하나하고 안주붙이 뭐 하나 가져오라고 이른다. 그녀는 곧 술 한 잔하고 고기 한 점을 제범에 집어서 가져오지만 마치 옆에 광일이가 없다는 듯한 태도다. 태도에서 찬바람이 일기로는 광일이도 마찬가지다.

"이 썩바리 같은 것들아, 좀 돌아서서 내주먼 어쩌고, 또 좀 돌아서서 받아 묵으먼 어쩌냐. 아이고, 이 창시 없는 것들아."

그녀는 욕은 하지만, 광일이가 그 의젓잖은 어깨를 떡 버티고 또 뚜벅뚜벅 걸어가버릴까 싶어서 은근히 겁이 나, 얼른 술잔을 받아서 그에게 내민다. 그는 잔을 받아 쭉 마신다. 그리고 빈 잔을 탁자 위에 내려놓고 뒤도 안 돌아보고 문간으로 나간다. 고깃점을 손가락으로 집어 든 경자는 그의 뒷모습을 보고 있다가 그의 뒤 꼭지가 문밖으로 사라지자 "돼지 구정물 마시긴 줄 알았더니, 제법이여"라고 말하고 안주를 백 양에게 다시 주며 "니나 묵어라" 한다. 백 양은 고기를 받아 들고 킥 웃으며 주방 쪽으로 달아난다.

"썩을 년, 웃기는."

그러나 경자는 기분이 미상불 괜찮다. 진짜 돼지가 구정물 마시듯 하고 있던 두 사내는 반 되를 더 했는지 어쨌는지 어느새 나가고 없고, 그 자리에 딴사람들이 판을 벌이고 있다. 이 양이 들어온다.

"어쩐지 조금 조용허드라. 어딜 쏘다녀?"

"아이 아짐마, 머리 좀 손보고 와요."

이 양 뒤로 마치 그녀의 꼬리라도 밟고 오듯이 한 떼의 사람들이 꾸역꾸역 들어온다. 단골은 아니지만 전혀 낯선 사람들도 아니다. 형색이 꺼칠하지만 아직 눈에 총기가 조금 남아 있는 것이 학교 선생들인 모양이다. 이 양이 그들을 방으로 몰고 간다. 그리고 금방 되돌아와서 재떨이와 성냥을 집어 들고 그녀의 귀에다 "근질근질. 선생들이야"라고 말하고 다시 손님방으로 꽁들거리며 달아난다.

술청에서 심부름하는 막둥이가 받은 술값을 그녀에게 가져온다. 그녀는 세어보지도 않고 그대로 안방 경대 옆의 돈 상자에다 집어넣는다. 술청에도 사람이 제법 많다. 그녀는 돌아다니면서 안주 빠진 것이 없는가 보고, 있으면 막둥이를 나무라는 척한다. 그리고 손님들이 주는 술잔을 억지로 반 잔씩만 받아서 모두 시원시원하게 마셔버린다. 그녀는 마실 때는 그렇게 보기 좋게 마시고, 안 마실 때는 아예 처음부터 권한 사람이 무색할 정도로 거절해버린다. 술 취한 사람과 협상하는 것은 별로 현명한 짓이 못 된다.

그녀의 남편이 들어온다. 문을 꽝당 하고 닫는 것을 보니, 또 무슨 야료가 있는 모양이다. 첫 서방이 억척스러운 것이 허우

대 값인 줄 알고 덩치 작은 것을 취했더니, 대추씨만 한 것이 부리는 깡다구에는 어수룩한 데조차 없다. 그는 가죽 잠바의 앞을 북— 하고 툭 터서 양쪽으로 갈라붙이고는 방바닥에 주저앉아 벽에다가 어깨를 기댄다. 그리고 담배를 한 대 꺼내서 입에 물고 뱅뱅 돌리다가 검은 모조 가죽 속에 야무지게 묻혀 있는 조그마한 가스라이터를 맵시 있게 켜서 불을 붙인 다음 연기를 한 모금 깊숙이 들이마셔가지고 멀리 내뿜고는 두 무릎을 세우고 그 위에 엉켜붙어 있는 밥풀을 손가락 끝으로 톡톡 튕긴다. 그는 그녀를 거들떠보지도 않고 눈을 껌벅이면서 깊은 생각에 잠기는 척한다. 그녀는 그의 입에서 잠시 후 무슨 말이 나올 것인가를 너무나 잘 알고 있다. 그는 담배 연기 빨아들이는 것까지 잊고 담배 끝을 잇새에 찡겨서 잘근잘근 씹으며 열심히 무엇인가 생각한다. 그가 이렇게 뜸을 들이는 것이 마누라 겁주기 위해서는 절대 아니다. 그는 그녀를 두려워하지 않는다. '술살이 올라서 뒤룩뒤룩 돼지처럼 살만 찐' 그녀를 그가 개떡으로도 생각하지 않는다는 것은 우선 그녀가 잘 알고 있다. 다만 그는 자기 자신이 스스로 아주 심각한 일을 하고 있다고 믿기를 원하고 있을 뿐이다. 그는 자기 자신을 위해서 뜸을 들이고 있다. 그것은 그의 습관이다. 또는 타고난 성품이다. 마침내 그가 하마 재가 떨어질 뻔한 담배를 두 손가락 끝으로 끄집어내어 천천히 재떨이에다 재를 털고 엄숙하게 그녀를 쏘아보면서 "5천 원만 내놔" 하고 말한다.

습관, 또는 성깔이 있기로는 경자도 마찬가지다. 대뜸 없다거나 액수를 줄이자고 해서는 안 된다. 없다고 말해서 그냥 물러설 그가 아니다. 한 푼이라도 덜 뜯길 궁리를 하는 것이 현실적이다. 그녀는 그가 받아들이지 않을 수 없을 만큼 인상적인 방법으로 줄인 액수를 말하지 않으면 안 된다. 그녀는 분함을 참지 못해 온몸이 떨리기라도 하는 것처럼 근육을 경직시키고 눈앞의 방바닥을 노려보면서 일정한 기간 동안 침묵을 지킨다. 그녀는 그 침묵의 길이가 얼마쯤 되어야 하는가를 안다. 너무 길면 그의 인내심이 터지고 너무 짧으면 그녀가 침묵을 깨뜨리고 할 발언의 무게가 그만큼 줄어든다.

"끗발이 막 일어나는 판에 밑천이 떨어졌단 말이여. 빨리 내놔."

그가 뭐라고 떠들건 상관이 없다. 그녀는 더도 덜도 아니고 정확히 계산된 순간이 되자 포기했다는 듯이 온몸에서 힘을 풀고 절망적인 몸짓으로 돈 상자를 연다. 그녀는 되는대로인 것처럼 하면서 민첩하게 몇 장을 손가락 끝으로 밀쳐내고는 마치 거기에 있는 돈 전부를 집어낸 듯이 돈을 움켜쥔다. 그리고 잠시 기다렸다가 할 수 없다는 듯 돈을 한번 세어보고 그의 앞에다 내던진다. 3천 원이다. 처음에는 이 방법도 성과가 괜찮았는데 이제는 한물갔다. 저 친구, 말려들기는커녕 오늘은 빙그레 미소까지 지으며 돈을 집어서 세어보더니 바지 호주머니에 척 집어넣고, 손바닥을 쫙 펴서 내밀며 "천 원만 더" 한다. 그녀는 "나도 초장이여. 마수부터 재수 옴 붙게 왜 이래" 하고 독을 뿜지만 결국 천 원을 더 뺏긴다. 그녀의 남편은 기지개를 길게 켜면서 일어선다. 그렇게 불만스럽지는 않은 모양이다.

"광일이 윤 사장헌티 보냈어?"

"뒤 꼭지가 안 보이는 걸 보니 간 모양이제."

"어디여?"

"내가 어떻게 알어."

"동백이 오면 미장원으로 보내."

오늘 밤 땅굴은 미장원 안방인 모양이다.

"덕팔이 오면 안 보내고?"

"뭐여?" 방문을 나가려던 남편이 홱 돌아본다. "니 금니 또 하나 해 박고 싶어?"

덕팔이는 정보과 형사다. 그녀는 가슴이 섬뜩하지만 뭔가 진짜를 순간적으로 맛본 듯한 기분이다.

"저녁이나 묵고 나가제."

"니나 많이 묵어, 술이랑."

그는 밖으로 나간다.

경자는 맥이 확 풀린다. 그녀는 술청에 나갈 생각도 않고 우두커니 앉아 있다. 전화가 때르릉 운다. 아무래도 불공평하다. 그녀가 수화기를 집어 든다. 그녀는 진짜 술이나 흠씬 마실까 보다고 생각한다. 잘못 걸려온 전화다. 어쨌든 달라고 하는 액수에서 천 원을 깎았다고 하는 위안이 남편이 나가버리자 허무해진다. 그 위안은 5천 원을 꼭 주어야 한다는 것을 전제했을 때만 가능하다. 그리고 그 전제는 남편의 다부진 체구가 풍기는 독살스러운 분위기에서 나왔다. 이제 남편이 나가버렸으니 그 전제는 헛것이 되었고, 그녀는 꼭 무엇에 홀린 것 같은 기분이다. 사람이 죽고 살기도 하는데 까짓거 몇천 원쯤…. 그러나 그 몇천 원을 벌기 위해서 아직 뼈다귀도 채 굳어지지 않은 어린 가시내들이 얼마나 많은 독한 술을 억지로 마셔야 되고, 주물리고, 토하고, 노래를 부르고, 쓰러지고….

천 원을 에누리했다는 생각은 간 곳이 없고 4천 원을 날치기 당했다는 생각만 점점 더 두드러진다. 불한당 같은 남편에게 몇천 원을 눈 뜨고 날도둑 맞았다는 생각에 그녀는 분하고 원통하다. 그녀는 그녀의 분통이 터지는 심사를 천착하고 강조한다. 그것은 그녀의 남편이 씹어뱉고 간 마지막 말을 생각하지 않기 위해서다. 그 말은 생각하지 않으려고 하면 할수록 더 쟁쟁하게 그녀의 귓전에 울린다. 밥을 많이 먹으라고 한 것까지는 좋다. 살이 찐 것은 그녀의 죄일는지도 모른다. 그러나 도둑질한 돈을 도둑질해가면서 도둑놈에게 도둑질했다고 침을 뱉는다면, 침을 뱉는 사람이야 침 뱉어서 좋고 돈 생겨서 좋고 고루고루 좋지만, 주고 뺨 맞은 사람은 국으로 앉아서 돌부처가 되란 말인가.

경자는 담배를 한 대 피워 물고 술청으로 나간다. 막둥이가 받은 술값을 가져오고 박 양이 계산서를 내보이고 이 양인가 누가 손님방에서 "여기 담배 한 갑" 하고 소리를 지르고 침팬지 같은 주방 아주머니가 아무래도 횟감이 달리겠다고 누굴 시켜 생선 차 막차가 들어왔는지 알아보는 것이 좋겠다고 말한다. 아마 그들은 모두 그녀가 나오기를 기다리고 있었던 모양이다. 그녀는 마음속 저 깊은 곳에서 가물가물 꺼져가던 발동이 다시 걸리기 시작하는 것을 느낀다. 생선과 육고기의 기름이 타는 냄새, 담배 연기, 국솥의 김, 구멍탄 가스, 술냄새 따위로 가득 찬 술청 안의 혼탁한 공기에 그녀의 정신은 맑아지고 그녀는 생기를 되찾는다. 그녀는 일들을 척척 분별해서 해내고 술청에 앉은 손님들의 술판을 한번 돌아본다. 그리고 방문을 하나씩 열고 방 안에 들어앉은 손님들에게 차례로 인사한다. 나긋나긋한 어린 계집들을 주무르고 있던 음탕한 중년들이 한결같이 썩은 북어 눈깔들을 치뜨고, 왜 마담은 갈수록 예뻐지며 그들과 같은 백성들과는 어울리려 하지 않는지 모르겠고 마담과 술 한잔했으면 소원이 없겠다고 입에 바른 빈말들을 늘어놓는다. 경자는 그래도 좋다. 거짓말로라도 칭찬을 듣는 것이 싫을 수가 없다. 그녀도 아마 술이 취해오는 모양이다. 진짜 칭찬보다 더 좋다. 진짜 칭찬이야 당연한 것이지만 거짓말 칭찬은 그만큼 더 고맙다. 흉년에 좁쌀 서 되가 어디냐. 그녀는 술들이나 실컷 마셔서 정신없이 취해가지고 돈들이나 많이 뿌리고 가라고 전혀 악의 없이 혼자 중얼거리며 술청으로 돌아온다. 그리고 그녀도 술을 더 많이 마셔서 빌어먹을, 살이나 피둥피둥 쪄버릴까 보다고 생각한다.

광일이가 돌아온다. 그리고 그녀의 그날 수입이 3천 원만큼 불어난다. 광일이는 제 몫의 밥벌이를 하고도 남았다고 생각하는지, 눈치가 부엌에서 술 한 잔을 얼른 마시고 어느새 어디론가 사라져버리고 없다. 쪼꼬만 놈 허파 속에 공기가 조금 스며든 것이 분명하다. 이럴 때 같으면 지나가던 남도 들어와서 도와주련만.

술청 안은 시끄럽다. 모두가 조용히 마시면 될 텐데 모두가 떠들며 마신다. 따라서 떠들지 않으면 이야기가 안 된다. 그녀는 매일 전혀 다른 똑같은 사람들이 소리 내어 문을 열고 들어와서 떠들며 술을 마시다가 요란하게 사라져가는 것을 물끄러미 바라본다. 악을 쓰고, 술잔이 넘어지고, 접시가 깨지고, 의자가 자빠지고, 시비가 붙고, 들어오고, 비키고, 나가고… 모두가 일사불란한 혼란이다. 어제와 전혀 다른 무늬이지만 새로운 것은 하나도 없다. 점점 맥박이 빨라진다. 아홉 시와 열 시 사이의 봉우리다. 그 고비를 넘기면 썰물이다. 밀물이 밀어닥칠 때 할 일이 많지 한번 물이 방향을 바꾸면 대개 모든 일이 제풀에 맞아떨어진다.

백 양이 술에 만취되어 부축을 받고 나온다. 염병할 년, 술을 팔라고 했더니 지년이 취해 떨어져. 자세히 보니 울고 있다. 안방에 가서 한숨 자고 나면 술이 좀 깰 테고, 내일 아침 늦잠을 자고 일어나서 속이 쓰리다고 드링크제나 한 병 사다 마시고 낄낄대다가 영화나 쇼를 하나 보고 와서 해가 떨어지면 또 콧등에 분을 토닥토닥 바르고…. 아무 일 없다. 이 양이 아짐마 떼목을 치면서 허겁스레 달려든다. 요건 또 무슨 일이냐.

"아짐마, 저 있잖아요."

"저 있다니, 뭐가 저 있어?"

"어떤 손님 둘이서 즈이들끼리만 홀짝홀짝 마시면서 나는 거 들떠도 안 보고 아짐마 좀 들여보내래요."

"어떤 티눈 겉은 것들이 할망구를 들여보내라 마라 해?"

"아이, 아짐마도. 이, 이거 들여보내래요."

이 양이 두 팔을 쩍 벌리면서 어깨를 흔들어 보인다. 경자 등 뒤에서 저희들끼리 '중량급'을 뜻할 때 쓰는 몸짓이다.

"요, 요망헌 년 곁으니."

경자가 일어선다. 그러나 그녀는 이 양을 잡으러 가는 것이 아니라 그녀를 부른다는 손님방으로 간다. 방문이 열려 있다. 손님 하나가 주전자를 손가락 끝에 들고 팔을 죽 펴서 흔들거리고 있다. 경자가 그 주전자를 받아 들고 주방을 향해서 술 한 주전자 더 가져오라고 소리친다. 그때야 그들은 그녀가 들어온 줄 알고 하나가 "자네 오랜만이시"라고 말하고 또 하나가 그 소리에 고개를 번쩍 쳐들고 "자네 나 모르겄어?"라고 말을 하는데, 벌써 술이 꽤 올랐다.

"글씨 말이여, 알 것도 같고 모를 것도 같고, 그저 그렇네."

처음 말을 건 사람은 건재 약방 주인이다. 주인이라기보다 건재 약방 아들이라는 것이 더 귀에 익은 소리다. 노인이 죽고 아들이 가업을 이었으니 주인임에는 틀림없지만.

"자네 중앙소학교 42회 아닌가?"

이 친구들 전혀 허튼수작만 할 생각은 아닌 모양이다. 고개를 번쩍 쳐든 사내가 윗몸을 흔들거리면서 그녀를 쳐다보고 말을 했는데, 자세히 보니 근래에는 전혀 본 적이 없지만, 생판 낯선 얼굴도 아닌 성싶다.

"자네도 42횐가?"

"옳거니, 이제 알아보는군."

그 사내가 감격해서 술잔을 그녀에게 내민다.

"허, 허. 요것들 봐라. 늙어갖고 수작이다."

"영신당 약방아! 니는 술값이나 개리고 조용히 물러가거라. 그리고 내일 아침에 형님이 유허시는 데 와서 아침 문안이나 올려라."

"예끼 놈의 자석. 저놈의 자석이 서울 가서 10년 굴르드니 족보를 잊어먹었어. 자, 경자, 쭉 한잔허고 잔을 돌리소."

그들은 이미 꽤 취해 있었던 터라 별로 흔적이 안 나지만 경자는 잔을 낼 때마다 현저하게 눈앞이 가물가물해진다. 잔이 몇 순배를 도는 동안 약방집 아들이 옛날 같이 남의 집 닭 잡아먹던 이야기, 여선생 시간에 교실 문 옆에서 드러누워 기다리던 이야기, 여학생들 도시락 까먹던 이야기, 솥뚜껑 같은 손으로 아무개 선생한테 뺨 맞던 이야기… 등등을 낄낄대면서 늘어놓다가, 원래가 희극적인 양반이지만, 허리춤에다 두 손을 꽂고 구부정하게 등을 굽힌 채 일어서서 비틀거리며 "조금 급했어"라고 말하고 용케 방문을 빠져나간다.

"자네도 이제 서른이겄그만."

"자네, 수철인가 철순가, 아무케나 해두세. 자네는 남자 서른이라 덜 서럽제? 나는 나이 서른에 딸이 둘인디, 지 애비 성이 각각이여."

"허, 사람이 세상을 살다 보면 그럴 수도 있겄제."

"그럴 수도 있는 것이 아니여. 우리 어머니도 씨 다른 새끼 두 배를 낳았어. 물림인가 비여."

"허, 허. 그래서 어친가. 넘 묵는 밥을 못 묵는가 술을 못 묵는가. 그런 거 아무짝에도 쓸데없는 것이여. 한 배에 씨 하나씩 받아낸 새끼들도 천하에 망종 많기만 허데."

"자네 얘긴가 남에 얘긴가?"

"자네가 자네 얘기 허는디 내가 넘 얘기 허겠는가? 허, 허, 허."

"자네 고향 떠난 지 10년 됐다고 했제?"

"20년이 되었네. 나 소학교 4학년 때 전근 가는 아버지 따라 떠났어. 그리고 고향도 여그가 아니시."

"그런가? 나도 여그가 고향이 아니라대. 우리 엄마가 나를 강보에 싸가지고 흘러들어온 디가 여그였다네. 나는 내가 어디 개 뼉다귀인지도 모르네."

"그런 건 알아서 뭣 헐 턴가? 설마허니 사람이 사람 뼉다구지 개 뼉다굴라든가. 나는 우리 아부지만 세상 뜨면 그놈의 족보 싹 쳐질러뿔 생각이시."

"자네가 망종은 망종이네."

"어이, 자네, 이 망종 딛고 밤새도록 술만 마실 생각인가?"

"건재 약방집 머슴아는 안 들어오네?"

"그 자석은 즈그 여편네헌티 가서 지금쯤은 꿀물이라도 타 마시고 있을 거이시."

"자네들이 미리 그렇게 귀를 짰는가?"

"귀를 짠 것도 없는디, 척척 일이 그렇게 맞아들어가네."

"자네 오래간만에 고향에 왔는디, 숙소는 어딘가?"

"고향이 아니시. 고향이라 해도 20년이나 떠나 있었는디 가까운 피붙이가 있겠는가? 요 앞에 동구여관이시."

"자네 혼자 가겠는가? 어디 한번 일어나보소."

그는 일어선다. 그러나 대단히 비틀거린다.

"허허, 이거 내가 많이 취했구나. 혼자 같으면 너끈히 찾아갈틴디, 자네가 옆에 있응께 내가 아마 엄살을 부리는 모양이시."

"술꾼들 다 그렇제. 내가 데려다줌세. 나도 취했지만."

그들은 밖으로 나간다. 술청에는 손님이 하나도 없다. 유인원 같은 주방 아줌마가 하품을 하고 있다가 그녀를 부축해준다. 어느 방에선가 손님이 주정하는 소리가 들린다. 막둥이가 쪼르르 달려와서 경자가 붙들고 나오는 손님의 계산이 진즉 되었다고 말한다. 경자는 그놈 뒤통수에 군밤을 주는데, 주먹이 허공에서 논다. 그녀는 남자를 데리고 밖으로 나간다. 동구여관은 거기서 스무 발자국도 안 되는 곳에 있다. 남자는 옆에서 누가 부축해주자 마음 놓고 정신을 잃어버린다.

그녀는 여관 보이와 힘을 합쳐서 간신히 그를 그의 방으로 끌고 들어간다. 그리고 자리를 펴고 그를 대강 옷 벗겨서 그 위로 눕힌다.

"나를 이래 두고 그냥 갈 티여?"

그가 정신이 조금 드는 모양이다.

"여그서 잤으면 좋겠그마는, 자네 그 꼴을 해가지고는 용을 써봐야 재미도 못 보겠어. 잠이나 편히 자소."

"그냥 갈 티여? 그냥 가?" 그러나 그의 목소리는 벌써 잠 속으로 빠져들어가고 있다.

"새복거리도 별미네마는 그냥 갈라네. 잘 자소."

그녀는 완전히 잠에 녹아떨어진 그를 물끄러미 들여다보다가 이불을 덮어주고 일어서서 벽에 머리를 기댄다. 그때 옆방에 누가 들어가는 소리가 나더니 "이거 바카스디야. 마셔봐. 오란씨도 하나 사 오까?" 하는 소리가 들려온다. 분명히 광일이의 목소리다. "너, 내가 술 마시는 거 싫어하는 줄 알지? 너 화나서 일부러 마신 거야?"

경자는 그것이 누구의 목소리인지는 알겠는데, 도대체 생각을 앞뒤로 주워 모을 수가 없다. 너무 취했다. 그녀는 비틀거리며 그녀의 가게로 간다. 집 문을 딱 들어서자 그녀는 정신이 가물가물해진다. 술청에 누가 하나 앉아 있는데 막둥이 같기도 하고 아닌 것 같기도 하다.

"아주머니, 취했구먼."

"다, 당신은 누구요?"

"통금이 지났는데… 아주머니 취했어."

"다, 당신은?"

"나 건수나 하나 올릴까 하고 혹시 해서 들렀지."

"건수? 껀수? 오늘 껀수를 못 채웠구만? 미장원 뒷방에 한번 가봐. 샛별미장원 말이여, 샛별."

덕팔이는 귀가 번쩍 뜨인다. 그는 쥐새끼처럼 문을 빠져나간다. 경자는 하얀 타일을 입힌 술 탁자 위로 쓰러진다. 술청은 텅 비었다. 어느 방에선가 주방 아줌마와 막둥이가 곤하게 코고는

소리가 들려온다. 성안에는 또 하루가 끝나고 남문통에 밤이 깊
어간다.

(1975년)

천호동

검정색 구형 코티나 한 대가 매끈한 아스팔트길을 버리고 왼편으로 꺾어서 흙길로 들어선다. 흙길은 작은 차 두 대가 간신히 어깨를 비비면서 스칠 정도로 좁다. 그리고 교외에서는 대개 어디에서나 볼 수 있는 큰 공장의 부지 시멘트 담벽을 한쪽으로 끼고 있는데, 나머지 한쪽은 남새밭이다. 양쪽으로 푸르딩딩하게 썩은 물이 조금씩 흐르면서 괴어 있다. 자동차가 조금 기어가자 공장의 담벽은 90도로 꺾여서 사라지고, 앞이 온통 파랗게 잎사귀를 너울거리는 배추들로 가득 찬다. 원래 길은 담벽 반대 방향으로 몸을 틀고 밭두둑 길이 되어 꼬불꼬불 자취를 감추고 새 길이 배추밭 한복판을 뚫고 계속해서 곧장 나 있는데, 바닥이 유난히도 울퉁불퉁하다. 파란 채소가 길 양쪽으로 꽤 멀리까지 뻗쳐 있어서, 뒷자리 오른편에 앉은 머리통 큰 사내가 내려진 차창으로 들어오는 시궁창 썩은 냄새에 연방 콧구멍을 벌름거리기는 하지만, 버스들이 검은 연기를 내뿜으면서 꼬리를 물

고 잇대어 오가는 넓은 아스팔트길에서와는 달리 제법 한적하
고 싱싱한 기분이 든다. 그러나 차가 앞뒤로 사정없이 출렁이면
서 나아가다가 나지막한 등성이 하나를 빨딱 넘자 눈앞의 풍경
은 대번에 달라진다. 한마디로 저만치 동네 하나가 들어서고 있
는 참이었다. 많은 집이 세워졌고, 또 세워지고 있는 중이었다.
다 된 집들은 울긋불긋했고, 덜 된 집들에는 벽돌공과 미장이와
목수 들이 각각 높고 낮게 매달려 있었다.

"정말 내복 바람으로 괜찮을까요?"

비대한 사내 옆에 앉은 앳되어 보이는 젊은이가 슬쩍 곁눈질
을 하면서 말했다.

"그럼 날더러 와이셔츠에 목댕기라도 매란 말이냐?"

사십대 중간쯤의 사내가 커다란 머리통을 의자 뒤에 붙은 푹
신한 베개에다 묻으면서 시큰둥하게 되물었다.

"매라는 말씀이 아니죠. 안 벗었더라면 되었죠."

"그게 그 이야기지. 우린 지금 땅 30에 20평짜리 집을 2, 3백
에 살까 말까 망설이는 사람을 만나러 가는 길이야."

"그래도 고객은 고객이죠."

"인마, 은행 성동 지점장은 나를 앉혀놓고 콧구멍을 후볐어.
나는 그놈 고객이란 말이다."

그는 머리통을 베개에서 버쩍 쳐든다. 그러나 곧 다시 의자에
몸을 포근히 눕힌다. 그리고 담배를 뽑아 문다. 젊은 사내가 얼
른 라이터를 꺼내서 불을 켜댄다. 길이 갑자기 세 배나 넓어지
고 흙길이긴 하지만 바닥이 잘 다듬어져 있다. 그들은 새 동네

에 들어와 있다. 넓은 길 한쪽에 자갈과 모래가 쌓여 있고 그 옆에 그것을 싣고 온 짐차가 서 있다. 차는 그 짐차를 피해서 곧장 미끄러져 간다. 길 위에 길을 가로질러서 기다란 현수막이 걸려 있는데, 커다란 글씨로 '대성주택현장분양사무소'라 씌어져 있다. 그리고 그 아래에 길 한쪽으로 검정색 코로나 한 대가 세워져 있다. 차는 그 차 곁으로 가서 멎는다. 그 차 운전수가 미리 나와서 서 있다가 오른쪽 뒷문을 열고 허리를 굽힌다. 사내가 차를 내려서 인사를 받고 담배를 땅에 떨어뜨려 발로 밟아 끄는데, 양말을 신지 않은 발가락의 끝들이 발바닥 신발의 줄 밖으로 비죽이 나와 있다. 그는 키가 작은 편이었지만 뼈대가 굵어서 제법 풍채가 있어 보였다. 분양 사무소의 유리문이 열리고 서른에서 마흔 사이의 사내들 두엇이 나와 "사장님, 사장님" 하면서 그를 모셔 들인다. 사무실 안에 있는 사람들도 대개 엉덩이들을 의자에서 들어 올리는데, 유독 한쪽 구석에 앉아 있는 사람 하나만 피곤한지 무감동한 표정으로 그냥 눌러앉아 있다. 고객인 모양이다. 사장은 전화기가 놓인 책상 옆의 안락의자에 몸을 묻는다. 그리고 저쪽 구석의 낯선 사람을 힐끗 쳐다보고는 옆에 두 손을 마주 잡고 서 있는 키 큰 사내에게 "그래, 어떻게 되었다고, 판매부장?" 하고 묻는다.

사장을 따라온 젊은 사내는 차에서 내릴 생각을 하지 않고, 사장이 내리기가 무섭게 뽑아 문 담배를 뻑뻑 빨면서 운전수 좌석 등 위에다 두 발을 올려놓고 까딱거리고 있다. 그는 분양 사무소 안에서 일어나고 있는 일에 볼일이 없다. 두 운전수가 서로 마주 잡고 킬킬거리며 장난질을 치다가 한 놈이 그 차 앞 범퍼에 주저앉자 차체가 털썩하고 내려간다. 그는 화를 낼까 말까 망설이다가 그만두기로 한다. 화를 내보았자 별 볼일이 없다. 그는 빨갛고 파랗게 지붕을 한 새 건물들을 쳐다본다. 대성건축에서만도 그런 집들을 3백 채 이상 짓고 있고, 그 정도의 집들을 올리고 있는 회사들이 인근에 두 개가 더 있다. 남새밭을 백수십 두락씩 사서 흙을 덮고 길을 낸 다음 땅을 형편 닿는 대로 쪼개서 집들을 짓는데, 더러는 평당 4, 5만 원에 팔아서 개인들로 하여금 짓게 하기도 한다. 옛날 만호장안에야 비할 수 없지만 그 열 칸에 하나는 좋이 되니 규모를 짐작할 만하다. 그는 그 울긋불긋한 집들 중의 어느 하나를 차지하고 얌전한 색시나 하나 들여놓았으면 좋겠다고 생각한다. 그러나 그는 그 빛깔들이 말짱 물감 칠이라는 것을 알고 있을 뿐만 아니라, 얌전한 색시를 들이는 일보다 비뇨기과를 찾아가는 것이 더 급하다는 것도 알고 있다. 사장이 사무소를 나온다. 아마도 저 친구를 여편네한테 데려다줘야 그의 오늘 일이 끝날 모양이다. 운전수가 "사장님 나와요"라고 호들갑을 떨면서 운전석 위로 올라탄다. 그는 다리를 의자 등에서 서서히 불러들이고 엉덩이뼈를 뒤로 당긴다. 그러나 사장은 얼른 차에 오르지 않고 뉘엿뉘엿 지는 태양빛을 받아 검은 얼굴을 구리처럼 번득이면서 판매부장에게 뭐라고 지껄이고 있다. 그때 임시 직원인 복덕방과 함께 사무실을 나오는 낯선 사내를 보자 그는 흠칫 놀란다. 어디서 분명히 본 얼굴이다. 어디서일까? 어디서 보았을까? 그는 하마터면 차의 문을 열고 뛰어나갈 뻔했다. 그러나 그 사내는 비친 햇살이 눈에 부신지 잠시 이마를 찡그리다가, 차 안에 있는 어린 남자에게는 물론, 사장이나 그 일당에게조차 전혀 아랑곳하지 않고 여자 어깨처럼 가냘픈 두 어깨를 축 늘어뜨린 채 황톳길 위를 뚜벅뚜벅 걸어갔다. 그는 땀과 먼지로 얼룩진 남방셔츠와 풀기가 가신 후줄근한 화학섬유의 바지를 입었고 더럽혀진 운동화를 신고 있었다. 어디서 저 초라한 사내를 보았을까?

"가자."

사장이 누가 열어준 문으로 엉덩짝을 들이밀더니 털썩하고 주저앉는다. 차가 그쪽으로 기우뚱한다. 발동을 걸고 기다리고 있던 운전수가 왼발을 떼면서 오른발을 조금씩 밟는다. 차 소리가 나자 저만치 걸어가고 있던 그 사내가 건물 쪽으로 한 걸음 피한다. 먼지가 싫은 모양이다. 그는 좌우로 원근 일대를 두리번거리느라고 차 같은 것이 옆을 지나가는 것은 안중에 없다.

"계약 안 해요, 선배님?"

"무슨 계약?"

목소리가 퉁명스럽다. 사장은 불필요한 말로 그에게 먼저 입을 여는 법이 없다. 그리고 묻지 않은 말을 그가 날름날름 걸어오는 것도 좋아하지 않는다. 정서적인 말이면 쓸데없다고 생각하고, 사무적인 말이면 건방지다고 생각한다. 그도 그것을 잘 안다. 그래서 별일 없으면 입을 다물고 있으려 한다. 그런데 말이라는 놈은 계획에 없이, 그리고 계획에 있다 하더라도 계획에는 상관없이, 제멋대로 튀어나오는 버릇이 있어서, 그가 깜박 잊고 있을 때 툭 튀어나와버리면 그도 어쩔 수 없는 일이었다. 그는 저 사장이라는 친구와 함께 일하게 된 다음부터 말하고 나서 흰자를 번득이며 상대편의 눈치를 살피는 습관과, 아무 뜻 없이 그저 한번 내뱉어보았다는 듯한 빈정대는 말투가 새로 생겼다. 눈치를 살피는 것은 말이 저도 모르게 깜빡 튀어나간 것을 뒤늦게 깨달았다는 표시이고, 빈정대는 말투는 그 말이 그가 전심전력으로 한 말이 아니라는 것을 알아달라고 하는 그의 바람이었다. 그래야만 그의 말이 무자비하게 도륙을 당해도 그의 기분이 아픔 없이 버틸 수가 있었다. 처음에 그 습관과 말투가 몸에 배기 전에는 사장의 섬뜩섬뜩한 말씨에서 그는 생리적이기까지 한 고통을 받았었다. 그는 얼굴이 붉어졌고, 숨이 가빴고, 눈에 핏발이 섰다. 그러나 차츰 사장의 말에 비스듬히 빗겨 서는 몸짓을 익혀가자 그의 말이 별로 대수롭지 않게 되었고, 요즈음에는 설사 그 말에 정면으로 맞선다 하더라도 눈썹 하나 까딱하지 않을 만큼 되었다. 따라서 그 습관과 말투는 이제 필요 없게 되었다. 그랬는데도 그것들은 그냥 남아 있었다. 그리고 상대방이 사장이 아닌 경우에도 한번 몸에 밴 그 습관과 말투는 반사적으로 그의 몸짓을 더러 지배했다. 그래서 그는 누이에게 몇 번 꾸중을 들었다. 그리고 사장과의 경우 그의 빗겨 서는 듯한 몸짓의 뜻이 조금 달라진 듯했다. 처음에는 적을 경계하고 자신의 아픔을 보호하기 위한 순전한 방어적 뜻뿐이었는데, 방어해야 할 것이 없어져버리자 남아서 넘쳐흐르게 된 힘이 은연중에 공격적인 기미를 띠게 되었다. 남이야 비굴하고 처량한 꼴이라고 할지 모르지만, 둥글넓적한 사장의 머리통 반쪽밖에 안 되는 얼굴을 한 그가 사장을 손바닥 위에 올려놓고 가지고 노는 듯한 기분이 되는 것은 비스듬히 그를 쳐다보면서 흰자를 번득이며 잇새로 말을 이죽거릴 때였다.

"옜다, 넣어둬라."

사장이 미리 준비해놓은 듯한 하얀 봉투를 그에게 내밀었다.

"뭡니까, 선배님?"

사장에게 좋은 점이 있다면 돈을 줄 때 시퍼런 현찰을 펄럭이며 그냥 줄 듯 싶은데, 반드시 깨끗한 봉투에 넣어서 준다는 점이었다.

"펴보면 알 거 아니냐. 그리고 너 제발 선배님, 선배님, 하지 마라. 내가 어쩌다가 네 들어갈 학교에 미리 들어갔는지 모르겠다."

"아따, 선배님, 그랬길래 다 우리 누나와 만나서 결혼도 하고, 그런 거 아녜요?"

"바로 그래서 하는 말이다."

황톳길이 끝나고 차가 주춤주춤하다가 아스팔트길 위의 교통 폭주 속으로 빨려 들어간다. 그들은 서울 변두리의 한 중심가로 들어서고 있다. 그는 봉투를 바지 호주머니 속에 집어넣고 손가락 끝에 와서 닿는 그 부피와 무게로 안에 들어 있는 돈의 액수를 미루어본다. 사장은 돈을 헤프게 뿌리는 사람이 아니다. 다만 돈의 마술을 너무 많이 보아와서 돈 쓸 데를 깜빡 잊어버릴 수가 없을 뿐이었다. 그는 같은 액수의 돈이라도 형편이 다른 사람에게는 가치가 다르게 나타난다는 것을 알고 있었다. 젊은 사내는 그날 점심 후에 있었던 일을 생각했다. 사장에게서 돈이 나왔다면 반드시 그럴 만한 일이 있었다. 그 일의 비중과 방금 집어넣은 봉투의 무게 사이에는 일정한 관계가 있어서 둘 중의 어느 하나를 알면 나머지는 저절로 분명해졌다. 그 일의 내용은 봉투 속에 돈이 얼마쯤 들어 있는가를 말해줄 수 있었고, 반대로 봉투 속 돈의 액수는 그 일이 사장에게 지니고 있는 뜻을 설명해줄 수 있었다. 그는 우선 그 둘 사이의 함수관계만을 가지고 그 둘을 대강 짐작해보았다. 어렴풋이 뭔가 잡히는 것 같았다. 막연한 대로 그는 돈의 액수를 어림잡았고, 그것을 바탕으로 해서 그 짐작을 도와준 일의 내용을 나름대로 대략 해석할 수 있을 것 같았다. 낮에 다방에서 나올 때 사장의 눈꼬리가 길게 찢어지던 거하며, 지금 봉투의 부피가 아무래도 조금 도톰하다 싶은 거하며, 모두 다 척척 맞아떨어지는 것 같았다. 그들은 중심가의 상점들 몇 개를 지나서 넓은 아스팔트길을 버리고 포석 깔린 좁은 길로 들어선다. 운전수가 경적을 울리고 차를 세우자 사장이 차를 내려서 큼지막한 문간으로 다가오기를 기다려 대문짝 하나가 때맞추어 열린다. 시멘트에 돌조각들을 뿌려놓은 네모난 문간 기둥에 숭얼숭얼 구멍 뚫린 손바닥만 한 철판이 하나 규모 있게 박혀 있어서 뭔가 되게 편리하고 신식이라는 인상을 준다. 집도 집 장사가 지은 집은 아닌 듯 크고 실팍하고 예쁘게 2층으로 솟아 있었다. 그날따라 문을 따준 사람은 바로 그의 누나다.

그의 누나는 언제 보아도 미인이다. 변두리이긴 하지만 과밀한 도시의 집답지 않게 건축 면적의 배가 넘는 앞뜰이 숨통 막히지 않을 만큼 있었고, 담벽에서부터 건물의 창 아래에까지 잔디가 쫙 깔려 있어서 울안 전체가 한결 더 신식으로 보였는데, 문간에서 현관으로 드문드문 놓여 있는 발 디딤돌들의 중간쯤께에 팔짱을 끼고 웃을 듯 말 듯 서서 남편을 맞고 있는 그의 누이는 키도 늘어지게 컸거니와 그 집, 그 뜰, 그 잔디에 어울리고도 남을 만큼 돋보였고, 품위가 있었다. 그녀는 소매가 없고 발가락 끝에까지 치렁치렁 내려오는, 집에서 입는 긴 옷을 입고 있었는데, 작고 하얀 물방울무늬가 남색 바탕 위에 시원스러웠다. 허리와 아랫배에 군살이 디룩거리지 않는 것이 가슴과 엉덩이의 곡선을 강조하고 있어서 마치 흐느적거리는 옷 속에 성성한 뱀이 한 마리 꿈틀거리고 있는 것 같았다. 그녀의 남편은 키가 그녀보다 짧았지만 머리통이 둥글넓적하게 컸으므로 조금은 벌충이 되는 듯했다. 그는 디딤돌을 그녀에게 내어주고 잔디 위로 그녀와 나란히 걸어갔다. 그는 쉰을 눈앞에 바라보고 있었고 그녀는 서른 안짝이었다. 그녀의 어깨 위에는 탐스럽고 윤이 나는 머리채가 치렁거렸지만 그의 어깨 위에는 살찐 목덜미가 디룩거렸다. 사장이 아니라 그녀가 원래 그 집의 주인인 것처럼 보였다.

그러나 두어 걸음 떨어져서 그들을 뒤따르고 있는 그녀의 동생은 그녀가 그 집에 들어오기 전 그와 함께 면목동에서 방 한칸을 얻어 자취를 했을 때에 얼마나 초라한 모습을 했었는가를 기억했다. 내심 그 자신도 그녀의 꼴바꿈에 은근히 놀라고 있었다. 다만 세상 일이 워낙 바쁘다 보니 더러 옛일을 깜빡 잊고 처음부터 그녀가 그렇게 우아하고 멋있는 여자였던 것처럼 가끔 착각을 했을 뿐이었다. 그런데 모를 일은 저렇게 아름다운 부인을 집에 앉혀놓고 사장이 밖에서 허리에 치마만 둘렀다 하면 사족을 못 쓰는 일이었다. 생김새가 말해주듯이 사장은 대단한 정력가였다. 좋은 한약재에서부터 별 험한 것에 이르기까지 아무거나 가리지 않고 복용할 수 있는 돈과 식성 탓도 있었겠지만, 아무래도 타고난 복인 것 같았다. 언젠가 그는 나이 어린 처남인 그에게 "어쩐지 몸이 지뿌듯하다 했더니 요 며칠 몸을 풀지 않아서 그랬어"라고 혼잣말처럼 투덜댄 적이 있었다.

더욱 알 수 없는 것으로, 오입질을 그만큼 좋아했으면, 가다가 조금씩은 마누라 구박을 할 만도 한데, 옆에서 보기로는 학대를 받는 것은 바로 사장 자신인 것 같았다. 밖에서 바람을 많이 피워 미안해서 양보하는 것이라고 생각할지 모르지만, 사양이란 안 할 수도 있어야 겸양이지 할 수밖에 없는 굴복이라면 그것은 이미 겸손이 아니었다. 그가 담력을 아무리 긁어모아 흰소리 해봐야, 그녀의 입에서 "그런데요?"가 나오면, 별 볼일 없이 되어버렸다. 그가 그 집에 들어온 것은 원래는 그 집 전실 딸인 중3을 가르치기 위해서였다. 그랬는데 그 중3이 고입 시험에 떨어진 탓도 있겠지만, 언제부터서인지 사장이 집 밖에만 나가면 화장실 앞에까지 그림자처럼 그를 따라다니는 것이 그의 임무가 되었다. 그것도 그녀가 떼를 쓰거나 윽박질러서가 아니라, 지나는 말로 몇 번 떨어뜨린 그녀의 암시에 의해서 사장 스스로가 자발적으로 그를 '비서로 채용'했다. 부부 사이란, 아니, 남자와 여자 사이란 참 알 수 없는 것이었다.

사장이 방금 현장에서 있었던 일을 아내에게 즐거워 죽겠다는 듯이 설명하고 있는 사이에 그는 얼른 욕실로 들어가서 찬물을 뒤집어썼다. 물을 몇 바가지 푸푸 하면서 머리 위에 퍼붓고 살수 꼭지에서 쏟아져 나오는 소나기에다 몸을 맡기고 있으니, 물방울들이 타일 바닥에서 톡톡 소리를 내면서 튀었고, 그 소리에 섞여서 사장의 너털웃음 소리가 들려왔다. 그는 문득 아까 본 낯선 사내를 생각했다. 그는 그를 예비사단에서 제대복을 입고 그와 함께 열을 섰던 사람들 중에도 놓아보았고, 미타산 기슭의 대학 구내에 있는 잔디밭의 의자와 도서관 좌석과 구내식당 식탁 앞에도 앉혀보았지만, 모두 허사였다. 그는 화가 났다. 아마 그는 서울 운동장이나 무교동 같은 데서 만난 사람인 모양이었다. 그렇다면 그 사내는 목욕탕에까지 따라 들어와 그의 생각을 방해할 필요는 없었다. 빌어먹을 것, 터럭 난 데만 대강 비누칠하고 얼른 나가서 봉투 속이나 들여다봐야지. 그때 밖에서 누가 문을 두드렸다. 그는 엉겁결에 비누 푼 손으로 수건을 집어 들었다. 그리고 문이 열렸으므로 얼른 앞을 가렸다. 식모 애가 갈아입을 그의 위아래 내의를 차곡차곡 접어서 한 손에 가지고 들어왔다. 그는 멍하니 그녀를 바라보았다. 그녀는 엉뚱한 데서 이렇게 가끔 그를 놀래준다. 그녀는 접은 옷을 욕조 한끝에 얹어놓은 다음, 그가 필요 이상으로 크게 "물 튀잖아!"라고 소리쳤지만 들은 척도 않고 그녀의 나이에 손색없이 옆으로 쫙 퍼진 볼품 있는 엉덩이를 삥 돌려서 밖으로 나갔다. 독하기로 말하자면 남자가 여자를 도저히 따를 수 없었다. 강간이라도 하겠다는 비장한 각오 없이는 남자는 여자 목욕하는 데에 들어가지 못한다. 그녀는 열일곱 살이었고, 그녀의 여주인이 가지고 있는 모든 물건에 공통된 얘기지만, 주인을 닮아서 얼굴이 예쁘고 몸집이 좋았다. 그는 픽 웃었다. 욕조 위에 놓인 접은 속옷이 그의 큰 몸뚱이가 들어가기에는 너무 작게 느껴졌다.

그는 목욕 겉옷을 걸치고 2층 층계로 갔다. 사장이 부인에게 얘기를 대강 끝냈는지, 비곗살이 오른 웃통을 홀랑 벗고 팬티 바람으로 앉아서, 손바닥으로 터럭 하나 나지 않은 매끈한 허벅지를 철썩철썩 때리고 있다가, "어, 다 했어?"라고 그에게 소리쳤다. 그는 "예—" 하고 길게 대답해주고는 그대로 층계를 올라갔다. 사장은 그의 뒤 꼭지에다 대고 "자네 또 좀 나가야 돼. 현장 친구들한테 오늘 저녁 술 한잔 사기로 했잖아. 그 친구들 더운데 고생이 많단 말이야"라고 말했다. 모를 소리였다. 아마 오늘 밤에 가다가 어쩌려고 인심 한번 쓰기로 결심을 한 모양인데, 아무래도 저 친구 무슨 꿍꿍이속이 있는 것 같았다. 그의 의심은 그가 그의 방으로 들어가서 그 봉투를 따보았을 때 곧 풀어졌다. 그는 봉투 속에 5백 원짜리 열 장쯤이 들어 있을 것으로 짐작했다. 그것은 사장이 철없는 여학생과 차 한잔을 마시고 지불해야 되는 대가치고는 관대한 편이었다. 그런데 봉투 속에서 나온 것은 조폐공사에서 갓 빠져나온 팔팔한 새 돈으로 천 원짜리가 스무 장이었다. 그는 창밖을 내다보았다. 낮고 더러운 집들이 옹기종기 처마들을 맞대고 밀집해 있었다. 그는 돈을 서랍 속에 집어넣고 자물쇠를 채웠다. 그리고 잠시 울적한 기운이 되어 창가에 서 있었다. "개새끼"라고 그는 나지막이 중얼거렸다. "자네 좋아하지 마라. 너, 너, 할 때는 언제고."

사장은 아래층에서 부인의 눈치를 살피며 서성거리고 있었다.

"사원들에게 집에서 저녁 대접하면 안 돼요?" 부인이 말했다.

"누가 밥만 먹나? 술도 좀 해야지."

"집에 술이 없어요?"

"참, 집에도 술이 있지! 가만있자, 어떡헌다? 내가 나가겠다고 해놨는데."

"현장 사무소로 전화를 하시면 안 되겠어요?"

"그렇지! 전화를 하면 되겠군. 그런데 벌써들 떠났을지도 몰라?"

"떠났으면 만나기로 한 장소로 거시면 되죠."

"거, 거럼. 거기에도 전화가 있을 거야."

사장이 애처로운 시선으로 그를 쳐다보았다. 그는 사장을 미워했고 철저히 경멸했다. 그러나 이런 형편이 되면 그는 언제나 그가 무력해짐을 느꼈다. 그것이 반드시 그의 방 책상 서랍 속에 들어 있는 불특정 적금 통장의 잔고 때문만이라고 할 수는 없었다. 그는 사장을 싫어하면서도 저버릴 수가 없었다. 그것은 일종의 인간관계였다. 그가 말했다.

"아유, 누나도. 누가 술을 집에서 먹어요! 그러지 않아도 아까 사장님이 집에서 맥주나 한잔씩 하자고 하시니까 판매부장이 더운데 사모님한테 무슨 폐 끼칠 말씀이냐면서, 그럴 바에야 차라리 구멍가게에서 몇 병 사다 마시는 게 낫겠다고 하잖어. 그래서 사장님이 요 앞에 맥주홀에 가서 실비로 몇 잔씩만 하자고 한 거란 말야. 그랬는데 이제 와서 집으로 오라고 전화하면 술 안 산다는 말과 뭐가 다르겠어? 안 그래, 누나?"

"글쎄, 나도 그게 걱정이라니까!" 사장이 오누이를 번갈아 쳐다본다.

"선배님, 빨리 가세요. 벌써 와서 기다리고 있을 거예요."

그가 사장의 등을 밀다시피 재촉한다. 사장은 마누라를 슬금슬금 쳐다보면서 마지못한 척 현관으로 내려서는데, 동작은 빠르다. 사장이 신발짝을 꿰고 뜰로 나간 다음, 그가 신을 신고 있을 때 그의 누나가 그의 곁으로 다가와서 허리를 굽히고 웃는 듯 마는 듯, "너도 어느새 물이 많이 들었구나"라고 말했다.

차가 다시 변두리의 중심가로 들어간다. 맥주홀 몇 개를 지나쳤지만 차는 멈출 생각이 없다. 위엄과 냉혹함을 되찾은 사장은 차가 집에서 멀어질수록 얼굴 표정이 굳어진다. 그래서 그는 가슴속이 싸늘해지는 것을 느끼면서 눈알의 흰자를 번득이기 시작한다. 아픔 때문에 시작된 그 습관은, 이제 아픔은커녕 가소로움뿐인데, 아픔을 느꼈을 때보다 더 그에게 잘 어울린다.

"벌써 나와서 기다린다는 건 무슨 얘기야?"

차가 중심가를 빠져나와 허허벌판을 달리고 있을 때 사장이 말했다. 한쪽으로 시영 아파트가 수십 동 뾰족뾰족 오르고 있는 것이 보인다.

"예? 예! 집을 빠져나가자면 아무래도 누군가가 기다린다고 해야 되지 않겠어요?"

"그렇지? 그저 그랬을 뿐이지? 나는 또 네가, 그럴 리는 없지만, 뭘 알아서 지껄이는 줄 알고 뜨끔했다. 넌 사람을 잘 놀린단 말야."

그는 잠자코 있었다. 교통량은 많았지만 신호등이 없어서 쑥쑥 잘들 빠져나갔다. 차가 잠실 대단지 입구께에서 ㄱ자로 꺾어 오른편으로 접어들었다. 굉장히 큰 대단지 설계 안내판을 중심으로 그 일대에 많은 사람이 소풍 나온 것처럼 서성거렸다.

"아까 현장에 갈 때도 저고리를 걸칠 걸 그랬지?" 사장이 말했다.

"누나가 눈치를 챘을까요?"

"무슨 눈치를 채?"

"선배님이 낮에 만난 아가씨 보러 간다는 거 말이에요."

"너는 인마, 네 누나가 바본 줄 아느냐? 여자가 그만한 육감도 없으면 무슨 여자야."

"그럼 목댕기에 저고리 걸치신 걸 새삼스럽게 걱정할 필요가 없지 않아요?"

"왜 없어? 네 누나가 의심을 하는데도 없어? 우린 지금 암사 시장 안에 있단 말이다. 암사 시장 입구께, 거 뭐야, 이름이…."

"도돔바."

"거렇지, 도돔바 맥주홀에 앉아 있단 말이다. 현장 친구들하고 같이 말이다. 그런데 목댕기에 저고리가 말이 되냐?"

"누나가 뭐라고 해요?"

"차라리 뭐라고 했더라면 걱정이 덜 되겠다."

"그렇지요, 그건. 아무 말 없는 것이 때로는 더 불길한 징조거든요."

"너도 그렇게 생각하냐?"

"그렇지만 별일 있겠어요? 눈치야 이왕 챈 놈의 눈치라면서요?"

"뭐라구? 너늠마, 네 누나 체면도 생각 안 하냐? 저쪽에서 눈치를 채고 안 채는 건 우리가 알 일이 아니야. 우리는 눈치를 못 채게 애를 썼다는 흔적만 보이면 되는 거야. 네가 나를 따라다니는 임무가 뭐냐? 네가 왜 나를 졸래졸래 따라다녀? 네가 나를 따라다닌다고 해서, 네 누나가 네 말을 곧이듣고 안심을 해서 눈치를 안 채기라도 한다더냐? 너늠마, 쓸데없이 건방 떨지 말고 네 누나한테 말을 잘하기나 해. 네 누나가 오입쟁이의 여편네가 되느냐 활동적인 사업가의 부인이 되느냐는 나의 행동이 아니라 네 입놀림에 달려 있단 말이다. 내 말 무슨 소린지 알겠지? 너는 대학까지 다니던 애가 돼서 머리가 네모반듯한 게 재깍째깍 잘 돌아가 좋더라. 오늘 밤 우리는, 거 뭐냐, 아까 그 맥주홀에서 열한 시까지 술을 마셨어, 그렇지?"

차는 한강 다리를 건너고 있었다.

"그런데 우리는 지금 도대체 어디로 가고 있지요?"

"내가 그걸 말해야 되냐?"

"안 하셔도 되지요. 차가 멎으면 알게 될 테니까요."

"광나루다."

"워커힐이군요."

"광나루라고 했어."

"저는 여기서 내려줬으면 좋겠는데요."

"시내 볼일 있냐?"

"조금 전까지는 그랬었는데, 이젠 달라졌어요. 열한 시까지 도돔바에서 맥주를 마셔야 되거든요."

사장은 차를 세웠다. 그리고 "열한 시까지다. 잊지 마라" 하고 말했다. 그는 차를 내렸다.

그가 현장에서 본 낯선 사내를 다시 만난 것은 그로부터 30분이 지난 뒤였다. 그는 차에서 내려 역겹고 울적한 기분으로 오던 길을 되돌아 한강 다리로 갔다. 강바람이 불어왔다. 그는 해방감을 느꼈다. 우울한 기분은 마찬가지였다. 멀리 산기슭 쪽 상류에서 동력을 장치한 놀잇배들이 하얀 물이랑의 깔때기를 뒤로 끌면서 오고 갔다. 그 건너편에서는 짐차들이 개미들처럼 모래와 자갈을 실어 날랐다. 그는 강을 건넜다. 차들이 소리를 내면서 질주해 갔다. 그는 택시를 잡을까 했지만 그의 발걸음이 그를 사람들이 모여서 웅성거리고 있는 데로 끌고 갔다. 넓은 아스팔트길이 90도로 꺾인 데에는 길가에 집 한 채 없는 빈 벌판을 배경으로 제법 울긋불긋한 바닷가에서 쓰는 둥근 차일들이 드문드문 세워져 있었고 그 아래에 탁자와 의자 들이 놓여 있었는데, 주인인 듯싶은 사람들이 하나씩 허름한 옷들을 입고 멍하니 앉아 있을 뿐 손님은 없었다. 사람들은 부지런히 서성거렸다. 그들은 끊임없이 움직였지만, 들고 나는 사람들의 수가 비슷한지 흐느적거리는 그들의 무늬에는 아무 변화가 없었다. 그는 한 차일 아래로 가서 의자를 끌어내리고 그 위에 앉았다. 들바람에 까칠해진 얼굴로 넋을 놓고 하늘을 쳐다보고 있던 서른 안팎의 여자가 별로 시원해 보이지 않는 청량음료 한 병을 따서 길쭉한 유리잔과 함께 그 앞에다 놓았다. 그는 부지런히 서성거리는 사람들이 부러웠다. 그들은 기껏 5, 6층에 20평도 못 되는 아파트 한 칸을 장만하려고 나왔는지 모른다. 그들은 기대와 흥분으로 가슴이 설레고 있음이 분명했다. 그는 그 설렘이 부러웠다. 그는 20평이 아니라 40평짜리 전천후 호화 아파트를 계약한다 해도, 그들처럼 그렇게 가슴이 설렐 것 같지 않았다. 일찍이 그에게도 사글셋방에서 전세방으로만 옮겨도 가슴 뿌듯한 행복을 느꼈던 적이 분명히 있었다. 그는 하릴없이 앉아서 허공을 바라보고 있자 주인 여자를 닮아서 그의 넋이 조금씩 빠져나가는 것을 깨달았다. 그는 벌떡 일어섰다. 저만치 땀에 절어 후줄근해진 남방과 풀기 없는 바지를 입고 더럽혀진 운동화를 신은 한 초라한 사내가 비치비칠 걸어가고 있었다. 그는 쫓아가서 그의 팔을 덥석 붙잡았다. 그는 그 사내를 몸짓만으로도 금방 알아볼 수 있었다.

"이거 오래간만이오."

"예, 오래간만이오. 그런데 당신은 누구요?"

그 사내는 보기보다는 보짱이 편한 사람인 모양이었다.

"나요? 나는 대성주택 섭외부장예요. 우리 저기 가서 막걸리나 한 사발 하시죠."

"거 좋은 생각이오."

그 사내는 스스럼없이 차일 밑으로 따라 들어왔다. 그들은 말없이 막걸리 두 사발씩을 들이켰다.

"시장하던 터라 술맛이 좋군." 그 사내가 말했다.

"당신은 브로커요?"

"아녜요. 그러나 소개할 수도 있죠."

"그게 그거지. 그런데 난 집을 사러 온 사람이 아니오."

"그래요? 나는 당신 낯이 익어서 붙잡은 거요."

"낯이 익어요?" 그 사내는 그를 물끄러미 쳐다보았다.

"그러고 보니 그런 것도 같군."

"당신 아까 대성주택 현장에 왔었지요?"

"아, 거기서 보았나?"

"아니오. 날 거기서 본 것 같소?"

"글쎄, 아닌 것 같은데요. 당신 혹시 교육대학 나왔소?"

"아뇨."

"그럼, 혹시 인천 결핵 병원에 입원한 일 있소?"

"아뇨. 집에서 치료했었소."

"그래요? 덜 심했던 모양이군. 하여간 반갑소. 어디서 만나도 만났길래 얼굴이 익을 테지요. 또 설사 만나 적이 없으면 어떻소?"

그들은 또 한 사발의 막걸리를 마셨다. 키 큰 이탈리아 포플러들의 울창한 잎들을 반짝거리게 하면서 해가 멀리 서울의 또 어느 변두리 위로 떨어지고 있었다.

"당신은 집도 안 사면서 여기서 뭘 하고 있는 거요?"

"집 구경했소. 명일동으로, 풍납동으로, 잠실로, 연사흘째 미친개처럼 쏘다니고 있소."

"구경만 하면 뭘 해요?"

"돈이 없는 걸 어떻게 하오? 제일 작은 집도 백만 원이 부족합니다."

"그야 은행 돈을 얻으면 되지요. 주택자금이 아니어서 이자가 좀 비싸고 교제비가 약간 들긴 하지만."

"물론이오. 은행 융자 백만 원 안고, 방 한 칸 30만 원에 세놓고 나서 그렇단 말이오."

"아니, 그럼 자기 돈 백만 원 정도 가지고 새집 사려 했소?"

"백만 원이면 적소? 나는 그 돈을 손에 쥐는 데 10년이 걸렸소."

"좋은 수가 있어요. 방을 한 칸만 내놓지 말고 독채로 다 내놔요. 그럼 백만 원은 생길 테니, 잘하면 하나 살 수 있을 거요."

"주인은 어디서 살고요?"

"지금 사는 데서 살면 안 되겠어요?"

"지금 사는 셋방 보증금까지 쳐서 그렇소."

"그래요? 그렇다면 그 자리에 쪼오끔 더 눌러 있어야 되겠어요. 여기 참 전망이 좋은데, 국제 규모로 국립 경기장도 들어서고."

"경기장이 없어서 못 살았소?"

"천호대교도 곧 개통돼요."

"어디는 다리 없소?"

"그럼 당신 하필 여기서 집을 찾을 게 뭐요? 강남 강남 하지만 영동도 있고 시흥도 있고 소사도 있고, 얼마든지 있는데."

"이리로 전근이 됐소."

"공무원이오?"

"국민학교 선생이오."

"국민학교?"

"경기도에서 이번에 간신히 전입이 됐소."

"경기도? 인천이오?"

"부천이오."

"부천! 부천국민학교! 그렇지요?"

"그렇소. 당신도 거기 있었소?"

"나요? 난 어렸을 때 말고는 국민학교에 다닌 적이 없어요."

"그런데 어떻게 부천국민학교를 아시오?"

"우리 누나가 거기 있었어요. 덕분에 나는 한 1년 부천서 서울로 통학을 했지요."

"그래요? 누나가?"

그들은 한 사발씩 막걸리를 더 마시고 자리에서 일어섰다. 들판의 낮은 경사 위로 땅거미가 져왔다. 지친 얼굴로 넋을 놓고 앉아 있던 주인 여자가 문득 생기를 되찾고 물건들을 주섬주섬 챙겼다. 서성거리고 있던 많은 사람들은 어느새 간 곳이 없고,

패잔병처럼 여기저기에 한 무더기씩 흩어져 있는 사람들 사이로 시내버스들이 소리를 내면서 검은 연기를 내뿜으며 질주했다. 그들은 비틀거리며 버스 정류소로 갔다.

"여기서 버스를 탑시다." 그가 말했다. 그러자 그 사내가 휘청거리는 두 다리를 애써 버티면서 "아니오. 나는 저쪽으로 건너가서 타야겠소"라고 대답했다. 그래서 그는 꺾이려는 무릎에다 힘을 주면서 "여기서 탑시다"고 고집했다. 그 사내는 "흐흥"하고 야릇한 콧소리를 내더니, 문득 돌아서서 버텼던 두 다리를 비틀거리며 차도로 들어섰다. 그는 화가 났다. 술이 취해 있었으므로 그는 그에게 화를 낼 권리가 있는 것처럼 생각되었다. 그는 그 사내의 뒤통수를 향해서 "저기 가서 한 잔만 더 빨고 가요" 하고 고함을 질렀다. 그 사내는 들은 척도 않고 그냥 길을 건너면서 "집에 가야지, 집에. 시내 들어가서 지하철 타고 전철 타고 집구석에 들어가야지"라고 혼잣말처럼 큰 소리로 중얼거렸다. 택시가 달려왔다. 그 사내가 차도 위에서 비틀거렸으므로 차는 속력을 줄였다. 마침 빈 차였다. 그는 차를 세웠다. 그리고 차에 올라서 창밖을 내다보았다. 길을 다 건넌 그 사내가 인도 위에 두 발을 딱 붙이고 서서 바람 부는 날 버드나무처럼 좌우로 흔들거렸다. 그는 웃음이 나왔다. 그때 차가 출발했다. 그는 그 사내의 모습을 시야 밖으로 놓치면서 덜커덩 하고 엉덩방아를 찧었다. 그는 벌떡 몸을 일으켜 운전수 좌석 등 뒤를 붙잡고 차를 후진시키라고 명령했다. 운전수가 뭐라고 불평을 하는 것 같았다. 그가 동행을 놔두고 그냥 가란 말이냐고 소리를 꽥

질렀다. 차가 북 — 하고 물러가서 멎자 그 사내는 양옆으로 흔들거리는 몸짓 그대로 허리를 굽히고 차 안을 들여다보았다. 그가 문을 열고 손짓을 하자 그 사내는 별 저항 없이 차 안으로 빨려 들어왔다. 그들은 변두리의 중심가를 향해서 차를 몰았다.

"저녁을 좀 먹어야지요?" 그가 말했다. 그 사내는 푸푸 하고 입으로 숨을 쉬면서 두 눈을 멀뚱거렸다. 날은 완전히 어두워졌다. 그들은 물 탄 생맥주 한 바가지씩을 퍼마시고 나오는 판이었다. "빈속이라 꽤 올라오는데요."

"밥은 집에 가서 먹읍시다."

그 사내가 말했다. 아마 또 지하철이나 전철이 타고 싶은 모양이었다.

"그것 좋은 생각인데요. 집으로 갑시다."

그가 그 사내의 팔을 붙잡았다.

"나야 우리 집으로 가야지요."

"아무 집이면 어때요? 당신 우리 누나 만나보고 싶지 않소?"

"무슨 소리 하고 있는 거요?"

"우리 누난 미인이란 말요. 그리고 나는 이제 막 당신 이름을 생각해냈어요."

그 사내는 눈에 띄게 기가 죽었다. 그는 풀죽은 그 사내를 끌고 집으로 갔다. 크고 호화로운 대문 앞에 이르자 그 사내는 겁먹은 듯한 목소리로 "그렇지만 당신 누나는 부자한테 시집을 가지 않았소?"라고 말했다. 그는 문득 그 사내가 대단히 초라하고 병신스럽다고 생각했다.

"누난 지금 혼자 있어요. 같이 저녁 먹을 사람이 나타나면 아마 반가워할 거요."

식모 애가 문을 따주었다. 그가 들어가자 그의 누나가 현관 밖으로 목을 뽑고 "벌써 끝났니?" 하고 물었다. 그녀는 정성 들여 화장과 몸단장을 하고 예쁜 자태로 서 있었다. 그녀는 심심하면 열심히 화장을 하는 버릇이 있었다. 아마 그들이 통금 시간에 쫓기기나 해야 들어오리라고 생각했던지 조금 놀라는 눈치였다.

"누나, 손님 왔어. 귀한 손님이야."

그가 말했다. 그리고 2층 그의 방으로 올라갔다. 나머지야 그들도 다 큰 어른들이니 그가 없더라도 다 잘 알아서들 할 것이었다. 잠시 후 저녁 먹으라는 소리에 내려와서 손발 씻고 식당으로 가보니, 두 사람은 소와 닭처럼 두 눈만 멀뚱거리면서 식탁에 앉아 있었다. 서울에 새집 사려고 백만 원 가지고 운동화 신고 쫓아온 사람은 그렇다 치더라도, 그렇게 음울하고 새침하고 우아하고 세련된 그의 누이까지 저 모양으로 바보스러워 보인다는 것은 아무래도 좀 놀라운 일이 아닐 수 없었다. 그가 조금 퉁명스럽게 "술이 깼소?"라고 그 사내에게 말했다. 그들은 맥주를 몇 병 내오게 해서 반주로 마시고 그의 누이에게도 한 잔을 따라주었다. 그는 배가 고팠으므로 맛있게 밥 한 그릇을 먹어치웠다. 두 사람은 처량한 꼴들을 하고 마지못해 몇 술을 뜨는 것 같았다. 그는 그가 옛 친구를 데리고 오면 그의 누이의 얼굴에서 음침한 그늘이 걷히고 즐거운 이야기들이 쏟아져

나오리라고 생각했었다는 것을 깨달았다. 그는 그 기대가 빗나가는 듯했으므로, 조금 불만스러운 기분이 되어 자리에서 일어섰다. 그리고 누이에게 "나는 또 나가봐야겠어. 일이 아직 안 끝났지 않어"라고 말했다. 그의 누이는 문간에까지 그를 따라 나왔다. 그는 낮은 목소리로 "열한 시에 들어올 거야"라고 말했다. 그리고 집 밖으로 뛰어나갔다. 집을 빠져나와 좁은 길을 걸어가자, 문득 그의 짐작이 옳을지도 모른다는 생각이 들었다. 그가 보고 나온 처량한 침울함은 메마르고 권태로운 적막이 아니라, 눅눅하고 끈적끈적하고 폭풍 전야의 정밀과도 같은 침묵이었다. 그는 오래간만에 그의 누이가 행복하겠구나 생각하면서 도돔바의 문을 밀고 들어갔다. 아직 시간이 일러서인지 술집 안은 한산했다. 아가씨 하나가 단골을 알아보고 알은체를 했다. 그는 머리를 끄떡거려주고 시계를 보았다. 열한 시까지는 거의 세 시간이 남아 있었다. 그는 계산대 있는 데로 가서 수화기를 집어 들었다.

신호를 보내자 다행히 식모 애가 전화를 받았다.

"너냐? 난데, 너 좀 나와라. 시장 입구 다리께로 나와. 오늘 저녁 아저씨하고 연애 좀 하자." 그는 전화를 끊었다. 저쪽에서 뭐라고 하는 것 같았지만, 잘 알아들을 수도 없었고, 또 별 알아들을 것도 없었다. 그는 그곳의 아가씨들에게 "이따 오께"라고 말하고 밖으로 나왔다. 여름밤이 깔린 거리 위로 강바람이 시원하게 불어왔다.

(1976)

굴

밤이 조용히 깊어갔다. 박 영감은 저녁상을 물린 뒤 내리 두 시간을 방 한가운데에 덩그렇게 앉아서 몸을 앞뒤로 흔들었다. 마루 기둥에 켜놓은 외등의 불빛이 뜰에 서 있는 나무들의 그림 자들을 구석구석으로 쫓다 말고 창호지에다 밝기를 빼앗기면서 방 안으로 들어와 그의 모습을 희미하게 비춰주었다. 밖에서 문 두드리는 소리가 났다.

"거 뉘시오?"

"접니다. 인우예요."

"저라니, 누군고?"

"교문동 인웁니다."

"누구라고? 들어오게. 문은 안 잠겼네. 도로 딱 붙여두게."

그는 방문을 열고 마루 너머로 문간께를 바라보았다. 무덤처 럼 괴괴하던 집 안에 갑자기 생기가 도는 것 같았다. 어둠 속에 서 한 사내가 토방 위로 썩 나섰다.

"아저씨, 안녕하셨습니까? 저, 인우입니다."

"옳지, 너 인우로구나. 참 오랜만이다. 언제 왔느냐?"

"방금 도착했습니다. 그동안 별고 없으셨어요?"

"음, 좀 올라오너라."

그는 마루 건너 사내를 잠시 굽어보고 있다가 일어서서 천장에 매달린 형광등을 켰다. 사내는 들고 온 술병을 벽 쪽으로 마루 위에 내려놓고 방 안으로 들어갔다.

"불도 안 켜고 혼자 앉아 계셨습니까? 저는 주무시는 줄 알았습니다."

"밥이나 내려가야 눕지. 단전에 힘을 주고 앉아 있으면 눕는 것보다 더 편타. 그래, 이게 몇 년 만에 돌아오는 거냐?"

"5년 만입니다."

사내는 거의 마흔 살이 되어 보였다. 이마가 숱이 적은 머리 속으로 훌렁 물러가 있고 주름이 깊이 패어 있어서 나이보다 더 늙어 보이는지도 몰랐다.

"편히 앉아라. 네 어머니 세상 버린 줄은 아느냐?"

"한 달 전에 알았습니다."

"화병으로 죽었다. 며칠 전에 탈상했다. 누나는 만나봤냐?"

"아직 못 만났습니다. 저는 소상이 내일인 줄 알고 왔습니다."

"지나갔다. 초닷새가 기일이다. 내일 무덤에나 가봐라."

"내년에 대상이 또 있지 않습니까?"

"소대상 한꺼번에 치르기로 했다더라. 요즘 1년에 복 벗어도 흉볼 사람 없다."

"그래도 자식 된 도리에 서운해서 그럴 수 있습니까?"

"서운해? 자식 된 도리에 서운하다고? 허, 네 입에서 그런 말이 다 나오느냐?"

"제 입에서 그런 말이 나오면 안 됩니까?"

"그럼 산소에다가 움막을 치고 3년 거상을 해라."

"밥술만 뜰 수 있다면 그것도 좋겠습니다. 설마 밥 안 먹고 그 짓이야 할 수 있겠습니까?"

"밥을 못 먹어서 이제까지 사람 노릇을 못 했냐?"

"사람 노릇을 하자면 밥부터 먹어야 하지 않겠습니까?"

"옳은 말이다. 그래, 이제 밥을 먹게 되었느냐?"

"예, 부지런히 뛰면 밥은 안 굶게 되었습니다."

"잘했다. 네 나이 낼모레면 불혹이다. 또 실수하면 이제 젊은 치기로도 보아줄 수가 없어. 두 번씩 실수를 받아들일 세상도 아니고."

"실수를 잘했다는 얘기는 아닙니다만, 한평생 실수 없이 사는 사람이 어디 있겠습니까? 공자 같은 사람은 모르지만, 보통 사람이야 죽는 날까지 실수하고 고치고, 실수하고 고치고, 그러는 거 아니겠습니까?"

"옳은 말이다. 너는 구구절절 옳은 말만 하는구나. 그러나 그 것은 네가 할 말이 못 된다. 세상 사람들이 다 그런 말 해도, 너 는 안 돼."

"저는 실수를 고치면 안 됩니까?"

"실수를 고치는 것이 안 될 리야 있느냐? 10년 묵은 환자도

지고 들면 그만이다. 실수를 고치기 전에 큰소리치는 것이 안 된다는 얘기다."

"그러겠습니다. 동수는 어디 갔습니까? 집 안이 너무 적적합니다."

"동수는 서울 있다."

"그럼 아저씨 혼자 집을 지키고 계십니까?"

"동석이가 와 있다."

"동석이가요?"

인우는 영감의 목소리에서 힘이 빠지는 것을 알 수 있었다. 그들은 모두 그와 어려서 함께 자라난 사이였다. 동수는 그와 동갑이었는데, 소심하고 의심이 많아서 착실은 했지만 인품이 없었고, 동생 동석이는 성질이 거칠고 뚝심이 세서 활달은 했지만 경우에 없는 짓이 많았다.

"저녁 먹고 제 처하고 영화 보러 갔다. 네 숙모는 미등 딸네 집에 다니러 가고."

"바보상자라도 보시지 않고 그냥 앉아 계십니까."

"그건 틀어서 뭘 하냐? 재미있는 것도 없고 전기만 닳아진다더라."

"동수는 서울 창가를 부르더니, 소원대로 전근이 되었습니다."

"전근이 아니다. 사표 던지고 서울 가서 다방 한다."

동수는 15년 동안 국민학교 교사였다. 그는 영감의 집안 형편을 짐작할 수 있을 것 같았다.

"동석이는 벌이를 합니까?"

"그 나이에 남의 밑에 들어갈 수도 없고, 무슨 사업을 할 모양이더라."

"사업인들 쉽겠습니까?"

"검찰청에 아는 사람이 있어서 가끔 연줄을 잡는다."

인우는 영감을 물끄러미 쳐다보았다. 불쌍한 노인 같으니! 그는 아들의 말을 믿고 있는 모양이었다. 고리채를 놓는 그 악착같은 영감 속에 저렇게 어수룩한 구석도 있었는가 싶었다. 그는 쥘 줄만 알았지 펼 줄을 모르는 주먹이 맥없이 풀려서 손가락들 사이로 움켜쥐고 있는 것들이 줄줄 흘러내리는 것을 눈으로 보는 듯했다. 아마 사람은 늙어지면 죽기 위해서 조금씩 어리석어지는 모양이었다. 그가 듣기 좋은 말로 노인을 달랬다.

"동수는 자상해서 하는 일에 낭패가 없을 것이고, 동석이는 손이 커서 언제고 크게 한몫 잡을 것입니다. 아저씨 노후는 염려 없으시겠어요."

"너도 그렇게 생각하냐? 서울 간 동수는 그동안 일이 잘되어 전셋돈을 뽑아가지고 가게를 산다는구나. 그리고 동석이는 몇이 어울려서 업체를 하나 꾸민단다. 그 애는 원체 친구 속이 좋으니라."

노인은 말하고 나서 방바닥 위로 한숨을 길게 내뱉었다. 그는 문득 노인이 자신이 하고 있는 말을 전혀 믿지 않고 있다는 기분이 들었다. 그래도 불쌍하기는 매한가지였다. 자식을 믿는 것이 불행하다면, 못 믿을 자식을 믿는다는 뜻이겠고, 늙어서 힘이 빠지게 되면 자식밖에 믿을 것이 없는데 그때 믿을 자식 못 믿을 자식이 따로 있을 것인가.

"아저씨, 지금도 약주 좋아하십니까? 제가 아저씨 좋아하시는 정종을 한 병 받아 왔습니다."

"뭘 그런 비싼 술을 사 왔냐?"

"제가 부엌에 가서 잔을 가져올까요? 집을 만한 안주도 있었으면 좋겠습니다만."

"안주는 필요 없고, 잔은 여기 있다."

박 씨는 일어서서 등 뒤에 있는 벽장문을 열고 놋쇠 제기 잔 하나를 꺼냈다. 인우는 마루에서 술병을 들여와 포장을 까고 마개를 뽑았다. 영감은 잔을 엄지손가락 끝으로 빙 둘러서 닦아가지고 방바닥 위에 내려놓았다. 인우가 술병을 기울이자 영감이 얼른 잔을 집어 들었다. 그리고 잔이 차기를 기다려서 아무런 유예도 위엄도 없이 홀짝 들이켰다. 마치 옆에 아무도 없는 것 같았다. 인우는 빈집에서 혼자 술잔을 기울이는 노인의 고적감을 눈으로 보았다.

"너도 한 잔 해라."

노인이 잔을 내밀었다.

"저는 안 하겠습니다. 아저씨 한 잔 더 하세요."

"그럴꺼나? 그러면 주불쌍배라, 석 잔을 하게 되렸다?"

노인은 석 잔을 했다. 그리고 인우의 기대와 예상과는 달리 술이 들어갈수록 점점 더 침울해져갔다. 그는 머릿짓을 하는 것인지 조는 것인지, 고개를 숙이고 꾸벅꾸벅했다.

"아저씨, 주무십니까?"

"살살 얘기해라. 안 잔다."

"동석이 들어올 시간이 아직 멀었을까요?"

"만나볼래? 그 미친놈 든지 난지 내가 어떻게 알겠냐?"

"저녁 먹고 나갔다면서요?"

"포두리 네 재종숙이 아들 같은 놈한테 맞아서 귀청이 터져가지고 찾아왔다. 그걸 검찰청 서기한테 말해주고, 사례로 전해달라고 가지고 온 고구마 두 가마를 팔아먹고는 열흘째 행방이 묘연타. 네 재종숙이 고구마 두 가마를 더 가져다 놨다만 아직 전해주지 못하고 있다."

"남자가 밖으로 돌아야지 집 안에만 들어박히면 뭘 하겠습니까?"

"돌아다니면서 재앙이나 안 떨면 다행이다."

"동수한테 가서 일이나 도와주고 있으면 좋을 건데 그럽니다. 아무래도 남보다야 나을 텐데요."

"동수도 곧 내려올 거다."

"거기 벌여놓은 일은 어떻게 하고요?"

"될 턱이 있냐? 제가 퇴직금 날려 보내면 어디로 갈 거냐? 집으로 끼대 들어오는 수밖에 더 있냐? 오래 사는 것도 욕이다."

"아저씨, 무슨 말씀이세요? 오복 중에 첫째가 숩니다."

"옳은 말이다. 욕 없이 복이 있고, 복이 있는데 욕이 없겠느냐?"

"그리고 요즈음에는 환갑 진갑 지나봐야 경로당 옆에도 못 갑니다."

"네 말이 옳다, 네 말이 옳아. 그래, 이제는 너도 밥벌이를 한다고 했겠다?"

"예, 구멍탄 배달을 하고 있습니다."

"구멍탄? 암, 해야지. 도둑질 말고는 뭐든지 해야 된다."

"기아 털털이가 한 댄데, 내년쯤 타이탄 한 대를 구입할까 하고 있습니다."

"암, 뭐든지 해라. 십구공탄도 하고 중탄도 하겠구나. 부지런히 해라."

"예, 부지런히 뜁니다. 그래서 밥은 먹게 되었습니다. 그러니 이제 사람값을 해야겠습니다."

"암, 해야지. 해야 하고말고. 제 밥 제가 벌어먹으려고 구멍탄 배달을 하는 것부터 사람 노릇이다만, 사람 노릇을 제대로 하려면 한량이 없다."

"제가 가져간 쌀이 장리 벼인 줄은 잘 압니다. 열 섬이 1년이면 열다섯 섬, 2년이면 스물두 섬, 3년이면 서른석 섬, 4년이면 쉰 섬, 5년이면 일흔다섯 섬이 됩니다. 그러나 제 형편이 아직 그렇게까지 펴들 못 했습니다. 그래서 이건 아주 방자한 이야기가 되겠습니다만, 제 임의로 3부씩만 쳐서 셈을 한번 해보았습니다. 1년이면 열석 섬, 2년이면 열일곱 섬, 3년이면 스물두 섬, 4년이면 스물여덟 섬, 5년이면 서른일곱 섬이 됩니다. 어떻습니까, 아저씨. 제가 훗날은 기약을 하지 못하겠습니다. 쌀 서른일곱 가마 돈만 쳐서 받으시고 저를 용서해주십시오."

"그 돈은 자네 누이한테 갖다주게."

"예, 물론 누나한테도 갑니다. 아들이 못 한 노릇 딸이 하느라고 고충인들 오죽했겠습니까? 서른일곱 가마면 일흔다섯 가마의 절반밖에 안 되는 줄 잘 압니다. 그렇지만 어떻게 합니까? 안 할 말로 제가 원금조로 열 가마만 드린다고 해도 어떡하시겠습니까? 참, 막말로 제가 떼어먹으면 또 어떡하시겠어요?"

"모르는 모양이구나? 자네 누이가 열다섯 가마를 갚았어. 벌써 옛날얘기야."

"예? 갚아요?"

"그럼 올해가 몇 해짼데, 여태 그대로 있어?"

밖에는 어둠이 짙게 깔려 있었다. 그는 가로등 없는 캄캄한 골목길을 미친 듯이 뛰어갔다. 포장된 큰길이 길가 가게들로부터 흘러나오는 불빛을 받아 희끄무레하게 빛났다. 그는 문득 멈춰 서서 그 길을 물끄러미 바라보았다. 그가 30년을 하루같이 걸어 다녔던 길이었다. 지난 5년 동안의 공백도 그 길이 그에게 대해서 갖는 친밀감을 덜지 못했다. 그는 30년 묵은 옛길을 그것을 떠나본 적이 없는 사람은 가질 수 없는 새로움을 가지고 쏘아보았다.

길 건너 청과전에는 귤과 노랑, 파랑, 빨강 사과들이 탐스럽게 쌓였다. 그는 문득 손가락들을 바짝 말아서 쥐는 태권도식 주먹으로 그 과일들을 내리치고 싶은 격렬한 충동을 느꼈다. 그는 그리로 건너갔다. 그리고 주먹을 내리치는 대신에 귤 두 개를 샀다.

"죽지 않으니까 만나는군."

누군가가 뒤에서 그의 어깨에다 손을 얹었다. 동석이었다. 인우는 그를 냉랭하게 쏘아보았다. 그러나 그는 한잔 걸친 모양인지 히죽히죽 웃고 있었다. 그들은 악수를 했다.

"오래간만이구나. 잘 있었냐? 나는 여기 기다리는 사람이 있어서 좀 가봐야겠다."

인우가 말했다.

"다방 말이오? 나도 오랜만에 차나 한잔할까?"

동석은 인우 뒤를 어슬렁어슬렁 따라왔다. 인우는 으스스 등줄기로 찬 기운이 흘러내리는 것을 느꼈다. 그는 지금 상대를 가리지 않고 아무나 쳐들어가고 싶은 심정인데, 고개를 홱 돌려 동석을 처음 보았을 때 이상하게도 자신이 지키는 입장이라는 생각이 번개처럼 짜아 하게 온몸을 휩쓸었다.

"미스 김도 잘 있소?"

다방 문 앞에 이르렀을 때, 그의 뾰죽뾰죽 신경이 곤두선 등짝에다가 동석이가 말을 던졌다. 인우는 대답을 할 필요가 없었다. 그가 제 눈으로 직접 볼 것이기 때문이었다. 인우는 한쪽 구석으로 갔다.

"또 와서 미안해."

등 뒤에서 동석이가 계산대 뒤에 앉아 있는 여자와 농담을 주고받았다. 손님들 두엇이 바보상자 앞에 앉아서 턱들을 쳐들고 희극을 구경했다.

"왜 이렇게 늦으셨어요?"

그가 다가가자 그의 처가 자리에서 몸을 일으키며 말했다. 그는 말없이 맞은편 의자 위에 털썩 주저앉았다.

"당숙님은 뵈었어요?"

"응, 아저씨 술 한잔 따라드리느라고 늦었어."

그가 두 어깨 사이로 얼굴을 깊숙이 묻고 말했다.

"야, 김 양도 와 있었구만?"

동석이가 다가오면서 말했다. 그는 아내의 얼굴이 뻣뻣하게 굳어지는 것을 보았다. 아무도 앉으라고 말하지 않았지만, 동석이는 불붙인 담배를 잇새로 빙글빙글 돌리면서 인우 옆 자리에 엉덩이를 내려놓았다.

"너는 형수라는 말도 모르냐?"

"아, 참! 그렇게 되나? 실례! 실례! 촌수가 이제 멀고도 가깝게 되었군."

"여보, 갑시다."

인우가 탁자 위에 내려놓은 귤 두 개를 한 손으로 집어 들고 자리에서 일어섰다.

"평사리 가자면 버스를 조금 기다려야 될 거요. 추운데 여기서 기다리시지, 차라도 한잔 드시면서."

"나는 지금 가봐야겠다."

"하긴 택시 잡아타면 금방 갈 거요. 돈 벌었다고 소문났던데, 나 차 한잔 안 사주려오?"

"너 차 사줄 돈은 아직 못 벌었다."

"평사리 이사 간 집이 어디쯤인지나 아시오? 국민학교 정문 앞이라 찾기는 쉬울 거요."

인우는 아내가 마신 차 두 잔 값을 치르고 밖으로 나왔다.

밖에는 차가 없었다. 지붕에 불을 켜고 달리는 차들도 손을 들면 이상하게 못 본 척하고 달아나버렸다. 책방 앞에 빈 차가 지붕에 불을 켜놓고 서 있었는데, 그가 다가가자 운전수가 고개를 절레절레 내저었다. 운전수들은 손님이 필요 없을 때에는 대단히 불친절할 줄 알았다.

"차 못 잡았소? 힘들 거요. 특급 들어올 시간만 되면 동네 택시들이 역으로 다 몰린단 말야."

동석이가 다방을 나와 그들 옆으로 다가오며 말했다.

"아무 데서나 태우면 됐지 역 손님만 손님이냐?"

"특급 손님 받아서 30리, 50리 갈 사람들 합승시키는 것이 시내 평사리 뛰는 거보다야 나을 거 아뇨."

"버스를 타야겠군."

"10분 있으면 한 대 굴러올 거요."

"시내버스도 시간 정해놓고 뛰냐?"

"배차 간격이 30분이오."

"첫차가 몇 신데?"

"그건 알아 뭘 허우? 이 앞차가 20분 전에 있었소. 내가 그 차에서 내렸소."

"저기 푸줏간 옆에 뭐가 하나 생겼구나?"

"갑시다. 10분이면 한잔 입가심하고 남겠소."

"10분에 어떻게 한잔을 해? 앞으로 30분은 버스가 없을 거다.

방금 한 대 지나갔어."

그는 동석의 뒤를 따라 대폿집으로 향했다. 그때 등 뒤에서 경적 소리가 났다. 버스가 불빛을 출렁이면서 달려왔다. 그는 아내에게로 갔다. 그리고 다음 차로 갈 테니 먼저 가라고 이르고 아내를 차에 태웠다.

"앞으로 30분 동안은 진짜 버스가 없겠군."

술집으로 들어가면서 인우가 말했다.

"곧 또 하나 올 거요."

"30분 배차라면서?"

"노선이 둘이오."

그들은 마주 앉아서 생소주를 들이켰다.

"너는 인마, 미친놈처럼, 싸돌아다니지 말고, 집에 좀 들어가 거라."

두 잔째 잔을 내면서 인우가 말했다.

"5년씩이나 돌아다닌 사람도 있을라구."

동석이가 말했다. 그리고 빈 잔에다가 술을 부었다.

"오냐, 열흘 정도 집 비워가지고는 부모 임종 놓치지 않을 거다."

"열흘이라니, 열 달을 가도 간 곳만 가르쳐주면 부모 임종 못하겠어?"

"그래, 많이 해라. 기다렸다가 많이 해."

"영감태기가 배꼽 밑에 힘주고 앉아서 대반야배꼬미태경이나 외우고 있었나?"

"동수는 서울서 다방 내고, 너는 여기서 회사 꾸민다고 하더라."

"다방하고 회사는 조금 있어야겠어. 꼴뚜기젓 구멍가게를 내도 돈이 있어야 내지."

"가게 내자고 돈 버냐, 돈 벌자고 가게 내지."

"장리 쌀이라도 한 열 가마 있어야지, 빈손 체조야 무슨 재미로 하겠어?"

"고구마 두 가마 가지고는 안 되겠더냐?"

"아무리, 고구마 두 푸대 짊어지고 밤중에 어떻게 달음박질을 해, 같이 가는 큰 애기 고무신짝 벗겨질라고?"

그는 술을 털어 넣었다. 인우도 잠시 입을 다물고 있다가 술잔을 들어 술을 목구멍 속으로 탁 털어 넣었다. 처녀 같기도 하고 각시 같기도 한 여자가 돼지고기 비곗살 삶은 것을 엷게 썰어서 내왔다.

"우리 영선네는 눈치가 빨라서, 고무신짝 끌고 야반도주는 안 할 거야. 부지런히 내 와. 맞돈이다."

"동국민학교 놀러 가자."

인우가 말했다.

"거기가 조용할까? 활터가 낫잖어?"

"멀어. 가까운 데로 가자."

"가깝기야 앉은 자리가 제일 가깝지."

"너 내가 태권도 몇 급인지 알지?"

"장갑을 껴."

"쳐라."

인우가 일어서서 뱃가죽에 힘을 주고 어금니를 깨물었다.

"먼저 쳐."

동석이도 일어섰다.

"그럼 친다."

인우의 주먹이 동석이에게 날아갔다. 동석이는 비틀거렸지만 뒷벽을 붙잡고 넘어지지 않았다. 이번에는 동석이가 인우를 쳤다. 인우는 넘어지면서 탁자를 쓰러뜨렸다. 술병이 뒹굴고 잔들이 날고 접시들이 소리를 내면서 깨졌다. 인우가 터진 입술에서 흐르는 피를 손등으로 닦으며 일어섰다. 주모가 호들갑을 떨며 달려왔다. 다행히 좁은 술청에는 딴 손님들이 없었다.

"왜들 이래요, 왜들! 이게 무슨 짓들이에요!"

인우가 넘어진 탁자를 밀어붙이고 동석이에게 다가가서 두번째 주먹을 먹였다. 이번에는 동석이도 비틀거리다가 한 손으로 땅을 짚었다. 그는 동석이가 일어서기를 기다렸다. 동석이는 엉덩이로 퍼진 몸의 무게를 긁어모으며 천천히 일어섰다. 그러나 그는 인우에게 덤벼드는 대신 옆에 있는 의자에 주저앉아서 거기 있는 탁자에 엎드려 상처 입은 짐승의 비명 같은 소리를 질렀다. 그리고 어깨를 들먹이며 울었다. 인우는 뒤를 돌아보았다. 집에 먼저 간 줄 알았던 그의 아내가 입구께에 서 있었다. 그는 주모에게로 갔다.

"여기 얼마야, 깨진 것까지."

그는 셈을 했다. 그리고 아내를 돌려 세워 밖으로 나왔다. 찬

바람이 달아오른 그의 뺨 위로 시원하게 불어왔다.

"병원으로 가요."

아내가 손수건으로 그의 상처를 닦아주면서 말했다. 그녀는 추위 때문인지 두려움 때문인지 파들파들 떨었다.

"병원은. 집에 가면 빨간 물약이 있겠지. 차를 잡아야겠어."

"저기 약방이 있어요. 제가 가서 약을 사 올까요?"

"가방은 놔두고 가지."

그녀는 손수건을 그의 손에 쥐여주고 약방으로 갔다. 그녀가 막 돌아섰을 때 술집 문이 열리고 동석이가 나왔다. 선불 맞은 들짐승의 비명 같은 소리를 질렀던 흔적은 말끔히 가셔 있었다. 아까처럼 히죽히죽 웃지는 않았다. 그가 인우에게 귤 하나를 던졌다.

"내일 혹시 내가 보고 싶더라도 우리 집으로 날 찾아올 생각은 말어. 지금 집에 들어가면 내일 또 집을 나와서 한 열흘 못 들어가게 될 테니까."

"네가 보고 싶게 될지 모르겠다. 눈탱이를 계란으로 잘 문지르기나 해라."

인우가 대답했다. 동석은 손바닥에 남은 귤 하나를 호두처럼 굴리면서 어둠 속으로 걸어갔다. 인우는 가방을 들고 약방 쪽으로 갔다. 그의 아내는 한참이 되어서야 약 꾸러미를 들고 약방에서 나왔다. 그들은 빈 차를 잡아탔다. 차가 포장도로를 지나 자갈길을 울퉁불퉁 달리고 있을 때 인우가 뒤로 벌떡 기대앉은 채 입을 열었다.

"쌀 열 가마 장리를 끄는 데 5년이 걸렸어. 그동안 어머니가 죽고, 누이는 집을 팔아서 촌으로 갔어. 그런데 그 장리 쌀이 4년 전에 청산이 되었다는군."

"누가 갚았어요? 고모가 갚았어요?"

"그런 모양이야. 그래서 집도 팔았겠지."

고모란 그들의 네 살 난 아들 준의 고모를 뜻했다.

"나는 장리 영감이 그렇게 지독한 줄은 몰랐어. 당자만 없으면 되는 줄 알았지."

"그래서 싸웠어요?"

"영감과 싸울 수는 없지 않어?"

"아들이 무슨 죄가 있어요?"

"우리 누님이 죄 없는 거나 마찬가지지."

"나는 말버릇이 고약해서 싸우는 줄 알았어요."

"그 애야 원래 말 가려서 하는 애가 아니지. 고맙게도 건방지게 굴어준다 싶었어. 핑계가 있어야 했거든."

"당신은 그렇다 치더라도 그 사람은 왜 치고받고 해요?"

"치니까 받았겠지. 그게 조금 이상하긴 해. 아마 당신한테 원한이 있는 모양이야."

"그럴지도 몰라요. 저한테 청혼을 먼저 한 것은 그 사람 쪽이었어요."

"나야 먼저고 나중이고 있었어? 앞뒤 없이 달려들었지."

"그렇지만 우리 집에서는 태도를 분명히 했어요, 아빠나 저나. 원한을 살 건 없지 않아요?"

"새치기를 당한 기분이었겠지, 배반까지는 아니더라도. 당신도 싫다고 그랬어?"

"고리대금업집 아들은 싫다고 분명히 말했어요."

"너무 분명히 말을 했군. 그럴 때는 궁합이 안 맞다든가 해서, 어물쩍하게 어른들이 하는 대로 못 이기는 체하고 있어야 되는 건데."

"어물쩍하게 해서 물러갈 사람들이 아니었어요."

"그 애와 내가 남이었더라면 아무 일 없었을 거야. 더구나 우린 같이 자랐거든."

그의 누이의 집은 편지에 적힌 대로 평사국민학교 정문 앞 이발소의 안집이었다. 절름발이 그의 자형은 술에 녹아떨어져서 코를 불며 자고 있었다. 그가 떠날 때 국민학교 다니던 애들은 졸업을 해서 하나는 서울로 직공살이를 떠났고, 또 하나는 시내에서 식모살이를 하는 모양이었다. 지금 애비 옆에서 누더기 이불을 덮고 쌔근쌔근 잠들어 있는 것들은 그때 방바닥을 불불 기어 다니던 젖떼기였거나, 머리통에 숫구멍도 덜 여문 갓난애였다. 그리고 지금 에미 품에 안겨 젖먹이 하나가 자면서 젖을 빨고 있었다. 그의 누이는 못 먹고 고생을 해서 팍 쭈그러져 있었다. 그는 5년 묵은 안부 말이 다 오가기도 전에 장리 쌀 이야기를 꺼냈다. 하기는 그것이 빠지면 안부 이야기가 될 턱이 없었다.

"어떻게 하냐, 먹은 사람이 갚아야지? 너를 보고 준 쌀이지만 네가 쌀을 먹은 것도 아니고, 빚 갚고 1년 양식 했으면 무슨 수를 써서라도 갚아야지. 그 아저씨 쌀이 어떤 쌀이라고 그냥 먹고 배기냐? 길어난 쌀은 관두고 갖다 먹은 쌀만이라도 들여놓으라는 덴 할 말이 없더라."

"갖다 먹은 쌀만 들여놓다니?"

"열 가마만 챙기라고 하더라, 다섯 가마는 그만두고."

"그래, 영감이 그것만 받아?"

"아들이 실어 갔으니 받았을 거 아니냐?"

"동수가?"

"동수냐, 동석이냐. 둘째 말이다."

"허! 그 영감이 어떤 영감인데 원전만 받았겠소. 그래, 쌀 열 가마 팔면서 집을 내놨단 말이오? 어머니는 몸져눕고?"

"집은 그 뒤로 쪼들려서 이리로 옮겨 앉았지. 엄마는 노환이었고."

그때 절름발이 이발사가 부석부석 머리를 긁적이며 일어나 앉았다. 그는 조금 전에 잠이 깨었는지, 제법 조리 있게 "왔으면 잔 올리고 곡부터 해야지"라고 말했다. 그리고 자리끼 대접을 끌어당겨 물을 벌컥벌컥 마셨다.

인우는 입술을 가리고 있던 손수건을 떼고 아내를 돌아보았다. 그의 아내는 본 적도 없는 시어머니를 위해서 머리를 풀고 있었다. 그는 손가락으로 귤을 호두처럼 돌렸다.

(1977)

춘분

나는 오늘 생전 처음으로 미국에 편지를 보냈다. 생전 처음이라니까 나이가 많은 것 같은데, 사실은 나는 올해 열일곱 살 된 계집애다. 고등학교에 다닐 나이지만, 집안 사정으로 진학을 그만두고 집에서 어머니를 돕고 있다. 나의 어머니는 계모다.

나는 고양이가 기지개를 켜고 있는 예쁜 카드에다가, 오빠 부지런히 일해서 돈 많이 벌어요, 라고 썼다. 일주일 후면 이민 간 큰오빠의 스물여섯번째 생일이다. 큰오빠는 작년에 떠나면서 자리가 잡히면 자전거 부속품 가게를 낼 수 있도록 작은오빠에게 돈을 부쳐주겠다고 약속했다. 그리고 가게가 잘되면 작은오빠가 나를 고등학교에 보내주기로 되어 있었다. 지금 작은오빠는 고물상을 겸해서 작은 자전거 수리점을 하고 있는데, 헌 자전거 빵꾸나 때워가지고서는 우리 네 식구 밥 먹기에도 겨웁다. 그래서 오빠는 고물상을 한다. 자기 돈이 조금 있어야 하긴 하지만 그쪽이 더 수입이 좋다. 아마 사람의 손보다는 돈이 돈을 더 잘 버는 모양이다. 우리 집 가게는 서향이어서 아침나절 음지인데, 추운 겨울날, 오빠가 덜 꺼진 구공탄 재 하나 옆에 놔두고, 곱은 손가락으로, 손가락이 아무리 굵은 마디와 두꺼운 가죽으로 덮여 있어도 손가락을 조금도 무서워하지 않는 억척스러운 고무바퀴를 쇠바퀴에서 비집어 까서 속바퀴를 꺼내가지고 풀칠을 하고 있는 것을 보면 어린 속에도 짠한 생각이 든다. 그렇게 해서 오빠의 손가락이 벌어들이는 돈은 백동전 한 닢이다. 그런데 헌 차를 사서, 손보고 기름 치고 조이고 닦아 (닦는 일은 나도 할 수 있다) 팔면 들어간 부속품 값과 금리를 제하고도 몇천 원이 떨어진다.

그럴 때면 오빠는 아버지가 반대하는 것도 무릅쓰고 아빠 몰래 나에게 청바지도 사주고, 불판과 배낭도 사준다. 그렇게 해서 장만한 등산복을 차려입고 친구들과 함께 등산을 간다. 그러면 나는 내가 고등학교에 다니고 있는 것 같은 생각이 든다. 나는 학교에 못 다니는 것을 슬퍼하지 않는다. 말 이빨 같은 선생들을 안 보고도 학교 다니는 기분을 낼 수 있다면 그것이 더 나을지도 모른다.

우체국 앞 네거리는 항상 번잡하다. 나는 편지를 부치는 동안 잠시이지만 누가 자전거를 끌고 가버릴까 봐서 마음이 조마조마해진다. 그래서 일을 마치고 나오면 자전거가 여럿 틈에 끼어서 내가 세워둔 자리에 비스듬히 한 발로 기대서 있는 것이 새삼스럽게 대견스러워 보인다. 나는 자전거를 포장길 위로 끌고 나가서 한 발을 발판 위에 딛고 날름 안장 위에 올라앉았다.

그때 맞은편 제과점에서 용길이가 나오는 것이 보였다. 거리가 하도 붐벼서 그 뒤에 따라 나오는 여학생이 그와 동행인지 아닌지 알 수 없었다. 그는 이쪽을 향하고 있었지만, 내가 자전거를 몰고 가서 앞바퀴를 그의 발부리에 들이댔을 때까지 나를 알아보지 못했다.

그는 눈이 뚱그레져서 얼굴을 붉히며 뒤를 돌아보았다. 거기에는 예쁘게 생긴 여자 고등학생 둘이 서 있었다. 그 애들은 나를 용길이와는 아무 상관없는 많은 행인들 중의 하나쯤으로 여기고 있는 눈치였다. 나는 갑자기 자전거의 방향을 바꾸고 힘차게 발판을 밟기 시작했다. 그리고 뒤도 돌아보지 않고 다음 네거리까지 단숨에 달려갔다. 신호등이 없는 네거리였으므로 양쪽 옆길에서 자동차가 튀어나올까 봐 잠시 속력을 늦추었을 때 그가 숨을 헐떡이면서 달려와 나의 자전거 짐받이를 붙잡았다. 나는 자전차가 멈추었으므로 한 발을 땅에 딛고 뒤를 돌아보았다. 그리고 처음으로 그를 발견한 것처럼 놀란 듯이 눈을 크게 뜨고 "어쩐 일이니?" 하고 말꼬리를 길게 빼면서 물었다.

"너, 내 가슴 튼튼하지 않은 거 잘 알면서 왜 뛰게 하니?"

그가 숨을 헐떡이면서 볼멘목소리로 되물었다.

"누가 뛰게 했게?"

"달아나려면 조금 빨리 달리지, 그게 뭐니, 잡힐 듯 잡힐 듯?"

"가봐라, 얘. 기다리겠다."

"끝나고 나오는 길이야."

"뭐가 끝나?"

"나 과외한다. 일주일 전부터. 영어하고 수학."

"빵집에서 과외하니?"

"공부 잘하라고 과외 선생이 한턱 쓴 거야."

"잘해봐라."

내가 말했다. 듣기에 따라서는 부러움과 비꼼이 섞인 듯도 했지만, 사실은 나는 아무렇지도 않았다. 나는 천천히 자전거를 끌고 한쪽으로 길을 건넜다.

"그래, 잘해봐야겠어. 선생이 그렇게 부탁했거든."

그가 따라오면서 말했다.

"선생을 위해서 공부하니?"

"그럼. 나를 위해서라면, 나는 놀았으면 좋겠어, 너랑."

"너 참 한심하다. 선생 좋으라고 공부하니?"

"그렇다니까. 우리가 다섯이고, 우리 말고 또 두 그룹이 더 있어. 그 친구들 학교에서 받는 월급 말고 한 달에 10만 원을 올릴 거야."

"그 친구들이 누구니?"

"영어 선생하고 수학 선생. 너 나, 한심한 줄 인제사 알았니?"

"아니, 니네 아빠 자전거 훔쳐다 팔았을 때부터 알았어."

"그럼 맨 처음부터 알았다는 얘기 아냐?"

나는 그 애를 그 애가 즈네 아버지 자전거를 우리 집 가게에 몰고 와서 팔았을 때 처음 알았다. 그가 자전거를 가져왔을 때는 나는 집에 없었다. 며칠 뒤 한 남자가 그 자전거를 유심히 살피면서 팔 거냐고 물었다. 오빠는 잘하면 자전거 한 대 팔게 된다 싶었는지 얼른 그렇다고 대답했다. 그러자 그 남자는 느닷없이 오빠의 팔을 꽉 붙잡고 같이 좀 가자고 말했다. 나는 즉시 뭐가 잘못되었다고 생각했다. 전에도 그 비슷한 일이 한 번 있었다. 오빠는 그때 파출소까지 끌려갔었다. 그 남자는 그 자전거가 잃어버린 자기의 자전거라고 말했다. 오빠는 그의 손을 뿌리치고 고물 장부를 가지고 와서 펼쳤다. 그리고 그 자전거가 그의 것이 틀림없느냐고 물었다. 그 남자는 그렇다고 대답하고, 오빠의 허락도 없이 자전거를 불끈 들어 올려서 길가로 끌어냈다. 그는 금방이라도 자전거를 타고 가버릴 것 같았다. 오빠는 미안하다고 말하고, 그 차를 판 학생의 주소가 있으니 거기부터 가보자고 했다. 그 사람은 어디냐고 물었다. 오빠가 장부를 보며 주소를 댔다. 그러자 그 사람은 눈에 띄게 기가 팍 죽었다.

결국 그 사람은 우리가 그의 아들에게 준 돈에다가 약간의 수리비와 대단히 미안하다는 말을 얹어서 오빠에게 갚고 자전거를 찾아갔다. 나는 어떻게 생긴 애가 저렇게 부모 속을 썩일까 하고 궁금하게 생각했다. 아마 아주 흉측하게 생겼을 것이라고 속으로 짐작을 했던 모양이었다. 용길이가 바지 호주머니에 두 손을 꽂고 어슬렁어슬렁 가게 앞으로 다가왔을 때, 나는 전혀 그에게서 아버지 자전거를, 도대체 자전거라는 물건을, 훔쳐서 팔 만한 데를 찾지 못했다. 그가 돌아간 뒤 오빠가 얘기를 해줘서야 나는 그가 자전거 도둑인 줄을 알았다. 나는 그를 퍽 착실하게 보았던 것을 수치스럽게 생각했다. 그는 자전거를 빌리러 왔었는데, 오빠가 아버지에게 혼나지 않았느냐고 묻자, 왜 혼이

나느냐고 되묻고, 자전거를 못 타게 해서 조금 불편하다고 대답
했다. 그는 그렇게 해서 길이 트이자 그 뒤로 종종 자전거를 빌
리러 왔는데, 이상하게도 그가 올 때마다 오빠가 가게에 없었다.
그래서 나는 그가 어디 골목 같은 데에 숨어 있다가 오빠가 가
게를 비우기만 하면 나타나는 것이라고 생각하게 되었다.

"이렇게 집에까지 걸어갈 거니?"

내가 다리 하나를 자전거 위에 올려놓으면서 말했다.

"아냐, 난 또 수학 해야 돼. 방금은 영어였거든. 아, 나의 신세
도 처량하구나, 돼지발톱에서 풀려 나오면 말 이빨에게로 가야
되니!"

"말 이빨?"

"그래, 말 이빨."

"말 이빨한테 수학 배우니?"

"그래. 왜, 또 한심하니?"

"많이 배워라. 난 가봐야겠다."

"넌 내가 열심히 공부해도 싫으니?"

"왜 싫으냐? 언제 내가 싫다고 했냐?"

"난 공부만 열심히 하면 네가 날 좋아할 줄 알았어. 그래서 아
버질 졸라 과외도 한 거란 말야."

"넌 여러 사람을 위해서 과외를 하는구나, 너만 빼고."

"정말이야. 난 왜 이렇게 희생정신이 많은지 모르겠어. 난 남
을 위해서 이 세상을 살고 있는 기분이야."

"넌 위대한 사람 같은 소리를 하는구나?"

"아무라도 위대한 사람 되면 안 되니?"

"위대한 사람 같은 소리만 하면 아무라도 위대한 사람이 되는 거니?"

"안 그러니?"

"그럼 이 세상에 위대한 사람 아닌 사람이 없게?"

"위대한 사람이 많으면 안 되니? 난 위대한 사람 같은 소리를 하고, 위대한 사람같이 보이면, 아무래도 위대한 사람이 되는 줄 알았다."

"위대한 사람이 많아서 나쁠 리가 있니? 위대한 사람같이 보이는 사람 때문에 위대한 사람이 위대하지 않은 사람같이 보일까 봐서 그렇지."

"넌 참 위대한 걱정을 하고 있구나?"

"걱정만 하면 뭘 하니?"

"정말이야. 쬐끔이라도 남을 위할 생각은 없니?"

"어떻게 하면 남을 위하는 거니, 과외 수업 말고?"

"같이 등산을 가주는 것도 위하는 거지."

"이번 일요일에는 등산 안 가기로 했어. 다음 일요일에도 안 가고, 그다음 일요일에도 안 갈 거야."

"그렇다고 등산을 그만둘 것까지야 없지 않니?"

"말 이빨 집에 걸어갈 거니?"

"집으로 안 가. 여기다 방을 얻어놓고 시간 맞춰서 모여."

"이쪽으로 가니?"

"아냐, 반대쪽이야."

"빨리 가봐라, 얘."

"벌써 늦었어."

"안 가겠니?"

"네가 가지 말라고 부탁하면 안 갈 수도 있어. 그렇지만 네가 그런 부탁을 할 리가 없지. 너는 착한 애니까. 나는 공부를 해서 좋고, 너는 나를 쫓아버려서 좋고. 너는 참 차가운 애구나?"

그는 말을 마치자 휙 돌아서서 오던 길을 되돌아갔다. 나는 자전거 위에 걸터앉아서, 그가 사람들의 흐름 속으로 묻혀버릴 때까지 고개를 돌려 어깨 너머로 그를 바라보았다. 그는 자전거를 훔쳤지만 착한 아이였다. 그에게 비하면 나는 차갑기는 하지만 전혀 착한 아이는 아니었다. 그는 내가 아직 학교에 다니고 있는 줄로 알고 있었다. 나는 그에게 학교에 다니고 있다고 말한 적은 없지만, 학교에 다니지 않는다고 말한 적도 없었다. 나는 그가 돼지발톱과 말 이빨에게, 내가 말 이빨에게 당한 것보다 훨씬 가혹한 곤욕을 치르고 있다고 문득 생각했다.

말 이빨은 나의 중학교 2학년 적 담임선생님이었다. 그는 나를 대단히 귀여워해주었다. 나는 그를 졸업한 뒤에 두 번 만났다. 그리고 두 번 다 혼이 났다.

처음에는 그때 무슨 영화인지 영화를 보고 나와서 영화관 앞 구멍가게 아주머니에게 번호표를 내주고 자전거 뒷바퀴에 채워둔 자물통에 열쇠를 집어넣고 있는데, 누가 엎드린 나의 청바지 엉덩이를 손바닥으로 철썩 때렸다. 나는 깜짝 놀라서 돌아보았다. 말 이빨이었다. 나는 죄지은 사람처럼 얼굴이 붉어졌다. 그는 친절하게도 그의 자전거를 아주머니에게 맡기고 번호표를 받은 다음 나를 데리고 길 건너 빵집으로 가서 풀떡과 만두를 사주었다. 나는 배가 고프던 참이라 맛있게 먹었지만, 다음부터는 놀라지도 않고 얼굴도 붉히지 말아야겠다고 생각했다. 그는 나의 엉덩이를 두어 번 더 토닥거려주고는 영화관 쪽으로 사라졌다.

두번째는 그가 우리 집 가게로 찾아왔을 때였다. 그때는 밤이었는데, 그는 술에 취해 있었다. 아빠랑 엄마는 나가고 없었고, 오빠는 가게 문을 닫은 다음 대폿집에서 세탁소 아저씨와 술을 마시고 있었다. 그는 양철 문짝을 철렁철렁 두들겼는데, 내가 쪽문을 따주자 "빵꾸 때워놓았어?"라고 말하면서 서슴없이 허리를 굽히고 가게 안으로 썩 들어섰다. 나는 그때사 그가 말 이빨인 줄을 알았다. 그의 자전거는 딴 자전거들과 함께 비좁은 가게 안에 차곡차곡 쌓이다시피 치워져 있었다. 나는 그를 도와서 그의 자전거를 통로 위로 끄집어냈다. 자전거들에는 줄도 많고 움직이는 부분도 많아서 서로 물고 늘어지는 바람에 우리는 애를 먹었다. 그는 나에게 5백 원짜리를 내주었다. 나는 방으로 가서 백동전 네 닢을 가지고 나와, 바퀴를 눌러보고 있는 그에게 내밀었다. 그는 내 손을 덥석 쥐면서 잔돈은 나더러 가지라고 말했다. 나는 손을 냉큼 빼내오고 싶었지만, 그의 돈을 가지고 싶은 생각은 조금도 없었다. 말 이빨은 내가 잡힌 손을 뿌리치지 않자 나의 손을 꼭 쥐고 몇 번이고 흔들더니, 느닷없이 달려들어 또 한 팔로 나의 어깨를 끌어당기고 입을 맞췄다.

그의 숨결에서는 감 홍시 같은 냄새가 났고, 뾰쪽뾰쪽 돋은 수염의 그루터기들은 나의 뺨을 찔렀다. 나는 숨을 멈추고 그가 놓아주기를 기다렸다. 그는 벌겋게 달아오른 얼굴로 어린애처럼 허둥대며 자전거를 끌고 밖으로 나갔다. 나는 따라 나가서 거스름돈 네 닢을 고스란히 그의 저고리 호주머니 속에다가 떨어뜨렸다. 그는 비틀거리면서 몇 걸음 걸어가다가 버스가 지나가기를 기다려 그래도 민첩하게 자전거 위에 올라탔다. 그리고 곧 어둠 속으로 사라져버렸다. 나는 문득 그가 측은한 생각이 들었다. 그래서 조금 전에 그를 뿌리치지 않은 것은 혹 잘한 일일지도 모른다고 생각했다. 나는 집 안으로 들어가서 즉시 양치질을 했다.

집에는 어머니 혼자 가게를 지키고 있었다. 오빠는 예비군 훈련이라도 나간 모양이었다. 나는 잘못 들어왔다고 생각했다. 내가 청바지 입고 자전거 타는 것을 제일 싫어하는 것은 어머니였다. 어머니는 내가 집에서 빈둥빈둥 노는 것을 대단히 못마땅하게 생각했다. 그것 때문에 오빠는 어머니와 여러 차례 싸웠다. 그럴 때마다 내가 무슨 장화 홍련이라도 된 것 같은 기분이 되었다. 나는 장화처럼 가련해지고 싶은 생각은 눈곱만큼도 없었다. 아빠가 나를 나무랄 때, 만일 그것이 조금이라도 어머니 머릿속에서 나왔다는 눈치가 보이면 나는 사정없이 아빠한테 대들었다. 아빠가 무슨 배좌수냐고.

아빠는 더러 나에게 뭐라고 하고 싶어도 그 소리가 듣기 싫어서 참는 것 같았다. 오빠는 달랐다. 오빠는 뭐든지 내 편이었다.

뭐든지. 오빠가 제일 싫어하는 것은 고쳐놓은 손님의 자전거를 임자가 찾아가기 전에 딴사람이 타는 것이었다. 그것은 그동안에 임자가 나타나지 않아도 마찬가지였다.

언젠가 나는 남의 자전거를 타고 나가서 자전거 주인을 30분 동안 기다리게 한 적이 있었다. 손님이 투덜대면서 그동안 어디가 상했을까 봐 여기저기 눌러보고는 자전거를 끌고 나가자 오빠가 나에게, "너 차 하나 맞춰준다는 것이 바뻐서 여태 틈이 없었구나. 내, 내일은 틀림없이 하나 짜주지"라고 말했다. 나는 소녀지만 슬픈 노래와 눈물은 질색이다. 안 그랬더라면 그때 나는 울었을지도 모른다. 지금 타고 다니는 자전거는 그렇게 해서 오빠가 이것저것 두들겨 맞춰서 짜준 것이다.

나는 자전거를 가게에다 세워두고 살림방으로 갔다. 가겟방이 내 방이지만, 마치 무슨 볼일이 있는 것처럼 골목을 빙 돌아 안집으로 들어갔다. 그리고 우울하고 메마른 기분이 되어 어머니의 목소리가 들려오기를 기다렸다. 한참을 기다려도 가게 쪽은 조용했다. 그래서 나는 섣불리 혹 허 씨가 개과천선한 것이나 아닌가 하고 생각했다. 그것은 물론 잘못이었다. 어머니는 소리를 던지는 대신에 어느새 돌아왔는지 방문을 열고 얼굴을 들이밀었다.

"어디 아프냐?"

"아니요."

"허긴 아프면 돌아다닐라고. 왜 일어서냐?"

"가게가 비었지 않아요?"

"가게 문 닫아야 할까 보다."

"오빠 어디 갔어요?"

"예비군 쪽지가 나왔다. 연기해달라고 중대장한테 간다더라."

어머니는 나한테 무슨 할 말이 있는 모양이었다. 나는 모른 체하고 가게로 나갔다. 오빠 일이 걱정되었다. 오빠 일이라면 즉 우리 식구들의 일이었다. 아마 또 5박 6일이 나온 모양이었다. 만일 그것이라면 금년에는 좀 빠른 셈이었다. 그러지 않아도 오빠는 그것이 나올 때가 다가온다면서 은근히 걱정을 했다. 날씨가 풀리고 따뜻해지자 자전거를 찾는 사람들이 부쩍 늘었으므로 오빠는 돈만 여유가 있으면 차나 한 열 대 떼어다 맞춰서 달아매놓으면 좋겠다고 했다. 그것도 더워지기 전이 한철이었다. 지금 엿새 동안 문을 닫으면 그 한철에 구멍이 뻥 뚫릴 것은 뻔한 일이었다. 작년에도 그렇게 해서 퍼렇게 든 멍이 한여름 더위를 타고 찬바람이 건듯건듯 일 때까지 갔었다.

"너는 말만큼 큰 아이가 허구한 날 놀러만 다닐 셈이냐?"

어머니가 가게로 들어오면서 말했다. 아마 좋게 말하지 않기로 방침을 바꾼 모양이었다.

"왜요? 어디 식모 부탁이라도 또 받았어요?"

"식모는 싫으냐?"

나는 허 씨를 쳐다보지도 않고 빵꾸 때우는 상자 위에 쭈그리고 앉아서 눈앞에 있는 자전거 뒷바퀴를 손가락 끝으로 뱅글뱅글 돌렸다.

"술집이에요?"

내가 말했다.

"술집도 괜찮겠냐? 빵집도 있고, 살림집도 있다마는. 도청 다니는 사람이라더라."

그녀의 목소리가 갑자기 은근해졌다. 나는 그녀의 기대를 짓밟고 싶은 생각은 없었지만, 거짓말을 하고 싶은 생각은 더욱 없었다.

"아니요. 다 싫어요."

"다 싫어? 다? 너, 너는 철 좀 들면 안 되냐?"

"철들 때가 되면 어련히 들까 봐서 그래요?"

오빠가 말했다. 언제 돌아왔는지 그는 가겟방에 있었다. 그는 방문을 열고 문턱에 걸터앉아 신을 찾아 꿰고 우리를 지나 밖으로 나갔다. 밖에는 손님이 자전거를 끌고 와서 서 있었다. 그는 손님 때문에 방을 나왔다. 손님은 중학생이었다.

"잘한다, 잘해."

어머니가 말했다. 오빠가 내 편역을 드는 것이 잘한다는 것인지, 내게 이야기를 다 끝내기도 전에 마치 숨어 들어와서 엿듣고 있기라도 했던 것처럼 불쑥 나타난 것이 잘한다는 것인지 잘 알 수 없었지만, 아마 뒤쪽이었을 것이다. 어머니는 오빠 없을 때 내게 더 이야기하지 못한 것이 분통이 터졌을 것이다. 오빠는 자전거를 맡아서 한쪽에 세워두고 가게 안으로 들어왔다.

"저 애를 내 생각대로 야간 학교에라도 넣는 건데 잘못했어요. 그랬더라면 회사에 들어가기도 쉬웠지요."

춘분   249

"지금이라도 집어넣어라. 언제는 고등학교 나오면 취직 잘될 줄 몰라서 안 보냈냐?"

어머니가 말했다. 그리고 옷자락으로부터 찬바람을 일으키며 밖으로 나갔다. 내가 학교를 다닌다는 것은 생각만 해도 참을 수 없는지 그녀는 몸을 휙 돌이켜서 다시 가게 안으로 들어왔다.

"그러잖아도 지금 몇 군데 알아보고 있어요." 오빠가 말했다. "고등공민학교 같으면 당장이라도 집어넣을 수 있어요."

마침내 어머니의 화보가 터졌다. 그녀가 말했다.

"뭐라구? 당장 집어넣을 수 있다구? 너는 쟤가 학교 다니면 공부를 할 줄 아느냐?"

"학교에 가서 공부를 하지 뭘 하겠어요?"

오빠가 수리 상자를 집어 들면서 말했다. 나는 이야기가 이상한 데로 흘러간다고 생각했다. 그리고 그것이 남의 이야기인 것처럼 흥미를 느꼈다. 나는 어머니의 입을 쳐다보았다. 그것이 한쪽 구석에서부터 씰룩거리면서 이지러지기 시작이다.

"학교 선생을 끌고 와서 해괴한 수작을 하는 애가 학교에서라고 행실이 온전하겠니?"

나는 오빠를 쳐다보았다. 마치 오빠가, 오빠는 남자이기 때문에, 그 말의 뜻을 제대로 알아듣지 못했을까 봐 걱정이라도 하는 것처럼. 오빠는 집게로 자전거 바퀴를 까다 말고 어머니를 쳐다보았다.

"무슨 말씀이세요, 어머니?"

"무슨 말인지는 재한테 물어봐라. 더 잘 알 거다."

어머니는 의기가 양양해서 가게 밖으로 나갔다. 그리고 오빠가 멍하게 뒤를 바라보았지만, 이번에는 되돌아오지 않고 골목을 돌아갔다. 오빠는 다시 바퀴를 까기 시작했다. 나는 난감했다. 애매하게 오빠한테 꾸중을 듣고 싶은 생각도 없었고, 오빠의 마음이 시원하도록 변명을 할 재간도 없었다. 꾸중을 하든, 변명을 듣든, 그것은 오빠의 마음이었다. 나는 오빠에게로 다가갔다. 오빠가 손을 내밀었다.

"뭐?"

내가 조금 퉁명스럽게 말했다. 그리고 오빠가 원하는 집게를 집어 주었다.

"편지 부쳤냐?"

오빠가 말했다. 오빠는 바퀴를 빙 둘러서 다 까고 속 고무 창자를 끄집어내고 있었다.

"카드를 보냈어요."

내가 말했다. 오빠는 꺼낸 속바퀴에다가 바람을 넣었다.

"카드? 예쁜 걸 골랐냐? 한복 입고 그네 타는 게 좋더라."

"고양이가 그려진 카드였어요."

물 대야를 오빠 곁에 갖다 놓으면서 내가 말했다.

"고양이?"

오빠는 살대 사이로 속바퀴를 차례로 끌어당겨 물속에다 푹 집어넣었다. 거품들이 한군데서 방울방울 솟아올랐다.

"동사무소에 간 일은 잘되었어요?"

"동사무소?"

오빠는 속바퀴 터진 데를 찾아내고 그곳이 닿았을 밖바퀴 부분을 뒤집어 까서 거기에 박힌 가시를 집게로 끄집어냈다.

"연기가 안 되었군요?"

"부모가 죽거나 본인이 아프면 몰라도 안 그러면 하루에 만원씩 손해를 봐도 안 되는 모양이더라."

"만 원만 큰돈이우? 가난뱅이 천 원이 부자 만 원보다 더 큰지 작은지 어떻게 알아요?"

"그러니 누가 귀찮게 그걸 따지고 있냐?"

"이번에도 6일 동안이우?"

오빠는 고개를 끄덕거렸다. 그는 속바퀴를 사포로 문지른 다음 풀을 발랐다.

"너, 용길이라는 애 아냐?"

오빠가 헌 속바퀴 한 가닥을 오려내면서 말했다. 나는 가슴이 뜨끔했다. 오늘은 모든 일이 이상한 쪽으로만 풀리는 날인 모양이었다. 나는 용길이를 아주 나쁜 애라고 생각하고 있었다. 그를 알고 있는 것만으로도 수치스러운 일이었다. 조금 전에 어머니가 '해괴한 짓'을 했다고 나를 모략했을 때에도 아무렇지 않았던 얼굴이 확 붉어지는 것을 나는 느꼈다.

"아버지 자전거를 훔쳐다 판 애요?"

"그 애 아버지를 동사무소에서 만났다. 자전거를 물리러 왔던 사람 말이다. 채석장을 하는데, 하루 안 나가면 만 원을 손해 본단다. 그래도 연기가 안 되더라. 나는 말도 변변히 못 내보았다.

돈이란 있는 사람에게 ㄹ수록 더 귀한 법이다."

오빠는 풀칠이 마르기를 기다려 개 혓바닥처럼 늘어진 헌 속
바퀴 조각을 터진 데에다 붙였다. 그리고 수리 통 위에다 얹어
놓고 그 부분을 망치로 잘근잘근 짓이겼다.

"그 사람도 여러 가지로 골치를 썩이는군요."

내가 뻔뻔스럽게 어른처럼 말했다. 나는 남을 무더기로 팔아
넘기는 기분이 되었다.

"용길이 이야기냐? 용길이는 부모 속 썩이는 애가 아니더라.
부모 속을 썩여도 몸이 허약해서 썩이면 썩였지, 자전거를 몰래
훔쳐 팔아서 썩이는 애는 아닌가 보더라. 그 애가 우리 집에 가
지고 온 자전거는 아버지 자전거도 아니고, 아버지가 사준 자전
거도 아니고, 지가 돈 모아서 산 자전거라고 하더라."

오빠는 엄지손가락 끝으로 속바퀴 때운 데를 꽁꽁 눌렀다. 그
리고 바람 넣는 데를 테두리 구멍에다 끼워 넣고 속바퀴를 창자
처럼 밖바퀴 속에다 비집어 밀어 넣었다.

"제 돈으로 산 자전거는 놀고 다니면서 까먹자고 팔아도 괜찮
아요?"

"걔가 그러든? 지네 아버지는 다르게 얘기하더라. 담임선생
이 과외를 하는데, 그 과외 수업을 못 받게 했더니 몰래 자전거
를 팔아서 돈을 내고 아버지한테는 잃어버렸다고 한 모양이더
라."

"왜 과외를 못 받게 해요? 채석장 하는 사람이 돈이 없어서
요?"

내가 말했다. 오빠는 바퀴 한 끝을 테 가녘에다 빙 둘러서 다시 말아 넣었다. 나는 그에게 바람통을 집어 주었다.

"몸이 약해서 그랬다더라. 중학교 때 너무 과외를 해서 허파를 상한 모양이더라. 침윤인가 뭔가 돼서 의사는 약을 먹고 쉬어야 한다고 그런단다. 그것이 아마 쉬운 말로 폐병이라는 걸 거다."

오빠는 속바퀴에다 바람을 넣었다. 납작해진 밖바퀴가 부풀어 오르면서 자전거를 조금씩 밀어 올렸다. 오빠는 엄지손가락 끝으로 바퀴를 한번 눌러보고는 안장을 손바닥으로 철석 때렸다. 끝난 모양이었다.

"문 닫을 거요?"

"닫아라."

"차 맞추던 거 마저 끝 안 내요?"

"내일 해야겠다."

오빠는 더러운 대야 물에 손을 씻었다.

"어디 나가요?"

"금방 다녀오겠다. 용길이 아버지가 한잔 더 하자고 할 때 할걸 그랬다."

오빠는 가게 문을 닫았다. 그가 계속해서 말했다.

"그 양반은 장교 출신이라 마흔이 넘어서 훈련 들어간다. 내가 국민학교 3학년 다닐 때 그 양반 제대했더라."

"밥은 안 먹을 거요?"

내가 조금 화를 내서 말했다.

"먼저 먹어라."

오빠는 가게 밖으로 나갔다. 그의 양쪽 어깨가 축 처져 있었다. 나는 또 어머니와 단둘이가 되어야 할 모양이었다. 폐병이 들면 죽을까? 나는 컴컴한 가게 바닥에 쪼그리고 앉아서 생각했다. 볼이 발그레하게 상기되고, 광대뼈가 툭 불거지도록 말라서 마침내는 대꼬챙이처럼 되어 죽어갈까? 누가 문짝을 두들겼다. 자전거를 맡긴 중학생이었다. 나는 돈을 받고 차를 내주었다.

밖은 어두워지고 있었다. 나는 거리로 나갔다. 안에서 무슨 소리가 나는 것 같았다. 밝은 낮부터 술타령을 했는지 아버지가 저쪽에서 비틀거리며 걸어왔다. 아버지를 보자 나는 문득 내가 과외를 마치고 기가 죽어서 터벅터벅 돌아오는 용길이와 우연히 마주치게 될 것을 기대했었는지도 모른다는 것을 깨달았다. 나는 걸음을 멈추고 서서 아버지가 부딪쳐오기를 기다렸다. 아버지는 앞에 누가 서 있는지도 모르고 머리끝을 흔들면서 다가왔다. 그는 백 원만 있으면 흡족하게 취했다.

"아버지!"

"어, 어? 오냐. 어디 가냐?"

"오빠 봤어요?"

"네 오래비가 나 술 사주는 줄 아냐?"

"술 더 하시게요?"

"그만헐란다."

아버지는 벌써 나를 지나쳐서 걸어갔다. 나는 그의 뒷모습을 바라보면서 아버지도 측은하다고 생각했다. 그가 오빠에게 "네 동생이 나 술 사주는 줄 아냐?"라고 말해도 전혀 이상한 일이 못 될 것 같았다. 나는 갑자기 어른이 된 기분이었다. 나는 다시 걷기 시작하면서 들어갈 때 생소주 작은 병 하나라도 사야겠다고 생각했다.

오빠는 모퉁이 대폿집에 없었다. 그 옆집에도 없었다. 아마 기분을 내려고 시내에라도 들어간 모양이었다. 나는 능구렁이 같은 할망구집 문을 열어볼까 했으나 그만두었다. 그때 바로 그 마귀할멈 같은 할망구의 목소리가 들려왔다.

"아버지 찾으러 왔냐?"

나는 소스라치게 놀라서 홱 돌아보았다. 그녀는 문짝을 비죽이 열고 얼굴을 내밀면서 상냥하게 웃어 보였다. 나는 어금니가 몽창 나가서 그녀의 입안이 휑하게 비어 있는 것을 보았다. 그녀가 입을 흐물거리면서 말을 계속했다.

"금방 나갔는데 못 만났냐? 아이고 내 새끼, 좋게도 생겼다."

그녀는 마치 내 손목이라도 붙잡을 기세였다. 나는 기절초풍을 해서 도망을 치는 대신에, 마주 보고 씽긋 웃었다. 이번에는 그녀가 놀랄 차례였다. 해가 빠지고, 무르익은 봄날의 거리에는 어둠이 안개처럼 끈적끈적하게 깔려왔다.

(1977)

해바라기

김갑동은 시위를 한 적이 없었다. 경찰서를 습격한 적은 더욱 없었고 무기를 탈취한 적은 더더욱 없었다. 그는 바빴다. 그럴 틈도 없었고 그럴 생각도 없었다. 그는 부자였다. 무슨 할 일이 그렇게도 없어서 가두를 방황했겠으며, 길거리에 뛰쳐나갔더라도 사람들 틈에 끼어 고함 몇 번 질렀으면 말지 관아는 왜 때려 부쉈겠으며, 습격을 했더라도 덩달아 돌멩이 몇 개 던져봤으면 됐지 총은 뒀다 지리산 포수 하자고 뺏었겠냐. 그는 할 일이 많았다. 온몸에 피멍이 들고 마디마디 작살이 나고 뼈다귀들이 덜렁덜렁 부러지느라고 정신이 없어서 그렇지 그는 지금 캄캄한 땅 밑 구석진 방에 한가롭게 들어앉아 있을 처지가 못 되었다. 그의 가게는 그가 없어서 하루에 몇만 원씩 손해를 보았다.

　"바른대로 말해라. 매가 부족하냐? 너 하나 쳐 죽여봤자 흔적이 안 난다. 아직 살아 있는 것을 고맙다고 해라. 맞아 죽는 것보다야 재판을 받는 것이 더 낫지 않냐? 살인을 한 것도 아닌데 설마 판사한테서 사형이야 떨어지겠냐? 나는 너하고 아무 개인적인 원한이 없다. 너를 해칠 생각도 없다만 너 때문에 손해를 보고 싶지도 않다. 대한민국은 법치국가다. 법대로 하자. 이런 일에 감정이 끼면 아주 안 좋다. 우리도 사람이라 특히 처음에는 실수를 더러 한다만, 우리는 흥분해서 사람을 패지는 않는다. 그러다간 오래 못 간다. 맞기만 힘든 줄 아냐? 치기도 힘이 든다. 기운 빠지는 거야 운동으로 몸 푼 셈 치면 되지만, 혈압 올라가면 제명에 못 산다. 직업 선수는 그런 서툰 짓 안 한다. 너도 그러지 마라. 아무리 우리가 점잖으려고 해도 상대가 독을 뿜으면 우리도 악해진다. 그것 참 이상하더라. 끼리끼리 만나는지 만나면 같아지는지 알 수가 없다. 너는 지금 순전히 독으로 버티냐? 네가 독해지면 우리가 순해질 것 같으냐? 애국이라는 것은 원래 감정이지만 오래되면 거짓이거나 과장이다. 순리로 해야 오래간다. 우리는 이치에 맞게 나라를 사랑하려고 한다. 하루 이틀하고 집어치울 장사가 아니란 말이다. 어떻게 해야 사리에 맞겠냐? 사무적으로 일을 처리하는 것이 괜히 생긴 게 아니다. 그게 합리다. 합리가 편타. 규정대로 해라. 떼를 쓰거나 억지를 부리지 마라. 제보가 들어왔다. 우리는 그것을 우리 상사한테서 배정받았다. 감정대로 하자면 너의 말을 곧이듣고 너를 풀어주었으면 좋겠다만 우리는 너보다 더 자유가 없다. 너는 네 맘대로 떠들면 그만이지만, 우리는 우리 생각 말고 우리 생각보다 더 신경을 써야 할 남의 뜻이 있다. 이게 층층이 시하다. 우리의 차상급 지휘자는 그의 뜻과 그의 상사의 뜻에 복종해야 한다. 그의 상사도 마찬가지다. 그 위에는 또 없냐? 사닥다리 발판이 예닐곱 개만 돼도 맨 밑에서는 가중된 무게에 깔려 죽는다. 맨 위에서 하나이던 것이 둘, 넷, 여덟으로 불어나다 보면 바닥 발판에 가서는 열여섯, 서른둘을 거쳐 예순넷이 된다. 한 사람이 남의 뜻 하나 받들기도 어려운데 예순 개라니, 바닥에 깔린 사람이 많아서 망정이지 밟혀 죽기 딱 알맞다. 예순 몇 개를 예순 몇 사람이 갈라서 짊어지면 결국 한 사람이 하나씩 맡는 꼴이 아니냐고 할지 모르겠다만, 그게 그렇지가 않다. 자기 바로 위엣사람 눈치만 보면 될 것 아니냐고 할지 모르겠다만 그것도 그렇지가 않다. 높은 사람의 뜻은 다음 사람을 통해서 차례차례로 내려오는데, 한 다리를 거칠 때마다 더 무거워진다. 여럿이 나누어 짊어진다고는 하지만, 꼭대기에서 기침하면 바닥에서는 독감 걸리고, 위에서 방귀 뀌면 밑에서는 생똥 싸는 냄새 정도가 아니라 살 썩는 내가 난다. 분담한 보람이 전혀 없다. 신문이나 방송 보면 점잖은 소리가 좀 많냐? 그게 우리한테 내려올 때쯤 해서는 티끌만 한 것이 눈덩이처럼 불어나서 정반대가 된다. 작은 것은 커지고 큰 것은 더 클 수가 없어서 다시 작아진다. 지금은 위에서 고함을 지른다. 밑에서는 더 지를 것이 없다. 위에서 군홧발로 정강이를 깐다. 우리는 할 일이 없다. 대검으로 허벅지를 찌를 수야 없지 않냐? 그런 거야 술 취한 병정들이 길거리에서 많이 했다. 허벅지뿐이냐? 머리통, 가슴, 배, 허리통, 어깨, 팔, 옆구리, 다리, 목, 닥치는 대로다. 그 애들 나무라지 마라. 진압 작전인데 무슨 짓을 못 하겠냐? 그 애들 술 깨면 뉘우친다.

후회할 짓을 왜 하냐? 한 짓은 후회 마라. 무슨 소용이 있냐? 사무적으로 하자. 감정 빼고. 원수 졌냐? 감정을 빼면 너를 봐줄 수가 없다. 마음대로 해야 도와줄 수가 있을 것 아니냐? 너한테는 손해가 아니라 이익이다. 우리가 우리 마음대로 한다면 너를 도울 수도 있고 해칠 수도 있다. 사무적으로 하자는 말은 그 둘 다 그만두겠다는 말이다. 네가 우리 친척이나 친구라 해도 더 봐줄 수가 없고 우리 원수라 해도 더 해칠 수가 없다. 우리는 부속품들이다. 도구고 기계다. 실제로는 잘 안 된다만, 적어도 이론으로나 욕심으로는 우리는 우리 몸속에서 심장을 도려낸다. 무심한 사람이 우리의 이상이다. 장인을 취조한 수사관이 있다. 우리한테는 기피권이라는 게 있다. 우리가 무심할 수 없는 사람들, 부모 형제나 처자식들 같은 사람들을 맡지 않을 권리다. 친척, 친지를 공정하게 조사하는 것보다 더 어려운 일이 있다. 그 반대의 경우다. 미운 놈이 손아귀에 떨어지면 공정하게 처리할 자신이 없다. 우리는 담당 변경원을 낸다. 어차피 그놈은 죽었다. 굳이 우리 손을 더럽힐 필요가 없다. 여기 들어오면 누구나 죽는다. 죽을 놈만 잡아들인다. 장군도 소용없고, 재벌도 소용없다. 우리는 공평하게 콧수염을 뽑고 다리몽댕이를 부러뜨린다. 법 앞에 만민이 평등하다. 우리가 그것을 보장한다. 홀랑 벗겨놓고 보면 사람 다 똑같다. 그것이 너희들이 주장하는 민주주의 아니냐? 너희들은 말로 하고 우리는 행동으로 한다. 행동이 더 어렵다. 맘대로 안 된다. 우리는 하나도 보태고 빼지 못한다. 너를 봐줄 수도 없고 해칠 수도 없다. 너는 책방을 경영하는 고귀태의 동지다. 그날 너는 고를 찾아갔다. 고는 폭도들을 이끌고 나주 경찰서를 습격했다. 그가 다 불었다. 내 말 틀렸냐?"

김갑동은 기가 막혔다. 맞다. 귀태는 그의 친구였다. 그날 그는 그의 책방에 갔었다. 그는 종종 그의 가게에 들렀다. 서점에 간 것이 잘못이냐? 그의 점방을 들여다본 것이 잘못이냐? 친구 집에 간 것이 잘못이냐, 책 파는 데를 간 것이 잘못이냐? 한번 만나면 하루 종일 같이 있냐? 같이 있다고 다 경찰서를 쳐들어가냐? 그가 나주에 급한 볼일이 있다고 하고, 그도 사업 거래상 영산포에 일간 들를 일이 있어서 이왕이면 가는 길에 같이 가는 것이 좋겠다고 생각돼서 차를 몰았다. 그게 뭐 잘못됐냐? 그는 나주에 한 달이면 몇 번씩 다녔고, 지금까지 그는 수없이 거기를 다녀왔다. 아무도 그가 거기 다니는 것을 탓하지 않았다. 여기서 당장 풀려 나가면, 그는 또 거기에 갔다. 무엇이 잘못이냐? 친구가 잘못이냐? 친구가 잘못을 저질렀냐? 그 친구와 같이 간 것이 잘못이냐? 그 친구를 나무래라. 그는 혁명에는 관심이 없었다. 그는 장사꾼이었다. 밀가루, 설탕 가루를 도산매했다. 대양제분 호남 총판이었고 삼호제당 전남 대리점이었다. 장사꾼이 물건 팔아야지 언제 경찰서 쳐들어가냐? 뭘 먹자고 쳐들어가냐? 밥이 나오냐, 돈이 나오냐? 장사치라고 관청 공격하지 말란 법 없고, 혁명가라고 돈 벌지 말라는 법 없지만, 그는 수금하러 나주 갔지 건물 뿌수글라고 가지 않았다. 관공서가 됐건 개인 집이 됐건 그는 남의 집을 헐뜯은 적이 없었다. 그의 집도 그는 그의 맘대로 때려 뿌수지 않았다. 애써 지은 집을 왜 무담씨

허냐? 그들의 고충을 모르는 바는 아니었다. 군대에서 계급 빼 뿔면 무엇이 남겠냐? 수사기관은 군대보다 위계질서가 더 가혹한 데가 아니냐? 안 되는 것도 없고 되는 것도 없는 무지막지한 군대를 포함한 모든 관료 조직들 중에서 가장 독재적이고, 가장 강압적이고, 가장 권위적이고, 가장 기계적인 데가 조사 기관 아니냐? 누가 그 애로를 모르냐? 그 사닥다리 높은 데 있어도 더 높은 데서 정갱이 깨이기는 평야 마찬가질 것이다. 사정은 참 딱하게 됐다만, 그는 그들의 청을 들어줄 수가 없었다. 그가 죽자고 거짓말하냐? 경찰서를 습격하고 살기를 바라겠냐? 파출소만 쳐들어가도 죽었다. 공비 살려주는 것 봤냐? 자수를 해도 살 둥 말 둥 했다. 그는 자수가 아니었다. 붙잡힌 놈이 무슨 놈의 자수냐? 이왕 죽을 바에 참말 하고 죽자. 그는 어디 경찰서를 공격한 적이 없었다. 도대체 경찰서란 데를 쳐들어간 적이 없었다. 그는 그런 것 말고도 할 일이 너무 많았다. 거래처가 스무 군데가 넘었고, 부리는 점원들이 넷이었다. 그중에서 어느 하나 덜 요긴한 사람이 없었지만, 물건 내주고 잔심부름하는 공 군이나 배달하고 수금하는 양 군보다는 그의 차를 운전하는 김 군이나 경리를 보는 장 양이 더 비중이 컸다. 모든 일이 순조로워도 주인이 자리를 비우면 가게에 혼란이 왔다. 그들은 그의 등 뒤에서 틈만 있으면 싸우거나 좋아했다. 같이 일하면서 서로 사이가 나쁜 것도 안 좋았지만, 즈그들끼리 눈이 맞아 놀아나는 것은 더 나빴다. 눈만 맞으면 꼴불견으로 그쳤지만, 대개 손발까지 맞았다. 그게 문제였다. 넷 중에서 둘만 마음먹으면 주인 하나 병신 만들기는 여반장이었다. 종업원들이 외봉치는 것을 막는 방법은 쫓아내는 것 말고는 예방밖에 없었다. 한번 가지밭에 길이 났다 하면 도벽은 돌이키기 어려웠다. 미리 막자면 평소에 감시를 잘해야 했는데, 주인이 자리를 비우지 않는 것보다 더 좋은 감독이 없었다. 그는 지금 그가 없는 그의 가게가 어떻게 죽을 쑤는가를 눈으로 보는 듯했다. 그의 운전수는 그가 향리에서 집안 어른들의 다짐을 받고 데리고 온 착실한 총각이었는데, 그의 등 뒤에서 경리 장 양과 주고받는 눈길이 수상했다. 그가 눈치챘을 때는 그들의 이야기가 틀림없이 오래되었다. 처음에는 그들이 신중해서 그가 몰랐다. 그들은 차츰 자신이 생기고 방자하고 경박하고 소홀해져서 꼬리를 밟혔다. 그가 있어도 그들은 호시탐탐 발호할 기회를 엿보았다. 지금은 그들이 얼마나 마음 놓고 횡포를 부리는지, 그들이 놀아나는데 나머지 둘이라고 무사할는지 그는 궁금했다. 쑥밭이라는 것이 그의 집을 두고 하는 소리였다. 주인은 잡혀가서 골병 들고 병신되고, 가게는 박살이 났다. 아무도 아귀를 맞출 생각은 하지 않고, 먼저 본 놈이 임자고, 돈이고 물건이고 챙기는 놈이 차지했다. 기반을 잡고 사업을 일으키는 데에 10년이 걸렸다. 남들 대학 다닐 때 그는 어린 나이에 공부를 포기하고 돈벌이에 나섰다. 가게를 세우는 데에는 오랜 세월이 걸렸지만 그것을 땅바닥으로 끌어내리는 것은 잠깐이었다. 지금 당장 그가 여기를 뛰쳐나가서 손을 쓰면 집안이 폭싹 내려앉는 것은 막을 수 있었다. 망하는 것만 막는다면 지금까지 그가 당한 고초와 곤욕은 운수불길한 횡

액 정도에 그쳤다. 그의 몸은 입원을 해서 급한 치료를 받고 한약 몇 제 지어서 달여 먹고 보하면 아직 젊은 나이라 차츰 회복될 것이고, 점포에 든 멍은 한 1년 허리띠 졸라매고 설레발치면 아물고 새살이 돋을 것이다. 만일 때를 놓쳐서 10년 공든 탑이 와르르 무너지는 날이면, 그가 지금까지 겪은 온갖 고생과 굴욕은 영영 보상받을 길이 없었다. 촌각이 급했다. 그는 빠져나가서 가게 건질 생각을 하기는커녕 매 덜 맞을 궁리에 여념이 없었고, 6척이 못 되는 몸뚱이 하나 건사하는 데에 뼈가 자근자근 빠졌다. 그는 죄가 없었다. 그들이 기다리는 대답이 그의 입에서 나올 수가 없었다. 지금 그를 풀어주면 원죄 하나가 없어졌다. 원통한 죄인 하나가 살아났다. 일주일 전 가게에서 찾아온 친구들과 점심 먹을 궁리를 하고 있을 때 그의 이름을 외치며 사복들 둘이 들이닥쳐서 그를 낚아채 갔다. 그는 죄가 없으니 곧 풀려나겠지, 무슨 오해가 있어도 단단히 있는 모양이다,고 생각하고 안심하려고 애를 쓰면서도 한편으로는 벌써 그때 아, 일이 어떻게 해서 이 지경에 이르렀냐, 그의 운이 여기서 끝장이 났단 말이냐, 하고 절망했다. 난데없이 나타나서 멀쩡한 사람을 옭아간 솜씨를 가졌으면, 다 죽어가는 사람을 느닷없이 풀어놓는 재주도 있을 것 아니냐. 제발 늦기 전에 그의 말에 귀 좀 기울여다오. 그는 그들이 자백 받아내려는 잘못을 저지르지 않았다. 그에게는 죄가 없었다. 짓지 않은 죄를 억울해서 어떻게 뒤집어쓰냐? 죽어서 혼백이 구천을 떠도는 한이 있더라도 그 짓은 못 하겠다. 그들의 힘으로 안 되면 더 높은 데에 있는 사람한테 그의 원한을 전해다오. 그래도 안 되면 그다음, 또 안 되면 또 그다음. 사닥다리 발판들을 오르고 올라서 꼭대기까지 기어올라서라도 그의 말에 임자를 찾아다오. 교통사고를 당해도 청기와, 마누라가 달아나도 청기와, 시장·군수·서장·동장이 할 일도 청기와, 모두가 기를 쓰고 청기와들이니, 그놈의 기와집 새우 싸움에 고래 등 터지느라고 정신이 없겠지만, 어쩔 것이냐, 삼천리 방방곡곡을 혼자서 통째로 맡아 다스리자면 좋은 일만 있기를 바랄 수 없었다. 청기와집은 청원이니 민원이니 부탁 들이 팔도에서 산더미같이 밀려드는 데다가 본업이 국방이다, 외교다, 산업이다, 정치다, 무역이다, 교육이다 해서 따로 있으니 그렇다 치고, 경찰서나 파출소나 지서 같은 데를 습격하는 사람들을 잡아다가 족치는 일을 맡은 그들은 어떻게 된 거냐? 본업 하나 제대로 해치우지 못한단 말이냐? 그들과, 그들 같은 수많은 다른 그들이 각자 맡은 바 할 일을 다 하지 못해서 기와집이 바쁘냐, 기와집이 바빠서 그들과 딴 그들이 할 일을 못 하냐? 일을 맡았으면 끝내든지, 끝내지 못하면 맡지를 마라. 나라 녹만 축낼 테냐? 불알 두 쪽 차고 장가간다더니, 붉은 주먹 두 개 믿고 수사관이 되었냐? 증거를 수집하고 추리를 해라. 축구를 못 하면 운동장에 들어가지 말고, 악기 탈 줄 모르면 청중을 마주 보고 앉지 마라. 그는 억울하지 않을 권리가 있었고, 그들은 사실을 캘 의무가 있었다.

"개새끼. 입만 깠어. 우리가 한 일을 일러줄 테니 들어봐라. 우리가 너희 집을 덮쳤으니 정보가 정확했고, 너를 붙잡았으니 작전이 기민했고, 너를 족쳤으니 조사가 완벽했다. 너의 죄상을 밝히는 데 너의 입만큼 정확하고 권위 있고 손쉬운 것이 또 없었다. 딴것은 몰라도 손쉬운 것은 놓칠 수가 없다. 조금 틀리고 신빙성이 조금 없는 것은 괜찮지만, 시간이 오래 걸리는 것은 견딜 수 없다. 우리는 너 같은 사람을 하루에 열도 맡고 스물도 맡고 서른도 맡는다. 우리 하나가 너 같은 사람 하나에 하루고 이틀이고 사흘이고 매달릴 수 있을 때 우리는 첩보 영화 같은 연기를 해도 괜찮다. 지금은 안 돼. 나라 형편이 안 좋다. 재판은 커녕, 조사도 받지 못하고 사람들이 죽어간다. 말하자면 전쟁이다. 내란이란 말이다. 기와집까지 갈 것이 없다. 현지 지휘관이 처리한다. 너희 집이 지금쯤 박살이 났다면 오래갔다. 우리 대원들이 너를 데리러 갔을 때 너희 집은 작살이 났다. 우리는 조사받고 풀려날 사람 집에는 가지 않는다. 바쁜 저승사자가 사잣밥도 안 말아놓은 집을 찾아가겠냐? 고귀태가 자백을 했다. 그 자백의 증거 능력을 보강하자면 너의 자백이 필요하다. 너의 자백은 너한테는 자백이지만 그한테는 증거다. 그의 자백도 마찬가지다. 너한테는 객관적 증거다. 너희들은 서로 증인이다. 너는 그의 죄의 증인이고, 그는 너의 죄를 증언한다. 너 하나가 나자빠지면 두 사람이 눕는다. 너를 못 잡는 것은 좋다 치자. 다 잡은 고를 놓칠 수야 없지 않냐. 우리는 고를 조사한 사람들의 방법과 똑같은 방법으로 너를 조사했다. 왜 그들은 성공하고 우리는 실패해야 하냐? 그들이 성공하면 우리도 성공하고, 우리가 실패하면 그들도 실패해야 말이 된다. 같은 사건 아니냐? 네가 고

보다 독하냐, 우리가 그들보다 무르냐? 우리는 얼마든지 더 조일 수 있다. 적어도 그들만큼 조일 수 있다. 네가 고보다 더 독하다면 더 독한 만큼 더 조일 수 있다. 깨지는 것은 결국 너다. 평소 불온 서적을 상습적으로 비밀리에 공급해온 고귀태는 고등학교 동창인 자금책 김갑동을 20일 18시 30분경 그의 서점으로 초치, 폭도들을 규합 선동하여 경찰관서를 습격할 것을 모의하고, 곡물상을 경영하는 김의 곡물 운반 차량인 적재정량 1천 킬로 화물차를 동원, 진압군의 작전 지역을 벗어난 변두리에 원정, 치밀한 사전 계획과 답사 아래 나주 경찰서를 습격하였다. 너는 그날 그곳에 간 것은 인정하면서 습격한 것은 부인한다. 그럴 수가 있냐? 반은 하고 반은 안 했냐? 차라리 처음부터 모른다고 발을 뻗어라. 목격자와 증인이 있는 데까지만 자수할래? 만두 가게 주인과 종업원이 너를 보았고 너의 점포 직원이 증언했다. 김철순, 28세, 국제경리타자학원 수료, 미혼. 운전수 장태경, 24세, 이종 소형 면허 소지, 가족 사항, 노모, 처자 일남. 너는 그날 손수 차를 몰고 갔다. 계림동에서 고를 태운 데까지 너의 거동이 밝혀졌다. 그다음부터는 네가 증언을 해라. 너의 행적은 네가 가장 잘 알겠지. 현장에 간 것까지는 네가 자백을 했다. 마저 해라. 끝매김을 해야 할 것 아니냐? 이 대목에서 그만둔다면 우리가 욕을 먹는다. 돈을 먹었다고 오해들을 한다. 말이 안 나오냐? 돈을 먹었더라도 너는 이미 우리 손을 떠났다. 생사람도 잡는데 다 잡은 사람 놓치겠냐? 몸이 아프면 말이 나온다. 말이 안 나오는 것은 아직 맛을 덜 봤다는 증좌다. 더 아프게 해주랴? 그

거야 우리 생업이다. 그거 하자고 우리 산다. 분골쇄신, 그래 피차일반이다. 감정을 넣어서 하면 재미는 있지만 몸에 축이 나고, 우리 몸 말이다, 너의 몸 말고. 너의 몸이야 축나자고 여기 들어왔다. 기계적으로 하면 정확은 하지만 지겨워서 차라리 장작을 패는 것이 더 보람 있다. 직업 선수는 불필요한 가학을 하지 않는다만, 혹 지나치게 아프더라도 감정 잡았다 원망을 하지 마라. 우리도 사람이라, 같은 일을 되풀이해도 상대가 바뀌면 감흥이 새롭다."

그날 그는 마지막으로 매를 맞았다. 생업이니, 전공이니, 직업 선수니 해쌓지만, 숙련도가 그 정도라면 고문 전문가랄 것도 없었다. 아무나 양어깨에 근육 좀 붙었고, 주먹 마디에 티눈깨나 박혔으면 별다른 교육 안 받고도 못 할 것 없었다. 다만 인명 경시, 인명까지 아니라면 인권유린, 인권까지 아니라면 사람 무시만 할 줄 알면 되었다. 그런 거야 사람 한두 번 패보면 습관이 되어 금방 이골이 났다. 이력이 안 나도, 사람 홀랑 벗겨서 앞에 세워놓으면 제아무리 잘난 사람도 권위나 존엄성이나 아름다움을 찾아볼 수 없었다. 입은 사람 앞에서 우스꽝스러운 모습으로 보드락 쳐 있는 초라하고 처량한 몸뚱이야 아무 가책, 아무 불평, 아무 불안, 아무 후회 없이 실컷 치고 박고 차고 밟을 수 있었다. 맞는 것도 되풀이되자 도가 텄다. 몽둥이나 각목이나 주먹이나 발이 남자답다면, 대야나 사발이나 주전자나 전구 구멍은 여자다웠다. 더 독했다. 둘 다 그는 잘 견뎠다. 아플 때는 수치심으로 참고, 원통할 때는 살이 찢기는 통증으로 버텼다. 살려줘. 살려줘. 그가 견뎌낸 데는 이유가 있었다. 그는 그들이 원하는 것을 말할 줄 몰랐다. 예, 습격했소. 옳지. 부는군. 잘 생각했어. 누구와 언제 어떻게? 혼자, 밤중에, 담을 넘어. 총은, 탈취한 총은? 지하실, 지하 창고. 어디다 감췄어? 길가, 숲속, 연못 속. 누구와? 혼자, 둘이. 아니, 셋이. 어디서? 벽장, 찬장, 책장. 총은? 또 무슨 총? 그는 세 사람한테 조사를 받았다. 하나는 현역 군인 하사였고, 또 하나는 정보부원이었고, 나머지 하나는 경찰 경사였다. 사람은 속한 세상대로 살았다. 군인은 그중 가장 어리고 소년티를 아직 못 벗은 순하디순한 대학생처럼 생긴 사람이었는데 언동이 셋 중에서 제일 잔혹했다. 정보원은 몸매는 가냘팠지만 눈매가 매섭고 동작이 기민하고 셋 중에서 공갈을 제일 잘 쳤다. 마지막 경찰은 나머지 둘에 비하면 허우대는 제일 크고 다부졌지만 기관원이라기보다는 민간인 같았다. 그는 그곳 사람으로 전라도 사투리를 썼다. 군대에서는 이북 말씨가 섞인 서울말을 써야 행세를 했다. 그는 형사였는데 촌스러워서 주눅이 들어 보였지만 셋 중에서 제일 능글맞고 자신만만했다.

 "나는 송정서에서 차출돼 나왔다. 도경이 쑥밭이 되어뿌렀는디 경찰서가 문제다냐? 광주가 난장판인디 나주가 성허겄냐? 니는 영 얼굴이 익어야. 어디서 봤겄다냐? 충장로에서 만났는갑다잉. 거기 10분만 서 있으면 광주서 만날 사람 다 만나야. 고향 사람인께 우리끼리 허는 소린디, 절대 경찰서 습격했다고 자백허지 마라. 총살이여. 했어도 안 했다고 잡아떼라. 순간의 선택이 평생을 좌우헌당께. 아픈 것은 잠깐 아니여? 자, 몇 대 맞아보더라고, 잉. 시늉만 헐 수는 없고, 어깨에 심 빼고 팔목 심으로만 칠 텐께, 돼지 먹따는 소리 한번 질러뿌러라. 씨팔 놈들. 사람 목숨이 파리 목숨이여, 돼지 목숨이여?"

아이고, 이거이 무신 소리당가? 사람 좀 살려주라. 안 헌 일을 했다고 허겄냐, 어이쿠, 헌 일을 안 했다고 허겄냐? 헌 일을 하고, 윽, 안 헌 일 안 했다고 헐 텐께, 사람 좀 살려주라. 으이그, 말 꺼내기가 불행이지, 컥, 운만 떼놓고 말래? 길을 가리켜줬으면, 큭, 끌어줘야지, 오르지 못헐 나무 쳐다만 보면 뭣 허냐? 악, 그가 버티면, 그는 끝까지 버틸 텐디, 언젠가는 이곳을 빠져나갈 테지. 설마 누워서 나가지는 않겄지만, 초주검이 되어서 산송장으로 나간다면 나간들 나갔달 것이 무엇이냐? 송장 칠라고 나가냐? 이왕 동향 친구 놈음 했웅께 말 난 짐에 그를 당장 그곳에서 빼내주라. 나가서 나간 보람 헐 수 있을 때 나가게 해주라. 뜻이 있으면 길이사 없을라드냐. 그의 동네에 헌병 상사가 살았다. 제대헌 지 채 1년이 안 되었는디, 바로 여기 헌병대 인사계로 복무허다 옷을 벗었다. 그 사람한테 그가 여기 잡혀 있다는 것만 좀 알려주라. 나머지는 헌병이 어련히 알아서 허겄냐. 그의 집에서도 그의 행방을 몰랐다. 아마 그의 처는 미친년겉이 온 시내를 싸돌아다님서 꺼적때기마다 들추고 송장 냄새 썩는 냄새 맡니라고 정신이 없을 거이다. 그의 집에만 그가 어디서 무엇을 허고 있는지 알려주면 동네 헌병한테는 집에서 연락이 갔다. 적선해라. 집에서는 죽은 사람 살아 온 거만큼이나 고마워헐 거이다. 그의 집 전화는 삼국에 삼류새류이었다. 이왕 전화를 건 짐에 면회 좀 오라고 해라. 전헐 말이 태산 같다. 옆에서 시켜도 못 허는 것들이 깝치는 사람이 없으니 오죽허겠냐. 으그그그. 너무 세게 때렸는갑다. 이거이 시방 뭣이다냐. 끈적끈적허고 비릿헌 것이?

"니가 여그 있는 것은 군사비밀이다. 니가 어디서 무엇을 허는지 아무도 모른다. 니를 아는 사람들은 니가 여기서 좆나게 얻어맞고 있는 것을 모르고, 니가 여기서 네발로 뻑뻑 기는 것을 두 눈으로 보는 사람들은 니가 누군지를 모른다. 니를 영창에 가두고 지키는 헌병들은 니가 폭도라는 것밖에 모른다. 비밀이 왜 있냐? 샐라고 있다. 세상에 비밀만큼 잘 알려지는 것이 없더라. 특히 군사기밀 말이다. 니가 여기 있는 것은 세상 사람들이 다 안다. 아, 안 죽었으면 잽혀갔지. 비상계엄 밑에서 계엄 사무소 아니면 어디로 잽혀갔겠냐? 영창 헌병들이 니가 누군지 모른다지만, 니가 광주 사람이라는 것도 모르냐? 광주가 어디 서울만 허냐? 몇백만이 사냐? 충장로 동방극장 황금동 텍사스, 손바닥만 헌 거, 뻔해야. 가들 외출 어디로 나가겠냐? 내가 여기와 있는 것이 이급 비밀이다. 비밀이 많은 이유를 알겠지야? 언제 다 아냐?"

헌병 상사는 그를 면회하러 오지 않았다. 그는 딴 일로 그 부대를 출입했다. 간수 헌병들이 그를 다루는 솜씨가 알게 부드러워졌다. 발길질을 하도 많이 당해서 그들 옆을 지나가자면 엉덩이 꼬리뼈가 근질근질하고 뭐가 날아오지 않으면 불안했다. 선착순 집합에서 머리에 붙어도 정갱이가 깨였는디, 꼬리에 붙어도 주먹이나 군홧발이나 개머리판이 날아오지 않았다. 그만 쏙 뺐다. 앞뒤 사람들이 부러운 눈초리로 그를 쳐다보았다. 군인들은 그들에게 불공평의 이유를 설명할 의무가 없었다. 그들이 법이었다. 그도 동료 죄수들에게 미안할 겨를이 없었다. 간수들이 위대한 것이 아니라 그들이 너무 불가촉천민들이어서, 언제 처형될지 모를 폭도들보다 더 천하고 더러운 사람들이 없었다. 결국 상대적으로 군인들이 가마득하게 높았다. 그들은 적어도 그들 앞에서는 법이 되고도 남았다. 얼마나 사람 같지 않았으면 판사는커녕 육법을 배웠다는 검사 낯짝도 못 보고 굴비 두름처럼 줄줄이 한 줄에 엮여 극락강 강둑으로 개처럼 끌려가서 총알밥이 되겠느냐. 그는 갑자기 달라진 파수병들의 태도에 온 희망을 걸었다. 똥다리뼈 한 번 덜 차이고 시멘트 바닥에 머리통 한 번 덜 처박는 것이 문제가 아니었다. 삶과 죽음이 갈라지는 길목이었다. 갈림길이라 그들은 서로 어깨를 부빔서 같이 있었지만 차이는 하늘허고 땅이었다. 그는 좋은 소식이 늦어질수록 불안하고 불길했다. 혹시 꺼꿀일까? 동정받는 그가 땅이고 두들겨 맞는 동료들이 하늘일까? 곧 풀려 나갈 놈들, 어디 실컷 맛 좀 보고 나가거라. 곧 형장의 이슬로 사라질 목숨, 인생이 가련하니 마지막으로 봐주마. 그는 등짝이 싸늘했다. 역시 아직 갈림길이었다. 아무것도 분명치 않았다. 조금 걸어가봐야 차츰 차이가 났다. 소식이 늦어지면 또 하나 나쁜 것이 있었다. 그는 기다릴 처지가 못 되었다. 너무 늦으면 나가봤자 쓸 데가 없었다. 폐인이 되어서 나가느니 식어서 나가는 것이 더 나았다. 마디에 옹이라고, 갈림길에 갈림재였다. 기회가 아직 남았다. 아니, 벌써 놓쳤다. 그가 마침내 늦었다고 절망하고 포기했을 때, 현역이 그에게 종이하고 필기구를 내밀었다. 이게 뭐냐. 자백을 헐라면 골병들기 전에 했다.

"새끼, 각서를 써라. 여기 들어온 사실은 아무에게도 말하지 마라. 우리가 부르면 즉시 달려와라. 주거를 당분간 현주소로 제한해라. 앞으로 한 달 동안 병원에 가지 마라. 네 가지다. 혐의가 풀린 것이 아니다. 의문점이 많지만, 박 상사의 부탁과 보증으로 방면한다."

박 상사? 박범수 상사? 아니면 그들의 상사? 사닥다리 다음 발판? 당분간이라니, 얼마 동안? 일주일? 한 달? 1년? 의문점이 남았어? 자백을 못 받았지. 의심은 그들이 했다. 그가 하라더냐? 병원? 한의원도 안 되냐? 약국도 안 되냐? 똥물이나 받아 마실 거냐?

"병, 의원 이름 붙인 곳이면 다 안 된다. 당분간이란 별명이 있을 때까지다."

"가라는디 말이 많냐? 집 안에 들어박혀서 개나 몇 마리 과 묵음서 근신허라는 말이다. 관할 파출소에 신고하고 지도를 받아라. 말하자면 집행유예여. 까불었다가는 어느 구신이 어디로 채간지도 모르게 또 물어간다. 한 본으로 부족허겄냐? 명심허드라고, 잉."

그는 서약서를 써주고 보름 만에 반병신이 되어 병영을 나왔다. 뼈 마디마디가 빠지고 풀려서 사지가 따로따로 놀았다. 이런 몰골로 집에 들어가느니, 차라리 어디 조용한 물가로 가서 아무도 모르게 물귀신이 되는 것이 피차 편헐랑가 모르겠다. 송정리 쪽에서 영업용 승용차가 무서운 속도로 달려왔다. 물귀신이 되기 전에 선 자리에서 논두렁이 아니라 길가 인도 모서리 베고 자동차 귀신이 될 뻔했다. 차가 찢어지는 소리를 내면서 급히 섰다. 운전수가 머리를 창밖으로 내밀고 상소리를 했다. 짖어라, 개야. 문둥이 죽이고 살인헌다. 그를 깔아뭉개봤자 반 살인밖에 더 되겠냐. 운전수가 차를 멈출 때만큼이나 성질 급허게 떠났다. 그는 갑자기 머릿속이 텅 비었다. 무엇을 해야 할지 생각이 나지 않았다. 그는 무엇이 무엇인지 몰랐다. 시내 승합을 어디서 탔냐? 그것으로 집에 갈 수 있냐? 돈은 있냐? 그의 수중에는 끌려올 때 5만 원이 있었다. 무엇에 쓸 돈이었더라? 지금은 그 돈이 그의 호주머니 속에 없었다. 어디로 갔을까? 언제 없어졌을까? 토끼뜀할 때 빠졌을까? 빠진 것이 아니라 누가 꺼냈을까? 누굴까? 원산폭격할 때였을까? 맡겼던가? 뺏겼던가? 주었던가? 버렸던가? 돈은 사람한테 소용이 닿는 물건이고, 그는 그동안 사람이 아니었다. 사람과 사람 아닌 것은 큰 차가 없었다. 조금만 사람이 아니면 아주 사람이 아니었다. 그가 그동안 거기서 실현한 반인간, 반자연은 그 열 칸에 하나, 백 칸에 하나만 가지고도 그를 사람 아닌 것으로 만들기에 충분했다. 사람이 아니기는커녕, 사람이라는 이름조차 부끄러웠다. 그를 사람이라고 부르다니, 그건 사람에 대한 모독이었다. 그가 어떻게 감히 그를 짓밟은 수사관들과 같은 종류의 짐승이냐? 그가 사람이라면 그들은 사람이 아니라 신들이었고, 그들이 사람이라면 그는 사람이 아니라 개나 개미였다. 사람 아닌 것이 사람 아닌 것 노릇하니라고 그동안 속이 편했는디, 갑자기 사람 노릇 하자니 어쩔 줄을 몰라서 그는 눈앞이 캄캄했다. 돈이라, 돈. 그렇지, 돈이 있어야 사람 구실을 했다. 이럴 때는 영업용 승용차를 타는 것이 좋았다. 구급차를 부를까? 병원? 집에 전화를 해서 김 군을 불러낼까? 전화? 그렇지 전화. 그는 전화를 하는 것이 좋겠다고 생각했다. 어디서 전화를 했냐? 그는 구멍가게로 갔다. 아, 물건들도 많구나. 더 들여놀 틈이 없었고 발 디딜 틈도 없었다. 남파 간첩들이 이것을 보고 귀순한다고? 백화점?

"뭣이요? 술이라? 쇠주요? 두 홉들이요?"

"사탕 가리도 파요?"

"설탕 가루라? 1킬로짜리가 있소."

"큰 포장은 안 갖다 놓소?"

"찾는 사람이 있어야지라. 작은 포장도 있는가 모르겠소."

"없응께 안 찾지라. 조미료 봉지만 헌 것 갖다 얻다 쓰겠소? 밀가리는 있소?"

"밀가리라? 없소이다."

"쌀은요? 구멍탄은요?"

"당신 간첩 아니오?"

"뭔 첩이라? 당신은 방첩이오?"

"화가 나서 해본 소리요. 고생 많이 허셨소. 아, 구멍가게에다가 전화를 해가지고 쌀 한 가마만 퍼라, 구멍탄 백 장만 띠라, 허면, 누가 좋아허겄소?"

"전화를 허요?"

"집에 가서 푹 쉬시오. 제 발로 걸어 나온 것만도 천행으로 생각허고, 지난 일들은 싹 다 잊어뿌시오. 좋자잖은 일 미주알고주알 새기면 뭣 헐 것이요? 골병든 디다가 화병꺼지 도지면 당신 인생도 볼 장 다 봤소. 속병 없는 사람이 어디 있다요? 달게고 가라앉히시오. 건딜고 쑤시면 썽 내리다. 덮고 감추고 가리고 감싸고 우돠도 틈만 뺑긋허면 탈이 옴 붙소. 억울헌 깜냥으로 허면야, 세상을 뒤엎어도 시원허겄소?"

"복마전 코앞에서 세상을 뒤집을라요?"

"당신은 검정필, 시험필이라, 내 맘 놓고 허는 소리요. 요즘 세상에 말이나 어디 맘대로 허겄습디요?"

"아이고, 뚜드러 맞은 것이 무신 벼실이라고."

"고육지계라는 것이 있소. 얻어맞았다고 다 믿을 수 있간디요?"

"어째 가게는 위장 업소 같소? 여그서 우리 접선 한본 해볼께 다?"

"접선 아니라 합선이라도 헙시다. 겁 한나도 안 나요. 당신이 가짜라고 허드라도 말이오. 아닌 사람이 있어야 겁이 나지라."

"아니, 그럼 다 우리 곁단 말이오?"

"그럼 다른 줄 알았소? 당신 혼자 땅바닥을 네발로 뽝뽝 기고, 다른 사람들은 그 땅바닥을 손바닥으로 침서 격양가를 부른 줄 알았습디요? 당신헌테는 모진 소리가 되겄소만, 당헌 것이 당신 혼자뿐이라면 무신 걱정이나 되겠소?"

"그래이라, 잉? 나는 나만 고생을 헌 줄 알았더니, 딴사람들도 안녕허들 못 허셨그만이라. 난들 나 혼자만 고초를 겪었다고 생각했겠소? 그럴 겨를이 없습니다. 당신은 어쨌다고 봉패를 했소? 구멍가게 헌다고 팹디요?"

"하, 팰람사 핑계가 없어서 못 패겠소? 어째서 팼냐가 문제가 아니라 어떻게 팼냐가 문제요."

"허긴 뒤보다가 잽혀갔당께 앉아서 장사허는 것은 죄도 큰 죄였겠지라. 어떻게 쳤냐? 어떻게 맞았냐? 거 알아서 뭣 헐라요? 어떻게 낫았냐가 문제 아니오?"

"낫았냐가 아니라 낫느냐겠지라. 혼자 집에 가시겠소? 전화를 해서 누구 하나 나오라고 헐까요? 집에 전화 있으시오?"

"전화요? 전화가 있소? 그 말이 왜 인자사 나왔다요?"

"없으시오? 없다고 화낼 건 없고. 이웃집이나 동네 가게에서 급헐 때 좀 전해주면 편리헌디. 두 집에 하나 있으면 두 집 전화고, 열 집에 하나 있으면 열 집 전화 아니오? 동네에 한 대 있으면 동네 전화 아닐라고? 헐 수 없소. 인심 사나운 동네에 사는 것이 불찰이지. 차를 탑시다. 내가 잡아드리리다. 차비는 있으시오? 내가 빌려드리리까? 운전기사가 사정을 알면 차비를 받기는커녕 보태줄라고 헐 꺼요. 당신은 대표요, 우리 대표."

"내가 대표? 무신 대표? 뽑도 않았는디 무신 대표? 뚜드러 맞는 것도 대표?"

"난리가 나면 앉은뱅이가 30리를 뛴다요. 급헌디 언제 뽑고 자시고 헐 것이오? 대표가 되면 맞기도 허고 채이기도 허고 터지기도 해야지 좋은 일만 있겄소? 궂은 일 몹쓸 일을 대신허는 디 재미있기만 바랄 수가 있소? 갑시다. 저기 빈 차가 오요. 두 팔로 불난 시늉을 헙시다."

"대표는 허고 싶어야 허는 것 아니오? 피안 감사도 지 싫으면 그만이오. 나는 내 일이 바빠서 넘 일 볼 틈이 없단 말이오."

"이왕 해뿐 것 어쩔 거이요? 앞으로나 허지 마이다. 보고도 모르겄소?"

그는 영업용 차를 타고 그의 가게 앞에까지 왔다. 그가 차비를 내자 그의 이마빡에 '대표'라고 씌어져 있는지 운전수가 손을 내저었다.

"오는 동안에 들은 이야기 고마웠소. 차비는 무신 차비요."

"내가 무신 이야기 했간디요? 뚜드러 맞은 이약도 이약이다요?"

"선상은 그 이약을 아무헌테도 해서는 안 되지라? 걱정 마시오. 나는 선상 성함을 모릉께, 나헌테 헌 이약은 안 헌 것이나 다름없소."

"겁 한나 안 나요. 실컷 떠들어야겄소. 그 이약 누구 모른 사람 있간디요, 다들 골병들었는디?"

"그 사람들이 본래 좀 수선시럽단 말이요. 안 것은 모르고, 모른 것은 안당께요. 몸조섭이나 잘허시드라고요, 잉."

"안 것을 몰라도 등신이지만, 모른 것을 알아도 폭폭헙디다. 넘을 병신 맨들더랑께요."

그의 가게 문은 열려 있었다. 장 양 혼자서 점방을 지키고 있다가 그가 들어서는 것을 보고 자지러지게 놀랐다. 귀신을 봤어도 그렇게 질겁을 하지 않았을 것이다.

"오메, 사장님, 정말 사장님?"

"다들 어디 갔냐? 별일 없었냐?"

별일이 없지 않았던 모양이었다. 장 양이 그래도 오래 같이 일을 했다고 가까스로 정신을 수습했다.

"공 군은요, 엄마가 아파서 못 나왔고요, 양 군은요, 지가 머리통이 깨져서 못 나왔고요, 김 군은요, 김 군은요, 김 군은요."

"김 군은 어찌 되었어? 죽었냐? 왜 고장 난 축음기판같이 헛도냐?"

"아니요. 안 죽었어요. 안 죽고요, 차 몰고 나갔어요. 거래, 처, 에."

"안 죽고 살았으면 됐다야. 안집은 별일 없냐?"

"안집요? 안집은요, 사모님이요, 사흘째요, 안 들어와요, 요."

그의 부인은 그날 밤 집에 돌아왔다. 그는 그의 부인의 예상보다 하루 빨리 방면됐다. 그는 그의 부인이 그동안 어디 갔었는지 그가 어떻게 해서 풀려나게 되었는지 묻지 않았다. 그나 그의 부인이 죽지 않고 살아 있는 것만으로도 그는 대견했다. 골병이 든 사람은 할 일이 많았다.

(1991)

치과 의사의 죽음

그는 하루 종일 집 밖에서 어슬렁거렸다. 아침나절에는 산에 가서 소나무숲 속 솔잎 소복이 쌓인 비탈에 앉아 뒤 식경 좌선을 했다. 단전호흡이 별것이냐? 아무 데서나 책상다리를 틀고 허리 똑 펴고 배꼽 밑 한 치에 힘주고 앉아서 똥배로 마치 똥구멍으로 바람을 빼고 들일 기세로 숨을 크게 쉬면 되었다. 어렸을 때 참새를 잡다가, 놀란 새가 기색을 하면 새를 거꾸로 쳐들고 솜털 같은 잔털을 입으로 훅훅 불어서 항문을 찾아 그 속으로 바람을 불어넣었다. 새는 기신을 되찾았다. 처음에는 효과가 백발백중이었다. 두 번 세 번 네 번, 그들은 새를 여러 번 살렸다. 비방은 되풀이될수록 효력을 잃었다. 마지막에는 효험이 전혀 없었다. 새는 그들의 손에서 죽었다. 그렇게 겁 많던 새가 그들이 땅 위에 내려놔줘도 도망칠 생각을 하지 않았다. 한쪽으로 누워서 작고 마른 다리를 하늘로 들고 까만 눈만 깜짝깜짝했다. 새가 고분고분해지자 그들은 재미가 없었다. 그들은 날지 않는

새를 두엄 더미나 남새밭에 휙 던졌다. 개 차지였다.

아랫배로 숨을 쉬면 잠이 왔다. 아무리 화가 상투 끝까지 났더라도 30분만 복식호흡을 하면 기가 아래로 내려와서 머리가 텅 비고 평화가 찾아왔다. 한 시간을 그러고 앉았으면 몸이 가벼워지고 두 시간을 그러면 앉은 몸이 허공으로 붕 떴다. 그는 한 시간 이상 해본 적이 없었다. 보통 30분이었다. 한 시간도 비몽사몽으로 끝났다. 꿈속에서 이룬 초능력은 남한테는 허풍이었지만 그 자신에게는 현실이었다. 그 조용하고 황홀한 무중력 상태는 바로 무아경이었다. 그것은 처음의 앞이고 끝의 뒤였다. 그가 생기기 전이고 그가 죽은 다음이었다. 둘 다 그가 있고 또 없었다. 둘 다 그만 있고 딴사람들이 없었다. 외부는 완벽하게 외면되었다. 아무도 그것들 둘 속을 그 속에 들어 있는 것을 바꾸거나 부수지 않고는 들여다볼 수 없었다.

태어난 다음 죽기 전에, 태어나기 전 죽은 다음처럼, 나를 잠시지만 잊는 것은 평화고 행복이고 건강이고 축복이었다. 내가 없는데 아상이 있을 리 없었다. 소도 언덕이 있어야 비볐다. 요람에서 무덤까지 '나'를 집요하게 따라다니는 그 질긴 아집도 내가 없으면 줄 끊어진 연이고 물건 없는 그림자였다. 싸움이 없으니 조용하고, 욕심이 없으니 만족하고, 분노가 없으니 병이 없고, 허영이 없으니 탈이 안 났다. 다만 그것이 남가일몽만 아니었다면 얼마나 좋았을까? 째졌으니 언청이였다. 원수 놈의 그 잠 때문이었다. 수마라더니, 잠이 마귀였다. 잠을 쫓아내라. 잠이 그의 일생의 반을 뺏어갈 것이다. 잠 때문에 그는 아무것도 이룰 수 없을 것이다.

"삼경 빼고 그 밖에는 수면 허락하지 마라. 오랜 겁에 도 막는 것 수마보다 큰 것 없다 (除三更外 不許睡眠 曠劫障道 睡魔莫大)." "한평생을 헛 보내면 일만 겁에 한 따른다. 덧없어라 찰나로다, 하루하루 경포해라. 사람 목숨 잠깐이니, 시시각각 보전 없다. 만약 조관 못 뚫으면 어찌 편히 잠을 자랴 (一生空過 萬劫追恨 無常刹那 乃日日而警怖 人命須臾 實時時而不保 若未透祖關 如何安睡眠)." 이미 태어났고 아직 안 죽었는데, 눈 뜨고 맑은 정신에 놀라고 두려워하여 그를 잊을 수 있다면 그는 죽음과 삶 둘 다를 가졌다. 그것은 삶의 완성이었고, 죽음의 극복이었다. 그것까지 바랄 수는 없었다. 배꼽숨 조깨 쉰다고 조관을 뚫으려 한다면 그것은 욕심이 지나쳤다. 진리의 모습은 너무 찬란해서 희석하지 않고는 사람의 눈으로 볼 수 없었다. 눈이 부신 정도가 아니었다. 눈이 탔다.

꿈속에서 눈을 뜨는 것만으로도 충분한 것이 아니라 그것이 그에게는 알맞았다. 다 분수라는 것이 있었다. 그도 그것을 좋아했고 만족했다. 그것도 과분하다고 생각했다. 문제는 남들이었다. 사람들은 그가 자울자울 졸면서 무엇을 보는지, 무엇 속에 빠지는지 몰랐다. 그가 설명을 하면 그들은 그가 헛소리를 한다고 생각하고 그를 믿지 않았다. 그들은 남의 말을 아무렇게나 씹어뱉었다. 관심이 없기 때문이었다. 그는 그들의 말을 한쪽 귀로 흘려버릴 수 없었다. 그 자신의 일이기 때문이었다. 그는 속을 많이 썩였다. 이제 더 썩을 밸이 없어선지 이력이 나서 도가 텄기 때문인지 그는 남들의 험담에 많이 담담해지고 대범해졌다. 어쨌든 그것은 남들의 말이었다. 그들은 그들의 독설에 가시가 빠지자 그의 무신경을 병이라고 욕했다. 그는 그것까지 신경을 쓸 수 없었다. 내버려둬라. 말도 못 하냐? 이빨 빠진 암캐가 물면 얼마나 물겠냐? 짖으라고 해라.

해가 장차 저물려고 하는데 어디 가서 저녁 한끼를 요기한다? 그는 집으로 갔다. 그것은 그의 보금자리, 즉 잠자리였다. 길에서 어린애가 혼자 농구를 하고 있었다. 중학생쯤 돼 보였다. 문간 지붕에다가 건축용 자재 널빤지를 대고 공받이 그물을 달면 농구대가 되었다. 그것이 그때 그 동네 유행이었다. 자라나는 애들 있는 집치고 그것 없는 집이 없었다. 애는 어른이 지나가도 힐끗힐끗 곁눈질을 할 뿐 인사할 줄을 몰랐다. 한참 작은 정구채 가지고 새 꽁지 공 치는 것이 퍼졌었다. 그것은 남녀노소가 즐겼다. 아침 식전에 부부가 잠옷 바람으로 집 앞에서 체면 불고하고 길을 막고 운동을 했다. 지나는 사람이 내려치거나 올려치는 채에 안 맞으려고 움찔거렸지만 짓이 난 가족들은 아랑곳하지 않고 신들이 나서 시시덕거렸다. 이른 아침 꼭두새벽에 남의 집 앞을 지나가는 것이 불찰이었다. 다행히 양회 바른 길바닥에다 큰 공을 두들기다가 느닷없이 담벽 높이 매단 그물에다가 던지는 농구에는 여자들과 어른들이 빠졌다. 어린 남자들은 기운들이 좋아서 잠시도 가만있지 못하고 고삐 풀린 망아지처럼 길길이 뛰었다. 굿이 따로 없었다.

수박 사요. 수박이 싸요. 맛 좋은 수박이 왔어요. 자, 나와서 수박들 들여가요. 맛 좋은 수박이요, 수박. 행상 짐차가 숨넘어가는 시늉을 했다. 아, 저 확성기는 해 저문 줄도 모르냐. 그 괴물은 시도 때도 없이 하루 종일 들이닥쳤다. 그것은 그가 집에 있지 못하는 이유들 중의 하나였다. 한때는 교회 확성기가 극성을 떨더니 그것이 잠잠해지자 자동차가 확성기를 달고 거리를 누볐다. 무차별 포격이 멈추자 유격전이 시작되었다. 바로 창문 앞에서 소리가 터졌다. 소금 사요. 가는 소금, 굵은 소금, 소금이 왔어요. 염전에서 소금이 왔어요. 합성수지 통이 왔어요. 가정 필수품 크고 작은 수지 통이 왔어요. 공장도 가격으로 드려요. 나와서 구경들 하세요. 영광 굴비, 영광 굴비. 영광 굴비, 영광 굴비. 영광… 영광….

"아, 거, 소리 좀 작게 헐 수 없소?"

"예? 소리요?"

"그래, 소리 말이오. 남의 동네에 들어와서 무슨 짓이오? 그것 좀 꺼요."

"꺼요? 예? 싸요, 아주머니. 5만 원이면 거저요. 한 두름 들여가요. 공판장 값도 안 돼요."

행상은 한쪽 손을 운전석 안으로 뻗쳐서 단추를 누르고 소리를 죽였다. 갑자기 사위가 너무 조용했다. 뭐요? 꺼요? 소리를 꺼요? 아니, 이 냥반이 길을 전세 냈나, 누구 장사 망하는 꼴 볼라고 환장을 했나? 우락부락하게 생긴 젊은이가 위아래로 훑어보면서 눈을 부라리면 방법은 둘밖에 없었다. 기가 죽어서 수그러들거나 같이 미쳐서 날뛰거나였다. 그는 둘 다 싫었다. 거, 뭐,

장사를 못 하게 하자는 것이 아니라, 좀 조용히 하자는 얘기요. 다니는 길을 누가 전세 내겠소? 소리 안 지르면 어떻게 알고 나오요? 사람이 안 나오면 어떻게 물건을 파요? 물건이 안 팔리면 뭘 묵고 사요? 뭐, 거, 꽘을 지르더라도 살살 좀 지르자는 얘기요. 그 말이 그 말 아니여, 이 냥반아? 일이 이 지경에 이르면 슬그머니 꽁무니를 빼는 수밖에 없었다. 그의 존엄성은 여지없이 무너졌다. 아무리 가난해도 도둑맞을 것은 있다고, 그의 위엄은 구겨질 대로 구겨졌지만 상처 입을 데는 아직 남아 있었다. 이런 후레아들 놈 같으니. 야, 이놈아, 너는 애비도 집안 어른도 없냐? 길이 다니라는 데지 떠들고 장사하라는 데냐? 네가 전세 냈냐? 온 동네가 네 물건 사러 나와야 되냐? 네놈 장사하라고 온 동네가 있는 줄 아냐? 그는 미친 사람처럼 혼잣말을 소리 내어 중얼거리면서 남은 나절 내 짓밟힌 위신을 세우려고 꿍꿍댈 것이다. 처음부터 거칠게 나왔더라면 어떻게 되었을까? 뭣이 어째? 그럼 네가 전세 냈냐? 아, 그 소리 좀 끄지 못해, 당장? 불량한 젊은이의 입에서 좋은 소리가 나올 리 없었다. 야, 이 씹할 놈아, 왜 그래? 이렇게 되면 모양새가 구겨지는 정도가 아니었다. 주먹만 없었지 완전히 폭력이었다. 이런 일이 그들 둘 사이에만 있겠냐?

골목에 주차하려는 젊은 운전자와 집 대문 앞 빈칸을 확보하려는 늙은 주민 사이에도 있었다. 노파는 분을 못 이겨 법원에 고소를 했고, 30만 원인가 얼마를 위자료로 탔다. 좁은 길을 4차선 도로처럼 달리는 승합차 운전자와 차를 무서워하지 않는 보행자 (차 무서워하다가는 길 못 다녔다), 빗길을 마른 길처럼 달리는 승용차 운전자와 재수 없이 웅덩이 옆을 걷던 보행자, 교통법규를 위반한 운전자와 보행자, 또는 딴 운전자, 공중전화를 거는 사람과 그 뒤에서 기다리는 사람, 장거리 손님을 호객하는 상업용 승용차 운전수와 밤늦은 기차에서 내린 여행자, 공무원과 시민, 점원과 고객, 매표원과 여객 사이에도 그런 일은 얼마든지 있었다.

그는 얼른 대문 열쇠를 따로 집 안으로 들어갔다. 짐차 행상이 고분고분한 것이 여간 고맙지 않았다. 못 본 척하거나 꽁무니를 빼자니 속에서 열불이 일었고, 알은체하자니 말의 흉악이 무서웠다. 말의 폭력이 말에서만 그치겠냐? 말 뒤에 주먹이 숨어 있지 않으면 말의 포악은 폭력이 아니었다. 그렇다고 깡패처럼 사람 봐가면서 만만하면 대들고 거창하면 몸을 사린다면, 비겁과 불공정, 이중의 죄를 저지르는 것이었다. 그는 하나만으로도 벅찼다.

"아버지, 또 시비했어요?"

"아니다. 시비는 무슨. 언제 왔냐?" 아니, 그래, 그녀는 명색이 대학교수가 하루해가 다 저물어서 귀가하는 부친한테 시비했어요가 뭐냐? 차라리 또 싸웠어요? 그래라. 그가 골목 개구쟁이냐?

"안 싸웠어요, 정말?"

"왜 싸우냐? 자, 들어가자." 그때 문밖에서 확성기 소리가 다시 터졌다. 그는 문 쪽을 돌아보았다. 또 나갈 생각은 전혀 없었다. 한 번도 딱 한 번이 너무 많았다. 그는 헛간으로 가서 창틀에 얹어놓은 현관 열쇠를 집어 들었다. 거기는 먼지가 많아서 잘못하면 손에 더러운 것이 묻었다. 하루 종일 이미 더럽혀진 손이지만. 열쇠는 항상 더듬어야 잡혔다. 현관문은 열려 있었다.

"아버지, 그게 뭐야? 열쇠?"

"응, 이거?" 그가 왜 열린 문 열쇠를 가지고 왔지? 아니, 그보다, 왜 문이 열려 있지? 그야 집 안에 사람이 있으니까 열려 있었다. 딸은 언제 왔냐? 왜 왔냐? 별일이야 있을라고? "넌 언제 왔냐? 한 서방이랑 애들 다 잘 있냐?" 별일이 있어도 다 컸으니 즈그들이 알아서 더 잘 처리할 테지. 사람 사는 데 별일이 없을라고. 그는 열쇠를 제자리에 갖다 놓기 위해서 다시 헛간으로 갔다. 그에게는 별일이고 그들에게는 예삿일인가?

"아빠, 빨리 들어와. 배고파."

대문 소리가 났다. 확성기 소리는 어느새 멀어졌다. 정 여사가 동네 구멍가게에라도 갔다 오는지 합성수지 봉지에 울퉁불퉁 먹거리를 담아 들고 들어왔다.

"당신 또 시비했소?" 그녀가 그를 보자마자 시비를 했다.

"시비를 왜 해?"

"앞집 셋방 색시가 싼 물건 사면 안 되냐고 합디다."

"왜 안 돼? 시끄럽게 떠들지만 말라고 해." 시비 안 한다. 아이 시비 어른 시비 되고 동네 시비 나라 시비 된다.

"안 했으면 됐소." 그녀는 현관을 들어갔다. "기계가 떠들지 사람이 떠들라고."

기계가 저절로 떠드냐? 사람이 가만있어도 떠드냐? 안 사면 안 온다. 불매운동이란 것도 모르냐? 싸다고? 막보기 속임수 판매는 어쩌고? 싸다고 하자. 얼마나 싸냐? 그 몇 푼에 소음공해를 사냐? 싸면 산 사람한테만 싸지 안 산 사람들한테도 싸냐? 골빈당들. 그는 나무들을 살폈다. 감나무들, 석류나무, 은목서, 태산목, 향나무들, 편백들, 주목, 사철나무들, 오죽들, 대추나무, 자목련들, 백목련, 등나무들, 꽃벚나무, 오엽송은 가뭄을 안 타고 싱싱하고, 키 큰 후박나무와 꽃물푸레나무들은 잎들이 시들고 말랐다. 서향, 진달래, 자산홍, 구봉화, 철쭉들, 장미들도 목이 마른 눈치였다. 모과나무들과 매화나무는 병치레를 했다. 그것들은 매년 그랬다. 사람 되기 틀렸냐? 모과나무는 두 그루였는데, 한 10년째 둘 다 잎에 가시가 돋았고 열매는 떨어지거나 가지에 매달린 채 검게 썩었다. 매화나무는 두어 번 뿌리째 뽑혔었다. 그것은 살아주는 것만으로도 고마웠다. 매실이 몇 개 열리기도 했지만, 그것으로 가용주 담기는 턱도 없었고, 줄기에 병인지 벌렌지 팥 짜개만 한 종기가 무수히 돋았다. 움직이지 않고, 전정가위 날로 문질러도 잘 안 떨어지는 것을 보면 제 몸에서 생긴 병 같았고, 멀쩡한 껍질에 진드기 달라붙은 것처럼 톡톡 볼가진 것을 보면 벌레 같기도 했다. 담배꽁초 우린 물을 뿌리기도 하고 붓기도 했지만 효험이 없었다. 가장 싱싱한 것은 등나무들이었다. 그는 물을 주어야겠다고 생각했다. 신하고 양말을 벗고 당장 주려다가, 여느 때처럼 옷을 갈아입고 나와서 주기로 했다. 그는 거실로 들어갔다. 정 여사는 부엌에 있는지 달

가닥거리는 소리가 들렸고, 한 여사는 바보상자 앞에 앉아서 킬킬거렸다. 그는 층계로 갔다.

"아빠, 확성기하고 싸웠어?" 한 여사가 상자에서 눈을 떼지 않고 말했다.

"싸우기는. 너 언제 왔냐?" 그는 2층으로 올라가려다가 층계에 걸터앉았다.

"안 싸웠어?" 화면에는 한우 충동의 책들을 배경으로 한 젊은 남자의 윗몸이 비쳤다.

"기계하고 싸우냐, 밟아버리지? 사람보고 소리 좀 끄라고 했다. 영, 광, 굴, 비, 를 한 자씩 똑똑 끊어서 되풀이하는데, 처음은 영은 중간이고 광은 고음이고 굴은 다시 중간이고 비는 저음이다. 두번째는 넷 다 중간 높이다. 하도 듣기 싫어서 그것 좀 끄라고 했다. 그랬더니 끄더라. 곧 다시 틀더라만. 얼마나 고맙냐?"

"엄마, 나와봐. 저 사람." 한 여사가 다급하게 소리쳤다. 정 여사가 황급하게 뛰어왔다. 그는 2층으로 올라갔다. 소리들은 2층까지 따라왔다.

그는 옷을 벗고, 양말을 벗고, 배띠를 풀고, 무릎띠를 풀었다. 그가 버티는 것이 뼈하고 근육 힘인 줄 알았더니, 자석 띠가 그를 솔찬히 붙들어 맸다. 그는 벽에다 대고 팔굽을 굽힌 채 물구나무를 섰다. 속옷 바람으로 거꾸로 매달린 것을 누가 보면 목매단 것 같겠구나. 그는 배꼽숨을 손가락으로 헤아리면서 스무 번 쉬었다. 허, 이거 그가 버티는 것이 음식 덕인 줄 알았더니, 기공 공덕이 절반이었다. 그는 국선도고 천도선법이고 가본 적이 없었다. 말하자면 그는 돌팔이였다.

아래층이 시끄러워졌다. 누가 온 모양이었다. 그는 내려가려다가 도로 주저앉았다. 아래층이 잠잠해졌다. 그는 묵은 우편물을 뒤적거렸다. 가만있자, 아무리 식구들이지만 반바지 잠옷 바람이면 체신머리가 안 섰다. 그는 일어서서 얼른 헌 바지를 꿰었다. 급하다고 한 가랭이에 두 다리들을 넣을래? 그는 비틀거렸다. 늙으면 균형 감각도 없어졌다. 그는 벽을 붙잡고 간신히 바짓가랑이를 찾았다. 아래층에서는 누가 올라오는 기척이 없었다. 그는 기다렸다. 온 집 안이 조용했다. 방송 소리, 문 여닫는 소리, 부르는 소리, 웃음소리, 부엌 소리가 뒤엉켜서 딴 세상 소리처럼 멀리 들려왔다. 그는 일어섰다. 그냥 내려가려다가 좀 전의 반바지 잠옷으로 다시 갈아입었다. 입고 보니 역시 잠옷은 잠잘 때 입는 옷이었다. 그는 도로 헌 바지로 갈아입었다. 혼자 바쁘기는. 그는 층계를 내려갔다. 아무도 그가 내려오는 것을 몰랐다. 살금살금 걸었냐? 보통 때 삐거덕거려쌓던 계단이 조용했다. 그렇다고 일부러 그가 거기 간다고 쿵쾅쿵쾅 걸을 수도 없었다. 그는 맨발로 현관을 나갔다. 날은 흐렸지만 그날도 비는 오지 않았다. 그는 커다란 헌 양판으로 물을 퍼다가 나무들한테 차례로 찌끄렸다. 개가 폴짝폴짝 뛰면서 그를 따라다녔다. 그를 앞질렀다가 되돌아왔다가 혼자 달렸다가 딩굴었다가 방정을 떨었다. 개가 겁이 많은 짐승이었다. 날은 아직 덜 어두웠다.

어른 허리 높이는 되는 커다란 붉은 합성수지 통에 가득 받아논 물을 반 넘어 퍼 찌끄리고 나자 집 안에 생기가 돌았다. 모기들이 극성을 부렸다. 그는 종아리를 손바닥으로 철썩철썩 치면서 토방에 쭈그리고 앉았다. 매일 보는 나무들이지만 싫증이 안 났다. 바람이 안 불어도 나무들의 모습은 볼 때마다 달랐다. 하루의 때가 다르고, 빛이 다르고, 보는 사람의 마음이 달라서만은 아니었다. 살아 있는 물건들이 돼서 크기 아니면 죽기였다. 그들은 가만있지 않고 생동했다. 한두 번 잠깐 보면 모르지만, 자주 오래 보면 그들이 움직이는 것이 보였다. 아마 날마다 보기 때문에 싫증이 안 났다.

대문 밖에서 인기척이 났다. 누구냐? 누구면 뭘 해, 사람 집에 사람 왔지? 그가 벌떡 일어섰다. 오금이 땅겼다. 그는 옆으로 쓰러졌다. 그가 왜 이러냐? 그는 얼른 손바닥으로 땅을 짚고 몸을 세웠다. 누가 봤을까 무서웠다. 그는 못 들었지만 방문객이 초인종을 눌렀는지 그가 문간에 닿기 전에 한 여사가 현관에서 신발짝을 끌고 쪼르르 달려 나와 문을 땄다.

"시간 잘 지켰네요?"

그는 서울 사는 그의 아들 내왼 줄 알았다. (그때 그의 아들 내외가 집에 올 일이 없었다.) 그의 딸이 열어준 문으로 썩 들어선 것은 철가방을 든 사내였다.

"뭐냐?"

"일로 오세요." 중국집 배달원은 한 여사를 따라서 현관으로 갔다. 그는 거기다가 음식 그릇들을 내려놓았다. 한 여사가 주먹 속에 쥐고 있던 돈을 그에게 주었다. 그는 그것을 세어보더니 거스름돈을 내줬다. "그릇은 잡숫고 버리세요." 그가 말했다.

한 여사가 고맙다고 하자 그 사내는 철가방을 챙겨 들고 휙 돌아서서 바지 바람에 맨발로 흙투성이가 되어 마당에 서 있는 그를 힐끗 쳐다보고는 쏜살같이 대문간으로 달려갔다. 그는 그를 뒤따라가서 대문을 챌걱 하고 닫았다. 문밖에서 자동 이륜차 원동기가 소리를 내고 돌아가기 시작했다.

그는 흙발을 씻으려고 물통으로 갔다. 개밥을 안 주었다. 물은 아까 나무들 물 줄 때 갈아주었다. 밥만 주면 되었다. 옛날 어른들은 사람 밥 먹기 전에는 개밥을 안 주었다. 지금은 달라졌냐? 달라졌다. 옛날에는 사람 먹고 남은 음식 찌꺼기를 주고 모자라면 누룽지나 보리밥을 시래깃국에 말아 주었지만, 요즘에는 사료를 주었다. 그것도 한꺼번에 듬뿍 주면 개가 알아서 시나브로 하루 종일 먹었다. 국밥이나 물밥이 아니니, 쉬거나 변질되거나 말라비틀어질 일이 없었다. 개가 영악한 짐승이었다. 먹을 만큼 먹으면 더 안 먹었다. 사람하고는 달랐다. 개들은 아마 즈그들끼리 이 사람만도 못한 놈아, 하고 욕심 많은 동료를 욕할지 몰랐다. 개밥 그릇에는 사료가 남아 있었다. 그가 사료를 한 사발 퍼들고 가자 개가 사료를 오드득오드득 씹어 먹었다. 그는 개가 남은 밥을 다 먹은 다음에 새 밥을 줄 참이었다. 말자하면 낼 아침밥이었다.

날이 어두워졌다. 방 안에 불이 들어왔다. 차츰 안에서는 밖이 안 보이고 밖에서는 안이 잘 보였다. 거실에서는 사람들이 바쁘게 오락가락했다. 아마 부엌을 들락거렸다. 아까 온 것은 한 서방일시 분명했다. 그는 의자에 편히 앉아서 바보상자를 보고 있었다. 설레발을 치는 것은 여자들이었다. 의사가 저렇게 할 일이 없나? 외래 환자 치료는 일과 끝이라 끝났다 치고, 입원 환자 회진이며 응급 환자 처치며 병원 업무며 집안일이며 대인관계며 신변잡사며 어느 세월에 처가에 와서 초저녁 애들 순서 앞에 뻗대고 앉았냐? 아니, 바쁜 한 서방이 와야 할 만큼 급한 일이 이집에 생겼냐? 바쁜 사람이 하면 바쁜 일이었다. 그에게 시간은 돈이었다. 시간을 쪼개 써도 모자랄 사람이 무슨 일이냐? 여자들은 거실에 상을 놓았다. 그럼, 그렇지. 조선 사람들은 역시 중국 사람들이나 서양 사람들하고 달라 앉은뱅이상을 받아야 잔치 기분이 났다. 걸상에 앉아 식탁에서 대접을 받으면 서서 얻어먹는 것보다야 낫지만 차분히 방바닥에 엉덩이 붙이고 앉아서 먹는 것과는 격이 달랐다. 식탁은 라면이나 짜장면이나, 식빵구이나 식빵보쌈이나, 기껏 통닭튀김이 제격이었다. 그런데 무슨 잔치냐? 그의 조카들도 보였다. 한 서방 옆에 앉아서 잡담을 하는지 바보상자를 보는지 연신 한 서방 것만 한 머리통을 끄덕거리고 있는 것은 제대하고 복학해서 졸업이 얼마 남지 않은 그의 조카가 틀림없었고, 한 여사를 도와서 음식을 나르고 있는 것은 그 애의 동생인 그의 조카딸이 분명했다. 전번에 본 선도성사가 안 되었냐? 이번에는 되었냐? 어지간하면 과년하기 전에 얼른 치워야지. 그 애는 부엌에서 음식을 거실로 날랐고, 한 여사는 그것을 받아서 상 위에 진설했다. 어동육서냐? 보여야 할 그의 아들이 안 보였다. 아들도 안 보이고, 며느리도 안 보이고, 손자들도 안 보였다. 어디 갔냐? 상제보다 복재기가 더 섧다고, 주인 없는 공사냐?

그들은 그 몰래 무슨 일을 꾸미고 있었다. 아들이 빠진 것도 음모의 일환이었다. 그는 큰 기침을 하고 이로너라까지는 아니더라도 호탕하게 안으로 들어가서 호통을 칠 참이었다. 그는 헛기침을 했다. 그 소리가 너무 작아서 그 자신에게도 잘 들리지 않았다. 발부터 씻어야지? 그럴 때 강대구가 옆에 있으면 얼마나 좋을까? 혹시 그 초라니 방정 같은 놈이 그때 대문 밖에 와서 초인종을 누르지도 못하고 그냥 지나가지도 못하고 얼쩡얼쩡 담 너머 집 안을 엿보고 있는지도 몰라. 그러고 보니 밖에 무슨 기척이 있는 것도 같았다. 그는 소리 없이 문간으로 갔다. 맨발이어서 소리가 안 났을 뿐이었다. 길에 강아지가 지나가도 지나가는 데 부시럭 소리 안 날라고? 그는 문을 딸 생각을 하지 않고 돌쩌귀 밑으로 밖을 내다보았다. 저만치 등을 돌리고 어슬렁어슬렁 끼대 가는 것이 갈 데 없이 강대구였다. 염력이냐, 우연이냐. 그는 얼른 문 자물통 빗장쇠를 손가락 끝으로 슬쩍 밀었다. 문짝이 빼꼼히 열렸다. 그는 그것을 소리 없이 열고 나갔다. 그가 그의 뒷덜미로 손을 뻗친 것과 그가 그래도 다시 한번 하는 듯이 뒤를 돌아본 것은 거의 같은 때였다. 강대구가 놀라기는 마찬가지였다. 안 돌아보고 그냥 덜미를 잡힌 것보다 더 놀랐다.

"에그그, 놀래라. 누구냐?"

"이놈아, 이리 와. 왔다가 그냥 가?"

"느그 집 안 오면 여기는 못 오냐? 만난 지 언젠디 또 오냐?"

강대구는 짐짓 발을 뺐다.

"하늘에 새들도 둥지를 찾았고, 벌판에 짐승들 소굴로 갔는디, 너는 왜 여태껏 거리를 헤매냐?" 남의 말을 하들 마라. 화롯가에 엿 올렸냐, 급한 볼일 위세 대고 일찍 집에 돌아와서, 무슨 재앙 떨었길래 그 모양이 그 꼴이냐? 무논에다 모를 쪘냐 구들장을 뒤엎었냐? 꽃밭에다 물 좀 줬다. 오밤중에 물을 주냐? 나무들이 손을 타냐 낯가림을 하는갑다. 비 안 오는 장마통에 산천초목 속 앓는다. 마른장마 탓을 마라. 딱 한 잔만 하러 가자. 딱 두 잔은 안 될거냐? 원방자래 손님인디 문전 축객 미안하다. 들어가서 신발이나 꿰어 차고 나오니라. 객이 먼저 알고 간다, 과문불입 원망 마라. 대문짝이 잠겼구나, 할 수 없다 그냥 가자. 발바닥에 흙 묻히면 건강하고 좋다더라. 갓난애는 태어나서 세 이레가 지나가야 땅짐 쐬고 이마빡에 쇠똥 조각 벗겨진다. 어디 가서 판 벌릴꼬? 길을 두고 뫼로 갈까, 집 놔두고 어디를 가? 어째 발이 근질근질 가렵고도 따갑구나. 유리 조각 철사 토막 벽돌 조각 나무토막, 못대가리 돌부리에 연한 살점 작살날라. 그것 말고. 개똥들과 가래침들. 그냥 침들. 목등뼈가 뻣뻣하다, 발 디딜 데 찾느라고. 술을 한 병 사갈거냐? 수박 참외 괜찮겠냐? 풋과일이 안주되랴 술은 집에 많이 있다. 견분이나 조심해라, 보기보다 냄새난다. 빈손으로 갈 수 있냐? 국산 양주 한 병 살까? 그것 좋다, 돈은 있냐? 입 뒀다가 어따 쓰냐? 돈 없다고 동네에서 술 한 병을 못 챙기냐? 그의 행색 보아하니 서양 술은 말도 마라, 두 홉들이 희석 쇠주 조선술도 힘들겠다. 힘이 들지 철이 들지 가서 보면 알 것이고, 괄세할지 반색할지 물어보면 알리로다.

두 홉들이 두 병에다 쥐포 하나 얹었었구나. 영감태기 살림살이 이만하면 족하도다. 저 불빛이 웬 빛인고, 도깨비들 장난인가, 도둑놈들 소행인가, 얄궂고도 괴이하다. 사람 사는 집구석에 불 켜진 것 왜 놀라냐? 고부간에 집 지키면 술심부름 더욱 좋다. 얼른 가서 발 씻어라, 맨발 벗고 마실 갈래? 벌써 쇠똥 벗겨졌냐, 발 씻자고 여기 왔냐? 그날 저녁 일진 보니 편한 자리 다 글렀다. 술시중이 무엇이냐 강바람이 안주로다. 썩은 물이 흘러가는 냇물가에 나가 앉아 먼 자동차 불빛 보며 한데 술판 벌였구나.

빈속이라 안주로 손이 많이 갔다. 술은 한 병이 남았는데 어포가 바닥이 났다.

"이것 안 되겠다. 깡술이야 마시겠냐?"

"어포, 육포에 깡통도 많더라. 뭘 좀 낫이 가져올 걸 그랬구나."

"아니다. 술 모자란 건 흠이지만, 안주 부족한 건 멋이다."

"별 얼어 죽을 멋도 다 있다. 얼큰하니 괜찮다. 일어서자."

"그런데 그 치과 의사는 정말 자살했을거나? 신문 보도대로 사고사 아니냐?"

"치과가 아니라 방사선과. 그 속을 어찌 알겠냐?"

"아들이 방사선과 과장이고 맹인은 치과라더라."

"방사선이면 어떻고 치과면 어떠냐? 그냥 의사라고 해둬라. 자살이면 어떻고 타살이면 어떠냐, 이미 죽어버렸는디?"

"죽은 자는 말이 없다,는 악당들 이야기고, 법의학에서는 죽은 자는 말을 한다. 송장만큼 살인 사건을 고함지르는 사람이 어디 있겠냐? 머리털도 말하고, 손톱도 말하고, 오장육부도 말하고, 살도 뼈도 배설물도 다 말하고, 누워 있는 위치, 시간도 말을 한다."

"말을 하면 뭘 해? 시체가 온몸으로 증언하면 뭘 하냔 말이다."

"자, 기차는 달린다. 너, 무궁화호는커녕 통일호만 돼도 안내 방송하는 것 알지? 이 열차는 고속으로 달리고 있습니다. 위험한 승강구에 나가지 마시고, 운운. 70 노인이 달리는 기차에서 승강구에는 왜 나갔냐? 다음 역이 내릴 역도 아니었다. 내릴 역은 아직 아직 멀었다. 바람 쏘일려고? 더워서? 너, 무궁화만 돼도 여름에는 냉방장치로 추워서 감기가 들고, 겨울에는 김이 너무 많이 들어와서 사람들이 저고리들을 벗어 거는 것 알지?"

"그래서 바람 쏘일라고 나갔는갑다."

"실족사면 발이 먼저 떨어지고, 투신이면 머리가 먼저 곤두박질하는 것 아니냐?"

"아, 글쎄, 어느 것이 먼저면 뭣 해? 발이 먼저면 다리만 부러지고 머리가 먼저면 머리만 깨지냐? 시속 백 킬로로 달리는 차에서 떨어지면, 어디부터 땅에 닿았든지 간에 온몸이 작살이다. 더구나 옷이 어디에 걸려서 백 미터나 끌려갔다고 하지 않냐? 어디 먼저가 무슨 뜻이 있냐?"

"아들 둘 딸 둘에, 부인과는 3년 전에 사별했다. 자식들은 장성해서 다 잘되었다. 아들은 둘 다 의사고, 딸들은 하나는 사장 부인이고 또 하나는 법관 부인이다. 맹인은 두 아들네들 집들을 거쳐 딸네 집으로 가는 중이었다. 그는 그렇게 자식들 집을 전전했다."

"리어왕이 따로 없구나."

"마지막 들른 아들네 집에서 마지막 밤에 사고가 있었다. 사고라면 사고고, 아니라면 아니다."

"다 그래. 지나고 보니 사고지, 처음부터 사고냐?"

"노인네가 초저녁잠이 많은 법인데, 그날따라 밤 열 시경에 배가 출출해서 우리 같으면 쇠주나 한 병 깠을 것이구만, 아, 이, 건강한 양반이 부엌으로 가서 냉장고 문을 열었다."

"신병 비관 자살은 안 되겠구만."

"얼른 눈에 뜨인 것이 우유하고 계란이었다. 그는 소젖을 한 잔 딸고, 달걀을 한 개 튀김 냄비 위에 기름을 치고 깼다."

"멋쟁이 시아버지구만. 요리를 직접 다 하고. 야, 아가, 거, 라면 하나 삶아오련? 옛날 같으면 참 기세 좋았지."

"멋쟁이고 돈 많고 학식 많고, 왕년에는 다 알아주는 한량이었지. 거, 시키지 않고 왜 직접 부엌 출입을 했는지 모르겠단 말이야."

"그것 쉽다. 너늠마 어려운 것은 알고 쉬운 것은 모르냐? 며느리가 미안해서 그랬다. 왕년이 무슨 소용이냐? 왕년에 끗발 안 선 사람 있냐?"

"하, 그때, 일이 요상하게 될라고, 며느리가 불 켜진 것을 보고 주방으로 들어왔다. 어머, 아버님, 저녁 식사 한 지가 얼마나 된다고."

"식사라니, 거기가 군대냐? 식사 군기가 문란하냐? 왜 요즘 것들은 아무한테나 식사를 앵기냐?"

"며느리는 무심코 말했다. 그것이 아까웠겠냐? 전생에 원수 졌냐? 시아버지도 조금 무안했겠지만, 그게 뭐 어떠냐? 허, 허, 내가 널 깨웠냐? 가서 자거라. 오냐, 어서 자거라. 그러고 끝났다. 아무 일도 아니었다."

"왜 아무 일도 아니냐? 음식 끝이 얼마나 맵고 모지다고! 한 술 밥에 눈물 난다. 점잖은 노인이 음식 끝에 뽀쳤으니, 그 체면을 어쩔거나."

"니가 남의 속을 어찌 그리 잘 아냐?"

"그것이 남의 일이냐?"

"이튿날 아들 부부가 붙잡는 것을 뿌리치고 떠나는 것으로 최소한의 체면을 채렸다. 그것으로 부족했을거나? 도중에 달리는 기차에서 떨어지는 것으로 끝났다. 그것이 추락사냐?"

"너는 본 것처럼 이야기한다? 봤냐?"

"안 보면 모르냐?"

"100 백분율 자살이 어디 있고, 100 백분율 사고사가 어디 있겠냐? 여러 가지가 섞였겠지. 실족에, 고속에, 체면에, 추락에, 허무에, 피곤에."

"느그 집은 무슨 잔치냐, 너만 쏙 빼놓고? 사우 오고 조카 왔으면 큰 잔치다."

"잔치는 무슨. 나나 죽으면 모를까. 야, 깡대구야. 구신이 물밥 얻어먹으러 오면 희한할 것이다. 죽은 구신도 정신은 초롱초롱

하겠지?"

"정신이 없으면 어떻게 집을 찾아오고, 어떻게 제 죽은 날 기억하냐? 이사를 가도 찾아오고, 공동주택 17층도 승강기 타고 올라간단다."

"어떻게 아냐?"

"거기서 제사를 지내는디?"

"죽은 사람도 산 사람같이 눈으로 보고 귀로 듣는디, 왜 손으로 못 만지냐?"

"만지는지 못 만지는지 니가 어떻게 아냐?"

"아, 만지면 산 사람이 알 것 아니냐?"

"몰래 만진다. 만져도 모른다. 알면 산 사람이나 똑같게?"

"음식은 산 사람하고 똑같이 안 차리냐?"

"즈그 먹을라고. 오늘 느그 집 무슨 제사냐?"

"야, 제사상을 중국 음식으로 장만하냐?"

"맞어. 큰 여관 식당부에 주문해서 제상 본다는 말은 들었다만. 오늘이 니 귀 빠진 날이구나?"

"아침에 생일상 받았다. 삼신할미상도 차려놓고."

"그 잔치냐?"

"무슨 잔치? 생일이 제사냐, 밤에 쇠게?"

그들은 자리를 털고 일어섰다. 강 중간에서 끊어진 채 반이 남아 있는 폐철교가 그 너머 폐도의 헌 다리와 함께 썩은 물속에 허물어져가는 교각들을 박고 서 있었다. 그는 이왕 차린 음식이니 같이 가서 저녁을 마저 먹자고 청했지만, 강대구는 사람 눈치 없는 사람 만들지 말라고 거절했다. 젊은 놈 실수는 애교로 보아 넘길 수 있지만, 늙어 주책은 꼴불견이었다. 그의 집 식구들은 그날 밤 아는 사람 집 아이 돌잔치에 갔다. 그들이 벌써 돌아왔을 리 없었다. 그는 그것이 그때까지도 이상했다. 산전수전 다 겪고 말 갈 데 소 갈 데 다 가고도 아직 이상한 것이 남았냐? 그들은 헤어졌다. 그는 가게 쪽으로 가고, 강샌은 모퉁이를 돌았다.

"왜 그요? 어디 갔다 오요?" 가게에서 젊은 여자가 그를 보고 나왔다.

"누구냐? 우리 한 여사구나? 니 언제 왔냐?"

"내가 왜 한 여사요, 김 여사지?"

"미국서는 그렇게 부른다고 니가 안 그랬냐?"

"여기가 미국이오?"

"여기가? 아니다. 미국서도 상것들 본 딸지 말아라."

"바쁜 사람 불러놓고 어딜 갔다 와요?"

"바람 쐬고 온다. 너는 웬일이냐? 누가 불렀냐? 병원은 별일 없냐? 외과라 환자 많지?"

"아빤 언제 외과하고 정형외과하고 구별하시려우?"

"그게 그거 아니냐? 정형외과가 외과 아니면 뭣이 외과냐? 감기 유행하고 눈병 돌 때는 내과하고 안과가 미어지더라만. 피부과도 괜찮더라. 농약이다, 풀독이다, 문둥이가 따로 없다."

"아빠, 또 그 송안과 이야기하고 싶어서 그러지?"

"송안과라니, 아빠 제자 송안과 말이냐? 그 이야기 좀 하면 안 되냐? 사람들이 얼마나 재미있어 하는데 그러냐?"

"신 어쨌어요? 술 했어요?"

"처음에는 무슨 소린지 잘 몰라서 멍하고, 두번째는 고개를 끄떡끄떡하고, 세번째는 빙긋이 웃고, 네번째가 돼야 말하는 사람하고 같이 포복절도한다. 생각해봐라. 의사가 은사라고 하다니. 신, 신발 말이냐? 집에 있지. 술? 했다."

"빨리 가요. 기다리겠어요."

"기다려? 뭘 기다려? 음식 식는데 기다리긴 뭘 기다려, 먼저들 먹지?"

"아니요. 후식 기다린다고요. 팥이통통 사러 왔거든요."

"팥밥 할래? 팥죽 쑬래? 팥떡 찔래? 후식이라니, 그 많은 수박참외, 다 어떻게 하고?"

"사람들이 얼음과자를 선호하거든요."

"얼음과자? 너 나 찾으러 나온 것 아니냐? 과자 사러 왔냐? 내가 아니라 후식이냐?"

"아빠가 집을 몰라요, 길을 몰라요? 이 동네 길이 미로 같지만 아빤 여기서 사시잖아요?"

"그래, 맞다. 저녁은 맛있게들 먹었냐?"

"어떻게 해요? 한 서방은 바로 들어가봐야 하거든요. 중환자가 있거든요. 잠깐 빠져나왔거든요. 입원실 회진도 안 했거든요."

"그래, 좋다. 다 좋은데, 거, 했거든요 소리 좀 안 할 수 없냐? 했거든요는 두번째 나올 때 쓰는 말 아니냐?"

"또 시작이야. 누가 국어 선생 아니랄까 봐서."

"내가 왜 국어 선생이냐? 국어 선생 아니면 국어에 대해서 말 못 하냐? 문이나 따라. 열쇠는 가지고 나왔냐?"

"국어 선생 아닌 사람이 국어에 대해서 이야기하면 국어 선생은 무엇을 하고 밥을 먹어요?"

김 여사가 문을 열었다. 그들은 집 안으로 들어갔다. 현관문은 닫혀 있었다. 밖에는 아무도 나와 있지 않았다. 그가 없어져서 음식 다 차려놓고 집 안에서 난리가 났을 것이라고 생각했던 것은 오해였다. 그런 걱정은 할 필요가 없었다. 사실, 그는 그런 걱정을 하지 않았다. 때로는 기대가 어긋났을 때보다 들어맞았을 때 더 실망이 클 수 있었다. 그것은 절망이었다. 그것은 발견이 아니라, 확인이었다.

"국어 선생 밥걱정 안 해도 좋으니, 국어 좀 제발 제대로 써라. 제 나라 말이라고 아무렇게나 써도 좋다는 법 없다. 어서 들어가거라. 발 씻고 들어가마."

"아빠, 이거 뭐야?"

"뭐가? 글쎄?" 그는 그의 바지 뒤 호주머니에서 불룩한 것을 꺼냈다. 술병이었다.

거실 안의 잔치는 파장이었다. 사람들은 수박들을 먹었다. 상 위에는 아직 음식들이 남아 있었다. 그가 들어가자 베어 물고 있던 수박 조각을 내려놓고 한 서방이 벌떡 일어섰다. 조카들도 줄줄이 따라 일어섰다. 그는 관대하게 웃고, 고개를 끄덕거리면서 한 손으로 앉아서 어서 먹으라는 시늉을 하고, 그렇게 말했다. 그들은 머뭇머뭇 주저앉아서 얼음과자를 베어 먹기 시작했고, 한 서방은 일어선 김에 가야겠다고 저고리를 집어 들었다.

"왜, 가게? 나하고 술 한잔 안 할 텐가?"

"차를 운전하고 왔거든요."

"차? 차야 대리운전 있지 않어?"

그는 그의 딸을 돌아보았다. 딸이 고개를 저었다. 아마 차를 꼬라박았거나 서 있는 남의 차를 뒤에서 받았다.

"요즘 운전 조심해야 하거든요. 제 친구는 얼마 전에 고속도로 내리막길에서 일가족이 몰사했거든요."

조카들도 일어섰다. 올 때처럼 갈 때도 얻어 타고 갈 모양이었다.

"그 친구가 방사선과 전문의가?"

"예, 개업은 안 하고 부속 병원 과장으로 있었거든요."

"느그들도 갈래? 큰아부지하고 술 한잔 한달 수도 없고, 있어 봤자 잔소리밖에 더 듣겄냐. 밥은 많이 먹었냐?"

그는 술이 깰사 해서 속이 칼로 저미듯 배가 고팠지만, 좋은 얼굴로 손님들을 떠나보냈다.

"엄만 안 가? 내일까지야."

"먼저 가거라. 이따 가든지 낼 아침 일찍 가마."

모녀가 현관 밖에서 주고받았다. 계를 묻었냐, 모피 할인 판매 기간이냐? 사람들의 소리가 대문 밖으로 멀어져갔다. 바보상자가 바보처럼 들어주는 사람도 없이 혼자 내내 떠들었다. 그는 의자에 주저앉았다.

"술 했소? 집에 음식 채려놓고?"

"했지. 언제는 집에 먹을 것이 없어서 나가서 먹었나."

"밥은? 밥은 어쨌소?"

"밥? 술 했는디 밥 안 했을라고."

"허긴 때가 어느 땐디. 음식 한 접시 냉장고에 여났소. 뎁혀 오라요?"

"언제 데우고 있어? 배고프면 찾아 먹을 테니, 어서 나가봐."

"어디를 나가봐요?"

"아, 밖에서 기다리지 않어? 계여 싸구려 옷이여?"

"안 죽어도 구신이네."

"여자들 공사가 그런 것들 말고 또 있을라고."

"옷 말고 차 말이오. 이따가 시장하면 채려 먹을라요?"

"붕 소리가 안 났지 않아. 소리 없이 가는 차도 있나? 음식 접시 대강 치우고 날래 나가봐."

"안 그래도 상만 얼렁 치우고 나간다고 했소. 남자들 종사는 주색잡기요?"

"잡기는 빼고. 오늘이 무슨 날이라고 이 법석이여?"

"바쁜 아들이 아침에 와서 밥을 먹어야겠소? 요즘 세상에 아침밥 많이 먹는 사람이 어디 있다요? 늙어감서 젊은 사람들 형편대로 양보하고 살아야지, 옛날 생각만 하고 외고집 부리면 누가 좋아한다요? 대접받을라면, 참을 때는 참으시오. 음식 들여오는 것 못 보았소?"

"몰랐지, 속을. 싸다고 아무것이나 줏어오지 말어. 갖다 놨으

면 돌려주라고 하고. 입어야 옷이지 걸어논다고 옷이여? 젊은
것들 늙은이들이 안 말리면 누가 말려? 어서 나가봐, 이왕 나갈
거."

"안 나가면 그냥 가라고 했소."

그녀는 접시들을 개수대에 쌓아놓고 나갔다. 그는 혼자가 되
었다. 자, 뭘 좀 먹어볼까? 그는 마룻바닥에 가부좌 틀고 앉아
아랫배로 숨을 쉬기 시작했다.

(1995)

베네치아에서 만난 사람

유로라인 버스를 싣고 온 커다란 스테나호는 새벽녘에 프랑스 땅에 닿았다. 아마 칼렌가 뭔가 하는 항구였다. 버스가 배를 빠져나와서 안개 속을 천천히 미끄러져 가자 경찰 검문소가 나왔다. 몇 대의 버스들이 줄을 지어 기다리고 있었다. 배가 나온 경찰관이 권총을 아랫배 밑으로 축 처지게 차고 다가왔다. 그가 가리키는 대로 버스는 옆 검문소께로 갔다. 승객들이 내려서 차례로 작은 건물 안으로 들어갔다. 대개 별 탈 없이 국경을 통과했다. 남자 서넛과 여자 두엇이 지체되었지만, 곧 검문소를 빠져나왔다. 중남미나 아시아나 아프리카 인종들이었다. 승객들이 여권들을 챙기면서 버스에 올랐다. 머리가 하얗게 세고 풍채가 좋은 운전사가 승객들 좌석을 눈대중으로 점검했다. 자리가 다 찬 것 같은데 빈자리가 있는지 늙은 운전사는 차를 내렸다. 검문소에서 배 나온 경찰관이 동료 하나와 함께 까무잡잡한, 아마도 북아프리카 사람인 듯한 청년 하나를 거의 끌다시피 데리고 나왔다. 운전사가 버스 짐칸 문을 들어 올렸다. 청년이 덤덤하게 제 짐인 듯한 가방을 끌어냈다. 배가 홀쭉한 운동선수용 긴 회색 천 가방이었다. 배불뚝이가 가라는 손짓을 했고 버스는 태우고 온 젊은이를 내려놓은 채 떠났다.

"한국은 사증 면제라는 것을 잘 모르는가 봐요."

"글쎄 그것 분별하려고 근무하는 사람이 그것을 잘 모르다니 한심해요."

"왜 출입국 관리나 세관원이 아니고 경찰이 국경을 지켜요?"

"구공시 안에서는 국경이 없겠지요. 경찰은 범죄자들 색출 때문이겠지요."

"그럼 우리가 범죄 용의자들이었어요?"

"전산기 화면에 안 떴으면 용의자는 아니고, 용의자의 의심을 받았겠지요."

파리까지는 여러 시간이 걸렸다. 런던 빅토리아 정거장을 밤 열두 시에 떠났는데 파리의 한 종점에 닿았을 때는 거의 낮 열한 시경이었다.

"유스호스텔로 가시겠어요?"

환전을 마친 여자가 천연색 합성수지 의자에 앉아서 지도를 펼쳐 들고 있는 남자에게로 다가오면서 말했다.

"전화가 안 돼요."

"성수기도 아닌데 빈칸 없겠어요?"

여자가 가방을 내려놓고 옆에 앉았다.

"김 선생은 어떻게 허실 테요?" 남자가 주위를 살펴보았다.

"안내 같은 것 하나 없구만."

"여긴 왜 이렇게 황량해요?"

주위에는 그들과 같은 차를 타고 온 사람들도 대개 흩어지고 아직 숙소를 못 정한 듯한 몇 사람들이 조금 전에 그가 그랬던 것처럼 공중전화통에 매달려 있었다. 국제선 종착 정류장이 쓸쓸하고 청승맞았다.

"여긴 아마 지하철이요. 저기로 나가면 기차 타는 데가 있을 것 같소."

그들은 대합실을 나갔다. 긴 통로가 나타났다. 조명이 잘되어 있었다. 바닥은 부드러운 합성수지판으로 포장되었다. 오르막 이었지만 짐 실은 도롱태가 잘 굴러갔다. 여자는 바퀴 달린 가벼운 가방 하나였지만, 그는 짐이 많았다. 배낭 하나에 여행용 가방이 둘이었는데, 그중의 하나는 2단까지 푼 3단 가방이었다. 에든버러에서 그 도롱태를 사기 전까지 그는 그 짐들 때문에 죽을 고생을 했다. 두 팔들이 다 빠졌다. 하도 팔이 아파서 한꺼번에 못 가고 두 번에 나른 적도 있었다. 워즈워스의 고장 그라스미언가 더웬튼가 어디 호숫가에 있는 유스호스텔을 찾아갈 때였다. 버스 정류장에서 여관까지 한 백 미터 되는 거리를 그는 다람쥐 도토리 물어 나르듯 하나씩, 둘씩 주워 날랐다. 그때 이 도롱태가 있었더라면 얼마나 편했을까? 세 거리가 나오고, 길 안내판이 보였다. 그들이 온 길로 가면 유로라인 종점이고, 왼편 으로 가면 지하철이고, 곧장 가면 출구였다. 땅굴이 끝나자 층계 가 나타났다. 전깃불이 어두워지고 바깥 빛이 들어왔다. 층계는 시멘트였다. 그는 짐을 바퀴에서 풀었다. 도롱태를 접어서 가방 위에 얹고 짐 셋을 두 손에 나눠 들었다. 몇 걸음 가자고 풀고 묶고 하는 것이 귀찮았지만, 층계를 끌고 올라갈 수는 없었다. 한 걸음 앞서가던 여자가 민망한 듯 뒤를 돌아보았다.

밖은 흐리고 빗방울이 떨어졌다. 그들은 지하철 입구 덮개 밑에서 비를 피하고 정세를 관망했다. 그곳은 시내버스 정류소였다. 그들 바로 앞 길가도 정류소고, 길 복판 교통섬도 정류소고, 길 건너도 정류소였다. 정류장마다 차를 세우는 표지판이 10미터쯤 간격으로 서너 개씩 늘어서 있었다. 택시를 타면 요금이 엄청날 테고, 버스를 타자니 어느 것을 어디서 타야 할지 안내판을 들여다봐도 전혀 요량이 안 서고, 다시 땅속으로 들어가자니 귀찮았다. 유스호스텔은 드골공항 근처에 하나 있었다. 국제공항은 시내에서 멀리 떨어져 있었다. 비는 오고, 갈 데는 없고, 여관은 안 보이고, 짐은 많고, 아는 사람은 없고, 각오는 했었지만 난감했다. 그는 피곤한 줄도 배고픈 줄도 몰랐다. 층계 입구, 비 안 들이치는 데에 중년의 남자 거지가 하나 앉아서 동전을 구걸했다. 예약 단체 관광 여행이 호화판인 건 말할 것도 없고 얼마나 편리한가. 자유의 대가가 불편이고 고생이었다.

"빅토리아 정거장에서 큰 소리로 떠들던 한국 젊은이들 셋은 어디로 갔을까요?"

"글쎄 그 친구들이 안 보이네요."

"셋쯤 떼 지어 다니면 좋겠어요. 경비도 덜 들고, 편리하고, 적적하지 않고."

"둘도 좋지요."

"물론이지요."

"비가 좀 뜸한데 가지요."

"어디로요?"

"이렇게 서 있을 수도 없지 않아요? 어느 쪽이 시내 쪽인가? 중심지 쪽에 여관이 많다는 보장도 없지만. 하여튼 움직입시다."

"저는 걱정하지 마세요. 저는 어디서든지 전화만 하면 돼요. 전화 한 통화면 사람이 오게 돼 있어요."

그들은 왼쪽으로 돌아섰다. 그쪽이 변두리의 중심지 쪽인 것 같았다. 몇백 년 묵은 옛 도시도 아니고, 고층 건물들이 즐비한 새 도시도 아니고, 그 중간쯤 되는 어정쩡한 거리였다. 행인들도 초라하고 우중충했다. 브리튼의 거리에 인도 사람들이 많은 것처럼, 여기에는 북아프리카 출신으로 보이는 사람이 많았다. 동양 사람도 많았다. 흑인들도 있었다. 식민지 경략은 장기적으로 보면 일방적인 침략이 아니었다. 약국이 나타났다. 적십자가 아니고 녹십자였다. 그들은 약국 유리문을 밀고 안으로 들어갔다. 가게에서는 화장품도 팔았다. 그가 배낭 뚜껑 주머니에서 엄지손가락만 한 합성수지 약병을 꺼내서 약사에게 보였다. 약사가 옆의 여자 점원에게 시켜서 어렵지 않게 약병을 꺼내 왔다. 그가 종이 갑에서 병을 꺼내 보고 손가락 두 개를 펼쳐 보였다. 약사가 또 한 병을 꺼내 왔다. 그는 약을 받고 카드를 내밀었다. 여자는 화장품 진열장을 물끄러미 들여다보고 있었다.

그들은 약국을 나왔다. 도롱태 바퀴들이 문턱에서 떨어져서 균형을 잡자 그가 뒤따라 나오는 그녀에게 말했다.

"전화번호를 잊었소? 쪽지를 잃었소?"

"예? 뭐가요? 전화요? 전화가 어쨌게요?"

"왜 전화를 안 해요? 사람이 나오기로 했어요?"

"아까 땅속에서 했는데요, 녹음이 받데요."

"응답 기계요? 전할 말씀을 남겼어요?"

"아니요. 응답기가 아니고요, 우체국인가 전화 회산가 가입자한테 용역하는가 봐요. 녹음 안 했어요. 서로 상의해야지 한쪽 말만 할 수 있어요? 무슨 약이세요? 약 사기 쉽네요."

"이거요?" 그는 대견스럽다는 듯이 약갑들을 꺼내 보였다. "알레르기성 결막염 약이요. 10시시밖에 안 되는데 한국에서는 몇 년 전에 한 병에 만 원을 받아요. 여기선 싸요."

"같은 약인데요?"

"한국에서는 낙시아, 여기 브리튼이나 프랑스에서는 역시 낙시안데 에이가 한국보다 한 자 더 들었어요. 뭐 같은 약이겠지요. 브리튼에서 알레르기 안약 달랬더니 이걸 줘요. 옛날 한국 약이 생각나데요."

"여기서는 얼만데요?"

"글쎄 그게 얼만가?"

그는 약갑을 살피고 영수증을 들여다보았다.

"아니, 저게 뭐지요? 저기 여관 아니에요?"

호텔 칸테스는 약국과 같은 건물에 있었다. 문은 약국 문 다음다음이었다. 그들은 커다란 회전 유리문을 밀치고 안으로 들어갔다. 별 세 개짜리의 중급 여관이었다. 사람들이 더러 커다란 가방을 옆에 놓고 휴게실 의자에 앉아서 쉬었고, 더러 승강기 앞에 가방을 놓고 문이 열리기를 기다렸다. 대개 간편한 옷을 입은 늙은 사람들이었다. 안경에 끈을 매서 목에 건 한 여자가 벌써 방 열쇠를 둔 곳이라도 잊었는지, 아니면 짝이라도 찾는지, 여기저기 끼웃거리고 다녔다. 단체 부부 관광객들인 모양이었다.

"사람들이 조용해요. 말소리가 들리지 않아요. 낄낄대고 웃는 사람도 없어요." 그가 접수에서 돌아오자 한쪽 의자 위에 멍하게 앉아 있던 김 선생이 말했다. "빈칸은 있어요?"

그는 대답 대신 열쇠를 흔들어 보였다. 그들은 짐들을 끌고 승강기를 타고 7층으로 올라갔다. 방은 2인용 침대가 두 개 놓여 있었다. 비좁다는 느낌은 별로 안 들었다. 바닥은 양탄자가 아니라 목재였다. 반뼘쯤 되는 각목들이 원목의 무늬와 나이테와 옹이도 선명하게 길고 짧게 붙여져 있었다. 감촉이 좋았다. 어렸을 적 고향 집의 식당이 마루와는 달리 그런 식이었다. 물론 그보다는 훨씬 더 고급스럽고 세련되고 육중했다.

"방은 어떻게 하셨어요?"

"우선 하룻밤 묵기로 했어요."

"1인 1실이요?"

"계산은 나갈 때 하지요. 1인 1실이나 2인 1실이나 별 차이 없어요. 어차피 방 하나 차지하기는 마찬가지 아니오?"

"그 사람들이 그러라고 그래요? 친절하네요."

"아니요. 전혀 안 친절해요. 이렇게 불친절하고, 무례하고, 오만불손한 접객업소는 생전 못 봤어요. 객실 요금이야 규정에 정해진 거지 친절에서 나온 것이 아니지요. 혼자 자면 1인 요금 받고 둘이 자면 2인 요금 받는 것도 규칙이지 친절이 아니지요. 정해진 대로 하자니 불친절하겠지요."

"그래도 원칙을 지켜주는 것이 얼마나 고마워요?"

"아니, 조금도 안 그래요. 그들이 정한 것을 그들이 지키는 것이 뭐가 이상해요? 우리가 정한 것을 그들이 지켜주면 고맙지요. 우리는 그들이 정해놓은 것을 지키고 있어요. 그들이 우리한테 고마워해야지요. 그들은 얼마든지 바꿀 수 있어요. 우리는 못 바꾸지요. 이 집에 안 오면 몰라도."

"화가 많이 나셨군요. 의사소통 문제도 있었겠지요."

"내가 불어를 못하는 것은 그들이 한국말 못하는 것과 똑같아요. 왜 프랑스에서 불어를 못하느냐고 하면 문제가 달라지지요. 그러면 관광 사업 집어치워야지요. 관광객 하나 유치하는 것이 자동차 몇 대 수출하는 것과 돈벌이가 같대요."

"그래도 프랑스 사람들 불어에 대한 콧대는 알아줘야 하지 않아요?"

"옛날에는 그랬지요. 지금은 달라요. 옛날에는 택시 운전수가 영어로 행선지를 대면 못 알아들은 척했다고 해요. 요즘은 프랑스 학자들이 영어로 논문을 쓴답니다. 불어를 쓰면 누가 읽어요?"

"설마요. 많이 읽히기로 하자면야 중국어로 써야 할까요?"

"글쎄, 그 단순 통계 숫자는 잘 모르겠어요. 이제 조금 피곤해 오는데요? 몸이 정신이 드나 봐요. 배도 고파오고. 소나기 한 차례씩 하고 나가지요. 뭘 좀 먹게요."

그녀가 먼저 욕실로 들어갔다. 그녀의 아담한 엉덩이가 씰룩 씰룩 사라지는 것을 보고 그는 성욕을 느꼈다. 그는 그것이 그 안에서 그녀의 청바지로부터 볼가질 것을 상상했다. 호치가 세 요무. 그녀는 이야기할 때나 웃을 때 잇속이 좋았고, 허리가 가늘었다. 적어도 크지 않은 엉덩이보다는 작았다. 엉덩이가 예쁜 것은 사실은 엉덩이 때문이 아니라 그 위에 얹혀 있는 허리 때문이었다. 세요 때문이었다. 잇속이 좋다는 것은 잇바디가 고르고 하얗다는 뜻이었다. 그는 신발과 양말을 벗고 침대 위에 벌렁 드러누웠다. 가만있자. 그는 시계를 보았다. 한 시가 조금 지났다. 그렇다면 점심 요기하고, 루브르로 가자. 루브르를 보면 프랑스 다 봤지. 피곤은 한국에 가서 하기로 하고 여기서는 이왕 버린 몸, 몸으로 때우고 한시라도 아껴야지. 시간이 돈인데. 그가 자신의 코고는 소리를 가느다랗게 들었다고 생각했을 때, 그녀가 그를 깨웠다. 그는 막 들려던 잠이 아쉬웠지만 훌훌 털고 욕실로 들어갔다. 그가 브리튼의 시외버스와 런던의 지하철과 국제선 버스에서 뒤집어쓴 먼지들과 땀을 대강 씻고 나왔을 때, 그녀는 목욕 뒤 마무리를 하고 의자에 단정히 앉아 있었다.

"정말 배가 고픈데요, 저 가방 속에 라면 봉지가 몇 개 들어 있는데, 혹시 도움이 안 될까요?"

"아니, 그 작은 가방 속에 여행 용구며 옷가지며 화장품이며 넣고 언제 또 틈이 있어서 비상식량이 들어갔어요? 도움이 되고 말고요."

"그렇지만 끓일 수가 있어야지요, 컵라면도 아닌데?"

"내 배낭하고 가방들을 보세요. 왜 저 고생을 하겠어요? 저 속에 천막만 없지 다 들었어요."

그녀는 가방에서 라면 봉지들이 들어 있는 검은 봉지를 꺼냈고, 그는 배낭에서 전기 화덕하고 등산용 냄비를 꺼냈다.

"전기 규격이 맞을까요? 전기꽂이가 같을까요?"

"전압 220은 비슷할 테고, 접속꽂이가 안 맞으면 맞는 걸로 바꾸면 되지요. 아마 맞을 거요. 이탈리아에서 샀거든요." 그는 벽에 전기 접속받이가 어디쯤 있는지 찾았다. 바보상자와 냉장고 뒤에 있었다. 그는 냉장고 줄을 뽑고 화덕 줄을 꽂았다. 이탈리아 것이 조금 가늘고 작은 듯했지만 궁합이 맞았다. "이탈리아하고 프랑스는 둥근 것이 삼지창처럼 셋인데, 브리튼은 투박하게 네모난 것이 음전기 양전기는 마주 보고 접지는 그 사이에 가로로 끼어 있어서, 섬 것과 대륙 것은 영 아귀가 안 맞아요."

그들은 매운탕라면 셋을 삶아서 점심을 먹었다. 그는 브리튼의 생필품 연쇄점에서 산 연어 깡통과 스코틀랜드 소주병을 가방에서 꺼내 반주까지 곁들였다. 깡통은 마지막 하나 남은 것이어서 저녁을 위해 아끼고 낮술은 참을까도 했지만, 설마 프랑스라고 생필품 가게 없으랴 싶어 피곤도 풀 겸, 손님 대접도 할 겸, 그는 어른 손바닥 둘 겹쳐놓은 것만 한 깡통의 배를 한꺼번에

짝 잡아 찢었다. 빈속에 희석식인지 증류식인지 40도 소주 한 잔을 털어 넣고 붉고 연한 연어 고기 한 점으로 입가심을 하자 금방 소식이 왔다. 여자도 건배를 했다. 그녀는 한 잔만 했다.

"한국서는 못 보던 병이네요? 선생들 술인가 봐요?"

"조선 졸부들한테야 12년 묵은 씹어서 리갈이나 검은 띠 붉은 띠 같은 고가품들만 있지, 이런 2년이나 4년 묵은 싸구려가 있겠어요? 선생들은 오나 가나 가난하겠지요." 술 이름이 티처스 위스키였다. "매콤한 국물을 먹으니 김치 생각이 한결 가시는데요. 파리에서 라면 끓여 먹고 땀 흘릴 줄은 미처 몰랐소."

"이 화덕 덕이지요, 뭐. 이걸 뭐라고 해요? 풍로도 아니고, 화로도 아니고, 난로는 더욱 아니고." 그녀가 그 전열기기 포장 상자를 이리저리 살폈다. 그 상자는 그동안 찌그러지고 모서리들이 허옇게 닳았지만, 아직 원래 형체를 간직하고 있었다. "47,700원이네요?"

"리라지요. 우리 돈 24,000원쯤 되겠지요. 베네치아에서 샀는데, 베네치아는 이탈리아 전역이 다 그렇지만, 특히 관광객들 바가지 씌우기로 작심을 한 것 같아요. 그래도 우리 돈으로는 싼 셈이지요. 전기 무쇠로라고 하면 돼요. 켜서 30분쯤 돼야 달아오르고, 끄고 30분까지 열이 있지요."

"그럼 밥이 된 다음에 불이 들어오고, 불이 나간 다음에 밥이 되겠네요?"

그들은 점심을 먹고, 잠시 쉴 틈도 없이 밖으로 나갔다. 이제는 익숙해진 지하철 입구 앞에서 그가 걸음을 멈췄다.

"이 근처 생필품 가게나 식당이 있는지, 있으면 어디쯤인지, 미리 알아두는 것이 좋을 것 같아요." 그들은 사방을 두리번거렸다. 먹거리 가게는 아무 데에도 눈에 뜨이지 않았다. "저쪽으로 가봅시다." 손에 든 짐이 없어서 걸음이 가벼워진 그가 지하철 반대쪽으로 발길을 돌렸다. 그들은 여관과 약국을 지나 건물 모퉁이를 돌았다. 우체국이나 지하철이나 정류장을 묻기는 쉬워도 가게를 묻기는 어려웠다. 그들은 무작정 길을 건넜다. 사람 사는 세상에 먹는 것이 첫쩬데, 음식 파는 데가 이렇게 없다니 도대체 알 수 없는 노릇이었다. 프랑스 사람들은 밥도 안 먹나. 길을 저 위로 멀리 살펴봤지만 사람들이 북적댈 것 같은 조짐이 안 보였다. 그들은 깨끗하고 넓은 가게 안으로 들어갔다. 백화점 같았다. 진열된 상품들이 조금 별났다. 전부 개에 관련된 물건들이었다. 개 용품 백화점이었다. 키가 훌쭉하게 큰, 머리를 박박 깎은 소년이 그의 뜻을 대강 짐작했는지, 그들을 데리고 점포 밖으로 나갔다. 그가 한 옥상의 전광판을 가리켰다. 그 건물 속에 그들이 찾는 가게가 있고, 그 전광판이 그 건물의 간판인 모양이었다. 그들은 그라치에, 아니, 메르시, 고맙다고 하고 그 건물 쪽으로 대충 방향을 잡고 걸어갔다. 그들의 여관 건물 뒤쪽이었다. 가다가 그들은 또 하나의 여관을 발견했다. 호텔 이비스는 그들의 여관보다 50프랑 쌌다. 그들의 여관이나 이비스는 프랑스 전국에 여관 연쇄망을 가지고 있었다. 그들은 관광버스 두 대가 서 있는 이비스 앞을 지나 층계를 올라갔다. 층계참에 초라한 중국 음식점 입구가 있었다. 방향을 꺾어서 층계를 다 오르자 구름다리가 나왔다. 그것을 건너자 비와 빛을 가리는 뚜껑 덮인 길이 나왔고, 그 길 끝에 커다란 회전 유리문이 나왔다. 그 안은 별천지였다. 간이음식점과 가죽 제품 가게와 시계 보석상 과 여자 속옷 가게와 음반 가게가 양쪽으로 늘어서 있었다. 그 들은 파리에서 제일 큰 백화점을 걸어가고 있었다. 움직이는 계 단이 나왔다. 그는 에스파냐 바르셀로나에서 한데 움직이는 계단이 3층으로 움직이지 않고 있다가 누가 발판을 밟기만 하면 스륵스륵 움직이는 것을 본 적은 있었지만, 이렇게 넓은 움직이는 계단은 처음이었다. 3차선은 좋이 됨직한 길 전체가 움직였다. 위층은 식품부였다. 브리튼의 세인트베리나 테스코가 식품 연쇄점으로는 크고 깨끗했지만, 이것에다 대면 초라해질 판이었다. 그들은 상의 끝에 꼬챙이에 꿰서 뱅뱅 돌리면서 통째로 굽는 통닭은 다음 날, 만일 그들에게 공동으로 다음 날이 또 있으면, 먹기로 하고, 그날은 담백하게 우무 처리 연어 요리를 맛보기로 했다. 그는 생전 먹어본 적이 없었지만, 모험 삼아 두 종류로 두 개씩 네 접시를 집었다. 하나가 1인분이 좀 못 될 듯싶었다.

"연어에 무슨 원한 있어요?"

"원한? 있지요. 생선을 보관하는 방법에는 냉동, 깡통, 훈제, 우무 처리가 있는데, 우무 연어만 못 먹어봤어요. 이건 틀림없이 한천으로 처리한 거요. 냉동 연어 붉은 토막을 지져서도 먹고, 기름에 튀겨서도 먹었는데, 특히 양파, 양배추, 감자, 브로콜리 썰어 넣고, 고춧가루 듬뿍 풀고 지지면, 고기도 맛있지만, 김

치 생각을 달랠 수 있어요."

다음은 밥이었다. 이렇게 큰 가게에 밥 파는 데가 없을까? 쌀
은 팔았다. 그들은 제과점으로 갔다. 한 제과점에서 파는 종류도
많았지만, 제과점도 많았다. 그들은 간신히 우산 접은 것만 한
것을 두 개 집었다. 그것에 발라 먹을 딸기 조림을 한 통하고 사
과 두어 개를 집자, 장보기는 끝났다. 그들은 열 댄지 스무 댄지
계산기들이 죽 늘어선 곳에 와서야 술이 빠졌음을 알았다. 그녀
가 고사했으므로 포도주는 그만두고, 서양 도수로 90도짜리 프
랑스 술 한 병을 집었다. 계산을 하고 나온 그들은 나가는 길을
잃었다. 조금 전에 그들이 들어온 문이 어느 쪽인지 짐작이 안
갔다. 그들은 사람들 물결에 섞여서 아무 데로나 갔다. 가다 보
니 문이 나왔다. 들어온 문이 아니었다. 문을 나가자 그들은 그
들의 여관 정문 옆에 서 있었다.

그들은 여관에 들르지 않고 지하철로 갔다. 사진기하고 지하
철 노선도만 들어 있던 그의 배낭이 오상에서 산 먹거리로 알맞
게 무거워져 있었다. 역은 종점이었다. 들어온 차가 선로를 바꿔
다시 나갔다. 기차는 자리가 비어서 떠났다. 역 이름은 사람 이
름 같기도 하고, 장소 이름 같기도 했다.

"젤리넌가 겔리넌가? 갈릴런가?"

"갈리에니라는 장군이 있었어요. 1차 세계전쟁 때 파리를 지
켰어요."

사람을 하나 만나는 것은 문화를 하나 만나는 것이었다.

"공화국은 1789의 산물이요?"

"예? 그때 시작했다가 실패했지요."

기차가 레퓌블리크를 지나고 있었다.

"예술과 자료라. 자료라면, 그림 물감이오, 생활이오? 물감이라면 이 근처에 화구상이 있소?"

"저건 예술과 자료가 아니라, 예술과 기술이지요. 기술과 솜씨지요."

그들은 9월 4일을 지나서, 가극에서 차를 내렸다. 그들의 차는 아나톨 프랑스로 갔다. 그들은 차를 갈아탔다.

"오늘이 화요일이지요? 월요일은 더러 문을 닫는 수가 있어요."

그의 예상은 빗나갔다. 루브르는 화요일에 문을 닫았다. 휴관인데도 궁전 주위는 장날처럼 사람들로 붐볐다.

"문이 닫혀서 밖이 더 북적대겠지요." 김 선생이 말했다. 말이 되었다. 루브르는 바깥도 볼만했다. 그들은 말을 타고 칼을 빼어든 시커먼 조상 앞 분수대 돌난간 위에 앉아서 궁전의 외벽에 수없이 세워진 인물상들을 먼발치로 구경하면서 쉬었다. "미술관이 문을 닫았는데도 낭패스럽지가 않군요."

"오히려 다행이오."

"다행이랄 것까지야…. 오늘이 마지막 기회라고 생각해보세요. 낭패 정도가 아니라 절망 아니겠어요?"

"그렇다면 더욱 좋소. 만일 지금 문이 열렸다고 생각해봐요. 허리 부러져요. 세 시간, 네 시간, 어두워질 때까지 미궁 속을 헤매자면 허리 부러진다고요. 더구나 오늘이 마지막이라면 문이

열렸는데 안 들어갈 수 있어요? 하늘이 두 조각이 나도 들어가
야지요. 그런데 문이 닫혔다, 그건 구원이오. 한국에 가서 루브
르 박물관에 갔다고 하면 될 것 아니오? 간 것은 간 것이지요."

"저는요, 바깥에도 볼거리가 많다는 뜻이었어요."

"맞아요. 저 하늘 좀 봐요. 흰 구름 검은 구름 떠가는 저 푸른
하늘 좀 봐요. 이런 대도시에 푸른 하늘이 남았다니 놀랍지 않
아요?"

"하늘이야 한국에도 있지요."

"물론. 지리산에 가면 아직 하늘을 볼 수 있어요."

"저는요, 건축과 조각 같은 문물을 말했어요. 물론 문물도 덕
수궁이나 경복궁에 많이 있지만요."

"그럼요. 별 차이 있겠어요? 도토리 키 재기지요. 아, 건물이
야 비바람 피하는 것이고, 조각이야 인물상이면 사람이고 마상
이면 말인데, 다르면 얼마나 다르겠어요? 칼이 달라요, 창이 달
라요, 투구가 달라요? 또, 사람이나 말도 마찬가지지요. 가슴이
달라요, 허리가 달라요, 엉덩이가 달라요? 아니면 말꼬리가 달
라요, 갈기가 달라요?"

"그렇다면 비싼 돈 주고 고생하고 왜 여기까지 와요?"

"내 말이 그 말이오. 내가 지금 그것을 생각하고 있었소."

"오늘 오후는 쉬고, 내일 문 열면 나올 걸 그랬어요."

"쉬자고 여기 왔어요? 휴식은 세석이나 연하천 산장에서 해
야지요. 나는 지금 삼도봉 바위에 누워 푸른 하늘에 떠가는 하
얀 구름을 바라보고 있는 것을 생각했어요. 휴양은 그때 많이

하기로 하고, 여기서는 또 뜁시다. 아마 파리 사람들은 우리만큼 파리를 철저하게 구경하지는 않을 거요. 우리는 서울을 구경하지 않지요. 나는 아직 국회의사당을 못 가봤어요."

그들은 일어서서 작은 개선문이 있는 쪽으로 어슬렁어슬렁 걸었다. 개선문 위에서 양옆에 말 탄 자들을 거느린 여자가 흰 구름 푸른 하늘을 등지고 황금빛으로 빛났다. 그들은 황금 여신 뒤로 갔다. 거기도 파리였다. 칠흑같이 검고 윤이 나는 벌거벗은 여자들이 이탈리아 정원에서처럼 잘 손질된 사철나무 울타리 안에 드문드문 요염하고 풍만한 몸짓으로 앉거나 눕거나 서 있었다. 마이욜이었다. 그들은 세 여자가 얼싸안고 서 있는 데서 한참을 서 있었다. 보는 데에 따라 엉덩이는 하나도 되고 둘도 되었다. 셋은 안 되었다.

"톨스토이가 역정을 낼 만도 해요."

"너무 사실적인데요. 추하지요?"

"추하다니요. 그 반대지요. 추하다면 사람의 몸이 추하겠지요."

"창녀들 같기도 하고, 동성연애자들 같기도 하고."

"창녀요? 아름다움의 세 여신이오."

"창녀가 아름답지 말란 법 없지요. 웨누스가 셋이나 돼요?"

"그녀는 하나지요. 분노의 여신도 셋, 복수의 여신도 셋, 아름다움, 우아함의 여신도 셋. 시의 여신은 아홉이지만."

"신들은 왜 옷을 벗지요, 더구나 여자들이? 타락 전이라 그럴까요?"

"신들한테는 타락이 없겠지요. 사람들도 벗는데 신들이 못 벗겠어요?"

"벗는 건 좋은데 저렇게 떠벌이면 어떻게 해요?"

"생활이 숨기니, 예술이 보이지요. 저보다 백 년 전에 이탈리아의 조각가 카노바가 하얀 대리석으로 저 세 여신을 빚었는데, 너무 멋져요."

"조예가 깊으시군요."

"연대까지 외웠는데 잊었어요. 노천이 아니라 실내였는데, 직원의 감시가 소홀한 틈을 타서 손으로 만졌을라고요. 손바닥 속으로 엉덩이가 쏙 들어왔어요."

"지금은 아예 보는 사람이 없어요."

"왜 없어요? 벽이 없으니, 가까이 멀리 보는 눈이 무수히 많지요."

"먼 데까지 신경 쓰게요?"

그들은 마이욜을 지나서 신호를 보고 길을 건넜다. 길은 길이라기보다 광장이었는데, 작은 차들이 사방에서 봇물 터지듯 달려들었지만 혼잡스러운 느낌이 안 들었다. 경적이 없고, 속력이 없고, 차선 왔다 갔다가 없기 때문인 듯했다. 그들은 숲속으로 들어갔다. 처음에는 빈터에 둥근 분수대가 있고, 그 주위에 삥 둘러서 하얀 조상들이 서 있었다. 그다음은 길이었다. 길도 3차선은 좋이 됨 직했는데, 포장이 안 되고 자동차들이 없어서 길 같지 않았다. 이렇게 한갓지고 평화로운 길이 세상에 있다니. 길은 숲속에 있었다. 길 양쪽으로 키 큰 나무들이 임립했다. 길이 가로수들 속에 묻혔다. 길 양쪽으로 숲과 길 사이에 하얀 조상들이 드문드문 서 있었다. 숲속으로 들어가서 연목이 있고 그 양쪽에 마주 보고 조상이 있기도 했다. 벗은 여자, 벗은 남자, 입은 여자, 입은 남자, 어른, 아이, 선 사람, 앉은 사람, 혼자서, 여럿이서, 가지각색이었다. 예술은 보는 것도 좋고, 만지는 것도 좋지만, 사는 것이 더 좋았다. 그 속에서 사는 것은 여행객, 더구나 관광객에게는 불가능했다. 아쉬웠지만 어쩔 수 없었다. 그래서 아마 옹졸한 문화적 쇄국주의자들이 마음 놓고 구경꾼들을 불러들였다. 돈 떨어뜨리고 겉만 핥아라.

"웬 성인들이 이렇게 많아요?"

"옷 안 입은 여자가 많은 것과 같은 이치겠지요. 생활에 없으니까 예술에서라도⋯."

"교훈은 반댈 텐데요. 입은 성자가 가르친 것을 벗은 여자가 한꺼번에 망치겠지요."

"저것은 벗은 여자가 아닙니다. 벗은 여자의 조상이지요."

"남자도 마찬가지지요. 정말 사람이 저렇게 서 있겠어요?"

"여자가 없는 데서, 가령 병영이나 교도소에서, 남자들은 거칠어집니다. 여자가 있으면 남자들은 온순해져요."

"여자들이 적절히 옷을 입고 있을 때지요. 점잖지 못한 옷차림은 성범죄를 유발해요. 성범죄는 중요한 폭력 아니에요?"

"여자는 벗을수록 여자다워져요. 벗는 것과 성범죄는 상관이 없어요. 성행위가 혹시 늘어난다면 그것은 벗었기 때문이 아니라 평소에 안 벗었기 때문이지요. 성행위와 성범죄는 달라요. 독일서는 남녀가 혼욕을 한대요."

"북구가 성 풍속 문란하기로 유명해요."

"쓰개치마 입으면 발뒤꿈치 보고 성범죄가 일어나겠지요."

"갓신은 어떻게 하고요?"

"옛날 어떤 여자가 가마 타고 근친을 가는데, 한적한 고갯마루에서 쉴 때 가마꾼 둘이 여자의 발뒤꿈치를 보고 분기탱천하여 여자한테 사정 좀 봐달라고 사정을 했어요. 갑갑해서 갓신하고 버선을 벗은 죄가 있는 여자는 인적 끊긴 외진 데서 남정네들이 둘씩이나 달려드니 힘으로는 안 되겠다 싶어, 급한 김에 얼른 꾀를 냈지요. 치마를 걷고, 단속곳도 걷고, 속속곳도 걷고, 다리속곳 바람으로 다리 하나를 가마 밖으로 죽 뻗고는, 가마꾼들더러 한 놈씩 양물을 꺼내가지고 발가락에서부터 그들이 원하는 곳에까지 문질러 올라오라고 했어요. 눈들이 튀어나온 가마꾼들이 정신없이 뭘 꺼내가지고 차례로 발등에서부터 비비고 올라오는데, 한 놈은 종아리를 못 넘고, 그래도 세다고 하는 놈이 간신히 무릎을 넘기고 허벅지에다 젖을 게웠다고 해요."

"사람 사는 데에 무슨 일이 안 일어나겠어요? 갓신을 안 벗었으면, 홍수로 물이 불어난 개울을 건너다가 사달이 벌어졌겠지요."

"루브르 들어갈 것 없어요. 거기라고 별 그림 있겠어요?"

날이 저물었다. 그들은 콩코드는 다음 날로 미루고 발길을 돌렸다. 루브르궁에는 밤에도 사람들이 많았다. 그들은 오른쪽으로 방향을 틀었다. 둘 다 시장기가 들었다.

"근처에 식당 같은 것이 통 없어요."

"글쎄, 그것이 지금 나도 이상해요. 관광 명소에 먹자골이 없다니, 프랑스 사람들은 먹지 않고 그림만 그려요?"

"우리가 방향을 잘못 잡은 거 같아요. 어딘가 불야성이 있을 법한데, 우리는 거기서부터 멀어지고 있어요."

"물랭루주에 가서 다리를 번쩍번쩍 쳐들며 추는 천한 춤을 구경하면서 포도주에 양고기를 먹을까요?"

"이리로 가면 나와요?"

"아무 데나 돌아다니면 우연히 나올 줄 알았는데 안 나오는데요? 꼭 빨간 풍차만 맞이오? 풍차 말고 물방아도 안 나오는데요? 더 가면 센강이오."

"웬 방앗간은 찾아요? 짜장면집 주인이 빵꾸 난 자전거 타고 밀가루 사러 가면서 금방 돼요, 한다더니 그럴 작정이세요?"

그들은 택시를 탔다. 운전수는 노인이었다. 그들은 5분 뒤에 차를 내렸다. 옥상 전광판 위로 커다란 십자가처럼 생긴 그림이 빙빙 돌았다. 십자가는 교회의 십자가나 병원이나 약국의 십자가가 아니라, 병원이나 약국의 십자가가 네 끝이 끝으로 갈수록 폭이 넓어지는 이른바 몰타 십자가였다. 그곳은 네거리나 오거리였는데, 조금 전에 그녀가 찾았던 불야성이었다. 붉은 풍차는 입구에 안으로 들어가는 통로가 있었고, 오른쪽으로 불 밝힌 게시판에 무희들이 한 줄로 늘어서서 한쪽 발을 머리 위로 내뻗고 춤을 추고 있는 사진들이 붙어 있었다. 시간이 일렀다. 공연 시간까지는 두 시간이 남았다. 요금은 샴페인만 터뜨리면 암만, 술에 곁들여 저녁까지 먹으면 암만이었다. 그들은 사진들을 구경하고 출입문을 힐끗 쳐다보고 밖으로 나왔다. 인도에는 사람들이 오고 갔다. 그들은 오른쪽으로 꺾었다. 콧수염을 기른 까무잡잡한 북아프리카 출신 젊은이가 비슷한 또래들 댓을 앞에 세워놓고 두 손들을 놀리면서 열심히 떠들고 있었다. 얼른 보매 야바위꾼과 바람잡이들이었다. 그들은 그들을 들여다보지 않고 지나쳤다. 그는 그들이 안 올 곳에 왔다고 느꼈다. 그들은 다음 가게 안으로 들어갔다. 성 보조 기구 판매와 성 시청각 띠 대여를 하는 데였다. 대여는 그 집 안 밀실에서 했다. 밀실마다 방문에 번호가 매겨져 있었다. 그녀가 사방을 한번 훑어보고 말없이 밖으로 나갔다. 진열된 띠 포장 상자들에는 물론, 벽에 붙은 선전 화보에도 온통 여자의 가슴이나 성기나 엉덩이의 확대된 사진이나 그 밖의 음란 사진투성이였다. 그는 마주 보고 있는 밀실들의 좁은 통로 쪽에서 나는 퀴퀴하고 찌릿한 냄새에 콧구멍을 벌름거리고 그녀를 따라 밖으로 나갔다. 그 옆집도 같은 가게였다. 길 건너도 같은 가게였다. 그 가게 옆도 같은 가게였다. 그들은 택시를 잡아탔다. "센강"이라고 여자가 말했다. 이번에는 젊은 사람이었는데 운전수가 알아듣지 못했다. 그가 "루브르, 루브르 박물관"이라고 말했다.

그들은 강 쪽을 향해서 걸었다. 10월 초의 밤은 춥지도 덥지도 않았다. 강이 나타났다. 강 건너 불빛이 휘황했다. 그들은 짬을 봐서 차도를 무단횡단했다. 거리가 어두웠다. 층계를 내려가자 물가가 되었다. 물가에는 산책로가 있었다. 자전거를 탄 아해

들이 지나갔다. 조명이 안 좋았다. 우범지대일지도 모른다는 겁은 안 났다. 젊은 남자가 달음박질을 했다. 그들은 딱딱한 시멘트 의자에 앉았다. 강 위 오른쪽에서 불을 밝힌 배가 왔다. 왼쪽에서도 왔다. 관광객들을 태운 유람선들이었다. 하나는 크고 하나는 그보다 좀 작았지만, 둘 다 아름다웠다. 빈자리들이 많았다. 그는 벗어놓은 배낭에서 먹을 것과 마실 것을 꺼냈다. 중년 남자가 천천히 지나갔다. 어두워도 보일 것은 다 보였다. 길이 넓었든지 의자가 길 밖으로 삐져나가 있었든지 지나는 사람들이 방해가 되지 않았다. 그가 술병을 붙잡고 마개를 따르륵 따서 그녀에게 내밀었다. 그녀는 목이 말랐던지 사양하지 않고 독한 술을 한 모금 꼴깍했다. 진저리를 참는 눈치였다. 그도 한 모금 했다. 그녀가 우무 연어 안주를 포장을 뜯고 진설했다. "젓가락이 없구나. 소독저가 있으면 좋은데." 그가 그의 배낭 옆구리 주머니 속을 더듬었다. 투박하게 큰 강철 삼지창과 그 절반쯤 되는 하얀 합성수지 삼지창이 그의 손에 잡혀 나왔다. "씻은 거요." 그가 강철제를 그녀에게 건넸다. 연어 요리는 그가 확신했던 대로 일품이었다. 깡통에 비할 바가 아니었다.

"샐리가 샐리를 만났을 땐가 하는 영화가 있었지요?"

"해리를 만날 때요."

"해리가 해리를 만나요?"

"아니요. 해리가 샐리를 만났어요."

"그 영화 본 지가 오래돼서 다 잊었는데, 기억에 남은 건, 둘이 만나기만 하면 싸운다는 거요. 서로 좋아하는 것 같은데."

"제가 언제 싸웠어요?"

"아니, 우리 말고."

"그럼 누구요?"

"나요. 나는 지금 사람을 찾고 있어요."

"싸울 사람요?"

"그렇게 되는 셈이네요. 프랑스 항공을 탄 것까지는 확인이 되었는데, 어느 날인지, 어느 비행인지 알 수가 없어요. 파린지 런던인지 로만지도 알 수가 없어요."

"그만두는 것이 빠르시겠어요."

"나도 그만두었어요. 찾으면 안 나타나거든요. 안 찾으면 나타나요."

"지금 안 찾고 있어요?"

"안 찾는 척하면서 찾고 있지요."

"찾아도 안 보이는데, 안 찾는데 어떻게 보여요?"

"보이는 수가 있어요. 세상 넓고 좁다는 말이 맞아요. 관광객들 가는 데가 어디겠어요? 뻔해요. 경험이 있어요. 바르셀로나에서 만난 사람을 베네치아에서 또 만났거든요. 아무 기약 없이. 기약이라니요. 나를 피해 도망가는 사람이었어요. 달아날 필요도 없었지요. 그냥 사라지기만 하면 되었지요. 넓은 세상에서 어디서 찾겠어요?"

"누구를 만났는데요? 아는 사람이었어요? 친구였어요?"

"처음 보는 사람요. 지는 나를 친구라고 했어요. 아니, 친구의 친구라고 했어요. 친구의 친구냐고 물었어요."

"모르는 사람이요? 한국 사람이었어요?"

"아니요. 아까 길거리에서 돈 놓고 돈 묵기, 야바위 치는 놈들 있었지요? 그런 놈들이었어요. 그놈들은 이십대고 신체들이 좋았지만, 이놈은 사십대에 조금 깡말랐어요. 콧수염도 없었고요. 지 말로는 불가리아 사람이라고 했지만, 아랍겐 것 같았어요. 에스파냐에 사라센 사람들 많아요. 옛날 둘이 많이 싸웠거든요. 롤랑의 노래가 이베리아반도에 쳐들어온 사라센족 쳐부순 이야기 아니에요? 샤를마뉴 대제의 뒤를 맡았던 롤랑이 피레네산맥에서 구원을 청하다가 목에 핏줄이 터져 죽지요. 예수가 갈릴리 바다는 넘고, 홍해는 넘었지만, 지중해는 못 넘었던가 봐요. 아프리카는 개종이 안 되었거든요. 회교도와 기독교도는 문자 그대로 견원지간이에요. 예수교도가 마호메트교도를 미워하는데, 마호메트교도가 예수교도를 좋아하겠어요? 예수가 아프리카까지 바꿨든지, 유럽도 바꾸지 말았든지, 둘 중의 하나를 했어야 했어요. 불교와 부딪치지 않은 것은 불교가 회교처럼 전투적이지 않은 탓도 있겠지만, 서로 멀리 떨어져 있었기 때문이오. 천년도 더 지나서 화약과 나침반을 발명한 다음에 유럽 사람들은 아시아 사람들을 만났소. 빤히 마주 보고 이마를 맞대고 살면서 서로 죽일 놈 살릴 놈 하자니 얼마나 피차간에 피곤했겠소. 유럽에서 이단자를 재판에 부쳐 불에 태워 죽이는 제도가 제일 늦게 철폐된 곳이 아마 에스파냐요. 에스파냐가 좀 후지지요. 원래는 안 그랬는데, 독일이 후지고. 아마 종교 탓이었어요. 종교재판이 오래가서 처지고 처져서 종교재판이 오래가고. 지금은 사정이 달라졌지요. 믿음 심판은 물론이고, 기독교가 시들해지고, 종교 자체가 희미해지자, 이상하게도 평화가 왔어요. 종교가 가르친 것이 종교가 없어지자 실현된 셈이지요. 종교가 사랑과 평화를 가르친 것은 그것이 가는 데마다 미움과 싸움이 있었기 때문이겠지요. 종교가 살신성인했어요. 살아서 못 한 것 죽어서라도 했으니 다행이지요. 옛날에는 회교도가 기독교 교회에 못 들어가고, 기독교도가 회교 사원에 얼씬을 못 했어요. 시계를 고치러 들어갈 때에 기술자가 개처럼 네발로 뿍뿍 기어 들어갔어요. 개는 사원에 들어갈 수 있었지요. 지금은 서로 왕래를 트고 사는지 어쩐지 모르지만, 들어가고 안 들어가고가 아무 뜻이 없어져서 출입 금지가 해결되었어요. 지금은 사이좋게 잘 살아요. 물론 차별이야 있지요. 옛날처럼 죽이고 살리고가 없어진 것뿐이지요. 그것만으로도 얼마나 대견해요? 일단 살았으니, 나머지는 살아가면서 차츰 고치면 될 것 아니오? 마드리드 가보면, 이야기는 마드리드에서부터 시작되는데, 겉으로 보기에는 서로 섞여서 싸우지 않고 잘 살아요."

그는 말을 그쳤다. 그는 그가 무슨 이야기를 했는지 잊었다.

"야바위꾼."

"아, 야바위꾼." 그는 네 모금째 술을 마셨다. 두번째 연어 접시가 나왔다. 그녀는 술을 두 모금 마시고 밥을 먹었다. 그는 아직 밥 생각이 없었다. "그는 사기꾼이 아니라 도둑이오. 도둑이 아니라 강도요. 칼만 안 든 순 날강도요. 내가 바르셀로나에서 긴 의자에 앉아 쉬고 있는데, 까무잡잡하고 깡마른 사내 하나가

다가와서 수작을 붙여요. 나는 벌써 여러 번 그런 사람들한테 당한 경험이 있어서 아랍계건, 북아계건, 집시건, 흑인이건, 누가 싫다는데 말 붙이면, 소름이 끼쳐요. 나는 저리 가라고 손을 내저었어요. 나는 그때 제노바행 버스표를 끊고 시간이 남아서 공원을 한 바퀴 돌고 개선문 앞 광장 한쪽에서 쉬고 있었지요. 사진기 목에 걸고, 배낭 메고, 가방 둬 개 도롱태에 묶고, 시가지 지도를 들여다보고 있는 동양 사람은 그들이 도저히 놓칠 수 없는 표적이었어요. 그는 한사코 내게 말을 걸어요. 내 친구 수미모토가. 수미모톤가 수마모톤가. 그는 나를 일본 사람으로 생각했소. 나는 국적 바로잡을 생각 없이, 영어 모른다, 집어쳐라, 저리 가라, 고 말과 손짓과 고갯짓으로 말했어요. 그는 무슨 환전필 영수증 같은 문서를 내 코앞에 들이밀고 더 떠들더니, 내가 상대를 않고 지도만 들여다보자 그는 포기하고 물러갔어요. 그가 간 뒤에 지도를 내려놓고 옆자리를 봤더니, 뭔가 허전해요. 사진기가 없어요. 자동 사진기는 작아서 허리춤 주머니에 넣었지만, 영상 녹화기는 가정용 소형인데도 커서 가방째 들거나 목에 걸었는데, 그게 간 데가 없어요. 아마 무거워서 쉬는 동안 잠깐 내려놓았던 모양이오. 배낭이나 가방 속에 들어 있을 리가 없지요. 조금 전 공원에서 몇 번 찍었거든요. 의자 밑, 의자 뒤, 의자 옆, 다 돌아보았지만 없어요. 나는 더 찾을 생각 않고 일어서서 짐을 놔둔 채 뛰었어요. 그 사람 뒤 꼭지가 금방 보일 것 같고, 그 사람 이마빡이 금방 어느 구석에서 튀어나올 것 같은데, 행방이 묘연해요. 가랄 때는 안 가더니, 찾을 때는 안 와요. 나는 광장을 가로질러 뛰었어요. 광장 옆에 광장과 나란히 샛길이 있었는데, 거기 어디서 경찰관서 간판을 본 기억이 났거든요. 짐과 너무 떨어진다 싶어, 짐을 끌어다 광장 끝에 놓고 짐을 지켜보면서 층계를 내려가 경찰을 찾았지요. 권총 찬 보초하고 이야기를 하고 있던 사복이 잠깐 기다리라고 하길래, 일이 뜻밖에 쉽게 풀릴지도 모른다고 엉뚱한 기대를 했는데, 안에서 나오는 웬 여자를 소개해요. 그 여자가 그중에서 영어를 제일 잘했던가 봐요. 서로 서툰 영어로 대강 형편을 이야기했더니, 쪽지에 뭘 끄적거려 주면서 그리로 찾아가면 잘해줄 거래요. 업무가 다른가 봐요. 그들이 기록을 위해서 신고를 해야 한다고 했지만, 나는 그들 보는 데서 쪽지를 찢고 잊어버리자고 했지요. 짐 있는 곳으로 돌아와서 아까 앉았던 곳을 마주 보고 비슷한 의자에 털썩 주저앉으니 맥 빠지고 한심하데요. 경고가 있었거든요. 마드리드에서 공원엘 갔는데, 넓고 나무가 우거지고 너무 좋아서, 처음 갔을 때는 마침 일요일이어서 사람들 구경을 하고, 며칠 뒤에 또 갔어요. 플라멩코 춤을 공연하는 플로리다 정원 쪽으로 들어갔지요. 식당 공연장에서 연습하는 것 잠깐 구경하고 나와서 커다란 교목 활엽수 밑에 앉아 말 탄 조상을 바라보고 있는데, 십대로 보이는 역시 까무잡잡한 소년이 하나 다가와서 영어로 말을 걸었어요. 그때는 짐 같은 것은 없었지요. 건성으로 대답을 하다가 무심코 뒤를 돌아보았더니, 또 한 놈이 내 뒤에서 내 옆에 놓아두었던 녹화 사진기 가방끈 끝을 슬금슬금 잡아당기고 있어요. 아마 무슨 인기척이 있었든지, 그놈들 일진이 사나웠든지, 도둑을 안 맞으려고 내가 돌아보았겠지요. 그놈들이 힐끗힐끗 돌아보면서 달아나는데, 뛰지도 않아요. 내가 경찰, 경찰, 하고 고함을 질렀더니, 이놈들, 킬킬 웃으면서 팍킹, 하고 뛰는 척해요. 재수 없다는 뜻이었겠지요. 그게 경고 아니에요? 그랬으면 말지, 똑같은 일을 비록 도시는 다르지만 또 당해요? 사진기 가방끈을 손목에 걸어만 뒀어도, 그놈이 눈 벌거니 뜬 사람 앞에서 백주에 물건 집어 갈 생각을 했겠어요? 당장 버스표 물리고 나 혼자 힘으로 도둑놈을 한번 잡아봐? 가볼 데가 있기는 있었지요. 그날 아침, 그 도시 중에서 좀 덜 봤다 싶은 쪽을 지도에서 찾아 걸어갔어요. 내가 묵은 여관에서 보자면 유명한 미완성 대성당은 북쪽이고, 움직이는 노천 계단이 있는 미술관인가 박물관은 서쪽이고, 88 다음에 92 올림픽 경기장은 남쪽이고, 남은 건 동쪽인데, 동쪽으로 갔지요. 럭금이나 별셋인가 한국 재벌의 옥상 광고 말고는 희한한 것이 없었는데, 도시고속도로가 시작되는 듯 커다란 원형 교차로가 있었고, 그 한쪽 귀퉁이에 낮은 언덕의 녹지대가 있었는데, 허름한 옷을 입은 사람들이 하나 둘씩 몰려들고 있었어요. 그들은 제각기 여러 가지 도롱태들을 끌고 왔어요. 배는 누렇고 등은 검고 귀가 뾰쪽하게 선 송아지만 한 사냥개를 세 마리씩이나 데리고 나와서 개 아침 똥을 누이고 있는 사람을 지나서 나도 그리로 가봤지요. 장이 서고 있었어요. 녹지대 전체가 한 1, 2평 될까요? 길가에 풀밭에 나무 밑에 팔 물건들을 진설들 하는데, 거저 줘도 갖고 싶은 생각이 날 성싶지 않은 고물들이었어요. 시계, 라디오, 사진기, 녹음기,

인형, 옷, 그릇, 접시, 수저, 삼지창, 구두, 우산, 십자가, 장갑, 영상 띠, 녹음 띠, 책, 잡지, 모자, 부처 동상, 빈 병, 도자기, 별의별 것들이 다 나오는데, 한 사람이 대개 반 평 정도 좌판을 벌였어요. 이런 것이 진짜 관광이다 싶어 눈을 씻고 보고 또 봤지만, 욕심나는 것이 없어요. 우리나라 부자 동네 쓰레기통을 뒤지면 그보다 더 쓸 만한 것이 나왔어요. 거기 아니면 없는 물건을 찾다 찾다 못 찾고 나오면서, 나는 가구가락하고 전 세계 어디고 없는 데가 없는 난봉꾼 전달치 한 권하고 그보다 더 험한 에스파냐 잡지 한 권을 들고 나왔지요. 둘 다 에스파냐 말 판이어서, 딴은 거기 아니면 없는 물건들이긴 했어요."

"그래, 거길 가셨어요?"

"웬걸요." 그는 안주가 떨어지자 술병을 치웠다. 반병쯤 남아 있었다. 기분이 얼큰한 것이 때가 때고 곳이 곳이라, 미상불 괜찮았다. 그는 밥을 좀 떼 먹어야겠다고 생각했다. "거기 말고도 관광 명소 몇 군데 지키면, 지가 언제고 나타나지 배기겠어요? 지 직업이 그것인데? 지금도 몇백 년째 짓고 있는 그 알량한 대가람 앞에 갔더니, 집시 처녀들이 꽃을 꽂아준다고 막무가내로 달려들어요. 이것들이 다 눈 감으면 코 베 먹을 년들이지요. 내 사진기가 한국서 보따리장수한테 산 건데, 틀림없이 그 벼룩시장인가 장물시장인가 하는 빤짝시장에 나왔어요. 시간문제지. 한국선 별로 쓰지 않았지만 오래된 것이고, 여행하면서 함부로 다루고 많이 써서 유리 눈 덮개도 떨어져 나가고 고물 다 되었거든요. 그 자식 돈이 급해서 당장 내놨을 거요. 물건도 물건이지만 그 속에 든 녹화된 띠가 아까워서라도, 그리고 사실은 그 자식이 괘씸해서라도, 꼭 찾고 싶었지만, 영상이야 내 두 눈 속에 이미 들어와 있는 거고, 그놈이야 만나서 턱 쪼가리를 바숴 버리기 전에는 분이 안 풀릴 테고, 에라, 여관비나 아끼자 했지요. 더 있어봤자 달리 볼 게 없어요, 사흘 묵었는데. 88, 92가 웬수지. 사실은 숙박비보다 버스표 끊기가 귀찮았어요. 여관이야 하루 더 자면 그 값어치는 있지요. 어디고 처음은 서먹서먹하고 길도 몰라서 힘들지만, 떠날 무렵에는 나름대로 다들 도사가 되거든요. 막 동서남북을 가늠하고 뭘 좀 볼만하다 싶으면 떠나지요. 주마간산이라는 것이 원래 안 그래요? 그날 버스표를 예매하려고 내가 내린 버스 정류장으로 갔는데 제노바행 표가 매진되고 없어요. 찾으면 볼거리야 있겠지만, 떠나려고 맘먹은 사람한테는 볼 것이 없어요. 낭패데요. 매표구가 회사마다 달라서 서로 경쟁적으로 불친절하고 사기 치는 것 같아서 짜증스럽기도 하고요. 도착했을 때 안내가 참 친절해서 덕을 봤던 것을 생각하고 아래층으로 내려와서 안내한테 갔지요. 지하철을 타고, 거기는 지하철이 한 가닥뿐이어서 타기가 쉽지요, 종점에서 내려 아무 데를 가면 시외버스 종점이 또 있다네요. 헐레벌떡 뛰어갔지요. 거기에는 표가 있어요. 오후 네 시 출발, 제노바 경유 로마행. 30분 전까지 나와서 수속을 밟으래요. 같잖았지만 고마웠어요. 메르시, 아니, 그라시아스. 서둘렀지만, 열두 시가 조금 지나서 짐을 꾸려가지고 여관을 나왔지요. 시간이 넉넉해서 근처의 잘 꾸며진 공원을 한 바퀴 돌고 개선문인지 독립문인지 광장에

나가앉았다가 그 꼴을 당했어요. 침이 마르고 눈이 침침하고, 한 시라도 빨리 떠나고 싶데요. 온 것이 후회가 되는데, 거기 더 있고 싶겠어요? 시간이 한 시간 반이나 남았지만, 택시 탈 것 없이 지하철 타고, 세월아 가거라 네월아 오거라 하고 유람 삼아 아침에 간 데 다시 가기로 하면, 짐도 그리 부담되지 않을 것 같아, 도롱태를 끌고 땅속으로 들어갔지요. 시험만 없으면 학교도 다닐 만하더라고, 서두를 일만 없으면 여행도 할 만하데요. 종점에서 내려서 긴 굴속을 도롱태를 끌고 가는데, 이십대 후반, 삼십대 초반쯤 돼 보이는 건장한 남자가, 아까 놈보다는 덜 검지만 그래도 역시 까무잡잡한 놈이, 난데없이 달려들어서 내 배낭에 뭐가 묻었다고 친절을 부려요. 배낭은 등에 메고 있었지요. 보니, 하얀 깨밈 같은 것이 배낭의 천 접힌 골에서 줄줄이 흘러내리고 있어요. 배낭을 벗었지요. 그놈이 뭐라고 떠들면서 호주머니에서 휴지를 꺼내 열심히 닦아요. 내가 그 휴지를 달라고 해서 닦았더니, 그놈이 또 휴지를 꺼내서 닦아요. 나는 고맙다고 했지요. 사실은 고맙기보다는 귀찮아서 고맙다, 고맙다, 하면서 쫓았지요. 지나는 사람들이 없어요. 그놈이 한참 더 수선을 피우더니 바람처럼 달아나버려요. 그놈이 닦던 휴지까지 합쳐서 마저 닦았지요. 처음에는 얼음과잔 줄 알았는데, 냄새가 여자들 화장품이었어요. 영 기분이 껄적지근해서 걸음을 옮기는데, 차츰 그놈이 수상해져요. 근처에 딴사람이 없었고, 나는 얼음과자 쪽쪽 빨고 있는 사람 곁을 간 적이 없거든요. 얼음과자가 아니었지만. 처음부터 그놈이 수상쩍다 했지요. 나는 얼른 내 몸을 살

346

폈어요. 자동 사진기는 허리춤에 매는 호주머니에 들어 있는데 나를 때려눕히기 전에는 그것을 빼내갈 수가 없지요. 양복 안 호주머니에 지갑이 들었는데, 그 위로 등산용 덧옷을 입었으니, 손이 들어올 수가 없어요. 그놈 허탕 쳤어요. 그렇더라도 기분 떫고 괘씸하기는 마찬가지데요. 엎친 데 덮쳤지요. 시간이 한 시간이나 남아서, 잔술 파는 술집으로 들어가, 안주 한 접시 놓고 심부름하는 처녀 쳐다보면서 한 잔씩 찔끔찔끔 두 잔인가 석 잔 기울였더니, 그런대로 견딜 만해요. 피카소고 미로고 다 날아갔어요."

"왜요? 액땜으로 생각해요. 도둑 없다고 문명국이오? 화가들이 무슨 치안판사들도 아니고."

"땜이요? 액땜이요? 땜이 아니라 틈이었어요. 마감이 아니라 개시였어요. 치안장관들은 치안 확보 못 해요. 도둑질했다고 손가락을 잘라요, 싸웠다고 목을 베요? 공안이 완벽하면 그 사람들 있을 필요가 없지요. 그 사람들이 있는 것이 세상이 안녕하지 못하다는 증거요. 이탈리아처럼 경찰 많은 데도 세상에 없을 거요. 종류도 많아요. 특공도 있고, 치안도 있고, 보안도 있고, 기마도 있고. 거기에 폭력이 많다는 증거요."

"하물며 힘없는 화가들이 무슨 수로 태평연월을 구가해요? 무슨 재주로 사회질서를 세워요?"

"예? 힘이 없어요? 누가요? 행정장관들이 힘이 없어요. 벌레나 메뚜기들의 번식은 가위 핵폭발과 같아요. 퍼져버린 다음에 족집게로 하나씩 집어내자면 구충을 못 해요. 구름처럼 날아오는 메뚜기 구제 못 해요. 왜, 할 수는 있지요. 불을 처지르든가 약을 살포해요. 딴것도 같이 죽어서 탈이지. 농약 공해가 그것 아니오? 화가는 알을 없애요. 떡잎을 바꿔요. 유전자를 건드려요. 디엔에이를 밀어요."

"날아간 것은 어떻게 하고요?"

"뭐가 날아가요?"

"아까 화가들이 날아갔어요."

"왜 날아가요? 그 사람들이 왜 날아가요? 그 사람들을 담은 내 영상 띠가 날아갔지요. 그 두 사람은 거의 완벽한 동시대 사람들이오. 하나는 아흔둘, 또 하나는 아흔으로 죽었는데, 80년을 같이 살아 있었어요. 더 오래 산 사람이 12년 먼저 태어나고, 더 늦게 태어난 사람이 10년 늦게 죽었어요. 생존 기간은 93년인데, 앞에서 12년, 뒤에서 1년을 빼면, 그들 피카소는 이름이 괴팍해서 딴사람과 혼동이 없는데, 미로는 미로 같아서 마이욜과 헷갈려요. 마이욜은 아까 본 것처럼 미로의 웨누스같이 구상이고, 미로는 시계가 녹아 흐를 정도로 비구상인데도요. 이건 순전히 내 개인적인 실수요. 또 실수일지 모르지만, 내 개인적으로는 뒤에 난 뿔이 한술 더 뜨는 것 같아요. 후생이 가외란 얘기지요. 아니, 강철 시계가 책상 모서리에 녹아서 굽다니요? 아니, 시계가 안 녹다니요? 그 무거운 시간에 가위눌린 시계가 안 녹다니요? 시작도 없고 끝도 없는 시간이 얼마나 무거웠겠어요? 프로이트가 그들보다 3. 40년 먼저요. 그들은 너무 유명해서 에스파냐 밖에서도 쉽게 만날 수 있지요. 프랑스나 딴 유럽 나라들이나 미국의 큰 도시들은 그들의 그림 몇 장 소장하지 않은 미술관이 없을 지경이고, 한국에서도 그들은 가끔 튀어나와요. 물론 그들은 프랑스에서 오래 살았어요. 하나는 거의 영주했던가 그럴 거요. 그렇다고 그들의 그림이 프랑스요? 물론 그림에는 국적이 없겠지요, 사람한테는 있지만. 그래요? 사람한테는 국적이 없지만, 귀화하거나 영주하면 되니까, 그림에는 국적이 있는 것 아니요? 루브르 앞에서 마이욜을 보는 것하고, 에든버러의 국립박물관에서 그를 보는 것하고, 뭐가 좀 다른 것 같아요. 스코틀랜드에 반드시 마이욜이 있다는 얘기가 아니오. 말하자면 그렇다는 얘기요. 미켈란젤로의 천장 그림을 바티칸 시스틴 성당에서 고개를 뒤로 발딱 젖히고 보는 것하고, 어떤 형태로든 한국에서 보는 것하고, 엄청 차이가 있지요. 원본을 떼다가 본다고 해도 차이는 마찬가지일 거요. 더 커지고 두드러지겠지요. 다 빈치의 〈라 지오콘다〉가 한국에 온 적이 있었던가요? 만일 왔었다면, 그건 그런 구경거리가 없었겠지요. 에스파냐의 도시치고 그들의 흔적 없는 데가 없을 텐데, 거기서 그들을 보면 입던 옷을 입는 것 같고, 제 옷을 입는 것 같아요. 딴 나라에서 보면 새 옷을 입는 것 같고, 남의 옷을 입는 것 같아요. 빌려 입는 것 같아요. 마드리드의 미술관에는 물론, 박물관 밖에, 거리에, 그냥 생활로 그들은 있었어요. 길거리의 담벽에, 길바닥에, 고층 건물 전면에, 분수대에, 녹지대에, 숲속에, 나무 밑에. 바르셀로나에서 두 번 미로와 만났어요. 여러 번 만났지요. 피카소와도 많이 만났고요. 기억에 남는 것이 두 번이라는 얘기지요. 중요한 것은 잊혀

진 여러 번이고, 생각나는 몇 번은 사실은 별것이 아니오. 둘 다
공원 비슷한 녹지대에서였는데, 하나는 공원이라기보다는 야산
이었어요. 올림픽 경기장에서 차도 인도 분리된 큰길을 건너 길
을 따라 야산 등성이쯤 되는 곳을 조금 가자, 미로 기념관이 나
왔어요. 알맹이는 프랑스다 미국이다 세계 곳곳에 골고루 다 뺏
기고 눈먼 몇 점을 미로같이 구불구불한 전시장에 전시를 해놨
는데, 그리 크다고 할 수 없는 전시장을 그나마 다 채우지 못해
요상한 요새 것들을 끼워 팔기 해놨어요. 방이 대여섯 개, 예닐
곱 개 되었는데, 숫제 요즘 사람들 장난질로 채워진 방도 여럿
이었어요. 모자 쓴 실물보다 큰 마오쩌둥의 사진도 출연했고, 성
기를 드러낸 실물대의 서 있는 여자 나신 같은 사진들 여러 장
이 한 벽면을 차지하기도 했고, 미국이 전 세계에 팔아먹는 음
료수의 빈 깡통과 그 나라의 요즘 정치가들과 배우들의 사진들
도 한몫을 했어요. 아까 우리가 갔던 빨간 풍차에서 북동쪽으로
조금 가면 가파른 언덕배기에 성심사원이 있는데, 초상화 그려
주겠다는 국제적 화가들의 손길을 뿌리치고 그 옆으로 가면 작
은 저자가 서 있고, 더 가면 미로의 집이 있어요. 지금도 있겠지
요. 바르셀로나의 집보다 더 작고 좁지만, 볼 것은 더 많아요. 많
으면 뭘 해요? 입구 층계에 수염 끝을 말아 올린 미로의 커다란
사진도 붙어 있었지만, 협착하고 옹색한 셋방은 셋방이지요. 방
이 크면 괜찮을까요? 뉴욕이나 시카고나 보스턴은 방들이 크겠
지요. 커봤자요. 세계에서 가장 큰 브리튼의 국립박물관에는 파
르테논 신전의 소벽 조각들이 진열되어 있어요. 그리스 아테네

의 아크로폴리스에는 없지요. 있을 턱이 있어요, 다 훔쳐가버렸는데? 엘긴이라는 놈이 훔쳐갔지요. 극단적으로 말하자면, 런던의 박물관에 있는 그리스 소 벽장식 조각들은 조금 오래된 돌덩어리들이고, 아크로폴리스 언덕에 뒹구는 돌멩이들은, 비록 그것들이 문둥이의 코처럼 코가 문드러진 미네르바 여신의 조각이라 하더라도, 에게 바다의 쪽빛 물결과 아테네의 남빛 하늘이 어울리는 곳에서는 보물이오. 국보란 말이오. 바위치고 오래 안 된 것이 어디 있어요? 차라리 호우번의 박물관에는 솔즈베리 평원에 있는 스톤헨지 고인돌이나 갖다 모시는 것이 좋아요. 어떤 물건이 어떤 곳에 있으면 조화롭고 아름다운 예술품이고 보물이지만, 어떤 곳에 있으면 더럽고 흉측한 약탈품이오. 한곳에 있으면 약이 딴 곳에 있으면 독이오. 예술이란 원산지를 벗어나면 아류요. 예술에서 버금은 필요가 없어요. 날아가버린 나의 영상 띠에 담은 그들의 모습들이 파리나 런던이나 뉴욕에서 딸 수 없는 그림들이어서 아쉽소. 사진기에 담을 수 있는 부분들이라면 대수로운 것들이 아니겠지만요.

또 하나는 사진기에 잘 잡히지 않을 듯한 것들을 보여주는 데였어요. 작은 녹지대였는데, 무슨 공원이라고 할 것까지 없고, 손바닥만 한 도심지 땅에 나무 심고, 잔디 가꾸고, 긴 의자 놓고, 시민들 발길 멈추고 잠깐 쉬어가게 하는 그런 곳이었지요. 소철 나무들이 무성했어요. 왜, 우리나라 은행 같은 데에 큰 오지 화분에 심어서 장식으로 내놓는 관상수 있지요? 몸통이 길어봤자 1미터 미만인데, 여기서는 우리 키 두 배가 넘었어요. 전봇대 같은 소철들이 꼭대기에 길쭉한 잎들을 너풀거리며 수십 주 도열한 것은 장관이었지요. 미로는 아무 데에도 없었어요. 공원 이름이 미로 공원이던가? 작은 관리 건물 위에 미로 같은 것이 하나 있었던가? 시멘트로 몰취미하게 바닥을 깐, 엉덩이 붙이고 잠깐 앉을 의자 하나 없는 작은 광장에 유치하고 값싸고 서툴게 미로를 흉내 낸 축조물이 하나 있었던가? 그것뿐이었어요. 예술은 생활 속으로 들어오면 희석되는가 봐요. 생활이 응축된 것이 예술 아니오? 농축 우라늄은 위태로워요. 그것은 긴장이고 세력이거든요. 사진기에 담고 자시고가 없었어요. 담자면 본모습을 드러낸 소철나무들이나 담았을까요? 사람들은 무심히 담벽에 낙서나 하고, 날 저문 나그네는 나무들이나 찍고 있는데, 아, 거기에 미로가 있어요. 미로가 내려온 것이 아니라 사람들이 올라갔어요. 미로가 떨어진 것이 아니라 사람들이 솟았어요. 미로 같은 것은 아무것도 아니었어요. 미로와 사람들은 하나였어요. 미로를 탄생시킨 사람들 속에서만 볼 수 있는 그런 하나였어요. 딴 나라들에서는 특별전이다, 기념전이다, 기획전이다, 탄생 몇 주년전이다, 행사 많이 하라고 해요. 술잔 돌리고 안주 씹고 예술 많이 하라고 해요. 그런 데에 미로 없어요. 설명이 있을 뿐이지요. 나그네는 미로 공원에 세 번 갔어요. 한 번은 들렀고, 두 번은 지나갔어요. 그것은 지하철 종점에서 내려서 두번째 시외버스 정류소로 가는 도중에 있었어요. 그는 그렇게 점심도 안 먹고 에스파냐를 떠났어요."

"저녁도 안 먹고. 미로 말고 달리. 기억의 고집."

"아니요. 저녁은 먹었지요. 버스는 밤중에 국경을 넘었는데, 넘기 바로 전에 꽤 큰 정류장에서 저녁 먹을 시간을 주었어요. 붐비는 간이식당에서 남은 페세타 다 털었지요. 작은 접시 하나밖에 못 집었지만."

"액운이 그것 날아간 것으로 안 끝났어요?"

"예? 끝이 아니라 시작이었다니까요. 밤새 버스에서 시달리고 아침에 제노바에 도착했는데, 정거장을 지나쳤어요."

"잠을 잤군요. 대개 그렇지요. 날 샐 녘에야 간신히 눈을 붙이지요."

"아니요. 눈 벌거니 뜨고 지나갔어요. 제노바가 아닌 줄 알았어요. 제노반 줄은 짐작을 했는데, 본 역이 아니고 대도시에서 종점 전에 잠깐 서주는 간이역인 줄 알았어요. 자동차가 정류장 안으로 들어가는 것이 아니라 길가에 섰거든요. 종점이 나타나기만을 기다렸지요. 창밖을 열심히 내다보고 있는데, 풍경이 점점 너절해져요? 고속도로 입구가 나왔을 때, 뭐가 잘못되었다는 것을 깨달았지요. 앞으로 가서 운전수한테 형편을 이야기했지요. 운전수는 교대로 운전하느라 둘이었는데, 늙은 사람은 내리고 없고 젊은 사람이 운전대 뒤에 앉아 있었어요. 사정을 알아들은 운전수가 다행히 화는 내지 않고, 제노바는 지났다, 제노바에서 제노바라고 소리쳤다, 자동차 전용 도로 입구가 나온다, 거기서 잠깐 세워줄 수 있다, 다음 정거장은 두 시간 후다, 어떻게 할 테냐,고 했어요. 자동차 도로면 도심에서 멀리 떨어졌을 텐데, 거기다 날 떨어뜨려주면 나는 어떻게 정류장까지 가냐? 정류장에 가야 다음 행선지로 갈 것 아니냐. 내가 가는 곳은 라팔로였어요. 우물쭈물하는 사이에 입구가 나오고 운전수는 계속해서 차를 몰았어요. 다음 정거장이 어디냐? 비아레지오다. 로마까지 가는 것 아니냐? 로마? 로마는 비아레지오에서 네 시간을 더 간다. 조금 있다가 휴게소에서 아침을 먹는다. 거기는 정류소가 아니다. 식당하고 변소밖에 없다. 차는 5분 뒤에 휴게소로 들어갔어요. 나는 일단 운전수의 양해를 받고 짐칸에서 짐을 내렸지요. 휴게소에는 식당 하나밖에 없었어요. 식당 화장실에 들어가서 볼일을 보고 나오는데, 다 내리고 반도 안 남은 그 버스 승객들이 줄을 서서 아침거리를 사고 있었지만, 도통 뭐 먹을 생각이 안 나요. 나는 밖으로 나왔지요. 수중에 이탈리아 돈 한 푼도 없는데, 거기서 어떻게 라팔로까지 가냐? 정류소에 가야 환전을 하든 말든 할 것 아니냐? 식당에는 혹시나 했지만 돈바꾸는 데가 없었어요. 그런데도 내가 짐을 내린 것은 라팔로가 그 방향이었기 때문이었지요. 지도로 보면, 거기서 5분만 더 가면 라팔로 출구가 나올 것 같았어요. 그 5분을 어떻게 때우냐? 짐만 없으면 걸어도 열 번은 걷겠어요. 도롱태를 끌고 한번 걸어봐? 차 옆에서 쉬고 있던 한 노파가 노파심에 말을 걸어왔어요. 택시를 타고 제노바로 가면 버스로 로마를 갔다 오는 것보다 돈을 더 달라고 할 거다. 두 시간 더 타라. 정류소에 가서 다시 와라. 그것이 현명하다. 운전수한테 말 좀 해주라. 다시 짐 싣자고 하기가 염치가 없다. 당신이 해라. 노파는 동료 승객의 한계를 분명히 했어요. 운전수가 아침을 먹고 승객들과 함께 나왔어요. 전화로 택시를 불러줄까? 요금은 제노바에 가서 환전해주면 된다. 뭘 또 제노바까지. 라팔로 다 왔는데. 당신 차를 다음 정류장까지 좀 탈 수 없냐? 사람을 잘 만났는지, 운전수는 선선히 그러라고 하고 짐칸 문을 또 번쩍 열어제꼈어요. 두 번만 운전수 잘 만났더라면 로마까지 갈 뻔했지요. 예정에 없이 공짜로 구경하게 된 비아레지오는 깨끗하고 아름다운 작은 휴양 도시였어요. 바다를 끼고 있었는데, 여름에는 사람들깨나 몰려들겠어요. 환전을 하자 아침을 안 먹어도 배가 불렀어요. 일요일인데도 돈 바꿔주는 데는 있는데, 밥 먹을 데는 없데요. 이왕 틀어진 계획, 버스를 타고 가까운 피사로 가서 기울어진 탑을 구경하고, 나는 탑이라고 하길래 탑골공원 탑이나 백제탑이나 다보탑 같은 것들을 생각했는데, 이건 탑이 아니라 건물이었어요. 넘어지지 말라고 쇠줄로 잡아매고 뭘 괴기도 했는데, 그 큰 덩치가 그런다고 안 무너지고 기우뚱하고 있는 것이 희한하기는 하데요. 거기서 하룻밤 자고 이튿날 열두 시에 기차로 북상했지요. 경치는 버스만 못하데요. 자동차는 굴보다는 굽이굽이 돌아서 절경을 지나가는데, 기차는 바닷가를 도통 굴속으로 달려요. 바닷가 해서 막 좀 보려고 하면 굴이 눈앞을 막아요. 계속 그래요. 거기가 산악지대가 돼서 그런지는 몰라도, 도시가 산비탈에 있어요. 이탈리아 사람들 비탈에, 산꼭대기에, 집 짓고 길 내는 데는 도텄어요."

"라팔로는 뭘 보러 가셨어요?"

"보은덕이요. 파운드가 거기서 20년을 살았거든요."

"많이 봤어요?"

"아니요. 흔적이 없어요. 그를 기억하는 사람이 없어요. 그가 정부 올가 러지와 함께 살았던 알베르고는 번지수는 그대로 있고 건물도 옛것이 그대로 있는데, 바다를 바라보는 앞쪽으로 성대하게 개축이 돼서 별 몇 개짜리 호화 여관이 되었어요. 알베르고가, 몰랐는데, 이탈리아 말로 여관이라는 뜻이데요. 거기서 그의 아버지가 죽고 아내가 살았던 산 탐부로지오 언덕배기까지는 3, 40분이 좋이 걸렸는데, 어떻게 비탈이 졌던지 가을인데도 땀을 뻘뻘 흘렸어요. 그곳의 비탈진 거리 하나가 에즈라 파운드가로 명명되어 도로 푯말이 서 있는 것하고 조금 더 가서 웬 집 벽에 그가 그 거리에서 살았다는 고시가 붙어 있는 것이 그의 추억 전부인 것 같았어요. 그 정도 찾는 데도 무진 힘이 들었어요. 피사에서도 아이사이어 아운스의 흔적을 찾았는데, 없어요. 피사 근교 로마로 가는 길 옆에 2차 세계대전 끝나고 지중해 지역 미군의 구치 훈련소가 있었어요. 살인, 강도, 강간 같은 중죄를 지은 미군 흉악범들을 수용하고 지옥 훈련을 해서 죄를 탕감해주는 곳인데, 거기에 환갑 노인이 갇혔어요. 이지키얼 톤이 1885년생이거든요."

"무슨 죄로요? 살인했어요? 설마 강간은 아닐 테고."

"반역죄요. 처음에는 덮개 없는 쇠창살 고릴라 우리에다가 집어넣어서 비바람 햇볕에 맡겼어요. 밤에는 탐조등 불빛이 쏟아지고, 초병은 죄수와 말을 하지 말라는 명령을 받았지요. 일주일 견디고 노인이 탈진하자, 미국은 그를 지붕이 있는 데로 옮겨요. 거기서 노인이 흑인 흉악범들의 동정을 받으면서 아마 5월에서 12월까지 반년 이상 있었을 거요. 강제수용소가 있었던 흔적도 없고, 시인이 있었던 흔적도 없어요. 반세기가 지났으니까요."

"액운이랄 것까지 없네요."

"아니요. 그다음부터요."

"또 당했어요?"

"에스파냐에서는 서너 번 공격당해서 한 번 넘어갔는데, 이탈리아에서는 가만있자, 두 번 당해서 한 번 넘어갔어요. 나폴리에서 한 번, 로마에서 한 번. 나폴리 놈이 성공했지요. 그놈도 까무잡잡했어요. 바르셀로나 지하철 통로에서 만난 놈과 비슷했어요."

"베니스에서는 무사했어요?"

"거기서는 내가 공격했지요. 라팔로에서 사흘을 묵고, 기차로 시르미오네로 갔어요. 가르다호 속으로 불쑥 들어간 육지에 있는 휴양 도신데, 보은덕이 좋아했지요. 제임스 조이스를 그리로 초청했어요. 무솔리니의 망명 정부가 근처에 있기도 했지요. 사람들이 썰물처럼 빠져나가고 숙박 시설이 절반도 더 문들을 닫은 썰렁한 휴양지, 비까지 질척질척 내리는 호숫가에서 하룻밤을 자고 기차로 베네치아를 갔어요. 기차가 마지막으로 바다 위를 한참 달리자, 세상에서 자동차가 없는 단 하나의 도시가 나와요. 역에서 내려 지도 한 장을 사고 밖으로 나왔더니, 택시도 있고 버스도 있는데, 물택시 물버스요. 대운하 위로 있는 다리를 건너지 않고 역전에서 왼편으로 돌아 싸구려 여관에 숙소를 정했지요. 유스호스텔을 봤더니, 거기서 물택시나 물버스를 타고 대운하를 빠져나가 건너편에 있는 섬으로 가야 하는데, 짐도 많고 길도 멀어서 그만뒀어요."

"거기도 시인 보러 갔어요? 거기서도 시인이 살았어요?"

"거기서 말년을 보냈지요. 그가 베네치아를 참 좋아했어요. 반역죄가 불기소 처분되어 13년 만에 정신병원에서 풀려나자, 그는 베네치아로 왔어요. 1972년 그가 죽었을 때 미국의 한 신문은 그가 베네치아에 도착해서 마중 나온 사람들의 환호에 쭉 뻗은 팔을 쳐들어 손바닥을 펴서 앞으로 보이는 무솔리니식 인사로 화답하는 모습을 실었어요. 그것 했다고 반역죄에 몰렸는데, 풀려나자 곧 또 그 짓을 했어요. 그 양반의 고집도 그만하면 광기에 가까워요. 라팔로하고 딸네 집하고 베네치아를 왔다 갔다 하다가 베네치아에 눌러앉아서 거기서 죽었지요. 그의 유해가 곤돌라에 실려 산 미켈레섬으로 운구되어 거기 묻혔어요."

"그 섬에 가보셨어요?"

"물론이지요. 거기 가려고 베네치아에 갔는데요. 딴 데서는 그가 지나간 흔적도 찾기가 힘들었는데, 거기서는 흔적이 아니라 사람을 만났어요. 베네치아에 간 첫날, 숙소를 정하고 점심을 해결한 다음, 그 섬을 찾아 나섰지요. 유스호스텔은 남쪽인데, 그 섬은 북쪽에 있었어요. 바닷가에서 그 섬이 눈앞에 보여요. 섬이 아니라 거대한 사원이 바다 위에 떠 있었지요. 만조 땐지, 길이자 바로 물버스 부두인 해안에 바닷물이 넘실댔어요. 배표를 끊고 기다렸다가 배를 탔더니, 담배 두어 대 참도 못 돼서 닿은 첫 기착지가 성 미켈레였어요. 물 위에 담벽이 떠 있고, 문이 떠 있고, 문을 들어가자 아마 섬 전체가 가톨릭 묘지였어요. 아름답고 탐스러운 꽃을 한 아름 안은 한 중년 부인이 익숙하게 그녀의 무덤을 찾아갔어요. 나는 첫걸음이라 나의 무덤이 어디쯤인지 짐작이나 할 수 있어야지요. 입구께에 있는 관리 사무소에 가서 물어볼까 하다가 무작정 부딪히고 보자는 성미대로 그냥 아무 묘역 쪽으로나 걸음을 옮겼어요. 담도 많고, 길도 많고, 비석도 많고, 납골 탑도 많고, 묘역도 많아서 전혀 가늠을 할 수 없었지만, 지가 가면 어디를 가겠어요, 그 섬 안 아니겠어요? 얼마쯤 갔더니, 길가에 폭 반 뼘, 길이 두어 뼘 되는 판자때기가 둘 방향들을 가리켰어요. 왼쪽 것은 파운드, 오른쪽 것은 스트라빈스키였어요. 나처럼 초행자가 더러 있었던 모양이오. 개인 무덤을 가리키는 푯말은 그것들 말고는 없어요. 다들 잘 아는 무덤들이라는 뜻이겠지요. 그 팻말까지 혼자 온 것이 너무 대견해서, 나는 좀 신비스러운 생각을 했어요. 문제는 그다음부터요. 화살표가 가라는 대로 착실히 갔지만 그의 무덤은 안 나와요. 여러 번 실패하고 나자 안 되겠다 싶어 관리 사무실로 되돌아갔지요. 여직원한테서 8절지 크기의 안내 유인물 한 장을 얻어 든 나는 다시 무덤으로 갔어요. 아까 내가 맞았어요. 서툴게 그린 안내도를 따라 틀림없이 그의 무덤이 있으리라고 생각되는 곳을 두 번세 번 돌았지만, 오래되고 검은 이끼가 낀 비석들에는 엉뚱한 이름들만 나와요. 그 구역은 묘지의 한쪽 가였는데, 거기에는 넘어진 비석들에서 썩은 낙엽들을 손바닥으로 훑고 다니는 사람은 나 하나뿐이었어요. 키 큰 사철나무들이 늘어서 있어서 무덤들에는 가냘픈 겨울 햇살이 닿지 않았고 음습했어요. 세번쨴가 네번째 돌았을 때 올가 러지의 묘비명이 눈에 들어왔어요. 그녀의 이름이 또렷이 새겨진 가로 두어 뼘, 세로 서너 뼘의 검은 대리석 조각이 시들기 시작한 노란 국화 꽃송이들 속에 묻혀서 땅 위에 누워 있었어요. 보은덕은 묻힌 지 20년이 훨씬 지났지만, 그녀는 몇 년 안 되었거든요. 작년엔가 재작년에 죽었을 거요. 나는 거의 그를 찾은 것 같았어요. 자신을 가지고 샅샅이 찾았지요. 없어요. 귀신이 곡할 노릇이지요. 어떻게 더 썩은 나뭇잎들을 쓸고 다니겠어요? 싫었지만, 관리 사무실을 또 갔지요. 아까 여자 직원이 그때 막 들어오는 남자 직원 하나를 딸려줘서, 그와 함께 세번째로 시인의 무덤에 갔어요. 내가 아까 갔던 대로 고스란히 가서, 그 직원이 한 군데를 손가락으로 가리켰어요. 거기 그의 검은 대리석이 누워 있었어요. 러지의 대리석으로부터 비스듬히 두어 발걸음 떨어진 곳이었어요. 썩은 잎들이 아니라, 상록 관목들의 푸른 잎들이 그의 묘비명을 덮고 있었어요. 나는 그 작은 가지 하나를 꺾었어요. 잎이 손가락만 하고 끝이 뾰족했어요. 그 나무들에, 그리고 그 옆의 하늘을 덮는 키 큰 교목 상록수들 속에, 파운드가 들어 있었어요. 어쩌면 벌써 그 나무들을 떠났는지도 모르지만."

"베네치아 다 보셨네요."

"다 봤지요."

"시인의 일생이 그렇게 기구하고, 험난하고, 파란만장했을까요? 시인이 술에 취해서 물속의 달을 잡으려고 퉁팅후에 뛰어들었단 말은 들었어도, 반역죄에 정신병원은 금시초문인데요."

"하늘의 달은 붙잡을 수 없고, 술잔 속의 달만으로는 성이 덜 찼던 모양이요. 현대 영어 시인 천 5백 명을 상대로 조사해봤더니, 스물일곱인가가 신경 파탄을 일으켰고, 열다섯이 자살했고, 열다섯이 술 중독됐고, 열넷인가가 전사했고, 감옥에 간 사람도 근 스물이 되었어요. 살해된 사람, 처형된 사람도 있었어요."

"웬 시인들이 그렇게 많지요? 150명도 많겠네요. 시인이 감옥에 간 것이 아니라 사형수가 옥중기를 썼겠지요. 시인이 신경쇠약에 걸린 것이 아니라 신경쇠약에 걸린 사람이 횡설수설했겠지요. 시인이 자살한 것이 아니라 자살한 사람이 유언을 남겼겠지요. 시인이 중독된 것이 아니라 중독된 사람이 주정을 했겠지요. 다 그렇다는 것이 아니라 그런 사람도 있었겠지요. 그 시인의 고향은 어디였어요? 베네치아에서 떠났으면 고향으로 갔을까요?"

"미국 필라델피아, 아니, 미국 아이다호 해일리요. 고향인데, 너무 멀어서 못 갔을 리야 없지만, 아마 안 갔을 거요. 단테는 신곡을 태생은 피렌체 사람이지만, 성격은 피렌체 사람이 아닌 알리기에리 단테가 썼다고 책 제목에다 밝혔어요."

"그럼 아직 거기 있을까요? 그 섬에?"

"있으면 거기 있겠지요. 없으면 땅 위 어디에도 없고. 시내에서 그의 흔적을 찾는 것은 불가능했어요. 그가 살던 집도 못 가봤어요. 그가 자주 거닐었던 광장도 못 찾았어요. 모르고 지나갔는지는 모르지요. 그걸로 위안 삼았어요. 그가 격찬한 산타 마리아 데이 미라코리는 자그마한 사원인데, 오며 가며 유심 잡아보았지요. 수리 중이어서 안은 못 들어가봤어요. 기적의 성 마리아는 내가 보기에도 훌륭해요. 그 사람들 사원치고 안 훌륭한 것이 어디 있고, 기적 같은 사원들이 하나 둘일까마는. 기적으로 말하자면야, 베네치아 자체가 기적이요. 도대체 물 위에다가 어떻게 도시를 건설해요? 어떻게 바다에다가 말뚝 박고 집을 지어요? 그런 생각을 어떻게 해요? 모래 위에다 누각을 올린다는 말은 들었어도, 물 위에 대리석으로 궁전을 짓고, 대가람을 세운다는 말은 금시에 초문이었어요. 4, 5층짜리 주택들이 즐비한 사이를 흐르는 바닷물은 왜 또 그리 맑아요? 생활하수에, 똥오줌에 썩은 물이 흘러야 말이 맞지 않아요? 해수욕장 리도, 유리로 유명한 무라노, 거기서 더 가는 부라노, 성 지오르지오 마지오레 사원은 배를 타고 바다를 건너가서 봤지만, 나머지 시내는 아침 일찍부터 저녁 늦게까지 종일 걸었어요. 그 사람들 배표는 파는데, 탈 때나 내릴 때나 배 안에서 표 보자는 사람이 없어요. 이탈리아 딴 도시에서도 버스표 검사하는 사람이 없어요. 기계에다 넣으면 날짜와 시간이 찍혀 나오는데 그게 소인이오. 거기 찍힌 시간으로부터 60분인가 얼마까지는 얼마든지 버스를 바꿔 탈 수 있고 지하철도 탈 수 있어요. 편리하데요. 급할 때는 그냥 탈 수도 있고. 잡히면 벌금이 호된가 봐요. 어떻게 붙잡는지는 모르지만. 기차에서는 벌금을 한 번 물었지요. 내 잘못이 아니었어요. 매표원에게 행선지를 말하고 기차 시간을 말하고 그 기차를 탔거든요? 차장이 차표 검사를 하더니, 돈을 더 내래요. 도시 간 기차라고 급행료가 더 붙는대요. 아니, 도시 사이 기차가 아닌 기차가 어디 있어요? 그리고 역원이 급행표도 팔았어야지요. 만 리라 물었는데, 요금의 배쯤 되는가 봐요. 내가 투덜거렸더니, 앞에 앉은 네덜란드 대머리 청년이 그도 벌금을 문 적이 있다고 불평을 했어요. 역에 개찰원이 없고, 차표를 버스에서처럼 벽에 걸린 개찰기에 넣어서 쩰꺽 날짜와 시간을 찍어야 하는데, 그걸 몰랐던가 봐요. 그 청년 옆에 앉은 이탈리아 청년이 이탈리아 정부가 돈이 없어서 수입 올리려고 그런다고 위안을 하데요."

"그 사람은 어떻게 붙잡았어요?"

"어떤 사람요?"

"그 사기꾼."

"어떤 사기꾼요? 이탈리아 청년은 사기꾼이 아니었어요. 네 덜란드 청년도 젊은 사람이 머리털은 없었지만 나쁜 사람은 아 니었어요."

"이탈리아에는 사기꾼들이 없어요?"

"왜요, 많지요. 두 번씩이나 당했다니까요. 사람 사는 데에 나 쁜 놈들 없겠어요?"

"아니, 그 바르셀로나 사람을 또 안 만났어요?"

"그 날강도요? 만났지요. 만나고말고요. 아침 일찍 여관을 나 와 역전에서 다리로 대운하를 건넜어요. 그날 행선지는 구원의 성 마리아 대가람이었어요. 골목들은 비좁고 실핏줄 같은 운하들은 사방으로 뻗었는데, 곤돌라는 간 데 없고 동력선이 짐들을 실어 날랐어요. 곤돌라는 대운하 덮인 다리께에 관광객들 상대로 장사하느라고 정신들이 없어요. 상대는 주로 키 작은 일본 단체 관광객들이었지요. 우연히 생선 시장을 발견하고 들어가서 구경을 했어요. 천장이 2층만큼 높은 커다란 건물이었는데, 주변 길가에서는 노점상들이 과일과 채소를 팔았어요. 다들 고함들을 질러대는 바람에 시끄럽기는 해도, 생기가 넘치고 재미있었지요. 도중에 있는 박물관들과 미술관들이 다행스럽게도, 내부 수리로 휴관 중인 데가 많아서, 덕봤어요. 그거 다 보자면 허리 잡는다고요. 입장료는 왜 그리 또 비싸요? 비수기에 성수기를 대비해서 집 안팎을 고치는데, 도시 전체가 천년 바닷물에 절고 썩어서, 건물들을 헐고 다시 짓기 전에는, 앞으로 집 손보는 데에 성수기 비수기가 없을 것 같아요. 베네치아 공화국 총독의 집은 문은 열어놨는데, 하도 들어오는 사람이 없어선지, 한쪽에서 음악인지 연극 연습을 하고 있었고, 나는 혼자 방 몇 개 둘러보고 나왔지요. 무기 박물관에 들어가서는 옛날 창하고 칼 몇 개 구경하고, 무슨 특별전을 하고 있는 미술관에서는 학생들을 단체 동원했는지, 낄낄대는 중학생들 틈에 끼어 위아래 층을 오르내리다가 나왔지요. 대가람은 바닷가에 있었어요. 산타 마리아 델라 살루테는 바다에서 솟은 웅장한 건물이었는데, 마침 물때였던지 바닷물이 넘쳐서 다가갈 수가 없어요. 뒤로 삥 돌아서 도가나 쪽으로 갔지만 결국 신발을 벗었어요. 보은덕이 대운하 다리 위에서 멀리 이곳 세관과 구원의 대가람, 그리고 바다 건너 성 지오르지오 마지오레를 바라보았겠지요. 나는 거기서 배를 타고 성 마르코 대가람으로 갔어요. 한 정거장이었지요. 걸어서 돌아가기가 싫었어요. 성 마르코 광장도 물이 넘쳐서 절반은 물바다였어요. 전에 다 구경한 데지만, 돌아가는 길에 또 한 번 보자고 들렀지요. 식당에서 널빤지를 내다가 깔아서 길을 트고, 물이 깊은 데는 가설무대처럼 널빤지들로 가교를 만들었어요. 단체 관광객들이 줄을 이었어요. 도대체 무엇이 저 높은 건물 위에 말 탄 조상들을 올려놓게 했을까, 참 희한했어요. 거기서 밥이 나오냐, 떡이 나오냐, 구멍탄이 나오냐, 헌 옷가지가 나오냐? 사람들이 몰려들 만도 했지요. 거긴 아마 베네치아의 중심이었어요. 성 마르코는 베네치아의 수호성자지요. 딴은, 그 마르코 때문에 먹고사는 사람도 많겠지요. 거기서 밥도 나오고, 옷도 나오고, 집도 나오겠지요. 그 사원도 보수를 하느라 한쪽 면을 온통 강관들로 얽어놨어요. 그 비계 앞이었어요. 바로 내 눈앞에서 한 일본 중년 부인의 허리춤 전대 속으로 한 남자의 손가락이 들어가 있어요. 그놈이었어요. 깡마르고, 까무잡잡하고, 광대뼈가 나오고, 하관이 빨고, 눈알과 머리칼이 검고, 체구가 서양 놈치고는 작고, 틀림없이 바르셀로나 독립문 앞에서 놓친 그놈이었어요. 나는 독수리가 죽은 쥐새끼 채듯 덮쳤지요."

"잡았어요?"

"아니요."

"놓쳤어요?"

"그런 셈이지요. 나는 분명히 그놈 손목을 움켜잡았는데, 어느새 빠져나가고 없어요. 아마 나와 그놈이 동시에 서로를 봤던 모양이요. 내가 그놈 손목을 잡은 다음에는, 아무리 제놈 손목이라도 그놈이 제 맘대로 못 빼내지요. 내가 잡은 것하고 그놈이 빼낸 것하고 동시였어요. 그놈 손목도 없고, 그놈도 없고, 내 손은 그 여자 팔 옆에 가 있는데, 그 여자가 비명을 질러요. 그놈은 뛰지 않고 많은 사람 중의 하나인 것처럼 휘적휘적 걸어가요, 저만치. 내가 그놈 뒷덜미를 잡으려고 뛰려는데, 누가 내 팔목을 잡아요. 그 여자와 일행인 남자였어요. 그 여자가 나를 쳐다보는 것이 나를 의심하는가 하는 생각이 퍼뜩 들었지만, 그건 아니었어요. 궁구막추, 그 남자가 그런 뜻으로 얘기를 했어요. 일본 사람들이었어요. 같은 동양 사람으로 나를 보호하고 싶었겠지요. 그도 그놈 손이 들어오는 것을 보았대요. 잃어버린 물건은 없었어요. 잠금쇠는 조금 전 사진기를 꺼낼 때 딴 것 같은데, 도로 잠근 것도 같고 그냥 놔둔 것도 같고, 잘 모르겠대요. 사진기는 손에 있고요. 순식간에 일어난 일이라, 나도 어리둥절했어요. 작은 파문은 빨리 일상 속으로 묻히고, 허탕 친 그놈은 자취를 감췄어요. 그런 일조차도 일상이겠지요."

"서양 사람들은 우리하고 일본 사람들하고 중국 사람들을 잘 구별 못 해요. 마찬가지로 우리도 그들을 잘 구별 못 하는 것 아니에요?"

"못 하지요. 그놈이 그놈 같고, 이놈이 저놈 같고. 우리가 서양 사람들만 구별 못 해요? 동양 사람들도 못 하지요. 원동 아시아 사람들은 다 비슷하지 않아요? 동남아로 가고, 인도로 가고,

중동으로 가야, 물색이 달라지지요."

"그 사람을 잘못 봤을 수도 있겠어요."

"누구를 잘못 봐요? 그 도둑놈이요? 아니, 척 보면 몰라요? 꼭 찍어 먹어봐야 알아요? 잉글랜드 사람하고 독일 사람하고 구별 못 하고, 에스파냐 사람하고 이탈리아 사람하고 구별 못 하고, 프랑스 사람하고 아일랜드 사람하고 구별 못 한다는 얘기지, 도둑놈하고 도덕군자를 식별 못 해요? 사기꾼하고 시인을 차별 못 해요?"

"어떻게 구별해요? 저 많은 사람 중에서 시인과 도둑을 가려낼 수 있어요?"

"없지요. 섞여 있는데 어떻게 찾아내요? 춘치자명이라, 봄 꿩이 스스로 울지 않으면 아무도 꿩인지 몰라요."

"도둑이 도둑이라고 아마에 써 붙이고 다녀요? 사기꾼이 사기꾼이라고 외치고 다녀요?"

"써 붙이고 다니지요. 써 붙이고 다니는 것이 아니라, 불도장으로 각인을 하고 다니지요. 외치고 다니는 것이 아니라, 나팔을 불고 다니지요. 가만있으면 어떻게 알겠어요? 도둑질 안 하면 도둑놈 아니지요. 사기 치지 않으면 사기꾼 아니지요. 그 도둑놈을 베네치아에서만 만났을라고요. 로마에서도 만났어요."

"로마에서도요?"

"로마에서만 만났을라고요? 나폴리에서도 만났지요."

"같은 사람이 아니면 어디선들 못 만나겠어요? 사람 사는 데에 어디라고 도둑 없겠어요?"

"직접 당해보세요. 모든 도둑은 같은 도둑이오. 같은 사람이어서 같은 도둑일 수도 있고, 같은 짓을 해서 같은 도둑일 수도 있지만, 결국 같은 도둑이오. 내 사진기를 강탈한 놈과 일본 여자 복대 주머니를 털려던 놈은 분명 같은 사람이어서 같은 도둑이었어요. 같은 사람이건 아니건 그게 뭐가 중요해요?"

"그걸 알아보려고 도둑을 당할 수도 없고."

"그럴 것 없어요. 딴 것도 마찬가지요. 예를 들면 도둑이 그렇다는 얘기지요."

"저는 지금 누구를 찾고 있어요. 선생님도 사람을 찾고 있다고 하셨지요? 찾았어요?"

"아니요."

"지금도 찾고 있어요?"

"그렇지요."

"찾을 수 있다고 생각해요?"

"아니요."

"그래도 찾아요?"

"그러니까 찾지요. 찾는 일은 찾은 순간 끝나요. 찾는 일은 찾을 수 있을 때 끝나요. 찾을 수 있으면 찾은 것 아니오? 찾았으면 더 찾을 것 없어요."

"찾을 수 있다는 희망이 있어야 찾지, 희망이 없으면 무슨 재미로 찾아요? 희망이 없으면 어디서 힘이 나와요?"

"나는 지금 둘이서 여행하고 있어요. 둘이서 여행하는 것보다는 둘이 아니지만, 혼자서 여행하는 것보다는 분명히 혼자 이상이오. 만일 둘이서 여행했더라면, 우리는 지금쯤 따로 여행하고 있을지도 몰라요. 출국은 같이 했더라도 귀국은 각자 할지 모르고, 행선지는 같아도 따로 갈지 모르고, 여행은 같이 해도 여관은 따로 잡을지 모르고, 한 여관에 들어도 각방 쓸지 모르고, 같은 방을 써도 따로 잘지 몰라요. 이런 것들은 다 좋아요. 안 그럴지도 모르니까요. 중요한 것은, 같이 여행하면서 마음이 따로 놀 때지요. 마음이 없으면, 같이 있어도 천 리 만 리 떨어져 있는 것보다 더 멀어요. 천, 만 리 머나먼 곳에 떨어져 있으면서 서로 생각하면, 같이 있는 것보다 더 가까워요. 찾는 것은 생각하는 것 아니요? 희망도 없이 찾는 것은 그만큼 더 절실히 생각하는 것 아니요?"

"알 듯 말 듯해요. 제가 그렇거든요."

"자기가 그런데 자기가 잘 몰라요?"

"내 마음 내가 다 알아요?"

"내 마음 내가 모르면 누가 알아요?"

"선생님은 선생님 마음 다 알아요?"

"다 알지요."

"왜 싸워요? 왜 그렇게 만나면 싸워요?"

"몰라요. 그걸 좀 알았으면 좋겠어요. 왜 싸워요? 싸우려면 왜 만나요?"

"싸우려고 만나고, 만나려고 싸우지요."

"싸우려고 만나요? 상처 주려고? 만나려고 싸워요? 싸우면 못 만나는 것 아니요? 다시 안 만나기로 맹세하는 것 아니요? 1주일 2주일, 한 달 두 달, 반년 1년, 서로 저주하는 것 아니요? 저주하는 것이 저주받는 것 아니요?"

"아신다면서요? 아신다고 했지 않아요?"

"내 마음을 안다고 했지요. 내 마음 하나가 싸워요? 아니, 그런가? 내 마음 하나가 싸우나? 내가 브리튼에 간다고 했더니 하와이에 간다고 해요. 왜 하와이냐고 했더니, 옷이 없어서 그런대요. 벗는 것이 입는 것보다 그렇게 싸게 먹혀요? 언제냐가 문제지, 싸우냐 안 싸우냐는 문제가 아니요. 만나서 5분 후에 싸우는 것에서부터 헤어지기 5분 전에 싸우는 것에 이르기까지 시간차는 많지만, 꼭 싸워요. 같이 나갔다가 같이 들어온 적이 별로 없어요."

"누구 이야기예요? 왜 남의 이야기를 해요? 선생님 이야기를 해요. 저 다리를 건너면, 라탱 구역이에요. 우리가 조금 전에 지나온 곳이 카루젤 광장이거든요. 저기 보이는 저 다리쯤이 아마 카루젤 다리이고요, 거기는 강북과는 달리 더럽고, 시끄럽고, 대학생 많고, 주정뱅이 많고, 가난뱅이 많아요. 지금쯤 그 친구 아마 뤽상부르 공원 의자에 앉아 술병 빨고 있을지 몰라요. 화가 덜 났으면요. 화가 더 났으면, 아마 스트라스부르에 갔겠지요. 거기에 그의 누이가 와 있거든요. 지금쯤 어쩌면 그의 누이의 남편의 차를 타고 국경을 넘어 독일로 가서 장을 보고 있는지도 몰라요. 열쇠는 화분 받침대 밑에 던져놨겠지요. 더 화가 났으면, 열쇠도 어디다 팽개쳐버렸겠지요."

"이 좋은 날씨에 왜 싸워요? 유황불이 지글지글 타고 사람들이 영겁의 고통으로 비명들을 지르는 지옥에 가서 싸워도 늦지 않아요. 하늘 푸르고 공기 맑고 강 아름답고, 싸울 일이 없지 않아요? 영국도 같이 가고, 독일도 같이 가면 되지 않아요?"

"내가 런던에 가자고 했더니, 스트라스부르에 가재요. 아니, 그가 거기 가자고 해서 내가 영국을 가자고 했던가? 두 군데 다 갈 생각은 둘 다 못 했지요. 그럴 경황이 있어요?"

"각자 가니까 재미있어요?"

"같이 가는 것보다는 좋아요. 적어도 싸울 일은 없지요. 같이 가면서 미워하는 것보다 혼자 가면서 생각하는 것이 훨씬 더 같이 있는 것 같아요. 한국에 가야겠어요. 더 멀리 떨어지면 더 많이 생각하게요. 열흘 예정으로 왕복표 끊었는데 못 채우겠어요."

"며칠이나 됐는데요?"

"오늘이 닷새째예요."

"오래됐네요."

"첫날 싸웠어요. 나흘을 참았어요."

"오래 참았다는 말이 아니고, 평화가 오래갔다는 말이었소. 참은 김에 더 참아요. 가면, 둘 다 후회해요. 첫날 왜 싸웠어요?"

"그냥요."

"마중을 안 나왔어요?"

"열흘 때문에 싸웠어요. 3개월까지는 할인 왕복 요금이 같은데, 석 달까지는 안 되더라도, 한 달은 끊을 수 있지 않느냐. 열흘도 간신히 틈을 냈다. 누가 노냐?"

"그거, 세상에 싸울 일 아닌데."

"아니요. 그거야말로 싸울 일이데요."

"쳐다봤다고 싸우기도 하지만."

"막판에는 마지막 말까지 막힘없이 나왔어요. 너와 나는 생각이 다르다. 너무 다르다. 그래, 동감이다. 나도 그렇게 생각한다. 너와 나는 너무 다르다."

"사람이 달라요, 생각이 달라요? 사람이야 다르지요. 사람이 다른데, 생각이 다른 것도 당연하지요. 그게 왜 이상해요? 왜 싸울 건더기가 돼요? 같으면 이상하지요."

"당연한 것을 강조하는 것이 이상하지요. 그게 싸울 일이지요."

"만나는 것이 헤어지는 것이고, 헤어지는 것이 만나는 것이오."

"왜 그래요? 만나는 것이 만나는 것이고, 헤어지는 것이 헤어지는 것이라야, 회자가 정리지요. 만나는 것이 헤어지는 것인데, 어떻게 또 헤어져요?"

"김 선생 경우는 모르겠는데, 내 경우는 욕심이 많아서 그래요. 내가 소견이 좁아요. 욕망이 많으면 도량이 넓든지, 아량이 없으면 탐욕스럽지 말든지, 둘 중의 하나를 해야 할 것 아니오? 둘 다 못 해요. 시거든 떫지나 말지. 탐학이 목에까지 차가지고, 아니, 목이 아니라 눈에까지 올라가지고, 앞이 안 보이는데, 소갈머리는 밴댕이 속이오."

"욕심이 없으면 마음이 좁아도 넓고, 마음이 넓으면 욕심이 많아도 없고요."

"남자들 마음은 밴댕이 속이고, 여자들 마음은 남자들 마음보다 더 좁아요. 평화는 처음부터 없게 되어 있지요. 욕심이 많고 마음이 좁고, 욕심이 많고 마음이 넓고, 욕심이 없고 마음이 좁고, 욕심이 없고 마음이 넓고, 인간의 운명이 네 가지인 것 같은데, 사실은 두 가지요. 욕심이 많으면 마음이 넓어도 좁고, 욕심이 없으면 마음이 좁아도 넓어요. 욕심이 많은 것하고 마음이 좁은 것하고 같고, 욕심이 없는 것하고 마음이 넓은 것하고 같아요. 욕심을 없애는 것이 마음을 넓히는 것이고, 마음을 넓히는 것이 욕심을 없애는 것이오. 물론 네 가지겠지요. 네 가지뿐이겠어요? 마흔 가지도 더 되겠지요. 마흔 가지뿐이겠어요? 김 선생은 김 선생의 경우가 딴사람의 경우와 다르다고 생각하겠지요. 나도 그래요. 나의 슬픔과 원한이 딴사람의 것과 같을 수가 없어요. 운명은 사람의 수만큼 많겠지요. 사람이 다른데 운명이 같겠어요?"

"그런데 왜 두 가지라고 해요?"

"나타나는 것은 두 가지거든요. 행복과 비극. 기쁨과 원한. 자유와 노예. 평화와 파괴. 삶과 죽음. 극락과 지옥. 잃어버린 낙원에서 시인은 마음이 지옥으로 천국을 만들고, 천국으로 지옥을 만든다고 했어요."

"두 개가 그렇게 가까워요? 지구의 끝과 끝에서 서로 마주 보고 으르렁거리는 것 아니에요?"

"지구는 멀리 갈수록 가까워지지요. 아름다운 것과 추악한 것은 같이 있어요. 고운 것은 미운 것이 필요해요. 그 둘은 가까운 친척이오. 시인이 그렇게 말했어요. 사랑은 그의 저택을 배설의 장소에다가 세웠어요. 째지지 않은 것은 유일하지도 온전하지도 않거든요."

"시인이 실없이 여러 소리 하네요. 시인도 도둑처럼 모든 시인은 같은 시인이오?"

"좋은 시인과 나쁜 시인이 있을 뿐이지요. 나쁜 시인은 시인이 아니오."

"아니, 좋은 것은 나쁜 것이 필요하다면서요? 좋은 것과 나쁜 것은 같이 산다면서요?"

"시인은 도둑과 같이 살지요. 시인이 도둑이면, 도둑이 시인이게요? 공자 당년에 도척이가 살았어요."

"선생님은 도척이요 공자요? 도척이 같더니 공자 같아요."

"루브르 덕분이겠지요. 센 덕분이겠지요. 성인 아닌 보통 사람이 한 가지만 오래할 수 있어요? 좋을 때 보면 좋은 사람이고, 나쁠 때 보면 나쁜 사람이지요."

"좋을 때만 봐야겠네요?"

"좋은 점만 끌어내야지요. 사람 마음 다 같아요. 김 선생 마음 같은 줄 알고, 용서해요. 개인차 따지지 말아요. 이야기 길어져요."

"누구요?"

"누구든 상관없어요. 같으니까 싸워요. 싸우면 같아져요. 달라서 싸우는 게 아니오. 너와 나는 다르다. 그래, 동감이다. 달라

374

서 싸우는 게 아니지요. 동감이니까 싸우지요."

"열쇠만 내던지지 않았으면, 용서하겠어요. 어디 간 것은 좋아요. 나도 갔으니까요. 열쇠를 없앤 것은 들어오지 말란 이야긴데 어떻게 참아요? 아니, 어떻게 들어가요?"

"참지 말라고 열쇠를 던졌는데, 안 참으면 같은 것 아니오?"

"선생님 유스호스텔로 가면, 같이 가려고 했어요. 지금 라탱 구역으로 가겠어요. 열쇠가 있으면 들어가고, 없으면 그가 올 때까지 층계에 쭈그리고 앉아 있겠어요. 그가 오면, 그와 반대로만 생각하겠어요. 그가 화내면 웃고, 웃으면 화내고. 가면 오고, 오면 가고."

"행동은 같이해야지요. 배가 산으로 가게요?"

"선생님도 반대로 생각하세요. 그러면 지금 찾는 사람과 헤어지지 않지요."

"우선 찾고."

그들은 일어섰다.

(1997)

뜬봉샘

우이동 도선사 입구 버스 종점에서 3분 거리에 2층 연립주택이 있다. 돌올한 인수봉에서 흘러온 물이 뒤로 흐르고, 북으로 경사진 대지에 배산임수가 아니라 배수진을 친 역풍수의 땅에 일곱 세대가 옆집과 담벽을 공유하고 들어섰는데, 한 집이 1, 2층을 차지하고, 1층에 거실과 주방과 화장실이 있고, 2층에 방 둘이 가파른 층계를 마주하고 들어섰다. 천장의 채광창으로 들어온 햇볕이 실내를 밝혔다. 중간 참이 없어서 층계는 길고 급했다. 두 집씩 층계를 이루고 북쪽으로 점점 낮아져 또랑 물에 이르렀고, 현관은 서쪽으로 났고, 동쪽으로는 옆집 담이 막았고, 남쪽은 더 높은 집이 해를 가렸다.

그 집은 지은 지 30년이 넘었다. 근자에 재작년엔가 골목 건너 서쪽으로 5층 원룸이 들어서는 바람에 멀리 선명히 보였던 삼각산이 자취를 감췄다. 산을 보고 입주했던 사람은 들어오는 입구에서 그것의 웅장한 모습을 접하여 영기를 받는 것으로 만족해야 했다.

"당신은 참 건강해요. 무슨 비결이라도 있소? 20년은 젊어 보이오."

"그런 거가 뭐 있겠소? 저녁밥에 막걸리 두 잔씩을 반주로 드는 것밖에 없소."

"담배는 안 피우시오?"

"오래 살라고 작년에 끊었소."

"작년에? 그런데 그때까지 살았소?"

"1년을 더 살았소."

"몸피가 쬐깐하긴 하지만, 어떻게 그 좁은 채광창을 쥐새끼처럼 옆방 드나들듯 오르내리시오?"

"그야 사닥다리 타고 올라가지 내가 무슨 수로 날아가겠소?"

"화분들을 또 우리 집 옥상에 늘여놓았습디다?"

"아, 그 노는 땅 햇볕 좀 빌리면 안 돼요?"

"놀기야 영감님 옥상도 매한가지 아니오?"

"우리 집 지붕이야 빨래를 널어야지요."

양 영감은 자리에서 일어섰다. 무슨 여자대학 입구 건너편 솔밭에 노인들이 모여서 장기와 바둑을 두었다. 키 큰 소나무들 사이로 산이 보였다. 길에는 차들이 바쁘게 오고 갔다.

"어디 가게요?"

"폐품 수집이요. 네거리 슈퍼에 가면 많이 있소."

"또 우리 집 마당에 쌓을라고? 그것 그만둘 수 없소?"

"뭐? 줍기, 버리기?"

"영감 집 마당은 만원 아니오? 이번에 또 월담하면 파출소에 신고하겠소."

"이웃 간에 인심 한번 험하네. 마당이 손바닥만 해서 빈 양철통 몇 개 들여놓으면 사람 돌아설 데가 없어."

"거, 모으는 것도 그만두쇼. 자식들 체면도 생각해야지."

"갸들 것은 갸들이 챙기오. 나는 내 것 걱정만 허요."

"미국 보스턴인가 어디에 있다는 교수는 잘 있소?"

"지가 잘 안 있고 어쩌겠소?"

"지금도 매주 전화가 오요?"

"서울에 있는 아도 안 허요."

"생활비는 보내고?"

"먼 비? 그런 건 내가 보태요."

"영감이 무슨 수입이 있다고? 폐품?"

"수집은 운동이오. 늙을수록 몸뚱이를 놀려야 돼요. 아침에 일어나면 뻣뻣했다가도 한바탕 돌고 나면 풀어져요."

"돈이 되냐고?"

"몰라서 물어? 그건 은행에 맡겨두고 써."

"부자네."

"해마다 해외에 나가자면 돈 많이 드요? 나도 여행이나 할까? 돈 놔두고 죽을 수도 없고. 아무리 공수래공수거지만 빈손으로 가면 억울하지."

"제주도도 바다 밖이오. 나는 가거도에 셋방이 있소."

한국 최서남단의 섬 바닷가에는 중국에서 흘러왔는지 고깃배

들이 버렸는지, 한문 간자체로 쓴 비닐봉지 쓰레기들이 물결에 밀려온다. 상해에서 아침 닭 우는 소리가 들리는 듯하다. 태평양에서 불어오는 바람이 거칠 것이 없어서 방파제 폭이 큰 짐차 대여섯 대가 나란히 달릴 만하다. 그렇게 크게 만들어도 거의 매년 태풍에 깨져서 증축한다. 독도는 바람이 세서 유람선이 울릉도에 왔다가 들르면 운이 좋아야 접안하고 대개 먼발치로 보기만 하고 돌아간다. 가거도에 비하면 새 발에 피다. 멀리서 일본열도가 방파제 노릇을 하기 때문이다.

"그런 데 떠도니라고 우이동은 늘 비었구료?"

"돈 다 못 쓰고 죽을 걱정은 안 해도 돼요. 그거 쉽소. 마지막 가장 쉬운 방법은 그냥 놔두고 눈감으면 돼요. 어떻게 벌었소? 정년 했소?"

"내가 이 집을 지었소."

"이 집이라니, 우리 연립주택 말이오?"

"내가 목수요. 30년 전에 고향을 떠나 서울에 와서 집을 지었소. 그리고 제일 목 좋은 데를 차지했소. 물 가까운 데는 홍수 나면 침수가 무섭고, 지금까지 아무 탈 없었으니 괜찮소만, 제일 높은 데는 그 앞에 더 높은 것이 있어서, 안 그래도 안 좋은 풍수가 더 안 좋소."

"고향이 어디요?"

"고흥이오."

"거기서 고등학교 나왔소?"

"고등학교는 무슨. 거기 나오면 대학 가야지 목수 조수 했겠소?"

"나는 삼각산 구경 왔다가 산자 수려해서 그때 마침 분양하던 신축 주택 하나를 청약했소. 동생들 학교 다니라고. 물건이 물짜요만 그때 그것도 힘에 벅찼소."

"진짜 돈 쓰기 쉽소?"

"문안에 들어가서 술 몇 잔 마시면, 돈 몇 푼 금방 동나요."

"한 잔에 얼마씩인데? 나는 막걸리 한 병에 천 원씩 주고 사요. 재수 좋으면 750원도 주오. 어떤 때는 5백 원 할 때도 있소. 한 병이 750밀리리턴데, 사흘 먹소. 하루에 3백 원꼴이오."

"명동까지 안 가고, 여기 수유역에만 나가도 양주면 한 잔에 5만 원 받을 거요."

"에이. 설마 막걸리 50병을 단숨에 꼴깍할라고."

"영감님 돈 벌게 생겼소."

"거제도는 어떻게 갔소? 거기도 마침 분양을 했소?"

"가거도 어항 뒤가 산인데, 거의 열대림이 마을을 품고 있고 중턱에 빈집이 하나 있었소."

"애초에 폐가가 있는 줄 알고 갔소?"

"여행 갔소."

"혼자?"

"그럼 놉 얻어서 가요?"

"뭣 하러 갔소, 망망대해 외딴섬에? 낚시 갔소? 등산했소? 물속에 들어갔소?"

"절해의 고도에 6백이 넘는 산이 있소. 우리나라 섬 산으로는 제주도의 한라산, 울릉도의 성인봉 다음으로 높은 산이오. 나도 거기 가서 알았소. 독실산이라는 말을 처음 들었는데, 거기 올라갈 생각을 했겠소? 정상에 있는 레이다 기지 수비대장이 휴가 나가는 전경들 데리고 부두에 나왔다가 돌아가면서 나를 태워 주었소."

"빈 차로 가느니, 잘했구만."

"왜 빈 차요? 귀대하는 전경들이 있었소. 4분의 3톤 짐차였는데, 경찰들과 보급품을 뒤 짐칸에 싣고, 나를 운전수 옆 자리에 앉혔소. 운전은 경위가 직접 했소."

"아는 사람이었소?"

"그때 거기서 처음 보았소. 방파제 밑 길에 배가 접안했는데, 소형 민간 짐차들이 배 시간 맞춰 많이 나와 있었소. 다들 육지 물건들 챙기고, 예약 손님들 찾느라 바빴소. 그들은 썰물처럼 부두를 빠져나갔소. 나 같은 뜨내기는 아무도 거들떠보지 않았소. 민박 예약을 안 한 나는 마을까지 걸어야 할 형편이었소."

"동네 파출소도 아니고, 기지 지키는 수비대가 정처 없이 돌아다니는 하릴없는 떠돌이 늙은이 잠자리 걱정하게 됐소?"

"숙소는 천천히 알아보고, 등산이나 하자고 산꼭대기로 데리고 갔소. 금지 구역 쪽으로는 못 가게 하고 나머지는 실컷 구경하게 했소. 내려오다가 빈집을 보았소."

"젊어서 경찰에 있었소?"

"아니오. 군대에 있었소. 수비대장은 걸음도 시원찮은 노인이 산에 오르는 데에 지팡이 노릇을 조금 해준 거요. 영감님은 군대 안 가셨소?"

"나, 나요? 군, 군대라. 거기 가기도 했고, 안 가기도 했소."

"아, 국방경비대!"

"군인이 나라 지키지 뭘 하겠소? 나, 그것 아니오. 산타는 것 좋아허요? 삼각산 많이 올랐소?"

"근래에는 하루재에서 코앞에 떠 있는 인수봉 본 것이 다요. 도선사도 버겁소."

"섬은?"

"그 뒤로 두어 번 갔소. 그리고 더 서남쪽으로, 더, 더, 더 서남으로 갔소. 동남아 말이오."

"서남으로 가는데 웬 동남아요?"

"글쎄 그게 나도 이상해요. 산 안 좋아하시오?"

"왕년에 젊어서 설악산 탈주를 감행했소."

"대청이오? 의용군 했소?"

"대청인지 소청인지 어찌 알았겠소? 골짜기 따라 능선을 탔소."

"도망 안 쳤으면 금강산 구경하고 평양 가서 참전 영웅 될 뻔했구랴?"

"펴양은 왜 갑네까? 이승만이가 미국한테 장정 숫자 자랑할라고…."

"인민군 궤멸하고 의용군이 인민군…."

"의용군이 여기서 왜 나와요? 나는 방위군이었소. 국민방위군. 죄 없는 늙다리들 잡아다가 사흘을 굶겼소."

"전시라 쌀이 귀했소."

"흔했소. 사령관이 그것 훔쳐 먹고 총살당했소."

"설악이 아니라 소백이나 덕유 아니었소?"

"덕유도 아니었을 거요. 진주 근처에 산이 있나?"

"거게가 지리산 자락이요."

"거긴 빨치산들이 너무 울궈먹어서 우리 방위군은 딴 데 합시다."

"장수 천천인가 수분 어디를 가면 뜬봉샘이라고 있소. 거기서 물방울이 서쪽으로 떨어지면 금강이 되고, 남쪽으로 미끄러지면 섬진강이 돼요."

"그것 좋소. 다르면 얼마나 다르고, 같으면 얼마나 같겠소? 다 지내놓고 보면 말짱 헛것이여."

"살구 네거리는 안 가시랴오?"

"맞어. 광산 사거리! 손발을 꼼지락거려야 먹을 것이 생기지, 입을 놀리면 배만 고파."

영감은 자전거를 끌고 솔밭을 빠져나갔다.

우이동에서 풍납동 병원까지는 한 시간 반이 걸렸다. 마을버스 2번을 타고 수유역에서 내려 가파른 화강암 층계를 더듬더듬 밟고 지하로 내려가 4호선 시내 쪽을 타고 동대문 역문공원에서 2호선으로 한참을 걷고 걸어서 갈아타고 열 정거장 이상을 가서 잠실나루에서 내려 또 급한 화강암 층계를 통해 밖으로 나가 걷거나 병원 왔다리 갔다리 버스를 타면 병원 동관 뒤가 나왔다.

병원은 컸다. 동관 서관도 부족해서 신관이 보태졌다. 다행히 요소요소에 자원봉사 안내가 있었고, 흰옷을 입은 사람들은 남자건 여자건 묻는 말에 친절했다. 한참 가다 보면 동관이 되었고, 한참 걷다 보면 서관이 되었다. 동쪽으로 가면 서관이 되고 서쪽으로 가면 동관이 되는 것 같았다.

"아, 당신, 육이오 때 나와 함께 미아리 고개를 넘었던 양 옹 아니시오? 그때 삔 다리는 다 나았소? 여긴 어쩐 일이다요?"

"아, 빡 빡사, 작년 솔밭에서 헤어진 이래 별래 무량하시오?"

"근데 내가 지금 조금 바쁘오. 이쪽으로 가면 소화기내과가 나온다고 해서 가는 중이오. 저 모퉁이 돌아서 또 물어봐야 할 형편이오. 빡빡이라는 말 안 하기로 했지 않소? 나, 그거 그만둔 지 10년이 넘었소. 안 바쁘시오? 여기서 한갓진 사람이 어디 있을꼬만."

"나는 안 바쁘오. 지금 9층에 가는 길이오. 94병동 33호에 집사람이 입원했소. 승강기만 타면 금방 올라가요. 승강기는 제일 넓은 이 대합실 저 흉상 뒤에 있소. 답답해서 밖에 나가 분수 정원에 앉아 하품 벅벅 하다가 돌아가는 중이오. 주을 종잇조각도 없고."

"아니, 사모님이 어디가 편찮소?"

"사모님은 무슨. 여편네가 집 앞에서 엉덩방아를 찧었소."

"혹시 우리 집 백목련나무 잎사귀 떨어진 것 쓸다가 넘어진 것 아니오?"

"맞소. 길 위 낙엽이야 항상 쓸었지만, 주저앉은 것이 탈이었소. 뼈에 구멍이 숭숭 뚫려서 건들기만 하면 부러지오. 우리 집 앞길 치우다가 그랬으니 쓸데없는 걱정 하지 마시오. 남의 집 앞은 상관 안 해요. 원룸에 세 든 젊은것들이 빗물 빠지는 하수 구에 담배꽁초 버리는 것이 괘씸해서 그쪽은 쳐다보도 않소. 어 디서 담배를 피워? 즈그 집 안방에서 피우지 않고."

"많이 다쳤소? 감기 안 걸리고 넘어지지 않으면, 늙어도 안 죽 소."

"골관절이 나갔소."

"고관절이? 변소 걸음은 하시오?"

"일어나질 못허요."

"병수발 힘드시겠어요."

"간병인을 샀소. 어서 가보시오. 내과요? 어디가 많이 편찮 소? 내과가 여럿이오."

"나도 안사람이 속이 안 좋소."

"나야 한가하지만, 그 속까지 들을 시간이 있을랑가 모르겠 소?"

"마음만 급했지 가봤자 내가 할 일이 없어요. 의사 노릇을 한 달 수도 없고. 사진에 나온 하얀 점들이 왜 돌이냐고 물을 뻔했 어요. 간신히 참았소. 아무러면 그것으로 밥을 먹고사는 사람들 이 나보다 병을 모르겠어요?"

그들은 현관 쪽으로 걸어갔다. 대합실 의자들에 빈 데가 많았 다. 그들은 창 쪽으로 앉았다. 저만치서 탁자들을 놓고 4천 5백 원짜리 커피를 팔았다.

"1억씩 3억씩 기부를 했어요."

양 영감이 말했다. 설립자 일가의 활동을 보여주는 동영상 옆에 좋은 일 한 사람들의 이름과 액수가 적혔다.

"한 회 출연료가 1억이면, 15회 작품이면 몸값이 15억이오."

"먹을 것이 없어서 자살한 배우가 있었지요."

"제작자를 나무랄 수 없어요. 비싼 배우를 쓰면 광고가 많이 들어오거든요. 돈을 마다할 수 있어요? 시청자들이 안 보면 되는데, 나는 안 봐요. 연출자들이 이미 중독이 되어 멍청이가 된 시청자들을 가지고 놀아요. 장사치들에게 제작권과 편집권이 있다면, 우리들에게는 골짜기 선택권이 있소. 돌려버리면 돼요. 안 돌려서 탈이지."

"아니. 돌려도 그게 그거라는 것이 병이오. 도대체 돌릴 데가 있어야지."

"영감님, 연속극 광팬 아니시오?"

"내가? 마누라한테 맞아 죽을라고?"

"왜 싫어하는데요, 우리나라는 뉴스도 연속극인데?"

"그래서 둘 다 싫어. 보물 감정도 짜고 치는 놀음, 탈북 미녀들 생판 모르는 사람들도 갑자기 서로 아는 사이. 연속극 할라고. 그놈의 시청률이 뭔지."

"그게 돈이라니까요."

"여긴 왜 왔소? 당최 아플 것 아닙디다. 왜 그렇게 병든 사람이 많은지, 원. 성한 사람이 없소."

"간을 보러 왔소. 의사가 며칠 전에 찍은 사진을 1년 전 사진하고 화면에 나란히 띄워 번갈라 살피더니, 별 변화가 없다고, 괜찮다고, 됐다고 해요. 살았다고 생각했지요. 그때 의사가 돌이 많아졌다고, 돌 의사한테 가보라고 해요. 그는 당장 가라고 하는데, 간호원이 안 된다고, 날짜를 잡아야 한다고 해요. 그렇게 했어요. 예약한 날 다시 와서, 30분도 넘게 화면에 이름 뜨기를 기다렸지요. 이름 끝자를 감추고 두 글자만 나타나는데, 같은 이름이 두 번 떴어요. 돌 의사가, 돌이 많긴 많다고, 수술 의사를 만나보라고 해요. 또 예약을 잡았지요."

"같은 이름이 세 번 안 나와서 다행이오. 수술 의사는 또 누구를 만나라고 했소? 그 쌔고 쌘 의사들을 언제 다 만날라요?"

"아니오. 이번에는 피 검사, 심장 검사, 오줌 검사를 하고 직원을 만나 입원 예약을 하라고 했소."

"그래, 했소?"

"딴 건 다 일찍 오면 오는 대로 봐주는데, 입원은 오후 한 시에 오라고 해요. 일부러 열한 시에 와서 6인실 들어가려고 했는데, 안 된대요. 오후가 돼야 퇴원 환자들이 나가고 빈방이 확정되는 모양이오."

"내과는 왜 가요, 입원과는 저긴데?"

"지금 복용하는 약이 있냐, 다니는 병원이 있냐, 있으면 원장 소견서를 떼 와라. 그것 과에 갖다 줄라고 환자가 갔소."

"한 시까진 할 일이 없겠구료. 저기 안내 뒤로 가면 자동계단이 있소. 아래층에 내려가면 식당들도 있고 먹자 것이 많소."

"알아요. 몇 번 출퇴근을 했더니, 동서남북 감이 조금 잡혀요.

열두 시 이전에는 점심 식단을 안 팔 거요. 편의점, 빵집까지는 이해가 되는데, 구두점, 옷 가게는 왜 있는지 모르겠어요. 영감님은 요기 안 하시려오?"

"나는 도시락을 싸 왔소."

"식당은 음식 반입 금지요."

"미쳤다고 거길 가요? 요 앞 정원에 가면 나무들 속에 빈 의자들이 많소."

"내가 지하에 내려가서 소보로빵이나 뭘 좀 주워 올 테니 여기서 기다리시겠소?"

"당신 것만 집어 오시오. 과에 간 환자는 밥 안 먹소?"

"아직 시간이 일러요."

"그건 나도 그렇소."

그들은 회전문을 통해 밖으로 나가 길을 건넜다. 나무들이 그늘을 만들어주었다. 그들은 빈 의자를 찾았다.

"고양이가 죽었소." 양 영감이 말했다.

"뭐가 죽어요?"

"새끼 세 마리가 틀림없이 죽었소."

"허, 사람도 죽고 사는데, 미물이라고 성하겠소?"

"생사에 미물 안 미물이 어디 있소?"

"생때같은 사람도 죽어나가는데, 쥐새끼 몇 마리가 문제요? 고양이 키우셨소?"

"아니오. 길고양이. 원룸하고 옆집 담 사이 비좁은 틈새에서 고양이 새끼들이 기어 나왔소. 생후 1, 2주일 된 듯했소. 주황색

어미 고양이가 어디서 실컷 주워 먹고 와서 끼니때마다, 닝하오 하고 부르면 새끼들이 나와 젖을 먹었소. 나중에는 한, 두 마리 가 없어지고 세 마리가 나왔소. 그것들이 한 3, 4주 되니까 나무 를 기어올라요. 에미가 멀리 가버리기도 싫고, 새끼들이 옆에서 귀찮게 하는 것도 싫고, 새끼들 옆에 있고 없는 방법은 담벽 위 에 올라가 쭈그리고 앉는 거요. 새끼들은 밑에서 즈그들끼리 장 난치고 재미있게 놀다가 에미가 안 내려오면, 위를 쳐다보고 그 중 한 놈이 전나무를 1미터까지 올라가요. 더 이상 못 올라가면 나는 되돌아서 내려오다 엉덩방아 찧으려니 했는데, 올라갈 때 처럼 질서정연하게 침착하게 뒷걸음질해서 땅바닥에 내려와요. 아직은 근육이나 뼈다귀가 완성되지 않아서 뻣뻣하고 서툴렀지 만, 강아지라면 엄두도 못 낼 일이었소. 만물은 하나하나가 하느 님의 완성품이란 말이오. 옆 종자가 감히 침범할 수 없는 완제 품의 영역을 자랑해요."

"그런데 왜 죽어요?"

"언제부터인가 에미가 와서 아무리 냐옹냐옹 해도 새끼들이 나타나지 않아요. 그것이 오래가자 구경꾼인 나도 알게 됐소. 아 마 전번 장대비 온 다음인 것 같소."

"원룸 젊은 사람들이 집어 갔나?"

"그랬으면 오죽이나 다행이겠소만. 저기 저 사람은 왜 우리 쪽을 빤히 쳐다봐요?"

"글쎄 나도 그게 이상한데, 자세히 보니, 우리를 보고 있는 것 도 아니오. 그냥 그의 앞 허공인데, 자세가 우리 쪽으로 틀었을 뿐이오."

한 중년 사내가 옆으로 앉아서 의자 등을 두 팔로 안고 뒤를 바라보았다. 같은 의자에 젊은 사람이 앞을 향해 앉아서 봉지를 만지작거렸다.

"고양이 이야기는 끝이오?"

"아니오. 시작이오. 에미가 한 달째 수시로 그 자리에 와서 니아우웅 니아우웅 하고 새끼들을 불러요. 새끼들은 대답이 없소. 이제 부르는 소리가 아니고 우는 소리요. 니아으응 니아으응. 그것들이 죽었다면 그것도 하늘의 뜻이오. 가고 없는 새끼들이 기억되는 것은 가냘픈 어미의 그것들에 대한 애착 아니겠소? 어미 고양이는 몸피가 작아 새끼들보다 조금 컸소."

"지금도 울고 있소?"

"아마 그쳤소. 한 달쯤 울다가 어느 날 답이 없는 줄 알고 조용해졌소."

"죽었소?"

"사람이나 짐승이나 시간이 지나면 사라지오. 기억만 남소."

"고양이 한 마리가 전체요?"

"안 그렇소? 어떤 고양이도 딴 고양이한테 이 사람만도 못한 짐승이라고 욕할 수 있소. 사람도 마찬가지요."

"쓰레기통이나 시궁창에서 발견될 얼룩무늬 털을 가진 뻣뻣한 가죽 조각을 너무 대단하게 여기지 마쇼."

"사람 하나가 짐승만도 못하면, 사람이 짐승만 못한 거요. 사람 전체하고 짐승 전체, 고양이 전체와 바꿔도 탈이 없소. 사람

은 짐승이고, 못된 짐승이오. 어서 가보시오. 입원 수속이 시작
되겠소."

"영감님은 안 들어가시랴오?"

"나는 잠실나루로 가야겠소."

"10층 입원실은 어쩌고요?"

"어디?"

그들은 헤어졌다. 하나는 서쪽으로 갔고, 또 하나는 북쪽으로
갔다. 영감은 왔다리 갔다리 병원 차를 탈 생각이 없었다. 입원
과 앞 의자에 앉아서 또 한 사람의 환자가 그를 기다렸다. 한 시
가 되자 창구가 일을 시작했다. 그들은 6인실을 원했고, 4인실
까지 각오했다. 2인실을 강매하면 입원을 연기하겠다고 떼를 쓸
참이었다. 직원은 그들의 의사를 묻지 않고 방을 배정했다. 9층
94병동에 있는 6인실이었다.

그들은 홀수 승강기를 타고 9층으로 올라갔다. 도중에 내리고
타는 사람이 많았다. 94병동 복도로 들어가는 문은 잠겼다. 직원
들이 명패를 자물통에다 대면 문이 열렸다. 그들은 누가 그들을
따라 들어가는 것에는 관심이 없었다. 거기까지 왔으면 다 들어
갈 만한 사람들이었다. 그런데 반드시 그런 것만은 아닌 모양이
었다. 물품 도난에 주의하라는 경고가 문틀 위에 붙었다.

33호실은 복도로 들어서서 오른쪽으로 세번째 방이었다. 왼
쪽은 간호사실이었다. 그것은 방문도 창문도 없는 방이었다. 그
들은 간호사의 도움을 받아서 병실로 들어갔다. 2번 병상이 비
었다. 1번과 6번이 문 쪽이었고, 3번과 4번이 창 쪽이었다. 병상

옆에 길고 좁고 낮은 의자가 있었다. 보호자용 침대였다.

환자들은 다 여자였다. 한 사람 빼고 다 늙었다. 그는 의자 끝에 걸터앉았다. 환자는 누워서 소금물 주사를 맞았다. 보호자들은 대개 남자였다. 환자는 그날 밤 금식하고, 이튿날 아침 일곱 시 반에 수액 주사 통을 매단 채 들것에 실려 3층으로 내려갔다. 거기서 그녀는 병상을 갈아타고 수술실로 들어갔다. 보호자는 수술실로 가는 복도 입구에서 제지당했다. 그는 입원실로 돌아와서 기다렸다. 문자가 왔다. 급한 출혈 환자가 생겨 수술이 지연되었습니다. 무슨 얘기야? 교통사고라도 생겼나? 응급실은 됐다 엿 바꿔 먹을래?

두 시간 뒤에 또 문자가 왔다. 환자가 수술실로 들어갔습니다. 30분 뒤에 또 문자가 왔다. 수술이 끝났습니다. 회복실로 옮겼습니다. 한 시간이나 두 시간 뒤에 입원실로 갑니다.

환자는 오후 한 시가 지나서 병실로 돌아왔다. 마침 그때 그는 간이침대에 누워 깜빡 잠이 들었다. 점심 뒤 오수를 잠깐 못 이긴 것이 여러 사람에게 들키자 범죄가 되었다. 남이 목숨을 걸고 수술하는 그동안을 못 참았냐?

환자는 그날 저녁 죽을 먹었다. 수술 전에 수술의 위험성, 실패 가능성, 부작용 등을 설명하고 겁을 주었던 여의사가 와서 수술의 성공과 경과를 알려줬다. 집도의도 다녀갔다. 환자용 변기는 철물이 아니라 플라스틱 제품이었다. 소변 양을 측정할 눈금이 새겨진 용기도 따라왔다. 모두 일회용이었다. 깨끗이 씻어서 반납하려고 했더니 간호사가 병원 창고에 버리라고 했다. 쓰레기 창고는 다음 간호사실 옆에 있었다.

그들은 이틀 밤을 더 잤다. 수술 다음 날 환자는 종일 쉬었다. 간호사들이 수시로 들락거렸다. 병상 발치에 매달린 수액 통에 진통제가 첨가되었다. 약은 한끼분을 식전 식후로 나눠서 시간 맞춰 주었다. 의사가 와서 용태를 살폈다. 환자는 그들의 희망과 예상대로 회복했다. 그들은 조심스럽게 낙관론을 펼쳤다. 수술 부위 세 곳 중 하나에 빨간색이 묻은 것을 보고 의사가 놀랐다. 간호사가 옥도정기를 발라줬다고 하자, 그럴 것 없다고, 피가 아니어서 다행이라고 했다. 환자에게는 2주일 뒤에 바를 연고가 이미 지급되었었다.

그 병실에는 담낭 속의 돌을 파쇄해서 꺼낸 환자는 그녀 말고는 없었다. 꺼낸 검은 돌들을 보고 보통의 세 배는 된다고 간호사가 놀랐다. 그녀는 쓸데없는 쓸개를 떼냈다. 앞으로는 쓸개 없는 여자라고 욕하지 마라. 그건 욕이 아니라 사실이었다.

나머지 환자들은 다들 고관절이 깨져서 걸음들을 못 걸었다. 그들은 움직이려면 방 안에서도 보호자나 간병인의 도움을 받아 바퀴 달린 의자를 탔다. 건너편 창가의 4번 환자는 사십대로 그중 젊었는데, 비 오는 날 택시 잡다가 미끄러져 엉덩방아를 찧고 졸지에 땅바닥에 주저앉았다. 답답해서 복도를 산보할 때 바로 옆 창가 3번 병상의 노인은 간병인과 딴 환자의 간병인과 간호사의 도움으로 간신히 굴러가는 의자에 올랐다.

맞은편 5번 환자는 수액 통 걸이에 진주의료원 수건을 걸어놓았지만, 의령 사람이었다. 나머지 두 노인, 문 쪽으로 마주 보고 누운 1번과 6번은 말이 없었다. 1번은 그 대신 전화를 조단조단 차분하게, 그리고 길게, 걸었다. 6번 침대 옆은 화장실이었다. 천만다행히도 머리들은 전혀 다치지 않아서 모두 정신들은 멀뚱멀뚱했다. 누워서 이야기하거나 전화 받는 것을 보면 멀쩡한 사람들 같았다. 우이동에서 온 환자는 없었다.

"어디요? 그런 동네가 다 있소?"

"보호자가 양 씬데요."

환자들은 누웠고, 보호자들은 비스듬히 앉은 채 서로 멀리 바라보았다.

"딴 방 아니오, 퇴원했든지?"

가장 젊은 환자의 남편이 말했다. 한 노인 환자가 젊은 환자에게 보호자 없을 때, 병 수발하는 사람이 부지런하고 자상하고 열심이라고, 아들이냐고 묻자, 여자가 아니라고, 남편이라고 대답했다.

이튿날 아침 간호사가 청구서를 가지고 왔다. 그는 1층 퇴원과로 갔다. 자동 수납기는 말을 잘 안 들었다. 도우미가 자리를 비우고 없었다. 그는 번호표를 뽑고 창구로 갔다. 아침이라 한가했다. 그는 카드로 결제하고 입원실로 돌아갔다. 간호원이 앞으로 2주일 동안 복용할 약 처방이 빠르면 한 시간, 늦으면 두 시간 뒤에 나올 거라고 말했다. 그들은 기다렸다.

그들의 병실에 그들보다 늦게 입원한 환자는 아마 없었다. 그들은 늦게 들어와서 일찍 나가 미안하다고 생각했지만, 누워 있는 환자들이나 앉아 있는 보호자들 누구도 부럽다거나, 억울하다거나, 불공평하다고 느끼지 않았다. 그들은 병들었지만, 방 밖에, 병원 밖에, 얼마나 많은 사람이 건강하게 돌아다니냐? 그들을 어떻게 다 시샘하냐? 그리고 그들이 다 건강하냐? 그들도 얼마 전에 그들처럼 세상을 돌아다녔었다.

떠나는 환자가 일일이 병상 한쪽에 손을 얹고 환자 한 사람한 사람에게 빨리 쾌차하시라고 쾌유를 빌었고, 그들도 떠나는 환자를 아낌없이 축복했다. 빨리들 일어나요. 이게 뭡니까? 이 칙칙한 방 안에 언제까지 누워 있을 작정이세요? 그녀는 나흘 전에 그 방에 들어와서 그녀가 얼마나 안도했었는지, 벌써 잊었다. 약은 한 시간이 못 돼서 나왔다. 그들은 퇴원했다. 성내천 다리 위를 걸을 때 그녀가 말했다.

"고향이….."

"고양이?"

"사라진다, 노령화로. 일흔 노인이 10년째 이장을 하고 있다. 젊은이들이 나가서 돌아오지 않는다. 5년째 신생아가 없다. 예순이면 청년이다."

"고양이가 죽었어."

"무슨 고양이?"

"그 어린애처럼 애처롭게 울던 고양이의 새끼들."

"고양이 새끼들은 집을 나가게 돼 있어요, 안 죽어도. 에미는 항상 울어요. 냐오옹 냐오옹. 울음은 항상 처량해요."

"복도 길이가 백 미터도 더 되겠지? 한 층에 병실이 몇 개나 있을까?"

그는 병원에서는 물론 우이동에서도 양 영감을 다시 만나지
못했다.

(2017)

남이 될 수 있는 힘

백지은
(문학평론가)

1. 세계의 사실들

서정인 소설을 초기작부터 읽다 보면 언젠가 피카소 전시회를 돌던 날이 떠오른다. 전시장의 입구 부분에는 그가 십대 시절에 그렸다는 데생이 몇 점 걸려 있었는데, '이것이 피카소전이 맞나?' 하고 잠깐 의아했을 정도로, 「아비뇽의 여인들」「우는 여인」「게르니카」 등으로 잘 알려진 피카소가 전혀 연상되지 않는, '사실'적인 그림들이었다. 알다시피 '사실적인' 그림이란 그렇게 그리면 사실로 존재하는 것처럼 보일 것이라 여겨온 그리기의 관행에 충실한 그림이라는 뜻이고, 그렇다면 일찍이 그 관행에 통달하고 그 너머를 개척해갔을 입체파 화가 피카소가, 눈에 보이는 세계를 이차원의 평면에 '사실'적으로 옮기는 일의 의미를 어떻게 고민하였을지 막연하게나마 짐작해보게도 된다. 아마도 그것은 세계를 '사실적으로' 옮기기 위한 고민이라기보다 세계를 그림으로 그릴 때 포착되는 '사실적인 것'이 무엇인지, 혹은 이 세계와 자신의 그림(창작) 사이에서 생성되는 '사실'의 의미가 무엇인지에 대한 고민이었으리라고 말해볼 수 있을 것이다.

서정인의 초기 소설이 '사실주의적 단편 미학'을 보여주었다는 정평을 이미 알고 있어서, 그리고 점차 그가 그런 '미학적' 관습을 사용하지 않았을 뿐만 아니라 매우 파격적인 글쓰기 형식을 창안해갔다는 사실 때문에 문득 피카소의 전시회를 연상하게 된 것이겠지만, 실상 서정인의 소설들에서 짐작하게 되는 바의 핵심도, 입체파 화가 피카소의 고민처럼, 세계를 '사실적'으로 묘사하거나 세계의 '사실적인 것'을 포착하는 데 있지 않다. 서정인의 소설은, 정말 사실로 있었던 일처럼 여겨지는 이야기에서조차, 어떤 것을 사실적으로 보이게 하는 데 힘쓴 것이 아니라 그 어떤 일에서든 사실적인 것 혹은 사실을 발굴하거나 탐구하는 데 관심이 있다. 1960~70년대 사회의 황량한 삶의 풍경들을 짧은 삽화 몇 개로 예리하게 담아냈을 때도, 구어체 사투리의 장황한 말들로 타락한 사회상을 폭로하고 비판했을 때도, 서정인의 소설은 이 세계를 사실처럼 자연스럽게 보이게 하기 위해 혹은 있는 그대로 전달하기 위해 인물/화자의 지각과 의식을 사용하는 것이 아니라, 어떤 사실에 더 가까이 도달하기 위해 그들의 지각과 의식을 밀고 나갔다. 서정인 소설에서 '사실'이란 사실적인 세계가 아니라 세계의 사실들이다.

1.1. 반사실주의적 미학

1962년에 첫 소설 「후송」을 발표했던 서정인의 최근작은 2018년 가을에 발표한 「바람」이다. 2011년과 2014년에 각각 단편집 『빗점』과 장편소설 『바간의 꿈』을 출간했고, 2014년 이후 현재까지 쓴 단편들이 또한 다섯 편에 이른다. 4·19세대의 작가들 대부분이 문학사 책에서 만나게 되는 반세기 전의 역사적 인물이 되어가는 이때 서정인의 근작은 출현 자체로 놀랍고 반가운 일인데, 현재적 일상에서 전개되는 그 이야기들이 작가가 평생 동안 지니고 벼려온 쓰기의 태도를 그대로 유지한 데서 나왔다는 사실까지 알게 되면 더욱 감탄하지 않을 수 없다. 작가의 활동 시기를 한정하여 그를 기억하는 방식은 서정인에게 적용되면 안 될 것이다. 그는 평생, 삶에서 마주치는 혼돈스러운 사건들, 이 세계의 다양한 양태들을 끊임없이 관찰하고, 그 관찰한 것을 곧 세계의 '사실로 인정'하기 위해서가 아니라 관찰한 바를 통한 그 너머의 실체를 '사실로 추구'하기 위해 소설 쓰기를 멈춘 적이 없는 작가다.

세계의 사실을 드러내기 혹은 추구하기 위해 그는 오히려 사실적인 세계라는 관념을 지워버리고자 했다. 첫 소설부터 그랬다. 「후송」은 군대에서 이명耳鳴으로 고통받는 '성 중위'가 수도 육군병원으로 이송을 요청하는 지난한 과정을 중심으로 성 중위의 심리와 내력을 서술한 이야기다. 군의관은 환자의 호소를 듣지 않고 "약을"(p. 42) 쓰지 않으면 후송 요청이 관철되지 않는 이 답답한 과정이 다소 생경하게 모습을 드러내는 것은 카프카적 불통 상황의 지리멸렬함 때문은 아니다. '성 중위'는 귀의 고통을 호소하지만 사실 그가 더욱 시달리는 건 "죽음이 도사리고 앉아서 내 방비가 약한 틈을 타서 내게 달려들 것만 같"(p. 15)은 긴장에 있다고 하니, 그 까닭이 알려지고 납득되기 위한 일련의 서술들이 선후 인과 관계를 갖추고 나타났으면 별로 낯설 게 없었을 것이다. 그러나 그가 이명을 앓게 된 것은 20개월쯤 전 어느 날, 버려져 뒹구는 빈 깡통을 없애버리고 싶은 충동에 구경 .45 권총을 150발 연방 쏘아버린 직후였고, 그 일이 있기 얼마 전에는 그가 얻어 탈 심산으로 세우려던 4분의 3톤 차가 속력껏 그를 지나쳐버린 지 10초도 안 되어 전복된 것을 목도했으며, 속으로 '자식들, 꼬라박아버려라!'라고 외쳤든 안 외쳤든 "그가 보아온 어떤 사고도 이번 것만큼 충격적인 것은 없었다"(p. 46)는, 이러저러한 사건들 사이의 인과성은, 장면 전환의 비연속적 단면斷面들의 방해를 물리치고 집중력과 주의력을 동원할 때에야 겨우 알려지게 된다. 단지 자연적인 시간 순서의 변경만이 아니라 시간 흐름의 변조, 과도한 생략과 압축, 잦은 지시사의 활용 등은, 그의 소설을 읽을 때 특히 주목해야 할 기법들이다. 그 밖에도 대사나 독백의 분할 서술, 연속되는 문장에서 같은 주체를 다른 주어로 바꾸어 쓰기, 영어식 표현이라고 알려진 '사물 주어'의 적극적인 사용 등, 매끄러운 묘사와 신속한 전달을 차단하는 문장들은 역으로 소설에 그려진 사태를 생경하게 부각시키는 효과를 낳는다. 차라리 '반反사실주의적'이라고 말해야 옳을 이 미학은, 최대한 자연스럽게 보이도록 연마되어온 소설의 정공법을 의도적으로 비껴감으로써 묘사되는 상황에 더 집중하고 상황이 창출하는 사실을 더 진지하게 생각하도록 유도하는 데 그 의의가 있다.

2. 세속이라는 콘텍스트

서정인의 모든 소설을 통틀어 해당하는 공통점이라면, 유동적이고 부조리한 현실 세계를 살아가는 다양한 인물들을 주체로 그들의 말과 삶을 소설의 공간으로 끌어들였다는 점이라 할 수 있다. 가장 잘 알려진 두 작품을 들어 얘기해보자면, 단편소설 「강」에서는 서로 다른 개성을 가진 세 남자의 하루 여정을 완결된 구조로 보여주며 평범한 인생의 단면을 압축적으로 조명한 한편, 연작소설 「달궁」에서는 수많은 방계적 인물들이 말하고 묻고 대답하고 중얼거리고 반응하면서 저마다 겪어온 세상, 느껴온 인상들을 요설적 대화로 나열하며 다채로운 사회의 타락상을 폭로한다. 단아한 절제와 잡다한 다변은 형식적으로 상반된 특징이지만, 어느 쪽이나 이 작가의 관심은 인간 세계의 세속성과 사실성에 초점이 맞추어져 있다. 그리고 그 초점은 무려 50여 년이 넘도록 흐려지지 않은 채 지금도 진행형이다.

1974년에 발표된 「어느 날」은 전셋집 마련을 위해 '생활안정기금'을 신청하려는 직장인 '김해동'이 하루 동안 겪은 일들로 짜인 이야기다. 목이 빠져라 기다렸던 융자 신청 건에 대한 답신이 이미 와 있었는데 건네받지 못한 것, 신청의 결과가 '대출 불가' ── 얼마 전까지도 잘됐었는데 아무 공지도 없이 ── 인 것, 동사무소에서 전입신고는커녕 주민등록초본 한 통도 떼지 못하고 엉뚱하게 제출된 서류를 반환받지도 못한 것 등등, 이날 하루의 일과는 정녕 "전 세계가 그를 배반하기로 모의를 했다고 생각"(p. 114)할 수밖에 없는 것이었다. 1970년대의 한국에서는 하도 일상적인 일이라 "그러한 그를 개의하는 사람은 아무도 없었"(p. 118)으나, 그 때문에 더욱, 쓰인 지 45년이 지난 현재에도 이 이야기를 읽는 우리가 "불쾌함과 울적함과 분노인지 혐오인지 알 수 없는 감정 때문에 숨이 막히는 것"(p. 118) 같을 정도로 '어느 날'의 부조리는 생생하다. 그것이 비일비재한 일이든 가뭄의 콩처럼 드문 일이든, 시대를 막론하고 작동하는 인간 삶의 거대한 시스템을 떠올리게 하기 때문이다.

해동은 그때, 거대한 톱니바퀴들을 보았다. 가령 시계 배 속에 들어 있는 톱니바퀴들 중에서 제일 작은 부분의 직경이 사람 키만 한 그런 톱니바퀴들을. 그것들은 질서 정연하게 동작을 전달했다. 그것들 하나하나는 그 동작의 원인이자 결과였다. 그것들 하나하나는 전체에 완전히 종속되어 있었고, 동시에 그 전체에 결정적인 영향을 주었다. 가장 작은 톱니바퀴의 움직이는 방향을 바꾸는 일은 전체의 파괴 없이는 불가능했고, 전체의 파괴는 가장 작은 부분의 파괴로 가능했다.

——「어느 날」(p. 131)

이 단락은, 말하자면 서정인 소설 전반에서 삶과 말에 부여하는 커다란 주제 의식으로 읽힐 만하다. 1960~70년대부터 줄곧 이어져온 그의 소설에는, 가령 전쟁이나 분단, 좌우 이데올로기나 민주화운동 등의 정치적 현실에 대한 직접적인 묘사나 사상적 경향이 드러나기보다, 개별자들의 생활과 그것이 만들어내는 사회적 풍속을 앞세워 현실의 복잡함과 혼탁함에 대한 통찰과 비판이 수행되었다. 그리고 그러한 통찰과 비판의 대상이 되는 문제 상황들은 대체로 인간들 개개인의 성격적 특성이나 인간들 사이의 유동적인 관계와 같은 개별적이고 구체적인 계기들에 밀착해 있다. 어떤 이야기가 궁극적으로는 사회·역사적 상황이나 이데올로기적 정치 체제 같은 전체적 질서를 비판하려는 의도를 지닌다 해도, 또는 그 이야기가 눈앞의 현상이 아닌 배후의 구조를 정확히 보게 만드는 상황을 드러낸 것이라 해도, 서정인의 인물들은 자기가 맞닥뜨린 복잡다단한 문제를 이념적 또는 구조적 관계로 먼저 환원하기보다 일상적 삶의 한 귀퉁이에서부터 밀착해 들어간다. 소설이 삶에 뿌리내리는 길 외에 다른 것이 아니라면, 쓰기와 살기 혹은 '살면서 쓰기/쓰면서 살기'란 무엇보다도 세속적 삶의 현실을 통과하는 데 있음을 알기 때문일 것이다.

따라서 서정인의 소설에서 씌어진 이야기의 맥락과 이야기가 놓인 우리 삶의 맥락은 전혀 별개의 층이 아니다. 소설이라는 텍스트는 삶이라는 콘텍스트 위의 일부로서 다만 (소설적인) 형상으로 드러나 있을 뿐이고, 그 질료인 삶은 보다 근원적으로 이미 그 소설적 형상의 원리가 되어준다. 변두리 인물들의 누추한 생활과 사연들이 이 세계를 구성하는 움직일 수 없는 사실로서 삶의 진실한 면모를 드러낼 수 있는 까닭이 여기에 있다. 시골 학교 선생들의 순진한 경쟁심과 알력 다툼을 그린 「나주댁」, 만날 돈이나 뜯어가고 젊은 색시나 탐하는 노름꾼 남편한테 분통 터지는 술집 주인 '경자'의 또 취한 하루를 그린 「남문통」, 고리채 놓는 친척 아저씨와 그의 아들을 만나 오래 묵은 빚과 감정을 청산하(지 못하)는 이야기 「귤」, 쌀 도둑 잡으려다 도둑 둘이 발각되고 동네의 도둑적 질서가 드러난 「밤 이야기」 등등. 군대라는 특수한 공간에서 벌어지는 불통과 어긋남을 한 개인의 내면적 드라마로 이야기하는 첫 소설 「후송」부터, 늙음과 죽음, 추억과 망각, 인연과 이별이 일상화된 노년의 실존을 드러내는 최근작 「뜬봉샘」까지, 특수한 시공간을 다루든 개인의 실존을 다루든, 서정인의 모든 소설은 인간 일반의 경험과 사태를 증언하고 그로부터 삶의 다양한 결을 사실로서 추구하려는 의지의 소산이다.

2. 1. 말과 삶의 이중주

"서정인의 모든 소설은"이라는 주어를 과감하게 내세우며 서정인에게 쓰기와 살기가 다른 활동이 아님을 강조해 말했지만, 이 책에 실리지 않은 연작 장편들, 예컨대 「철쭉제」 「달궁」 등에 대해서도 "인간 일반의 경험과 사태를 증언하고 삶의 다양한 결을 사실로서 추구하려는 의지의 소산"이라고 똑같이 이야기할 수 있을까. 이탈리아 르네상스기를 소재로 해서 역사소설처럼 보이기도 하는 『용병대장』이나 『말뚝』도 이 작가에게는 현실 세계의 삶에서 사실을 추구하는 쓰기였다고 말하면 의아해할지도 모르겠다. 그러나 결론을 말하자면, 「달궁」도 『용병대장』도 다 그의 압축적인 단편소설들과 마찬가지로 세계의 사실 추구이자 그 추구가 곧 이 작가의 삶의 과정인, 그런 쓰기라고 말할 수 있다. 그간 서정인의 소설에 대한 감상 및 분석이 대부분 스토리 차원이 아니라 문장 구사 혹은 구성적 표현의 독특함에 관한 것으로 모아졌던 까닭과도 관련될 터인데 ── 물론 그의 소설에서 내용과 형식이 유독 긴밀하기 때문이지만 ── 이는 그가 삶의 현실을 소설에 들이는 차원이 스토리의 층위가 아니라 스토리를 쓰는 의도 혹은 쓰기라는 행위 자체의 층위에서 생각될 수 있음을 방증하는 것으로도 보인다.

1960~70년대에 쓰인 단편과 딴판으로, 그 이후 소설들의 대표적 특징은 대화체의 장광설이다. 주로 요설적인 대화로 이어지는 그 말들은 인물, 배경, 사건이 조합하는 구체적인 삶의 모

습을 재현하기보다 인물과 화자가 뒤섞여 삶에 대한 의식, 사고, 관점 등을 묘사한다. 서술자 음성과 인물 음성이 서로 상대의 말을 매개하면서 대화하고, 누군가의 내적 독백일 때조차 내부의 자기를 타인처럼 상대화하여 말을 건네거나 금세 자기 말을 바꾸어 스스로 대구하면서, 서로 다른 의식들을 내뱉고 되받아다시 소통을 이어간다. 주로 전라도 사투리를 사용한 지역 방언, 각 인물의 특색을 나타내는 계층적, 직업적 방언들이 등장하여 다양한 삶의 핵심들을 포괄하는 현장감을 높이는 한편, 소설 속의 말들을 실제 삶의 말과 꼭 닮게 하기 위해서가 아니라 소설로 삶의 실제를 더 잘 드러내고 추구하기 위한 방편으로써 그의 장광설은 삶과 글을 연동시킨다. 이 책에 실린 「해바라기」에서, 큰따옴표로 내뱉어진 상대(반동 인물)의 말과 머릿속에서 울끈불끈하는 자기(주동 인물)의 말이 서로 매개되면서 인물들의 호소, 애원, 공갈, 궤변 등이 상대화되는 장면들에도 잘 나타나 있다. '김갑동'은 나주에서 책방 하는 친구네 집에 들렀다가 나주 경찰서를 습격한 폭도로 몰려 감금되고, 고문관에게 두드려 맞으며 자백을 강요당했다. 고문하는 자의 협박과 고문당하는 자의 억울함이 오가는 듯 배치된 대화체 속에 공안 정국에서 흔히 벌어졌던 폭력 검거의 부조리한 내막이 드러난다. 시위에 참여한 적 없는 김갑동이 잡혀가 죽음 직전까지 물리적·심리적 폭력을 겪고 풀려난 이 "뚜드러 맞은 이약"은 "그 이약을 아무헌테도 해서는 안 되"는 것이었던 시절에도 "그 이약 누구 모른 사람 있간디" "다들 골병들었"(p. 280)으니 숨겨질 수도 없는 이야기로서, 역사적 의의를 지니게 된다. 1991년에 발표된 이 소설은 일찍이 한국의 군사독재 시절의 폭정을 고발한 선구적 의의도 고평받아야 할 것이다.

르네상스기의 스토리가 서정인의 소설에 들어온 것도 서양 역사에 대한 서술이라기보다 작가 자신이 서양어문학자(영문학자)로서 읽어온 서적과 공부해온 지식들을 (재)사유하고 (재)전유한, 그의 실제 삶의 시간에 대한 서술로 읽힌다. 주변에서 관찰되는 현재적 삶들의 소소한 사연과 완강한 진실로부터, 책에서 건네받은 르네상스기 사건들의 장황한 내력과 지배적 원리로 이행한 것처럼 보이지만, 어느 쪽이나 현실의 관념화된 모양을 찾는 것이 아니라 현실의 일부에 해당하는 구체적 사실들을 존중하기 위한 노력이라는 점에서, '현실'을 '소설'로 수용하는 형식에 대한 일관된 관심의 행로라 하겠다. 이 책에 실린 「베네치아에서 만난 사람」은 유럽 역사 예술 기행문의 외양을 띠나, 여행 중의 우발적 사건과 소회 들을, 남 이야기 자기 이야기 구별 없이 연상된 이런저런 에피소드들을, 지나치는 장소마다 불쑥불쑥 솟아나는 상념, 잡념, 정보 그리고 의견 들을, 경험의 자연적 순서에 엮어 쏟아낸 말들이라 할 것이다. 이런 말들은 사유를 정련하는 도구라기보다 사유를 흘러나오게 하는 통로다. 문장을 고르고 벼려서 생각을 정리하는 데 사용하는 것이 아니라 출몰하는 생각, 기억, 견해 들을 잡아서 흐르게 하는 데 문장이 쓰인다. 이 경우 말들은 아껴지기보다 탕진되는 쪽이고, 이 탕진은 말과 쓰기에 관한 일종의 실험이다. 이는 실험적 재현으로서가 아니라 재현 자체를 해체하는 말의 경험으로서도 중요할 것이다. 세계의 드러난 양태가 언제나 '사실'로서 명료하지 않으니, 명료하지 않은 그것을 지각하고 의식하기 위해 작가는 언어를 사용한다. (혹은, 세계를 지각하고 의식하는 데 언어를 사용하는 이가 작가다.) 따라서 작가의 언어는 세계를 지각하고 의식하는 방법이기만 한 것이 아니라 세계의 실체를 드러내는 사실 자체가 된다. 「후송」부터 「뜬봉샘」까지, 「달궁」부터 『용병대장』까지, 서정인의 소설은, 사실을 전달하는 말의 전시가 아니라 말의 전시를 통한 사실의 구현이다.

3. 상대화와 간접화

소설의 모든 발화는 작가의 육성이 아니라 그 이야기를 전달하는 서술자의 목소리임을 상기해보자. 작가는 서술자의 발화를 통해 자신의 의도를 표현하거나 감추는 숨은 연출자다. 작가의 연출 아래, 즉 소설이라는 이야기 세계에서, 인물만 배우처럼 보이기 쉬우나 실은 서술자도 배우라는 얘기다. 서술자가 스스로 연출자인 양 이야기를 이끄는 주체적 발화자가 되기도 하지만, 그럴 때조차 그 자신 역시 인물과 똑같이 이야기를 통해 묘사되는 객체적 발화자임을 벗어날 수는 없다. 그러므로 작가는 서술자를 자기 자신처럼 사용하기도 하고 배우처럼 이용하기도 한다. 삶의 현장과 말의 진행을 다른 층위에 두지 않으려는 서정인의 소설에서 서술자는 말과 삶을 한 무대에 올리는 데 결정적인 역할을 하며, 서정인은 그 역할을 조정하는 데 매우 유능한 연출자다. 서정인 소설에서 능숙하게 구사된 '자유 간접 화법'에 대해서는 첫 소설집 『강』(문학과지성사, 1976)의 해설에서부터 김현이 "삼인칭의 소설적 애매성을 교묘하게 사용하여, 소설 인물들의, 때때로는 안에, 때때로는 밖에 위치한다"고 지적했던바, '소설'이라는 문학적 담론에 일찌감치 통달한 이 작가의 기법적 수월秀越함이 확인되는 지점이기도 하다. 자유자재로 자유 간접 화법을 활용하는 그의 습관은 무엇보다도 세상을 바라보고 진단하는 자리에 하나의 입장과 관점만을 부여하지 않음으로써 단선적 주제만 도출되는 단조로운 소설을 낳지 않게 했다.

서정인 초기 단편을 대표할 만한 「나주댁」을 통해 간단한 이야기도 오목조목 상대화되는 현장을 확인해볼 수 있다. 이 소설에는 다양한 인간들의 위선적인 외면과 용렬한 내면이 대비되어 있지만, 그 인물들을 배치하는 손길에 대립적 의식은 없다. 학교의 의례적인 식목일 행사와 인근 술집의 인기 많은 '나주댁'을 중심으로 사람들이 모였는데, 나주댁을 좋아하는 교장과 나주댁이 관심을 보인 듯한 윤 선생의 은근한 반목反目 정도가 이날 사건의 원인이라면 원인이겠지만, 둘 사이의 대립을 통해 이야기가 성립하는 것도 아니고 두 인물의 시비를 가려 이야기의 결론이 내려지는 것도 아니다. 인물의 내부와 외부를 드나들면서 내면 심리를 표현하는 인물 언술과 외부적 사건을 구성하는 서술자 언술이 혼합되어 있기 때문이다. 교장은 윤 선생에 대한 미움으로 '애국자적 양심'을 내세우고, 윤 선생은 교장의 위선이 아니꼬워서 억울함을 토로할 뿐이다. 표면적으로는 교장의 위선과 자기기만이 풍자되고 있지만, 어딘지 어설프고 순진한 데가 있는 이 인물은 교활하기보다 어리석은 편이어서, 편협한 감정과 어리석은 생각을 다 가진 생생한 인간이 된다. 교장에게 미움을 받는 윤 선생 역시 억울하다고 해서 곧 정당하게만 보이는 것은 아닌데, "대학원에 다닌다는 핑계로 집으로부터 돈을 타다 쓰며 놀"다가 "손쉬운 대로 우선 교편을 잡"(p. 72)은 이력 등이 굳이 소개되면서 그 또한 미묘하게 비꼬아지기 때문이다. 사실상 이 소설에서는 교장의 위선, 윤 선생의 소시민성, 박 선생의 속물근성, 심지어 교감의 얄팍함까지 어느 누구도, 무엇도, 전적으로 비판의 대상이 되지는 않는다. 모든 인물이 다 조금씩 꼬집어지지만, 그들 모두 이 사회에 만연해 있는 가치관이나 입장 위에 놓여 있다는 사실이 가장 먼저인 듯하다. 무엇이 옳은지 그른지가 따져지는 것이 먼저가 아니라 옳든 그르든 일단 그러한 가치관이나 입장이 '있다'는 것이 더 먼저라는. 호의적이고 화평한 무드일지라도 무의식적으로 길들여진 자아감이나 반성 없는 자의식에는 예외 없이 실소 혹은 냉소가 보내진다. 이 상대화된 세계에 일관된 관점과 고정된 입장에서 행할 수 있는 비판 혹은 풍자는 없을 것이다.

서정인 후기 단편을 대표할 만한 「치과 의사의 죽음」을 통해, 한 사람의 이야기가 여러 사람의 다양한 의견들을 간접화하는 현장을 확인해볼 수도 있다. "하루 종일 집 밖에서 어슬렁거"(p. 285)리는 노인의 오늘 하루가 아침부터 밤까지 서술된 이 서사에서는 다른 많은 이의 관점이 함께 포진해 있다. 생일날인 오늘도 동네를 거닐다 노상에서 확성기를 크게 켜고 장사하는 젊은이와 시비 붙을 뻔했을 뿐, 별 사건 없이 집으로 돌아온 노인은 딸과 사위와 조카 들이 모인 저녁 자리를 두고 다시 나가 동네 친구와 밖에서 조촐한 술판을 벌이고 온다. 동네를 세 낸 듯 "꽴을 지르"(p. 290)는 이웃이나, 생일날 저녁 배달 음식으로 차려질 밥상이나, 아들 며느리 손자는 안 보이는 가족 모임 등등, 다 노인에게는 만족스러운 정황이 아니겠으나, 그의 불만이 동조를 얻고자 하진 않는다. 오히려 시쳇말로 '꼬장꼬장한' 노인의 성격이 부각되도록, 불화가 생겨날 법한 장면마다 "젊은 사람들 형편"(p. 310)이 드러나고 노인은 충분히 옹호되지 않는 느낌이 들 정도다. 다만 그가 이물 없는 친구 '강대구'와 대화 중에 불쑥 튀어나온 '자살인지 사고사인지 모를 그 치과 의사의 죽음'에 대한 이야기에서는 "점잖은 노인이 음식 끝에 뽀쳤으니, 그 체면을 어쩔거나" 하는 짐작을, "남의 속"(p. 304)인 듯 자기 속인 듯 은근히 드러냈을 뿐이다. 그럼에도, "옛날 생각만 하고 외고집 부리면 누가 좋아한다요?"(p. 310)라고 혼내는 듯 달래는 듯 말하며 그나마 그를 알아주는 아내조차 그를 혼자 두고 나가버렸으니, 결국 '그 치과 의사의 죽음'만이 노인의 외고집 혹은 외로움을 겨우 대변할 수 있는 게 아닐까. 그 자체로는 사실이 될 수 없는 주인공의 의식은, 이렇게 두 인물이 주고받은 이야기로 간접화되어 세계의 사실로 묘사된다.

3. 1. 무엇이 정상이냐고

서정인의 소설에서, 개인이든 사회든 일면적인 판단의 대상이 되지 않는다. 갈등이 나타날 때도 해소의 목표를 갖는 것이 아니므로 극적 짜임과 스토리 전개에 이바지하는 것이 아니라 다만 여러 인물의 입장을 모아 용접하는 데 쓰일 뿐이다. 여기서는 어떤 날카로운 시선도 비판에 머물지 않고 더 넓은 접촉과 이해로 뻗어간다.

서정인 소설의 인물들은 시대의 가치와 시대의 타락을 그 나름대로 수용하면서 다른 이들과 상호-의존하고 상호-적대하며 살아갈 뿐이다. 인물들의 상호-의존과 상호-적대가 드러내는 구도를 한 사회의 시대상이라고 한다면, 서정인의 소설에서 가장 대표적인 그것은 서로가 서로에게 '도둑'인 구도가 아닐까 싶다. 「어느 날」에서 "대학 나온 놈들"(p. 129)을 아주 미워한다는 '춘호'는 이런 말을 했다. "나는 절도질이 생활이고, 생활이 절도질입니다. 숨 쉬는 것에서부터 걸음 걷는 것에 이르기까지 모든 것이 생활이고, 곧 도둑질이지요. 이 둘은 완전히 겹칩니다. 만일 조금이라도 안 겹치는 부분이 있으면, 이건 아주 불편한 일이에요. 그 조그마한 부분이, 나머지 커다란 부분이 도둑질이라는 사실을 끊임없이 깨우쳐주거든요."(pp. 131~32)

이 세상에서 사는 일이 곧 도둑질이라는 궤변이 마냥 헛소리로만 느껴지지 않는다면, 「남문통」의 '경자'가 느끼는 분통과 억울함, 앙갚음과 서러움에 대해, 「천호동」의 남자가 파렴치한 매형을 응징한답시고 누나를 이용하는 야릇한 방식에 대해, 「귤」의 '인우'가 한때의 생활 때문에 얻은 쌀 고리채와 한때의 자존심 때문에 얻은 원한을 동시에 생각하며 "이상하게도 자신이 지키는 입장"(p. 224)으로 청산하(지 못하)는 빚에 대해, 어느 정도 이해가 갈 듯도 하다. 그리고 쌀 도둑을 잡는 짤막한 에피소드인 「밤 이야기」에서 도둑 사건의 진상이 여러 층의 '도둑'을 암시하는 것도 ── 이야기를 진행하는 서술자의 목소리가 인물의 안팎을 드나들면서 두 달 전 도둑맞은 쌀을 찾게 되는 '말해진' 이야기와 "작은 방"에 사는 "젊은 여자"를 둘러싼 '읽히는' 이야기가 중층적으로 드러나므로 ── '도둑 사회학'의 일부로 쉽게 이해하게 된다.

세상살이가 곧 도둑질이라는 입장까지 수용했다지만 이는 서정인이 세상의 속악함에 둔감하다는 뜻이 결코 아니다. 앞에서도 말했듯 그의 평생 소설 쓰기는 세계의 사실들에 대한 탐구의 지속을 뜻하는 것인데, 그 지속을 가능케 한 근본적인 원동력이 곧 속악한 세상살이의 끝도 없이 다양한 타락상, 부조리, 편법, 악행 등에 있음은 말할 것도 없다. 그런데 그 속악함이란 것이, 대단찮은 사람들의 일상적 행동들과 그것들이 모여 그려내는 사회의 풍속들에서 파착될 때, 이 작가의 냉철한 관찰과 지적인 분석 그리고 성실한 표현이 겨냥하는 표적은 사회·역사적으로 구성된 시의적 구조 같은 데 있다기보다 인간 일반의 이기적 심성, 관행에 길들여진 나태한 정신, 사회를 덜 망가뜨릴 만한 도덕규범의 부재 등 비교적 명료하게 표면화된 불화의 원인에 있다고도 하겠다. 사회적 구조의 모순을 파악하려는 것과 개별적 맥락의 부조리를 파헤치려는 것 중 어느 쪽이 더 필연적이거나 근본적이라고 말하기는 어렵다. 다만 삶의 현실을 벗어나지 않는 한 어떤 관점도 유일하게 옳을 수 없는 세상살이의 자장 안에서 그가 여전히 무뎌지지 않은 눈길로 들추어내고 시비是非를 가리는 일들에서는, 강고한 체계의 질서보다 취약한 결점들과 가변적인 기준들이 그려내는 유동적인 맥락이 더 잘 노출된다고 말할 수 있을 것이다. '사실'로 주장되는 주관성들을 객관화하고 '사실'로 수렴되는 동일성들을 상대화하면서 그의 비판적 사유가 가닿는 곳도 일반화되는 진리나 원리가 아니고, 일의 맥락상 이렇게도 타당하고 저렇게도 정당할 수 있는 상대적 진실에 가까울 것이다.

유일한 원칙이나 불변의 기준을 회의한다는 것은, 원칙이나 기준이라는 작용, 즉 이른바 '정상성'이라고 불리는 것에 의문을 제기한다는 뜻이다. 「가을비」에는 이런 얘기가 나온다. "현실이라는 것은 그것을 잘 받아들여주는 사람에게는 대단히 위압적이지만, 한번 그것을 거절해보면, 뜻밖에도 거절하는 방향으로 손쉽게 변모해주는 수도 있었다. 다시 말하면, 항상 고분고분할 것이 아니었다. 가다가 더러는 따귀도 갈겨주고, 침도 뱉고, 그리고 악다구니도 써야 했다."(pp. 94~95) 보통의 현실 혹은 현실의 정상성, 그런 것은 실상 규정된 것이 아닌데도 대개 사람들은 그것이 위압적이라는 생각도 없이 스스로 그것을 고분고분 받아들여 살아간다. 가난한 농부의 딸로 태어나 "입지전적인 의지와 투쟁의 결과"(p. 90)로 도시의 병원에 취직하고 의사 애인을 두게 된 간호사에게, 너에겐 '월부 다리미 장수'(가 되어 나타난 옛 애인)가 어울린다고 말하는 현실은 정상적인 현실일까? 그녀가 놓치고 싶지 않은 현재의 여유와 기쁨을 위협당하면서, "모든 것들이 원래는 그녀의 손이 미치지 못하는 곳에 있었다는 불행한 암시"(pp. 90~91) 또는 "자기가 빠져나오려고 애써 바둥대는 어떤 수렁 속으로 자꾸만 자기를 끌고 들어가려는 보이지 않는 손을 느"(p. 87)끼는 것은, 그녀가 '원래'대로, 불행했던 예전으로 되돌아가는 것이 '정상'이기 때문인가? 그녀는 '월부 다리미 장수'에게 성폭력까지 겪고 근무하는 병원으로 돌아와 정신과 병동을 한 바퀴 돌며 이런 생각을 한다. "그녀는 맨 끝에까지 왔다. 돌아서서 방 안을 한번 훑어보았다. 문득 이상한 생각이 들었다. 그녀가 만일 꼭지모를 벗어버린다면? 그래 가지고 그들 중의 한 사람이 되어 그곳에 한자리를 차지하고 누워버린다면? 말하고 싶으면 생각이 머릿속에 떠오르자마자 입 밖으로 내뱉어버리고, 하기 싫으면 1주일이고 2주일이고 손금만 들여다보고… 그래도 누구 하나 이상하게 생각하지 않고… 그녀는 현기증을 느꼈다."(p. 101) 정신이 혼미해지도록 터무니없는 일을 겪고 난 '정상'적인 간호사와 병동 침상에 누워 있는 '비정상'적인 환자의 차이는 무엇인가? 누가 옳고 누가

그르다는 시비의 문제를 떠나 정상과 비정상을 가르는 기준을
되묻지 않을 수 없게 된다.

4. 남이 될 수 있는 힘

이 세상에 길이 하나냐 둘이냐 여럿이냐에 대해서는 세 개 이
상의 대답이 있겠지만, 어느 분야에서든지 한 우물을 오래 제대
로만 파면 반드시 거기에 물이 솟아날 것이고, 그 물은 그 우물
의 물이 아니라 그 우물에 고인, 모든 물의 한 줄기일 것이다.

[……] 문학은 한 우물을 파는 사람이 단지 너무 깊이 팠
기 때문에 스스로 판 우물 속에서 도저히 헤어나오지 못할 때
그 사람에게 그 우물에서 솟아나올 슬기의 샘물을 파헤쳐주는
것이 아니라, 그에게 남이 될 수 있는 힘을 주어서 제 모습을 제
모습대로 바라볼 수 있게 하여 그의 굳어진 마음을 부드럽게 해
주고, 닫혀진 영혼을 열어주고, 비열해진 정신을 끌어올려준다.

서정인의 두번째 단편집 『가위』(1977)의 작가 후기에서 발췌
한 위의 문장에는 소설의 쓸모에 대한 중요한 사실 하나가 들어
있다. 이 글에서는 한 사람의 한평생을, 한 우물을 파서 슬기의
샘을 얻는 일에 비유한다. "슬기의 샘을 얻는 일은 지극히 드물"
것인데, "문학은 그것 자체의 슬기의 샘을 가지고 있지 않"고 차
라리 "슬기의 샘이 없는 것이 문학의 슬기"라고 말하는 까닭은,

인용한 단락에 나와 있듯 문학이 하는 일이 한 우물에 깊이 빠지는 일이 아니라 우물에 빠진 제 모습을 "제 모습대로 바라볼 수 있게" 하는 일이기 때문이다. 그 일을 어떻게 하는가? "그에게 남이 될 수 있는 힘을 주어서" 그렇게 한다.

우리는 흔히 소설 또는 이야기의 힘이, 주인공의 슬기나 바름이나 참됨 같은 능력에 이끌려 그들의 의견에 동화되고 그들의 행동을 지지하는 데 있다고 생각하기 쉽다. 하지만 실상 소설 또는 이야기를 읽으며 우리가 갖게 되는 능력은 스스로 주인공이 되는 능력이 아니라 주인공이라는 남을 알게 되어 자기의 세계를 확장하는 능력이다. 소설이 주인공 한 사람의 관점으로 재현된 세계라고 믿는다면 그 재현의 대상이 되는 세계에 속한 다른 많은 존재는 한 주체의 관점에서 쉽게 타자화될 우려를 면치 못한다. 그러나 소설은 한 사람의 관점에서 재현된 듯 보일지라도, 실상 그의 말 속에 이미 그가 교섭해온 무수히 많은 다른 의견이 포함돼 있음으로, 하나가 아닌 여럿의 시선과 자리를 포함한 세계다. 서정인의 소설은 특히, 우리의 말이 오롯이 우리 자신에게서 비롯되었다는 착각을 비틀어 세계를 직접화하는 판단을 완결 짓지 않고, 다양한 사실들을 매개하는 간접화된 자리들을 들추어낸다. 서정인의 소설은 우리가 자기 자신만이라는 우물에 빠지지 않도록, 행여 빠졌다면 빠진 제 모습을 스스로 보도록, 한 번 더 말하건대 내가 "남이 될 수 있는 힘"을 준다. 소설을 읽는 시간은 자기가 자기임을 확신하는 시간이 아니라 자기가 남이 될 수 있음을 깨닫는 시간이다. "나를 잠시지만 잊는 것은 평화고 행복이고 건강이고 축복"(「치과 의사의 죽음」, p, 286)임을 기억하는 한 우리는 소설 읽기를 그만두지 않을 것이다. 그래서 소설은 언제나 공부로 읽기보다 재미로 읽어야 좋다. 이 책은, 서정인의 소설을 지난 시기의 문학으로 공부하려는 데 쓰이기보다 지난 시기와 지금 시기를 막론하고 남들의 삶을 내 것처럼 느껴보고 싶은 사람들에게 활용되기를 바라는 마음으로 묶였다.